HELENE HOLMSTRÖM

After Hours

HELENE HOLMSTRÖM

AFTER HOURS

Roman

Ins Deutsche übertragen
von Corinna Roßbach

LYX

LYX in der Bastei Lübbe AG
Dieser Titel ist auch als E-Book und als Hörbuch erschienen.

Die Bastei Lübbe AG verfolgt eine nachhaltige Buchproduktion.
Wir verwenden Papiere aus nachhaltiger Forstwirtschaft und verzichten darauf,
Bücher einzeln in Folie zu verpacken. Wir stellen unsere Bücher in Deutschland
und Europa (EU) her und arbeiten mit den Druckereien kontinuierlich
an einer positiven Ökobilanz.

MIX
Papier aus verantwortungsvollen Quellen
FSC® C014496

Die Originalausgabe erschien 2021 unter dem Titel
»Satsa Allt« bei Lovereads, Sweden.

First published by Lovereads, Sweden
Published by arrangement with
Nordin Agency AB, Sweden

Für die deutschsprachige Ausgabe:

Textredaktion: Annika Krummacher
Umschlaggestaltung: © Sandra Taufer, München, unter Verwendung
von Motiven von Shutterstock (© Nattee Chalermtiragool;
© chanchai howharn; © Zakharchuk)
Satz: Greiner & Reichel, Köln
Gesetzt aus der Adobe Caslon
Druck und Verarbeitung: GGP Media GmbH, Pößneck
Printed in Germany
ISBN 978-3-7363-1497-9

1 3 5 7 6 4 2

Sie finden uns im Internet unter lyx-verlag.de
Bitte beachten Sie auch: luebbe.de und lesejury.de

Liebe Leser:innen,

dieses Buch enthält potenziell triggernde Inhalte.
Deshalb findet ihr auf der letzten Seite eine Triggerwarnung.

Achtung: Diese enthält Spoiler für das gesamte Buch!

Wir wünschen uns für euch alle
das bestmögliche Leseerlebnis.

Euer LYX-Verlag

1

Parisa Tagavi betrachtete die langen Reihen blutgefüllter Röhrchen, aus denen ihr die rote Flüssigkeit entgegenleuchtete. Die letzten Vorbereitungen für die morgige Testreihe waren erledigt. Sie schloss den Schrank, verließ das Labor und ging den menschenleeren Flur entlang zu ihrem Büro. Der lange, cremeweiße Teppich dämpfte das Geräusch ihrer Schritte. Alles in den Büros von Endo war weiß – ein makabrer Kontrast zum Blut, das im Mittelpunkt ihrer Forschungsarbeit stand.

Sie setzte sich an den Schreibtisch, startete ihren Computer und ging noch einmal die wichtigsten Dinge für den morgigen Tag durch. Nichts durfte schiefgehen.

Plötzlich hörte sie Schritte und zuckte zusammen. Doch sofort war ihr klar: Es konnte nur Serwah sein. Natürlich. Der Schlafmangel und der Druck der letzten Tage hatten sie genauso schreckhaft werden lassen wie ihre Schwester, die schon kurz vor einem Herzstillstand war, wenn jemand nur zum falschen Zeitpunkt einen Atemzug tat.

Sie lächelte Serwah an, als diese mit einer kleinen Schüssel in der Hand im Türrahmen erschien.

»Frau Direktorin!« Serwah machte eine Geste, als salutierte sie. »Wie sieht es aus?«

Parisa lächelte kopfschüttelnd und lehnte sich auf dem Schreibtischstuhl zurück. »Hör auf, mich so zu nennen. Ich fühle mich schon wie eine unsympathische Figur in einer Vorabendserie.«

Serwah lächelte noch breiter. »Niemals. Du bist doch die Geschäftsführerin.« Sie lächelte schelmisch und ging auf sie zu. »Ich habe gesehen, dass hier noch Licht war, also habe ich mir ausgerechnet, dass du hier sein müsstest.« Sie stellte die Porzellanschüssel auf Parisas Schreibtisch.

Parisa sah hinein. Die gelbe Eiscreme war nicht zu verwechseln. »Du hast aber nicht ernsthaft …?«

»… stundenlang in der Küche gestanden, um deinen Lieblingsnachtisch zuzubereiten?«, ergänzte Serwah.

Neun von zehn Malen war Parisa noch da, wenn Serwah abends ins Bürogebäude kam, um zu putzen. Jedes Mal unterhielten sie sich eine Weile. Serwah brachte ihr Kochrezepte mit, die Parisa nie schaffte auszuprobieren. Doch sie gab die Hoffnung nicht auf, eines Tages mehr Zeit für ein richtiges Abendessen zu haben und nicht immer nur Tiefkühlnudeln mit farblosem Gemüse in die büroeigene Mikrowelle schieben zu müssen. Und manchmal, zu besonderen Anlässen, hatte Serwah etwas Selbstgemachtes für Parisa dabei.

»Aber doch nicht extra für mich?«, fragte Parisa.

Serwah lächelte warm. »Nicht nur. Mein Mann bettelt schon seit Wochen um dieses Eis. Er weigert sich, es selbst zu machen. Mein Verdacht ist, dass er sich absichtlich dumm anstellt, wenn er es ausprobiert.«

Parisa lachte. »Ich glaube, das ist die einzige Speise, von der du mir noch nicht das Rezept gegeben hast.« Sie nahm den Löffel, der in der Schale lag, füllte ihn mit der goldgelben Eiscreme und schob ihn mit geschlossenen Augen in den Mund. »Himmlisch.«

»Ich habe eine Box für dich in den Tiefkühlschrank gestellt.« Serwah lächelte.

»Danke. Oh, das habe ich jetzt wirklich gebraucht!«

Serwah sah sie bekümmert an. »Immer noch Probleme?«

Parisa seufzte. »Ja.« Hatte ihr Leben dieses Jahr aus etwas anderem bestanden als aus Problemen?

»Ich hoffe wirklich, dass sich alles aufklären wird.«

Serwahs Stimme klang ernstlich besorgt.

Zu Anfang hatte Serwah bei Endo im Auftrag eines Reinigungsunternehmens gearbeitet, doch da sie ihren Job so hervorragend machte, hatte Parisa ihr doppelt so viel Gehalt geboten wie ihr alter Arbeitgeber und außerdem eine Vollzeitstelle. Serwah war sich nicht sicher gewesen, ob sie zu Endo wechseln sollte, schließlich war sie seit mehreren Jahren fest bei der Firma angestellt gewesen. Doch Parisa hatte sie ins Unternehmen gelockt, genau wie viele andere – fähige Chemiker und anderes Laborpersonal. Als Vorsitzende der Geschäftsleitung von Endo war sie zuständig für die Rekrutierung neuer Mitarbeiter.

Doch inzwischen hatte sie die Befürchtung, dass sie selbst nichts anderes war als ein einziger großer Bluff. Dass alles nur ein Luftschloss war und Endo, ihr Lebenswerk und ihre Lebensaufgabe, nicht mehr wert war als die Reagenzgläser, die sie mit Menstruationsblut füllten. Dabei war sie so kurz vor dem Ziel gewesen.

»Das hoffe ich auch«, sagte Parisa leise.

»Ich mache mich jetzt auf den Heimweg. Aber vergiss nicht die Eisbox. Du findest nämlich eine Überraschung darin.«

»Was meinst du? Sag nicht, dass …« Sie blickte auf zu Serwah. »Ist es etwa das Rezept?«

»Arbeite fertig, dann kannst du nachschauen. Nimm den Rest mit nach Hause, leg dich aufs Sofa und genieß das Eis!« Serwah lächelte und verließ den Raum.

Es klang durchaus verlockend, nach Hause zu fahren, vielleicht irgendeine Late-Night-Show zu sehen und dabei Eis zu naschen.

Parisa nahm noch einen Löffel und wandte sich wieder ihrem Computer zu. Die Kühle und Süße der Eiscreme verliehen ihr neue Kraft. Sie aß den Rest auf und kratzte anschließend die Schale leer.

Dann öffnete sie die Ergebnisse der großen klinischen Studie, die Endo durchgeführt hatte. Monatelang hatte sie die Zahlen studiert und analysiert. Endo war das Unmögliche gelungen: eine Messtechnik zu erarbeiten, die Endometriose diagnostizieren und mit deren Hilfe man auf lange Sicht vielleicht sogar ein Medikament entwickeln konnte.

Die Messtechnik hatte das Potenzial einer Revolution innerhalb der Frauengesundheitsforschung, und durch diese Technik hatte Parisa Berühmtheit erlangt. Doch es ging ihr nicht um Anerkennung, sondern darum, Frauen auf der ganzen Welt zu helfen. Sie selbst hatte viele schmerzhafte gynäkologische Untersuchungen über sich ergehen lassen müssen, um endlich ihre Diagnose zu erhalten. Wenn ihr Messverfahren korrekt war, konnte sich alles verändern.

Drei Monate zuvor hatte Endo bereits eine umfangreiche klinische Studie zum Messverfahren durchgeführt. Sie enthielt die Analyse des Menstruationsblutes von achthundert Frauen, von denen einige Endometriose diagnostiziert bekommen hatten. Doch das Ergebnis war enttäuschend gewesen, und Parisa wusste auch warum: Sie hatten es zu eilig gehabt.

Trotz des schlechten Ergebnisses waren ihre Investoren bereit gewesen, noch mehr Geld beizusteuern. Sie schienen genau wie Parisa an das Messverfahren zu glauben. Jetzt hatte sie die Chance, noch einmal von vorn zu beginnen.

Sie betrachtete die Ergebnisse der klinischen Studie und

plante, welche kleineren Versuche sie nach der morgigen Testreihe durchführen würden.

Ein leises, schnappendes Geräusch aus der Etage unter ihr unterbrach ihre Gedanken. Sie war doch allein im Bürogebäude?

Stille breitete sich wieder aus. Sie musste es sich eingebildet haben. Warum war sie nur so schreckhaft?

Dann schlug eine Tür zu. Ihr Atem stockte. Das Geräusch hatte sie sich bestimmt nicht eingebildet. Sie stand hastig von ihrem Schreibtisch auf, verließ den Raum und trat in den Flur. Dort sah sie sich um, begegnete aber nur dem schwachen Licht der Leuchtstoffröhren, die an der Flurdecke verliefen und deren Schein sich in der Glaswand links von ihr spiegelte. Hinter der Glaswand befand sich der Lichthof mit seinen kleinen Wandleuchten, die den Innenbereich erhellten.

Alles in diesem Bürogebäude war aus Glas und in Weiß gehalten. Robin, ihr Geschäftspartner und Lebensgefährte, hatte es so gewollt. Ein riesiger weißer Palast, der viel zu viel Geld kostete. Geld, das in ihre Forschung hätte fließen können.

Dann waren Schritte auf der Treppe rechts von der Küche zu hören. Zwei Stufen auf einmal wurden genommen, von mindestens zwei Personen mit schweren Stiefeln.

Um Himmels willen, waren es Einbrecher? Die Schritte wirkten jedoch sehr zielgerichtet, wer auch immer da kommen mochte, wollte offenbar gehört werden. Parisa wich zurück und rannte den Flur entlang in die Gegenrichtung. Die Lampen gingen durch ihre Bewegung automatisch an. Erschrocken blinzelte sie in das grelle Licht. Lief weiter, sah jedoch nichts. Das Licht wurde von den Glaswänden um sie herum reflektiert, blendete sie, doch sie rannte weiter. Die Schritte näherten sich. Wurden schneller. Sie war nun ganz am Ende des Flures angelangt und bog um die Ecke in den Labortrakt. Von hier aus würde sie zum Eingangsbereich kommen. Inzwischen wurde sie von Laufschritten verfolgt. Was wollten sie von ihr? Sollte sie sich in einem der Labore verstecken? Sie blickte hinter sich, konnte jedoch niemanden erkennen.

»Halt! Polizei!«, rief plötzlich eine Stimme. Sie rannte noch ein Stück weiter, bis die Worte in ihr Bewusstsein gelangten und sie abrupt stehen blieb. Polizei? Worum ging es? Mit Herzklopfen bis zum Hals drehte sie sich um. Hatte es einen Einbruch gegeben? War die Polizei hier, weil der Alarm losgegangen war? Sie begriff gar nichts mehr.

Ihre Augen hatten sich noch immer nicht an das grelle Licht gewöhnt, aber sie sah nun, wie ein Mann und eine Frau vor ihr auftauchten. Sie blieben stehen, und für einen Moment waren nur Parisas keuchende Atemzüge zu hören. Die beiden trugen Jeans, Hemd, einen dünnen Mantel und Lederstiefel. Wollten sie etwas von *ihr*? Sie spürte den Impuls, sich umzudrehen und zu fliehen, blieb jedoch stehen.

»Parisa Tagavi?« Die Frau blickte sie fragend, aber entschlossen an.

»Ja, das bin ich.«

Die Polizisten hielten ihre Legitimation hoch. »Wir sind von der Polizei. Abteilung für Wirtschaftskriminalität.« Die Frau machte eine Pause. »Wir sind hier, um Sie festzunehmen.«

2

Johannes Lund beobachtete seinen Kollegen, der gerade die Brust vorschob und seinen Rücken streckte, und fragte sich, ob er sich wohl zuerst räuspern oder die Brille abnehmen würde. Langsam beugte Oscar sich über den Tisch, als wollte er den drei Richtern so nah wie möglich kommen. Er setzte die Brille ab, fixierte jeden Richter mit dem Blick und räusperte sich dann lautstark, um ihre volle Aufmerksamkeit zu erhalten.

Johannes hatte lange an diesem Schlichtungsverfahren gearbeitet. Und es war gelinde gesagt anstrengend gewesen, was an Oscars Minimaleinsatz lag. Eigentlich hätten sie sich den Fall teilen sollen.

»Wann haben Sie angefangen mit … mit …« Seine Stimme zitterte. Oscar verstummte, räusperte sich und trank einen Schluck aus seinem Wasserglas. Dann holte er tief Luft und blickte auf seine Notizen. Johannes ertappte sich dabei, wie er wegen Oscars Stotterei eine gewisse Schadenfreude empfand.

»Wann haben Sie Ihre Beratertätigkeit für Blancet aufgenommen?«

Johannes hatte an dieser Zivilsache von Anfang bis zum Ende gearbeitet, während Oscar sich damit entschuldigt hatte, anderweitig viel zu tun zu haben. Die Kollegen hatten Johannes vor ihm gewarnt und erzählt, dass sich Oscar in Fälle einnistete, dann aber zusah, dass andere die Arbeit erledigten.

Normalerweise ließ Johannes sich nicht so ohne Weiteres vereinnahmen, doch aus irgendeinem Grund war es bei diesem Fall genauso gelaufen. Und nun stand Oscar da und bestritt die halbe Befragung des Mandanten vor dem Schiedsgericht.

Im Konferenzsaal war es unerträglich warm. Obwohl es erst Ende Mai war, herrschte seit einigen Tagen eine frühe Hitzewelle. Die Rezeptionistin hatte erklärt, dass es Probleme mit der Klimaanlage gebe, und versichert, dass der Hausmeister unterwegs sei.

Oscar fuhr fort, seine Fragen zu stellen, und der Mandant antwortete kurz und präzise, genau wie Johannes es ihm geraten hatte.

Seit fast einem Jahr arbeitete er jetzt bei Svärdh & Partner. Vorher war er in einer reinen Zivilrechtskanzlei gewesen, hatte sich dann aber für einen Wechsel entschieden, als er ein lukratives Angebot erhielt. Es gefiel ihm, auch wenn die Kanzlei für seinen Geschmack etwas zu groß war.

Eigentlich hatte er sich immer als Strafverteidiger gesehen. Zu Beginn seines Jurastudiums hatte er sich besonders für Strafrecht interessiert. Er wollte denjenigen helfen, die auf die schiefe Bahn geraten waren. Es war ihm gelungen, einen Traineejob in einer renommierten Strafrechtskanzlei zu ergattern, und sein Mentor Leif Aronsson war ein Staranwalt. Johannes hatte enorm viel gelernt. Er hatte dort in dem Glauben begonnen, dass alles, was ihm selbst widerfahren war, ihn abgehärtet habe. Doch er hatte sich geirrt. Die Schicksale der gescheiterten Menschen gingen ihm sehr nahe. Es hatte ihm beispielsweise sehr zugesetzt, als es ihm nicht gelungen war, einen jungen Mann über Weihnachten aus der Untersuchungshaft zu bekommen. Ebenso schwer fiel es ihm, sich das ganze Elend mit ansehen zu müssen. Eltern, die immer wieder im Gefängnis landeten und dennoch das Sorgerecht für ihre Kinder behielten. Und der Anblick von leidenden Kindern weckte viel zu viele Erinnerungen.

Das Jurastudium hatte er als eine Möglichkeit gesehen, die Vergangenheit hinter sich zu lassen. Doch es war genau umgekehrt – seine Tätigkeit als Strafverteidiger erinnerte ihn ständig an alles, was gewesen war.

Deshalb hatte er entschieden, sich stattdessen dem Wirtschaftsrecht zu widmen. Dort standen weder Menschenleben noch menschliche Freiheit auf dem Spiel.

Gerade als Oscar seine letzte Frage stellte, vibrierte das Handy in Johannes' Jacketttasche. Der Ton war lautlos gestellt, also bemerkte es niemand außer ihm selbst. Allerdings konnte er das Telefon nicht vor den Augen des Mandanten, der Gegenseite und des Gerichts hervorholen. Das Handy vibrierte noch immer. Schließlich hörten die Vibrationen auf, es schlossen sich nur zwei allerletzte an – eine Nachricht auf der Mailbox.

Als Oscar geendet hatte, genehmigte das Gericht eine Pause. Johannes, Oscar und der Mandant traten hinaus in den kühlen Flur.

»Das hier wird richtig gut. Hervorragende Arbeit. Echt gute Fragen.« Samir, der junge Mann, der mit der Gegenseite um das Patent stritt, betrachtete Oscar sichtlich beeindruckt.

Johannes musste sich beherrschen, um nicht mit den Augen zu rollen, und ignorierte Oscars selbstgefälliges Grinsen. »Ja, es lief gut für uns heute«, sagte er stattdessen. »Jetzt steht nur noch die Zeugenanhörung aus, aber das wird schon.« Gleichzeitig fischte er sein Handy aus der Tasche.

Er erkannte die Nummer. Das Amtsgericht. Was die wohl von ihm wollten?

Johannes folgte Oscar und Samir in den Konferenzsaal und wollte sich gerade Kaffee aus einer der silbernen Thermoskannen eingießen, als er es sich anders überlegte und nach einer der gekühlten Glasflaschen mit Mineralwasser griff. Er öffnete die Flasche, entschuldigte sich und trat dann wieder in den Flur.

Das Konferenzzentrum, in dem sie sich befanden, lag ganz oben in einem alten Gebäude am Strandvägen, nur einen Steinwurf entfernt von der Kanzlei Svärdh & Partner auf der Riddargatan.

Er ging weiter den Flur entlang und sah durch das Fenster, das den Blick auf das glitzernde Wasser der Bucht freigab, wo Schärendampfer voller Touristen vorüberglitten. Am anderen Ufer waren die palastähnlichen Gebäude der Insel Blasieholmen zu sehen, davor weiße Schiffe und Boote, die vertäut am Kai lagen.

Wieder nahm er sein Handy hervor und ging schnell seine Mails durch, um zu sehen, ob das Amtsgericht etwas geschickt hatte. Doch er fand nur eine neue Mail von Leif. Er leitete seine Mails immer mit derselben Frage ein: *Wann kommst du zu uns zurück?* Johannes lächelte. Er hatte nicht vor, sich wieder mit Strafrecht zu befassen. Dann schlug Leif ein Mittagessen in der kommenden Woche vor, und Johannes sagte schnell zu.

Anschließend hörte er seine Mailbox ab. »Hej, hier ist Regina Larsson, Sachbearbeiterin am Amtsgericht, Abteilung 5. Bei uns sitzt Parisa Tagavi, die festgenommen wurde und Sie als Verteidiger haben möchte. Bitte melden Sie sich so bald wie möglich.«

Parisa Tagavi? Johannes musste sich verhört haben. Das konnte nicht sein. Parisa?

Sein Herz setzte einen Schlag aus. Er hörte auf zu atmen, zu denken, nur um Sekunden später zu spüren, wie sein Herz raste. Er holte tief Luft, hörte die Nachricht ein zweites Mal ab.

Die Sachbearbeiterin sprach ihren Namen deutlich und fehlerfrei aus. Parisa.

Was war passiert? Warum war Parisa festgenommen worden? Und warum wollte sie ihn als ihren Verteidiger haben? Er arbeitete nicht mehr im Bereich Strafrecht, und sie beide hatten schon seit langer Zeit keinen Kontakt mehr. Während der Tenniswoche in Båstad vor einigen Jahren hatten sie sich kurz gesehen. Er war mit seinen Kollegen aus der Strafrechtskanzlei da gewesen. Leif besaß dort ein Sommerhaus und pflegte seine Angestellten für ein paar Tage einzuladen. Sie hatten sich nur flüchtig gegrüßt, als würden sie sich kaum kennen. Und davor … Daran wollte er am liebsten gar nicht denken. Das war jetzt … er dachte nach … zwölf Jahre her. Und jener Tag hatte sein Leben verändert.

Er wählte die Nummer der Sachbearbeiterin im Amtsgericht, drückte aber gleich wieder die rote Taste, noch bevor der Anruf durchgegangen war. Dann nahm er das Handy in die andere Hand, trank etwas Mineralwasser und ging zurück durch den Flur. Er wusste, was er zu tun hatte.

Sie einfach zu ignorieren war keine Alternative. Sie brauchte seine Hilfe, und er musste wissen, warum sie sich nach all diesen Jahren bei ihm meldete. Dann konnte er ihr dabei helfen, einen guten Anwalt zu finden.

Im Konferenzraum empfing Oscar ihn mit seinem falschen Lächeln. Anfangs hatte er Johannes hofiert, war um ihn herumscharwenzelt, hatte versucht, ihn auf seine Seite zu ziehen. Doch Johannes hatte ihn bald durchschaut. Als er nicht weiter auf Oscars Gesäusel eingegangen war, hatte dieser begonnen, ihn zu verabscheuen. Johannes war nun eher auf Oscars schwarzer Liste als sein Verbündeter und musste sich anstrengen, damit die Zusammenarbeit funktionierte. Doch er tat es der Kanzlei zuliebe, fand, dass er Oscars Verhalten in Kauf nehmen und seinen eigenen Widerwillen ignorieren musste. Im Gegensatz zu Oscar konnte Johannes durch und durch professionell sein.

»Also habe ich dem Partner gesagt, dass dieser Fall hier zu gut ist, als dass wir ihn uns durch die Lappen gehen lassen sollten. Und du errätst nie, was dann passiert ist.« Oscar blickte Samir an, der leicht angestrengt lächelte. Vermutlich hatte Oscar in Johannes' Abwesenheit einen einzigen langen Monolog über uninteressante Bürothemen gehalten.

»Entschuldige, dass ich mitten in deiner Geschichte störe, aber es hat sich etwas ergeben.« Johannes stellte die leere Glasflasche neben sich auf den Tisch.

»Und was?« Oscar sah Johannes irritiert an.

»Es geht um einen anderen Fall. Ich muss noch etwas erledigen und bin leider den Rest des Tages weg.«

»Kein Problem, ich mach das hier schon.« Oscars Grinsen gab Johannes das Gefühl, verloren zu haben. Das war das Beste, was Oscar passieren konnte: dass Johannes ging und er selbst die Zeugenvernehmung vor Gericht übernehmen konnte, um dann die Lorbeeren zu ernten. Doch Johannes hatte keine andere Wahl.

Er seufzte. Dann blickte er Samir an. »Morgen bin ich wieder hier.«

»Alles gut!« Samir lächelte und klopfte ihm auf die Schulter.

Johannes blieb stehen und wippte auf den Füßen auf und ab. War das wirklich klug? Sollte er Leif anrufen und stattdessen ihn bitten, sich der Sache anzunehmen?

Parisa hatte sich die ganzen Jahre nicht gemeldet. Er hätte auch nicht damit gerechnet, dass sie das tun würde. Und er hatte all das hinter sich gelassen. Er hatte *sie* hinter sich gelassen.

Die Pause war zu Ende, und die Leiterin des Konferenzzentrums kam auf ihren klappernden Stöckelschuhen zu ihnen, um ihnen mitzuteilen, dass sie an ihre Plätze zurückkehren sollten. Oscar und Samir gingen wieder in den Konferenzsaal. Sobald die Tür hinter ihnen zugefallen war, nahm Johannes wieder sein Handy und rief beim Amtsgericht an. Die Sachbearbeiterin nahm ab.

»Johannes Lund mein Name. Sie hatten wegen einer Mandatsanfrage von Parisa Tagavi angerufen.« Allein ihren Namen laut auszusprechen bewirkte, dass die seit Langem unterdrückten Gefühle ihn überrollten. Gefühle, gegen die er sich immer zu wehren versucht hatte, von denen er geglaubt hatte, sie vollkommen überwunden zu haben. »Ich wollte nur Bescheid geben, dass ich sie annehme.«

»Gut! Heute Nachmittag wird Ihre Mandantin dem Haftrichter vorgeführt. Um fünfzehn Uhr.«

3

Der Mann mit dem kurz geschorenen Haar und einer Figur wie ein Schrank, der Johannes in Empfang nahm, sah aus wie die Karikatur eines Gefängniswärters. Johannes folgte ihm durch die Schleuse hinein in die Justizvollzugsanstalt.

Während seiner Traineezeit in der Strafrechtskanzlei war er unzählige Male zu Vernehmungen hier gewesen. Die engen grauen Flure hatten immer beklemmend auf ihn gewirkt. Die kühle Feuchtigkeit der Wände schien über seinen Rücken und weiter bis ins Mark zu kriechen.

Sie gingen weiter durch den Flur, vorbei an den Türen der zahlreichen kleinen Räume bis zum Vernehmungszimmer, wo ganz hinten im Raum eine fest am Boden installierte Bank stand. Johannes ließ sich dort nieder, während der Wachmann an der Tür Position bezog. Johannes hatte sich einen DIN-A4-Block aus dem Konferenzzentrum mitgenommen, wo das Schlichtungsverfahren stattgefunden hatte, mit dem Logo des Konferenzzentrums und einem schweinchenrosa Kugelschreiber. Sein Handy hatte er an der Rezeption abgegeben, so etwas durfte man nicht mit hineinnehmen. Ungeduldig schlug er mit dem Kugelschreiber gegen den Block.

Es fiel ihm kein Grund ein, warum Parisa hier sein konnte. Soweit er wusste, war sie Geschäftsführerin eines erfolgreichen medizintechnischen Unternehmens namens Endo. Laut dem Webportal Breakit war Parisas Unternehmen eines der vielversprechendsten Start-ups des letzten Jahrzehnts. Er hatte ihren Werdegang seit dem Durchbruch verfolgt. Zuerst war er in einer kurzen Notiz über ihren Namen gestolpert, wo es um eine geniale Forscherin ging, die ein revolutionäres Messverfahren entdeckt hatte, mit deren Hilfe man Endometriose bei Frauen diagnostizieren konnte. Er hatte nur vor sich hin gelächelt, war stolz und nicht im Mindesten erstaunt gewesen, als er den Artikel las.

Er hatte auch ihren ersten Artikel über Endometriose und weibliche Schmerzen gelesen. Als sie das erste Mal im Frühstücksfernsehen aufgetreten war und von der Krankheit erzählt hatte, unter der sie schon seit der Schulzeit litt, hatte er gebannt vor dem Fernseher gesessen. Viele weitere Diskussionsbeiträge folgten, und Parisa wurde zu einer Art Sprachrohr für diese Krankheit. Plötzlich war Endometriose in aller Munde. Zu jenem Zeitpunkt hatte Johannes noch von keiner Frau aus seiner Umgebung gehört, die daran litt. Doch danach erzählten gleich mehrere Frauen an seinem damaligen Arbeitsplatz von ihrer Krankheit, die eine von ihnen eine Woche pro Monat ans Bett fesselte.

Parisas Unternehmen Endo hatte nicht nur sich selbst, sondern auch die Krankheit sichtbar gemacht. Sowohl Parisa als auch ihr Freund Robin, mit dem sie das Unternehmen gestartet hatte, waren häufig in den Schlagzeilen und im Fernsehen gewesen.

Es dauerte nicht lange, bis Endo durch enorm hohe Investorenbeträge Aufsehen erregte. Mithilfe der Investitionen sollte das neue Messverfahren möglichst bald lanciert werden, um die Krankheit diagnostizieren zu können. Und Parisa – eine junge Frau, die Bahnbrechendes innerhalb ihrer Forschung geleistet und zudem eine feministische Tat vollbracht hatte, indem sie

Frauen half, für deren Krankheit sich vorher niemand interessiert hatte – wurde zur Heldin.

Nach kurzer Zeit waren Schritte zu hören. Parisa trat ein, flankiert von zwei Justizvollzugsbeamten. Sie war es. Ihr Auftreten fühlte sich unwirklich für Johannes an, so als wäre das alles ein merkwürdiger Traum.

Selbst im hässlichen Jogginganzug der Anstalt, dessen Farbe dem Gänsedreck am Seeufer zu Hause in Norrstena glich, sah sie schön aus.

Johannes stand auf. Sie blickte ihn schweigend an, und er blieb stehen. Er wollte sie berühren. Sie umarmen, sie fest an sich drücken. Stattdessen umklammerten seine Hände Notizblock und Kugelschreiber.

Sie war ungeschminkt, glich aber dennoch der Geschäftsfrau, die er in den letzten Jahren in Artikeln und Interviews in den Wirtschaftsteilen der Zeitungen gesehen hatte. Auch dort war sie immer dezent geschminkt gewesen, mit tiefroter Farbe auf den Lippen, fast lila, was ihre makellose Haut hervorhob. Und ihn daran erinnerte, wie ihre Lippen an jenem Sommerabend ausgesehen hatten, als sie Brombeeren aus den verblühten Gärten des schicken Villenviertels in Norrstena geklaut hatten. Doch jetzt war sie komplett ungeschminkt und sah ganz jung aus. Sie ähnelte sehr dem Mädchen, in das er sich Hals über Kopf verliebt hatte, als sie sich das erste Mal vor vierzehn Jahren begegnet waren.

Er konnte kaum atmen. Es war, als sähe er einen Geist. Einen Menschen, über den er sich unzählige Male den Kopf zerbrochen hatte. Damals hatte er sie besser gekannt als jeden anderen, doch mittlerweile wusste er kaum etwas über ihr Leben, abgesehen von dem, was aus den Medien bekannt war.

Und jetzt brauchte sie ihn.

Statt sie in den Arm zu nehmen, nickte er kurz. »Hej, Parisa.«

»Hej«, sagte sie mit schwacher Stimme.

Er ließ sie zuerst Platz nehmen, und als er sich neben sie auf die Bank setzte, berührte sein Oberarm ihren. Es war ihm, als spürte er ihre Wärme durch Jackett und Hemd hindurch.

Die Justizvollzugsbeamten standen noch immer an der gegenüberliegenden Wand des Raums.

Er schwieg, erinnerte sich dann jedoch daran, dass er hier war, um ihr zu helfen. Gegen Ende seiner Traineezeit hatte Johannes häufig Mandanten in Gewahrsam oder Untersuchungshaft besucht. Schnell ging er seine Checkliste durch, die er schon damals im Kopf gehabt hatte, während er gleichzeitig seinen Notizblock aufschlug.

Er räusperte sich. »Weißt du, um was es geht?«

Sie schüttelte den Kopf. »Sie verdächtigen mich des Betrugs. Schweren Betrugs. Ich soll Investoren getäuscht haben.«

»Hat die Polizei dich schon befragt?«

Sie nickte. »Gestern wurde ich vernommen. Zuerst hatte ich einen anderen Anwalt. Einen, der Endo schon mehrfach vertreten hat. Endo heißt mein Unternehmen. Oder besser gesagt … das von mir und Robin.«

»Ich weiß.« Er räusperte sich. »Das ist mir bekannt. Hast du die Fragen beantwortet?«

Sie nickte. »So gut ich konnte.«

»Und was ist mit dem anderen Anwalt?«

»Ich konnte nicht mit ihm zusammenarbeiten. Ich konnte nicht …« Sie unterbrach sich. »Ich hatte nicht das Gefühl, dass ich ihm vertrauen kann.«

Er nickte und machte sich Notizen. Dann konnte er nicht anders und legte die Hand auf ihre Schulter. Sie zuckte kaum merklich zusammen. Seine Geste fühlte sich intim und natürlich, aber gleichzeitig auch seltsam an. Wie oft hatte er von ihr geträumt, davon, sie einfach nur zu berühren.

»Wie geht es dir?«, fragte er.

»Gut. Den Umständen entsprechend. Und dir?« Sie sah ihn an. »Wie geht es dir?«

»Gut.«

»Und wie geht es Jenny?« Ihr Blick war warm, das Lächeln offen.

»Ihr geht es auch gut. Sie wird sich riesig freuen, wenn sie hört, dass ich dich getroffen habe.«

Es war ein seltsames Gefühl, so unbeschwert mit seiner Jugendliebe über seine Schwester zu sprechen. Als befänden sie sich ganz woanders. Es wäre ihm nie in den Sinn gekommen, dass sie einander hier wiedersehen würden, im Untersuchungsgefängnis von Solna.

Doch jetzt saßen sie hier in diesem kahlen Zimmer, wo es keine Möbel gab, abgesehen von der Bank und dem im Betonboden verschraubten Schreibtisch, und nur zwei mürrische Justizvollzugsbeamte als Gesellschaft.

Leif hatte ihm beigebracht, seinen Mandanten immer erst eine kurze Einführung zu geben, hauptsächlich, damit sie über das Wichtigste im Bilde waren. Gleich würde sie dem Haftrichter vorgeführt werden und musste hoffentlich nicht mehr lange in diesem Raum sitzen.

Er sah sie an. »Ich werde dir heute während der Anhörung helfen, kann aber nicht weiter an dem Fall arbeiten.«

»Was meinst du damit?« Sie schüttelte den Kopf und blickte ihn verwirrt an. »Warum bist du dann gekommen?«

»Weil du mich heute brauchst. Und ich werde dir helfen, einen anderen Anwalt zu finden.«

Sie sah vor sich hin, ohne zu antworten.

»Warum wolltest du ausgerechnet mich als Verteidiger haben?«

Sie waren damals mit siebzehn nicht als Freunde auseinandergegangen, als sie sich das letzte Mal gesehen hatten, abgesehen von dem kurzen Gruß an jenem sonnigen Tag in Båstad. Zwölf Jahre waren vergangen, in denen sie sich nie gemeldet hatte. Dass sie überhaupt auf die Idee gekommen war, ihm dieses Vertrauen zu schenken, überraschte ihn.

»Weil …« Sie schüttelte den Kopf. »Ich weiß nicht, warum. Ehrlich gesagt war es rein instinktiv, aber … ich weiß, dass du mir glaubst.« Ihr Tonfall klang so, als wäre das eine Frage und keine Feststellung.

»Selbstverständlich glaube ich dir.«

Sie sah ihn mit ernsten braunen Augen an. »Ich weiß es, und das ist das Wichtigste für mich.« Jetzt klang sie selbstsicherer. »Der Unternehmensanwalt von Endo hat mich noch nie gemocht. Das ertrage ich nicht. Ich brauche jemanden, von dem ich weiß, dass er mir helfen kann.«

Er nickte still. Er musste sich jetzt beherrschen. Herrgott, zwölf Jahre waren vergangen. Er hatte einen guten Job in einer erfolgreichen Kanzlei, Kontrolle über sein Leben und die Vergangenheit hinter sich gelassen. Parisa gehörte der Vergangenheit an. Dennoch kam es ihm so vor, als sei er bereit, alles über Bord zu werfen, die Vernunft auszuschalten, nur um ihr zu helfen.

Während er noch überlegte, blieb sein Blick an einem Wandtelefon an einer Schmalseite des Raumes hängen, das aussah, als stammte es aus einem vergessenen alten Bunker. In einer Stunde sollte die Anhörung beginnen. Er konnte sie nicht als Mandantin annehmen, musste ihr aber dennoch durch die Anhörung helfen. Anschließend mussten sie eine andere, langfristige Lösung finden.

»Ich helfe dir jetzt, über das andere reden wir später.« Er blickte sie ernst an. »Ich rate dir, während der Verhandlung nicht auf die Fragen der Staatsanwaltschaft zu antworten, sondern mir das zu überlassen. Ich hingegen werde dir einige Fragen stellen. Du brauchst nur zu antworten, dass du die Anschuldigungen nicht verstehst und dass du selbstverständlich daran mitwirken möchtest, dass die Straftat aufgeklärt wird.« Er schwieg. »Ich werde dafür sorgen, dass du heute nach Hause kommst.«

Sie sah ihn still an. Es war nicht zu erkennen, ob sie darauf vertraute, dass er die Wahrheit sprach.

Dann nickte sie.

»Dann los!« Der schrankförmige Wachmann, der Johannes hierher begleitet hatte, zeigte sich im Türrahmen und blickte ihn auffordernd an. Johannes stand auf und legte wieder die Hand auf ihre Schulter. Drückte sie fest.

»Alles wird gut werden«, sagte er und folgte dem Wachmann nach draußen. Bevor die Tür hinter ihm zufiel, drehte er sich noch einmal um. Sie sah so einsam aus, wie sie zwischen den beiden Justizvollzugsbeamten in die entgegengesetzte Richtung davonging.

4

Vierzehn Jahre früher

»Na, sieht das nicht toll aus?« Parisas Mutter klang übertrieben positiv, als sie sich den viereckigen Innenhof und die Laubengänge ansah. Dann warf sie ihren Töchtern einen kurzen Blick zu, bevor sie ihren Koffer mit der einen und Parisas rosa Duffelbag mit der anderen Hand aus dem Auto hob. Der Umzugswagen würde später am Tag nachkommen, doch sie hatten das Auto schon mit dem Nötigsten beladen, darunter alle Bücher von Maria Gripe – Parisa hatte große Angst gehabt, dass sie auf unerklärliche Weise aus dem Umzugswagen verschwinden könnten.

Sie nahm ihre rosa Tasche in Empfang, die wegen der vielen Bücher ein ziemliches Gewicht hatte, und ließ sie auf den Boden sinken, während sie sich die Umgebung ansah. Die weiße Fassade der Häuserreihen war frisch gestrichen, und das dunkelbraune Holzgeländer der Laubengänge sah aus, als wäre es frisch geölt. Aber überall waren schief hängende Jalousien zu sehen. Ganz hinten im Hof saß ein Mann auf einem wackeligen weißen Plastikstuhl, bekleidet mit einem fleckigen Unterhemd und schwarzen Shorts, und starrte in ihre Richtung.

Ihr Vater blickte zweifelnd auf die Häuser und schien nach der Hausnummer ihrer Wohnung zu suchen. Als er seufzte, wusste Parisa, was kommen würde, und tatsächlich: »Es ist nicht immer so, wie man es sich vorgestellt hat«, murmelte er. Ihr Vater war in einem palastähnlichen Gebäude in der Nähe von Teheran aufgewachsen und andere Maßstäbe gewohnt.

»Ach, ich finde, es sieht schick aus, außerdem liegt es in der Nähe meiner Arbeit und eurer neuen Schule«, sagte ihre Mutter. Immerhin hatten sie ihretwegen das verputzte Reihenhaus in Göteborg für diese schäbige Wohngegend in Norrstena verlassen, einer Kleinstadt nicht weit von Linköping. Bladslingan. So hieß ihre Straße und auch das ganze Wohngebiet.

»Hej, hej«, sagte Parisas Mutter fröhlich und winkte dem Mann auf dem Plastikstuhl zu, der seine Augen zu zwei schmalen Schlitzen zusammenkniff.

Lautes Rufen ertönte plötzlich hinter ihnen und dann das Geräusch von Fahrrädern, die auf einem Schotterweg bremsten.

Sie drehten sich um. Zwei Jungen sprangen von ihren Rädern. Ein blonder und ein rothaariger. Der blonde Junge lief zum anderen hin und schlug ihn mit der Faust. »Verdammt, ich bring dich um! Wenn du das noch einmal tust, bring ich dich um!« Der Rothaarige fiel hintenüber, und der Blonde warf sich auf ihn, schlug erneut zu, stand dann auf und blickte auf seinen Gegner hinunter. »Kapiert?«

Der Mann auf dem Plastikstuhl sah müde zu, die Arme vor der Brust verschränkt, als passierte so etwas hier jeden Tag.

Der blonde Junge drehte sich um und ging in Richtung Bladslingan. Ein paar Nachbarn traten auf den Hof, ein paar andere standen oben am Geländer der Laubengänge und sahen nach unten, darunter eine Frau in Morgenmantel und schmuddeligem Nachthemd, die einen müden Blick auf den blonden Jungen warf. Parisa beobachtete sie. Die Frau sah aus wie ein Hollywoodstar unter Drogen, festgehalten auf einem Polizeifoto. Dunkle Ringe unter den Augen, glasiger Blick und strähniges Haar. Sie hatte hohe Wangenknochen und volle Lippen. Eine Frau, die einmal schön gewesen und es vermutlich immer noch war, wenn sie geduscht, die Haare gekämmt und die Kleidung gewechselt hatte.

Im selben Moment kam der Rothaarige auf die Beine und rannte auf den Blonden zu, warf sich mit Gebrüll auf ihn, und die Prügelei ging weiter.

»Johannes, hör auf!«, sagte die Frau im Morgenmantel halbherzig. Aber der Junge, der offenbar Johannes hieß, schien sie nicht zu hören, sondern teilte weiter Schläge aus.

In diesem Moment reagierte Parisas Vater. »Hey, Jungs!« Er stellte die Koffer ab und ging auf sie zu.

»Johannes, hör jetzt auf, verdammt noch mal!« Das war die Frau im Morgenmantel. Ihre Stimme klang plötzlich laut und scharf. Blitzschnell war sie an der Treppe, die hinunter in den Hof führte.

Die Jungen hielten inne, und der Blonde zuckte zusammen. Parisa konnte es nachvollziehen, denn die Frau wirkte irgendwie bedrohlich. Er stand auf und warf dem anderen Raufbold einen wütenden Blick zu.

»Ich will keine Scheißbullen hier haben! Nicht schon wieder!«, schrie die Frau zu den Jungen herunter, ohne sich darum zu scheren, dass alle anderen zuhörten. Ohnehin schien sie niemand anderen wahrzunehmen, sondern sich in ihrer eigenen Welt zu befinden.

Der Junge namens Johannes sah hinunter auf den am Boden liegenden Rothaarigen. »Du lässt ihn ab jetzt in Ruhe, verstanden?« Dann ging er zur Treppe, ignorierte die Blicke der anderen und lächelte eine ältere Dame an, die näher gekommen war, um zu sehen, was los war. Sie lächelte zurück und schüttelte dann langsam den Kopf.

Parisa stellte fest, dass Johannes athletisch gebaut war –unter dem schwarzen Pullover zeichneten sich für sein Alter ungewöhnlich breite Schultern ab. Bevor er die Treppe hinaufging, drehte er den Kopf zur Familie Tagavi, die wie versteinert im Innenhof stand. Er blickte Parisa direkt an und warf dann den Kopf zur Seite, sodass seine langen Ponyhaare umherstoben. Seine blauen Augen durchbohrten sie. Himmelblaue Augen. Er hatte dieselben hohen Wangenknochen und sinnlichen Lippen wie die Frau im Morgenmantel, sein Blick wirkte jedoch lebendiger. Trotzdem stimmte irgendetwas nicht. Sie spürte es, konnte es sehen. Und ein merkwürdiges Ziehen machte sich in der Magengegend bemerkbar. Sie mochte eigentlich solche Jungs überhaupt nicht. Prügeln – wie lächerlich. Doch sie konnte ihre Augen nicht von ihm abwenden.

Ihre Eltern waren wieder damit beschäftigt, Koffer und Taschen aus dem Auto zu laden, schienen unschlüssig zu sein, ob sie die Nachbarn begrüßen und wie sie sich überhaupt verhalten sollten. Parisa stand reglos da und sah ihm nach. Sie spürte Nooshis Blick und sah schnell zu ihr hinüber. Der Blick war eine einzige Ermahnung. Die große Schwester hatte sofort begriffen. Und ihr Blick sagte: *Nur über meine Leiche.*

5

Die drei Tage im Untersuchungsgefängnis kamen ihr wie ein schier endloser Nebel vor. Um die Tage auseinanderzuhalten, zählte Parisa die Mahlzeiten. Sie fühlte sich genau wie Josef K. in Kafkas *Prozess*. Zum ersten Mal hatte sie das Buch in der neunten Klasse gelesen, und Josef K.'s Schicksal hatte sie stark beeindruckt. Diese Machtlosigkeit. Sie erinnerte sich, wie sie gemeinsam mit Johannes das Buch auseinandergenommen hatte. Ihn hatte der Roman verstört und vollständig in den Bann gezogen. Vielleicht war damals sein Interesse am Anwaltsberuf geweckt worden? Oder hatte er sich dafür entschieden, nachdem er selbst eines Verbrechens angeklagt worden war? Sie wusste es nicht. Nach jenem Tag in der Schule vor zwölf Jahren und seinem enormen Verrat hatte sie ihm nichts weiter zu sagen gehabt.

Anschließend war er aus ihrem Leben verschwunden. Aus der Schule und aus Norrstena. Einige Jahre später hatte sie aus reiner Neugier in den sozialen Medien nach ihm gesucht, doch sie hatte ihn nicht gefunden. Er war nicht der Typ, der sich in sozialen Medien bewegte. Wiederum ein paar Jahre später hatte sie über das Internet erfahren, dass er Trainee in einer Strafrechtskanzlei war. Das hatte sie nicht weiter verwundert.

Dann begegneten sie sich in Båstad. Es war seltsam gewesen, sie hatten kaum ein Wort miteinander gesprochen. Sie hatte ihn über alles ausfragen wollen. Wie es ihm ging, wo er wohnte, was er arbeitete. Ob er noch immer Pommes frites mit Grillgewürz und Conan O'Brien mochte. In regelmäßigen Abständen hatte sie ihn immer wieder gegoogelt, festgestellt, dass er inzwischen die Kanzlei gewechselt hatte und Anwalt geworden war.

Nachdem Johannes die Justizvollzugsanstalt verlassen hatte, führten die Wachleute sie aus dem Gebäude, und sie wurde zum Amtsgericht gebracht. Die Fahrt führte am Klarastrandsleden entlang, und sie blickte durch die getönten Fensterscheiben auf den dunkelgrünen Kanal und die Weiden am anderen Ufer, deren üppig wuchernde Äste über die Wasseroberfläche hingen. Sie fühlte sich wie die Hauptdarstellerin in einer deprimierenden Gefängnisserie. Als sie auf die Kungsbron fuhren und die sonnendurchfluteten Straßen der Stadt vor den Fenstern vorbeiflimmerten, kam es ihr so vor, als wäre sie drei Jahre und nicht drei Tage lang eingesperrt gewesen. Ein Gefühl von Unwirklichkeit befiel sie.

Alles musste ein Missverständnis sein.

Während der Vernehmung hatten die Polizisten meist Fragen zu verschiedenen Meetings und einem Telefonat gestellt. Sie war immer ehrlich zu den Investoren ihres Unternehmens gewesen. Trotzdem fühlten sie sich offenbar übers Ohr gehauen. Sie begriff nicht, wie es dazu hatte kommen können. Die Investoren hatten doch die volle Wahrheit über die klinische Studie erfahren. In der Kommunikation mit ihnen war sie immer transparent gewesen und hatte nie irgendjemandem irgendetwas versprochen. Sie hatte auch nie irgendwelche Zahlen geschönt, sondern nur die reinen Fakten geliefert. Tatsache war, dass irgendetwas in der umfangreichen klinischen Studie schiefgelaufen war. Aber das war doch kein Verbrechen? So etwas passierte häufig in der Forschung.

Wenn sie nur die Gelegenheit bekam, alles zu erläutern, würde sich die Sache sicherlich aufklären.

Das Auto hielt vor dem Gerichtsgebäude. Davor stand Johannes und wartete schon auf sie. Sie redete sich ein, dass sie nun während der Verhandlung Antworten auf all ihre Fragen bekommen würde. Dass die Staatsanwaltschaft keine direkten Anhaltspunkte hatte, dass es keine Beweise gab und sie heute noch als eine freie Frau nach Hause gehen konnte.

Johannes kam ihr entgegen, als sie aus dem Auto stieg. »Wollen wir gleich hineingehen, oder brauchst du noch Zeit?« Er blickte ihr tief in die Augen. Fürsorglich und bekümmert. Vor langer Zeit hatte er sie manchmal so angesehen. Auch damals hatte er sich ihretwegen Sorgen gemacht, dabei hatte sie nur minimale Probleme gehabt, während er selbst täglich durch die Hölle ging.

Erst wollte sie sagen, dass sie ruhig schon hineingehen konnten. Wenn sie nur stark genug war, würde alles gut gehen. Doch vor ihr stand Johannes, jemand, der sie einmal besser gekannt hatte als irgendjemand anders. »Ich …« Sie schüttelte den Kopf. »Vielleicht brauche ich noch eine Minute.«

»Ich verstehe.« Er stand neben ihr, während sie ein paarmal tief durchatmete.

Wenn jemand sie verstand, dann er. Er hatte dasselbe durchgemacht wie sie. Wenn sie es sich recht überlegte, war er der Einzige in ihrem Umfeld, der wegen einer Straftat angeklagt gewesen war. Wenn man ihn überhaupt zu ihrem Umfeld zählen konnte, nachdem sie ihn zwölf Jahre nicht gesehen hatte.

»Ich werde dafür sorgen, dass du heute nach Hause fahren kannst.« Er klopfte ihr auf die Schulter. Sie spürte den Impuls, sich an ihn zu lehnen, sich in seinem Arm zu verlieren und von ihm umschließen zu lassen. Doch sie blieb stehen. Beherrschte sich. Zum einen wäre es unpassend gewesen, und zum anderen waren sie sich nicht mehr so vertraut. Das war man nicht, wenn man mit jemandem seit über einem Jahrzehnt nicht gesprochen hatte. Aber es fühlte sich gut an, ihn an ihrer Seite zu wissen, während sie zum Eingang gingen.

Sie liefen weiter durch den langen Flur, wo der Klang ihrer Schritte von den grauen Steinfliesen widerhallte.

Am anderen Ende des Flurs entdeckte sie ihre Eltern. Sie wandte den Blick ab. Konnte ihnen nicht in die Augen sehen. Hatten sie dafür die ganzen Jahre gekämpft? So viel geopfert, ihr Heimatland, ihre Familien – nur um zuzusehen, wie ihre jüngste Tochter vor Gericht gestellt wurde?

Neben den Eltern standen ihre ältere Schwester Nooshi und ihre beste Freundin Mirja, die versuchte, tapfer zu lächeln, obwohl sie sich die Tränen aus den Augenwinkeln wischte. Dann fiel Parisas Blick auf Robin. Er lächelte sie aufmunternd an, und sie lächelte zurück. Doch ihre Gedanken fuhren Achterbahn. Sie war selbstverständlich davon ausgegangen, dass auch er in Gewahrsam gewesen war. Vielleicht war seine Verhandlung schon vorbei, und er war freigelassen worden? Sie hatte den Anwalt von Endo vor der Vernehmung darauf angesprochen, doch der hatte gesagt, er dürfe ihr keine Auskünfte zu Robin geben.

Sie betraten den Gerichtssaal – einen riesigen Raum mit terrakottafarbenem Teppichboden, quadratischen Holzvertäfelungen an den Wänden und zwei riesigen Kronleuchtern, die von der Decke hingen. Am Tisch, der ihnen gegenüberstand, wartete eine Frau mit dunklem, fast schwarzem Haar, das ihre hellbraunen Augen nahezu unwirklich hell und durchdringend erscheinen ließ. Die Staatsanwältin, vermutete Parisa. An einem Tisch an der Schmalseite des Saals saß ein Mann mittleren Alters mit dichtem, dunkelgrauem Haar und einem etwas gleichgültigen Gesichtsausdruck. Der Haftrichter.

Johannes schob Parisa einen Stuhl hin und legte seine Hand

wieder leicht auf ihren Rücken, als sie sich setzte. Ihr Herz klopfte schneller. Wie verrückt war das? Trotz dieser Situation reagierte sie auf seine Nähe. Vielleicht lag es daran, dass sie schon lange nicht mehr einem anderen Menschen nahe gewesen war. Und das wiederum lag nicht an den 72 Stunden in der Justizvollzugsanstalt, sondern daran, dass sie die letzten 7200 Stunden konstant gearbeitet und kaum mit jemandem gesprochen hatte.

Johannes setzte sich neben sie. Der Richter sah sie über den Rand seiner Brille hinweg an und kniff die Lippen zu einem Gruß zusammen. »Die Verhandlung ist eröffnet.« Er wandte sich an die Staatsanwältin, die sich als Aisha Erlandsson vorstellte. »Bitte erläutern Sie den Antrag.«

Aisha Erlandsson nickte kurz. »Danke. Ich beantrage die Inhaftierung der festgenommenen Frau Tagavi aufgrund hinreichender Verdachtsmomente für den Tatbestand des schweren Betrugs.«

Der Richter nickte Johannes zu. »Und was hat die Verteidigung dagegen vorzubringen?«

Johannes nickte zur Antwort. »Vielen Dank, dass Sie mir das Wort erteilen, Herr Vorsitzender. Meine Mandantin leugnet die Straftat, und damit wird auch einem Antrag auf Haftbefehl widersprochen. Grund dafür ist, dass keine hinreichenden Verdachtsmomente für schweren Betrug vorliegen. Meine Mandantin fordert die sofortige Freilassung.«

»Frau Staatsanwältin, bitte erläutern Sie Ihren Antrag auf Inhaftierung.« Der Richter blickte Aisha Erlandsson auffordernd an, die daraufhin nickte.

»Der schwere Betrug wurde vorsätzlich durch Manipulation von Daten und falsche Versprechungen durchgeführt …« Parisa war völlig verwirrt, als sie hörte, was die Staatsanwältin sagte. Datenmanipulation, falsche Versprechungen. Sie verstand nicht, worauf sie sich bezog. Wann sollte das gewesen sein? Wie konnten sie annehmen, dass sie die Ergebnisse manipuliert hatte? So etwas wäre ihr niemals eingefallen. Sie handelte nach allen Regeln der Kunst und hätte niemals die Wahrheit verfälscht. Das gehörte sich einfach nicht als Forscherin. Doch die Staatsanwältin hatte gesagt, sie habe Informationen »vorsätzlich« manipuliert.

Herr im Himmel, wenn der Richter die Ausführungen der Staatsanwältin ernst nahm … Sie atmete tief ein und wieder aus. Ihre Forscherkarriere wäre zu Ende. Es war vollkommen inakzeptabel, eine klinische Studie zu manipulieren.

Johannes, der neben ihr saß, verschränkte die Hände. Wie immer, wenn er nervös war. Sie hatte es hunderte Male bei ihm gesehen. Eine Gewohnheit, die er sich offenbar noch nicht abgewöhnt hatte. Was hatte die Staatsanwältin gesagt, was Johannes so nervös machte? Offenbar hatten ihre Ausführungen Hand und Fuß.

»Als Grund für eine Untersuchungshaft ist zunächst zu nennen, dass die Straftat nicht mit einer geringeren Strafe als zwei Jahren Freiheitsentzug geahndet werden kann«, fuhr Aisha Erlandsson fort und blickte von ihren Notizen auf. Sie sah zu Johannes und dann zu Parisa. »Weitere Gründe sind Fluchtgefahr, Verdunkelungsgefahr und Wiederholungsgefahr. Wenn ein Haftbefehl erlassen wird, beantrage ich, dass dem Untersuchungshäftling Einschränkungen auferlegt werden.«

Untersuchungshaft, Einschränkungen. Und dann noch Fluchtgefahr. Sie wollten sie also ins Gefängnis bringen, und bis dahin sollte sie in Untersuchungshaft. Sie dachten, sie würde fliehen. Wohin sollte sie fliehen?

Als wollte die Staatsanwältin Parisas stille Frage beantworten, fuhr sie fort: »Frau Tagavi hat im Ausland studiert und hat Verwandte in verschiedenen Teilen der Welt. Sie kann sich also leicht außer Landes begeben.«

Gedanken wirbelten durch ihren Kopf. Erst als Staatsanwältin und Richter in ihre Richtung blickten, begriff sie, dass sie an der Reihe war, etwas zu sagen. Doch dann hörte sie Johannes neben sich.

»Zum Tatverdacht möchten wir uns nicht äußern.« Johannes klang ruhig. Er hatte aufgehört, seine Hände zu kneten. Stattdessen saß er leicht vorgebeugt, als wollte er dem Richter näher sein. »Es liegen keine Gründe für einen Haftbefehl vor«, fuhr er fort. »Gerade haben wir gehört, was die Staatsanwältin über den Tatverdacht gesagt hat, darunter die Manipulation von Forschungsergebnissen. Das Gericht soll entscheiden, ob Parisa Tagavi schuldig ist oder nicht. Dieser Fall wird bald an die Öffentlichkeit gelangen. Alle werden von den Beschuldigungen erfahren, und wenn ein Haftbefehl gegen Parisa Tagavi erlassen wird, wird die Öffentlichkeit sie für schuldig halten. In diesem Fall wäre ihre Forscherkarriere beendet.« Er holte Luft, machte eine kurze Kunstpause. »Wenn sie verhaftet wird, ist das ihr endgültiges Urteil. Alle werden sie für schuldig halten.« Johannes blickte ernst, während er sprach und den Worten Nachdruck verlieh. »Außerdem leidet Parisa Tagavi an Endometriose, einer Krankheit, die zu längeren Phasen mit starken Schmerzen führt. Sie nimmt Medikamente dagegen, Hormontabletten. Die Behandlung könnte im Gefängnis schwer durchzuführen sein. Denn selbst wenn sie die nötigen Medikamente erhält, würde die Untersuchungshaft bedeuten, dass sich ihr Krankheitsbild verschlimmert, da sie darauf angewiesen ist, sich regelmäßig zu bewegen. Die Krankheit verursacht in bestimmten Stellungen mehr Schmerzen. Die Haft wäre unerträglich für sie.«

Parisa warf ihm einen raschen Blick zu. Woher wusste er das? Damals, als sie enger miteinander gewesen waren, hatte sie die Diagnose noch nicht erhalten. Das war erst viel später gewesen. Vielleicht hatte er ihr Tun verfolgt, so wie sie seines. In den Medien war sie im Hinblick auf ihre Krankheit ganz offen gewesen und hatte berichtet, wie sie versuchte, mit den Symptomen umzugehen.

»Parisa Tagavi wird bei den Ermittlungen mitwirken. Sie hat keine Beweggründe zu fliehen, denn sie hat ihren Lebensmittelpunkt hier in Schweden«, fuhr Johannes fort. »Eltern, Schwester, Nichten und Neffen.« Er räusperte sich. »Und einen Lebensgefährten.« Er atmete tief ein. »Ich würde die Beschuldigte gern fragen, wie sie den Sachverhalt sieht.«

»Das geht in Ordnung«, sagte der Richter.

»Parisa, wirst du beim Ermittlungsverfahren mitwirken?« Er sah sie an.

Sie nickte. »Ich werde alles tun, was ich kann, um diese Angelegenheit aufzuklären.« Dann sah sie die Staatsanwältin an. »Ich sage ehrlich und offen, dass diese Punkte, die ganze Beschreibung der Straftat, neu für mich sind. Darauf war ich nicht vorbereitet.« Sie schluckte. Ihr Hals war staubtrocken, und sie rang um Atem. »Auch ich möchte nichts als die Wahrheit erfahren, um das Verfahren zu einem Ende zu bringen.« Ihre Stimme zitterte. »Eingesperrt zu sein wäre entsetzlich.« Sie warf dem Richter einen Blick zu, der sie mürrisch ansah. Schlagartig fühlte sie sich unterlegen. Allein mit seinem Blick schien er sie zurechtzuweisen.

»Danke.« Er sah in den Gerichtssaal, bevor er erneut das Wort ergriff. »Das Gericht ist der Ansicht, dass es keine Gründe für eine Untersuchungshaft gibt.« Der Richter schlug mit dem Hammer vor sich auf den Tisch.

Draußen vor dem Gerichtsgebäude brannte die Nachmittagssonne vom Himmel. Johannes begleitete Parisa im Schatten der dichten Baumkronen zurück zum Fahrzeug, das sie wieder in die Justizvollzugsanstalt bringen würde, wo sie ihre Sachen holen und dann nach Hause fahren konnte.

Er selbst nahm sich ein Taxi. Während das Auto durch die Straßen raste, schien sich in ihm etwas zu lösen. Seine Hände zitterten, und ihm war beinahe etwas übel. Erst jetzt wurde ihm bewusst, wie angespannt er gewesen war. Wie viel ihm das alles bedeutet hatte. Parisa hatte ihm vertraut, und er hatte die Vorstellung nicht ertragen können, dass sie in Untersuchungshaft säße. Er zog sein Handy hervor und vereinbarte einen Termin mit Leif. Leif würde der beste Verteidiger für Parisa sein.

Als er aus dem Taxi stieg, fühlte er sich noch immer zittrig. Warum berührte es ihn so? Es waren viele Jahre vergangen. Und er begriff, dass er nicht weiter an ihrem Fall arbeiten konnte. Er würde sich nicht professionell verhalten, sondern Gefühle mit hineinbringen. Es war unmöglich.

Er betrat die Justizvollzugsanstalt. Parisa hatte sich umgezogen, und die Rezeptionistin reichte ihr ihre Handtasche. Sie gingen zusammen hinaus auf die Straße.

»Danke für deine große Hilfe«, sagte Parisa, als sie auf der Straße standen.

»Wie kommst du nach Hause?«

»Robin kommt gleich und holt mich ab.« Natürlich. Er war ja ihr Lebensgefährte. »Danke für alles.«

Er nickte nur.

Jetzt lächelte sie voller Wärme. »Du hast dich wirklich nicht das kleinste bisschen verändert!«

Zweifelnd verzog er den Mund. »Was meinst du damit?«

»Deine knappen Antworten.«

»Und du? Redest du noch immer viel zu viel?« Er grinste. »Du hast dich vor Gericht aber tapfer geschlagen.«

»Weißt du eigentlich, ob Robin ebenfalls unter Verdacht steht?« Sie blickte Johannes fragend an.

»Im schriftlichen Haftantrag, den mir die Staatsanwältin gegeben hat, stand nur dein Name.«

Sie nickte still.

»Stimmt etwas nicht?«

Sie schüttelte kurz den Kopf. »Ach, ich weiß nicht. Es ist ja hauptsächlich Robin, der Kontakt zu den Investoren hat. Aber ich bin ja die Geschäftsführerin und außerdem das Gesicht nach außen. So ist es jedenfalls gedacht.«

»Diese Rolle hätte Robin gern, richtig?« Er dachte an die Gelegenheiten, als er Robin in Diskussionsrunden und sogar in einer Fernsehsendung über den Haushaltsplan der Regierung gesehen hatte, wo er davon gesprochen hatte, dass man nicht genug in Frauengesundheit investierte. Doch er stand meist hinter Parisa, die von den Medien geliebt wurde.

Sie lächelte als Antwort, und er reagierte auf dieses Lächeln genauso, wie er es als verliebter Teenager getan hatte.

Eben die Tatsache, dass er auf ihr Lächeln und leichte, freundschaftliche Berührungen so reagierte, bewies, dass er nicht für sie arbeiten konnte. Er sah sie ernst an.

»Jetzt, wo du aus dem Gewahrsam entlassen bist, müssen wir abwarten, ob Anklage erhoben wird oder nicht. In jedem Fall ist es gut, sich auf eine mögliche Gerichtsverhandlung vorzubereiten, aber …« Er holte tief Luft. »Wie ich schon sagte, kann ich dir leider nicht helfen.«

Sie bedachte ihn mit einem unergründlichen Blick.

»Aber keine Sorge. Ich habe schon einen Termin mit einem hervorragenden Anwalt gemacht.«

»Aber ich möchte, dass du mich verteidigst.«

Er schüttelte den Kopf. »Ich kann dich nicht verteidigen. Das funktioniert nicht, wir kennen uns … es wäre unpassend.«

Sie erwiderte nichts, sondern blickte hinaus auf die Straße, als suchte sie nach etwas. Vermutlich nach Robin.

»Ich helfe dir und unterstütze dich, bis du dich für einen geeigneten Anwalt entschieden hast. Der Anwalt, den wir treffen wollen, ist ein ehemaliger Kollege, der …«

»Ich habe nichts manipuliert. Ich habe niemanden getäuscht.«

»Das glaube ich dir. Darum geht es auch nicht. Aber ich …« Er schüttelte den Kopf. »Ich arbeite gar nicht mehr im Bereich Strafrecht.«

Sie runzelte die Stirn. »Aber du bist doch Anwalt?«

»Ja, in einer Zivilrechtskanzlei.«

»Aber als wir uns in Båstad begegnet sind …«

»Damals war ich in einer Strafrechtskanzlei, aber jetzt arbeite ich im Zivilrecht.«

»Okay. Aha … Ich wusste nicht, dass es so große Unterschiede zwischen den Kanzleien gibt. Ist das wirklich so entscheidend?«

»Niemand in meiner Kanzlei beschäftigt sich mit Strafrecht, und ich bin dort angestellt. Ich kann nicht einfach jeden beliebigen Fall annehmen. Strafsachen anzunehmen, widerspricht den Richtlinien meiner Kanzlei.« Was die Richtlinien betraf, war er sich nicht ganz sicher, aber es klang zumindest glaubwürdig. Außerdem fühlte es sich besser an, die Worte mit irgendwelchen Richtlinien zu untermauern, als dass seine Gefühle der Sache einen Riegel vorschoben.

Sie schüttelte den Kopf. »Ich habe einfach so große Angst.«

Er legte sanft seine Hand auf ihre Schulter. »Das verstehe ich, kein Wunder, wenn man einer Straftat verdächtigt wird. Die Ungewissheit ist furchtbar.« Er wusste es ja. Er ließ seine Hand einen Moment zu lange auf ihrer Schulter liegen. Am liebsten hätte er sie umarmt, sie an sich gedrückt.

Im selben Augenblick hielt ein weißer SUV vor ihnen am Gehsteig. Eine Autotür öffnete sich, und Robin stürmte heraus. »Endlich.« Er umarmte Parisa. Und sie umarmte ihn zurück. Robin küsste sie aufs Haar. Johannes musste sich abwenden, als sie sein Gesicht an Robins Schulter verbarg. Teufel auch! Dass es so wehtat, überraschte ihn. Genauso weh wie damals, als er Parisa zum ersten Mal in der Schule zusammen mit Robin gesehen hatte.

War er noch immer nicht weiter?

»Wie geht es dir?« Robin sah Parisa besorgt an.

Sie nickte. »Ganz okay.« Sie blickte Johannes an. »Dank seiner Hilfe wurde ich freigelassen. Jetzt müssen wir nur noch warten, ob Anklage erhoben wird oder nicht.«

Erst jetzt fiel Robins Blick auf Johannes. Für den Bruchteil einer Sekunde hatte Johannes den Eindruck, als sähe er in Robins Augen denselben Abscheu wie damals. Doch dann erhellte sich Robins Miene. Er lächelte freundlich und streckte ihm die Hand entgegen. »Aha, Johannes Lund. Inzwischen Anwalt.«

Johannes schüttelte die ausgestreckte Hand, drückte sie eine Spur zu fest. Er konnte nicht anders. Der Hass war noch da. Offenbar war er noch immer nicht darüber hinweg.

Robin legte die andere Hand auf Johannes' Schulter und klopfte sie dreimal. Anschließend befreite er sich aus Johannes' Griff, streckte und beugte seine Finger, blickte Johannes aber weiter freundlich an. »Danke, dass du Parisa geholfen hast«, sagte er, ließ Johannes' Schulter los und legte stattdessen den Arm um Parisa.

Die beiden passten gut zusammen. Dagegen konnte Johannes nichts sagen. Jetzt war Parisa etwas blasser als gewöhnlich. Sie trug eine schwarze lange Hose und eine weiße Bluse. Ihr Haar war hochgesteckt, und erstaunlicherweise wirkte sie trotz allem gelassen. Robin hatte einen dunkelgrauen Anzug an und sah zweifellos gut aus. Ein richtiges Power-Paar.

Vielleicht hatte Robin sich ja seit damals verändert, wer wusste das schon?

Johannes merkte, wie er dabei war, sich ihre Beziehung vorzustellen. Was sie wohl miteinander taten? Vermissten sie einander, wenn sie getrennt waren? Hatte sie sich nach Robin gesehnt, als sie in Gewahrsam war?

Vermutlich. Sie liebten sich wohl.

»Kein Problem, war doch klar«, sagte er schließlich. »Hoffentlich entgeht sie einer Anklage.«

Robin nickte langsam. »Was meinst du, wie stehen die Chancen?«

»Über das Risiko einer Anklage kann ich leider wenig sagen«, entgegnete Johannes und blickte dann Parisa an. »Ich schicke dir die Einladung zum Treffen mit dem Anwalt, den du meiner Ansicht nach engagieren solltest. Wahrscheinlich in seinem Büro. Am Mittwoch.«

»Treffen?«, hakte Robin nach.

»Ja. Ich kann Parisas Fall leider nicht übernehmen, aber ich kenne einen renommierten Anwalt, der einen wirklich guten Job machen wird. Leif ist der Beste.«

Robin wandte sich an Parisa. »Ansonsten hast du ja auch Claes«, sagte er.

Sie sah zwischen beiden hin und her. »Am liebsten entscheide ich selbst, wer mich vertritt.«

»Claes ist sagenhaft, das weißt du. Sonst hätte er niemals Endo vertreten.«

»Ich habe nur das Gefühl, dass er schon immer etwas gegen mich hatte«, wandte Parisa ein.

Robin lachte auf. »Was? Wie kommst du denn darauf?« Er warf Johannes einen raschen Blick zu. »Das stimmt keinesfalls«, sagte er dann. »Ich rufe ihn heute Abend mal an. So, wollen wir los? Du willst dich sicher ausruhen.« Wieder sah er

Johannes an. »Schön, dass wir uns gesehen haben! Mach's gut!« Robin ging um sein Auto herum und stieg an der Fahrerseite ein, während Parisa stehen blieb.

»Dann sehen wir uns am Mittwoch«, sagte Johannes.

Sie sah ihn ernst an. Trat einen Schritt auf ihn zu. »Ich möchte dich haben«, sagte sie leise.

Alles drehte sich, und das Schwindelgefühl stieg bis in seinen Kopf. Sie blickte ihn noch eine Weile an, bevor sie auf den Beifahrersitz glitt.

Er schüttelte den Kopf. Der weiße SUV fuhr ein Stück zurück und verschwand dann schnell die Straße hinab. In seinem Kopf drehte sich noch immer alles, sein Puls raste. Natürlich hatte er verstanden, worauf sie sich bezog, aber er wünschte, ihre Worte hätten eine andere Bedeutung gehabt.

6

Vierzehn Jahre früher

Die Kette von Johannes' metallic-blauem Fahrrad quietschte. Er musste sie dringend ölen. Mit den breiten Reifen konnte er überall fahren, den Berg hinauf und hinab und auf Waldwegen. Nicht, dass es in Norrstena sonderlich viele Hügel gegeben hätte, aber es war in jedem Fall praktisch.

Johannes würde Björn fragen, ob er ihm mit dem Fahrrad helfen konnte, wenn er von seiner Dienstreise zurück war. Es war Björn gewesen, der ihm das Fahrrad gekauft hatte. Von einem Freund, dessen Sohn dafür zu groß geworden war. Johannes mochte Björn. Nicht wegen des Fahrrads, sondern weil er Johannes' und Jennys Leben in den letzten drei Jahren deutlich verbessert hatte. Seine Mutter war anders mit ihm zusammen. Sie war zwar immer noch nicht wie andere Mütter, aber sie war jedenfalls zu Hause, hatte ein Jahr lang ihren Job behalten (zwar hatte sie ihre Anstellung vor einem halben Jahr wieder verloren, aber ein Jahr war Rekord), und sie hatten etwas zu essen. Und es war sauber zu Hause. Doch in letzter Zeit musste Björn auffällig oft auf Dienstreise, und Johannes konnte eins und eins zusammenzählen. Seine Mutter erdrückte ihn. Lange würde Björn es nicht mehr aushalten.

Alles war so angenehm mit ihm gewesen, im Gegensatz zu

den anderen Typen, die häufig besoffen waren und herumschrien. Und manchmal zuschlugen. Johannes und seine Mutter hatten Schläge einstecken müssen. Zum Glück hatte Jenny nichts abbekommen. Mama sagte immer, dass sie aus Eifersucht grob zu Johannes waren. Sie wollten Mama für sich alleine haben. Er und Jenny waren ein Problem. Dennoch liebte sie ihre Kinder. Das sagte sie jedenfalls manchmal, wenn sie etwas von ihnen wollte. Etwa, dass sie in der Schule nichts von ihrem letzten Tobsuchtsanfall erzählten. Oder sie sagte es, um beide zu besänftigen, nachdem sie Jenny ein behindertes Balg genannt hatte. Einmal hatte sie Jenny angeschrien, dass sie doch selbst vom Sofa aufstehen solle, sie könne ihr nicht auf die Toilette helfen. Zu dem Zeitpunkt war die Betreuerin nicht da gewesen. Später am Abend hatte sie beide in den Arm genommen und gesagt, dass sie ohne sie nicht leben könne und sie auch nicht ohne ihre Mama.

Ihre Liebe war entweder nicht vorhanden oder an Bedingungen geknüpft.

Er strampelte weiter den Hügel hinauf. Sechs Stunden Arbeit an diesem Morgen hatten seine Beine müde gemacht. Treppen hoch und runter, einen Werbeprospekt nach dem anderen in die Briefkästen. Fast die ganze Nacht hatte er die Prospekte gefaltet und sortiert, aber mittlerweile war er schnell darin. Deshalb trug er jetzt die doppelte Menge aus. Er war ungeheuer stolz und hatte schon genug Geld für ein neues Handy zusammengespart. Das Austragen war gar nicht so schlimm. Es war für ihn ein Ausgleich, wenn er schnell die Treppen hochlief und dabei *Du & jag döden* von Kent hörte, wieder und wieder. Er liebte die Platte und hatte sie sicher schon tausendmal gehört, seit sie herausgekommen war.

Eigentlich war er zu müde zum Fahrradfahren, aber er wollte weg. Nur seine Mutter war zu Hause, und sie war seit vier

Tagen nicht draußen gewesen. Noch immer bediente sie sich an den Tabletten, die sie in der letzten Woche abgeholt hatte. Johannes musste sich fast übergeben vom muffigen Gestank in der ungelüfteten, heißen Wohnung.

Jenny war in einem Kunstferiencamp, und keiner seiner Kumpel war zu Hause. Zacke war mit seiner Familie auf Öland und würde erst in zwei Wochen wieder zurück sein.

Johannes war allein. Allein mit seiner Mutter in der glühend heißen Wohnung. Als er ging, hatte sie gerade *Weißer Oleander* geschaut – zum bestimmt fünfundvierzigsten Mal. Danach würde sie wohl noch eine Tablette nehmen und sich an den Computer setzen und sich in irgendein Spiel vertiefen. Oder etwas Richtiges spielen. Mit richtigem Geld.

Um ihn herum roch es nach sonnenwarmem Wald. Er hielt am kleinen Waldpfad an und schob das Fahrrad das letzte Stück, wo die Bäume zu dicht beieinanderstanden. Nahm die Ohrstöpsel heraus und schaltete den Discman aus. Er hatte Zackes alten bekommen. Die Batterien fielen ständig heraus, und die Stopptaste funktionierte nicht gut, aber es war dennoch sein wertvollster Besitz, mal abgesehen vom Fahrrad.

Jetzt war er am Felsen angelangt. Von hier aus hatte man eine gute Aussicht über den See. Folgte man dem Waldweg noch etwas nach links und bog anschließend nach rechts ab, kam man zu einem einsamen Steg. Aufatmend strich er sich den Schweiß aus der Stirn und blickte aufs glitzernde blaue Wasser. Ein Stück entfernt konnte man den Badestrand erkennen. Handtücher und Decken lagen verstreut wie bunte Briefmarken, Sonnenschirme waren über Klappstühlen aufgespannt. Kinder spielten am Ufer. Alle genossen die Ferien.

Das Gefühl, ein Außenseiter zu sein, war nie schlimmer als im Sommer. Wenn alle anderen ihr Leben genossen, aber Johannes da blieb, wo er immer war, und genau dasselbe Leben weiterlebte. Es graute ihm jetzt schon davor, zurück in die Schule zu kommen und die Erzählungen der anderen zu hören. Zackes Geschichten vom Campingplatz auf Öland zum Beispiel. Vielleicht würde er dort mit einem Mädchen herumknutschen. Herrgott, was hatte er ihn mit dem Mädchen genervt, das er letzten Sommer kennengelernt hatte. Minna aus seiner Klasse fuhr auch jedes Jahr mit dem Wohnwagen weg, Moa fuhr zu ihren Großeltern in Skåne. Johannes blieb hier, in Norrstena.

Die großen Ferien waren nicht immer so gewesen. Er erinnerte sich an einen Sommer, als er, Mama, Björn und Björns Kinder, zwei etwas ältere Jungen, die bei ihrer Mutter wohnten, ein Häuschen an der Westküste gemietet hatten. Sie hatten jeden Tag am Strand verbracht, und abends hatte Björn auf der Terrasse gegrillt.

Zeitweise war alles ganz okay. Besonders, wenn Mama gerade einen neuen Mann getroffen hatte, dann ging es ihr immer am besten. Auch wenn sie dann so benebelt war vor Liebe, dass sie Dinge vergaß. Wie zum Beispiel einzukaufen oder abends nach Hause zu kommen. Aber sie war dann in jedem Fall ruhiger und ließ Johannes und Jenny in Ruhe.

Zurzeit hatte sie allerdings eine schlechte Phase.

Er ging weiter den Pfad entlang und hinaus auf den Steg. Gerade als er sich auf die äußerste Kante setzte, brummte sein Handy. Zacke schickte eine Aufforderung an Johannes, sein neustes Foto auf myspace anzusehen. Johannes lächelte. Bestimmt ein Bild, auf dem sein Freund obszön mit einem Calippo-Eis posierte. So war Zacke, ein Spaßvogel mit schrägem Humor. Aber er war Johannes' bester Freund.

Sie hatten sich angefreundet, als Johannes ihn das erste Mal gegen die Mobber verteidigt hatte. Das war zu Beginn der fünften Klasse gewesen. Das, was letzte Woche passiert war, nämlich dass Johannes einen Jungen verprügelt hatte, der Zacke Schimpfwörter hinterhergerufen hatte, als sie am Fußballplatz vorbeigefahren waren, war inzwischen eine Seltenheit. Niemand traute sich mehr, etwas zu sagen. Johannes lächelte in sich hinein, als er daran dachte, wie schnell der Junge davongeradelt war, als gälte es sein Leben. Er war ein richtiger Mistkerl, der immer auf scheinbar Schwächeren herumhackte. Es war reiner Zufall gewesen, dass der Junge genau vor Johannes' Wohnviertel nach einer fünfminütigen Fahrradjagd ins Schleudern geraten war. Glück für den Mistkerl, dass Johannes' Mutter herausgekommen war. Johannes wollte ihre Geduld nicht unnötig strapazieren. Wenn es etwas gab, was seine Mutter nicht mochte, dann Ärger mit den Behörden.

Nachdem die alte Frau Bernhardsson aus dem Erdgeschoss begriffen hatte, dass die Mutter Johannes und Jenny vor ein paar Jahren zwei Wochen lang alleingelassen hatte, waren Vertreter des Jugendamtes vorbeigekommen. Vor dem Besuch, der vom Jugendamt angekündigt worden war, hatte Mama sie ermahnt, nichts davon zu sagen, dass sie sie alleingelassen hatte. »Wenn das Jugendamt mir euch wegnimmt, besteht das Risiko, dass man euch trennt. Verstehst du, was das für deine Schwester bedeuten könnte, Johannes? Nicht alle Erwachsenen sind lieb zu solchen wie deiner Schwester. Nicht so lieb wie ich.«

Wie auch immer, ihre Mutter wollte nicht, dass das Jugendamt sich wieder einmischte. Denn sie wollte sie nicht verlieren, sagte sie immer.

Aber manchmal zweifelte er daran.

Er legte das Handy zur Seite, lächelte wieder über Zackes Nachricht.

Er würde später zu Hause nachsehen, wenn Mama eingeschlafen und der Computer frei war.

Im nächsten Moment raschelte es im Wald hinter ihm, und er drehte sich um.

Lange, sonnengebräunte Beine in kurzen, abgeschnittenen Jeansshorts kamen in sein Blickfeld. Seine Augen wanderten weiter nach oben. Es war das neu eingezogene Mädchen, das seine Prügelei mit dem Mistkerl mit angesehen hatte. Sie sah aus, als wäre sie etwa gleich alt wie er, und hatte ihr langes, dunkles Haar in einem Pferdeschwanz zusammengebunden, der über eine Schulter fiel und den Träger ihres Tops verdeckte. Ihre Füße mit den apricotfarben lackierten Nägeln steckten in schwarzen Riemchensandalen. Eine Tasche hing über ihrem Arm, und am Handgelenk baumelte ein kaugummirosa Fahrradhelm.

Beinahe hätte er gegrinst. Fahrradhelm. Wie uncool. Sie war so anders als er, so perfekt. Ihre ganze Familie war perfekt gewesen, die Neuen von Bladslingan. Was machten sie überhaupt dort? Plötzlich wurde ihm bewusst, dass er nicht aufhören konnte, sie anzustarren.

Die Neue sah ihn verwundert an. »Ich hatte nicht gedacht, dass jemand hier ist.«

Er blickte in ihre großen braunen Augen. Es flatterte in seiner Brust. Sie war hübsch. Oder nein, sie war etwas anderes. Jessica aus der 8C war hübsch. Aber dieses Mädchen hier war schön. Daran hatte er gedacht, als er sie in Bladslingan nach der Prügelei gesehen hatte.

Schweigend sah er sie an. Bekam kein Wort heraus.

»Normalerweise ist hier niemand«, fuhr sie fort. Er konnte nicht erkennen, ob ihre Augen aus Verwunderung oder Enttäuschung weit aufgesperrt waren. Sie sprach mit leichtem Dialekt, den er nicht richtig zuordnen konnte. Jedenfalls einem anderen als dem Östgötischen, den alle anderen hier sprachen.

Schließlich räusperte er sich. »Schon okay, du kannst hier

sitzen.« Er rückte ein Stück zur Seite und nickte ihr zu. Hier war Platz für zwei. Obwohl auch Johannes fand, dass der Steg besser für eine Person geeignet war. Deshalb kam er ja her. Um seine Ruhe zu haben.

Sie blickte ihn abwartend an. Blickte über den Steg und kam offenbar zu dem Schluss, dass es merkwürdig war, wenn sie sich ans andere Ende setzte. Sie ging zu ihm. Ließ sich an der Schmalseite neben ihm nieder, aber mit ausreichend Abstand.

Sie sah ihn kurz an. Zufrieden stellte er fest, dass auch sie diesen speziellen Blick hatte, den ihm die Mädchen seit etwa einem halben Jahr zuwarfen. Sie sahen ihn anders an als zuvor. Von Zacke, der über fast alles Bescheid wusste, hatte er gehört, dass einige fanden, er sehe gut aus. Mama hatte ebenfalls geäußert, dass er ihr Aussehen geerbt habe. Das machte ihn sehr stolz. Für Mama war das Aussehen wichtig.

Wäre er nicht Johannes Lund gewesen, der in Bladslingan wohnte, mit einer »komischen« Schwester (die er über alles liebte), hässlichen Klamotten (die er mehr als alles andere hasste) und einem Ruf als Unruhestifter, wäre er vielleicht in der Schule beliebt gewesen.

Das Mädchen holte eine Decke und ein Buch aus ihrer Tasche und legte den Helm neben sich auf den Steg.

»Cooler Helm«, sagte er und sah verstohlen zum Helm, der eher zu einer Sechsjährigen gepasst hätte.

Sie schnaubte. »Rosa ist eine starke Farbe. Sie symbolisiert das starke Geschlecht.«

»Deine Lieblingsfarbe ist also Rosa?«, hakte er nach.

»Wer über fünf erkundigt sich noch nach der Lieblingsfarbe?«, konterte sie, blitzte ihn kurz an, breitete dann die Decke aus und rutschte nach hinten, um darauf zu sitzen. Die Decke warf dabei Falten, doch das schien sie nicht zu merken. »Aber ja, ich liebe Rosa.« Sie schlug ihr Buch auf, als wollte sie zeigen, dass sie nicht vorhatte, weiter mit ihm zu reden. Und das wollte Johannes ja auch nicht. Trotzdem interessierte sie ihn. Er betrachtete den Buchumschlag. Das Buch hatte er in der Schulbücherei gesehen und schon seit Langem lesen wollen. Der Titel reizte ihn. *Käfer fliegen in der Dämmerung.* Das Umschlagbild und der Titel hatten etwas Verträumtes an sich.

»Hast du auch die Schatten-Reihe von ihr gelesen?«, fragte er. Johannes liebte diese Buchreihe von Maria Gripe. Es war eine ganz andere Welt als seine eigene.

Sie sah ihn erstaunt an. Dass er gerne las, sah man ihm nicht unbedingt an. Im Gegenteil, er galt als hoffnungsloser Fall. Hopfen und Malz verloren, hatte ein Lehrer mal gesagt. Und er hatte an dem Tag, als das neu zugezogene Mädchen ihn zum ersten Mal gesehen hatte, kaum einen besseren Eindruck gemacht.

Aber er liebte Bücher. Als Oma noch lebte, hatte sie immer mit ihm zusammen gelesen.

»Ja, die habe ich gelesen«, sagte sie.

»Die Serie ist echt cool.«

Sie nickte abwartend, ließ zögernd ihr Buch sinken und las dann weiter, nur um es Sekunden später wieder sinken zu lassen, als könnte sie sich nicht recht entscheiden. »Welchen Teil fandest du am besten?«, fragte sie und schien sich nicht einmal dafür zu schämen, dass sie ihn testete.

»Den ersten, weil man da Beata kennenlernt und noch nicht weiß, was es mit Carolin auf sich hat. Außerdem mag ich das Gefühl am Anfang einer Reihe, dass man noch alles vor sich hat.«

Sie nickte. Legte dann das Buch zur Seite. »Also … du wohnst auch in Bladslingan?«

Er nickte. »Und ihr seid gerade erst eingezogen, oder?« Er konnte sich sie so schwer in dieser Umgebung vorstellen.

In Bladslingan wohnte eine bunte Mischung aus Menschen. Einige Wohnungen waren Sozialwohnungen, wo die Leute ständig ein- und wieder auszogen. Es gab mindestens zwei drogenabhängige Pärchen, eine ganze Menge Leute ohne Beschäftigung, von denen man einige nur selten und wenn, dann zu verdächtigen Zeiten sah. Außerdem einige Familien mit kleinen Kindern, deren Eltern arbeitslos waren. Aber diese Familien zogen wieder weg, sobald sie es konnten. Außerdem war da noch die alte Frau Bernhardsson, die sich schon häufig um ihn und Jenny gekümmert hatte. Sie passte überhaupt nicht dorthin, wohnte aber schon seit vielen Jahren da, in der Nähe ihrer Enkelkinder, die in einer Reihenhaussiedlung gleich um die Ecke lebten und die sie gut zu Fuß erreichen konnte.

Er betrachtete sie heimlich. Als sie in seine Richtung sah, wandte er den Blick ab.

Sie las weiter, und er zog sein Taschenbuch aus der Hosentasche. Es war ein Band von Mats Wahl, den er auf einem Flohmarkt gefunden hatte. Die Stille zwischen ihnen war angenehm, auch wenn er lieber alleine dort gesessen hätte. Obwohl …

Er merkte, dass er mehr über sie erfahren wollte, doch er wollte sie nicht stören. Sie schien in ihr Buch vertieft zu sein, während er sich nicht auf die Wörter konzentrieren konnte. Sie tanzten über die Seiten. Er betrachtete sie und ihre dunkelbraunen Augen, die über die Seiten des Buches wanderten.

Nach einer Weile legte sie das Buch weg und sah Johannes an. »Wie heißt du?«

»Johannes. Und du?«

»Parisa.«

Parisa. Das war der schönste Name, den er je gehört hatte. »Wo habt ihr vorher gewohnt?«

»Göteborg. Genauer gesagt Torslanda.«

»Und warum seid ihr hierhergezogen?« Warum zog man hierher? Norrstena war ganz okay, aber wer wollte in Bladslingan wohnen?

»Meine Mutter hat einen Job dahinten bekommen.« Sie zeigte in Richtung des riesigen grauen Kolosses am anderen Ufer, der sich wie eine Burg über dem See auftürmte. Im Volksmund nannte man ihn die Turbine, aber der offizielle Name lautete Turbomaschinerie AB. Der größte Arbeitgeber in ganz Norrstena. Alle arbeiteten dort – oder besser gesagt diejenigen, die einen Job hatten. Solange Johannes denken konnte, hatte seine Mutter immer wieder mal dort gejobbt.

»Ach, da hat meine Mutter auch gearbeitet«, sagte er. »Was ist deine Mutter von Beruf?«

»Ingenieurin.«

Er nickte, als wüsste er genau, was das war. Mama hatte ihm von den Ingenieuren erzählt. Dass sie sich für etwas Besseres hielten, aber allesamt Trottel waren.

»Und was hat deine Mutter dort gearbeitet?«, fragte sie.

Er schüttelte den Kopf. »Alles Mögliche.« Was auch stimmte. Mama hatte verschiedene einfache Arbeiten ausgeführt. Doch noch nicht einmal die simpelsten Dinge hatte sie auf Dauer hinbekommen.

Sie schwiegen. Parisa las weiter in ihrem Buch und Johannes in seinem. Es gelang ihm schließlich, sich zu konzentrieren.

Nach einer Weile blickte Parisa auf ihre hübsche Armbanduhr aus Silber. »Ich muss nach Hause. Gehen wir zusammen?«

Er nickte. »Gerne.«

»Ach, man kann also auch hier entlanggehen?«, fragte sie, während sie auf dem Pfad folgten.

»Das ist die kürzeste Strecke.«

Sie nickte. »Ich habe mein Rad weiter unten stehen.« Sie sah den Waldweg entlang. Er schob sein Fahrrad den Hügel hinunter bis zur Lichtung, wo sie ihres abgestellt hatte. Wie erwartet passte es farblich zu ihrem Helm.

Sie stiegen auf ihre Räder und strampelten nach Hause. Die Sonne ging langsam unter, schien aber noch immer warm auf ihre Rücken. Grillduft aus den blühenden Gärten des benachbarten Wohngebiets stieg ihnen in die Nase. Er roch den süßen, frischen Duft der Sträucher, die Bauernjasmin hießen, wie er von seiner Großmutter wusste. Parisa erzählte von einem Film, den sie am Abend zuvor gesehen hatte. Die Fahrradfahrt nach Hause verging wie im Fluge.

Sie beschlossen, sich wieder zu treffen. Es fühlte sich ganz einfach an. Und Johannes stellte fest, dass er sich in diesem Sommer zum ersten Mal auf etwas freute.

7

Parisa und Robin legten einen Zwischenstopp im Büro ein. Eigentlich war sie viel zu erschöpft, wollte aber an ihren Computer, um noch die Resultate der Versuchsreihe durchzugehen, die am Tag nach ihrer Festnahme durchgeführt worden war. Sie blieben eine Weile und beantworteten Mails. Zusammen schrieben sie eine Nachricht an die Mitarbeiter, um diese zu beruhigen. Das Gerücht, Parisa sei verhaftet worden, hatte natürlich bereits die Runde gemacht.

Robin kaufte für jeden eine Portion Sushi, und erst um kurz vor acht verließen sie das Büro.

Gerade als sie die Kungsgatan entlangfuhren, klingelte Robins Handy. Er nahm den Anruf entgegen und hielt das Telefon ans Ohr, während er mit der anderen Hand das Lenkrad hielt. Parisa hoffte, dass kein Polizist sie sehen würde. Sie hatte für lange Zeit genug von Begegnungen mit der Polizei.

»Nein, du störst nicht. Parisa und ich sind auf dem Weg nach Hause.«

Robin schwieg, während die Person am anderen Ende redete. »Doch, es geht ihr gut. Du weißt ja, wie sie ist. Stark.« Er drehte den Kopf zu ihr und lächelte. Sie lächelte schwach zurück.

»Hast du dir den Vorschlag angeschaut, den ich dir geschickt habe?« Robins Stimme hatte diesen unsicheren Unterton, den sie nur aus den Gesprächen mit seinem Vater kannte. Eine Art unterschwelliges Flehen um Anerkennung. »Er hat dir also gefallen?« Seine Stimme zitterte fast vor Glück. Parisa wurde warm ums Herz. Sie wusste, wie hart Robin um die Anerkennung seines Vaters kämpfte.

Nach dem Telefonat wandte sich Robin schnell an Parisa. »Ich habe ihm einen Investitionsvorschlag geschickt, der ihm offenbar zusagt.« Er lächelte breit. Dann nahm er die rechte Hand vom Lenkrad und legte sie auf ihre linke. »Ich soll dir von meinem Vater ausrichten, dass du dir keine Sorgen machen sollst. Häufig erledigt sich so etwas von selbst. Ich meine, du musstest ja nicht mal in Untersuchungshaft.«

Parisa ließ ihren Blick über das Menschengewimmel auf der Kungsgatan schweifen. Überall unbekümmerte Leute in dünnen Sommerjacken, die irgendwohin unterwegs waren. Dann sah sie Robin an. »Ich war drei Tage in Gewahrsam. So was macht die Polizei doch nicht einfach nur so, weil sie Ressourcen übrig hat und es Spaß macht, Leute festzunehmen.«

Robin antwortete nicht, sondern bog schweigend in die Sturegatan ab. Sie fuhren am Außenbereich des Restaurants Sturecompagniet vorbei, wo lauter Menschen mit Roségläsern in den Händen und Sonnenbrillen auf den Nasen saßen, obwohl die Sonne schon hinter den umliegenden hohen Gebäuden verschwunden war. In den drei Tagen, die sie weg gewesen war, hatte Stockholm seine Sommergarderobe angezogen.

»Was hast du eigentlich gegen Claes Strandberg als Verteidiger?«, fragte Robin schließlich, als sie an einer Ampel warteten.

»Ich brauche jemanden, der an mich glaubt«, sagte sie.

»Claes kannst du vertrauen. Er kennt uns und das Unternehmen. Er ist am besten für unsere Firma.«

Claes Strandberg war nicht nur der Anwalt von Endo, sondern auch von Robins Familie.

Parisa antwortete nicht. Wie Robins Vater hatte auch Claes die Tendenz, sie wie ein kleines Mädchen zu behandeln, das weder Ahnung von Geschäften hatte noch ein Unternehmen führen konnte. So hatte er Parisa auch behandelt, als er während der Polizeivernehmung aufgetaucht war. Claes hatte versucht, ihre Antworten zu korrigieren, als würden ihre Aussagen nicht stimmen.

»Die Hauptsache ist doch wohl, jemanden zu haben, der gut ist, oder?«, fuhr Robin fort.

»Johannes arbeitet bei einer der besten Kanzleien der Stadt.«

Robin antwortete nicht. »Nach allem, was er dir angetan hat …«, murmelte er nach einer Weile.

Jetzt schwieg Parisa. Robin hatte recht, und sie hatte keineswegs vergessen, was Johannes getan hatte.

»Es ist lange her, er hat sich sicher verändert«, sagte sie leise. »Er ist ja jetzt Anwalt.«

»Ich weiß nicht.« Robin nahm ihre Hand. »Ich möchte einfach nur das Beste für dich.«

Im Grunde hatte sie keine rechte Erklärung, warum sie sich ausgerechnet für Johannes entschieden hatte. Nach Claes' Besuch in der Justizvollzugsanstalt hatte sie ganz einfach gespürt, dass er nicht hinter ihr stand und dass sie jemand anderen brauchte. Johannes' Name war ihr als Erstes eingefallen. Mit ihm an ihrer Seite hatte sie sich sicher gefühlt. Außerdem hatte er sie freibekommen, zumindest für den Moment.

Robin seufzte tief, während sie weiter die Sturegatan entlangfuhren. Vorbei an Miss Voon, wo Parisa immer Essen holte, wenn Robin verreist war, sie keine Lust mehr auf Tiefkühlkost hatte und sich nach einem langen Arbeitstag ein wenig Luxus gönnen wollte. Auf der anderen Straßenseite flog der Park Humlegården vorbei, wo die Leute Picknickdecken zwischen den hohen Bäumen ausgebreitet hatten.

Wieder verlor sie sich in Gedanken. Vielleicht hatte ihr Sicherheitsbedürfnis in dieser Situation dazu geführt, dass sie sich an Johannes gewandt hatte? Ihr war noch immer nicht klar, was eigentlich passiert war. Was, wenn sie den Investoren unbewusst irgendetwas suggeriert hatte? Diesen Selbstzweifel konnte sie Robin nicht erklären.

Sie waren in ihre Beziehung gestartet mit einem unerschütterlichen Glauben an sich selbst und an sich als Paar. Zweifel waren keine Option gewesen. Verletzlichkeit ebenso wenig. In Zeitungsartikeln und den sozialen Medien wurden sie als Power-Paar bezeichnet. Da gab es keinen Raum für Misserfolg. Seit sie sich kannten, war sie stark, effektiv und klug, und all das mochte er an ihr. Sie hatten niemals einen Grund gehabt, einander Schwächen einzugestehen. Es war immer alles perfekt gewesen, und sie wusste nicht, wie sie beide in einer Krise funktionieren würden.

Bis vor drei Monaten war alles mehr als gut gelaufen, Lichtjahre besser, als sie erwartet hätten. Ihre Liebesbeziehung in Kombination mit den beruflichen Erfolgen war berauschend gewesen und hatte sie glücklich gemacht. Die plötzliche Krise des Unternehmens hatte zu einer Anspannung zwischen ihnen geführt, doch über Schwierigkeiten zu sprechen schien ein großer Schritt zu sein.

Deshalb war es schön gewesen, Johannes zu treffen, weil er keine Erwartungen an sie hatte.

»Ich finde, wir sollten Claes gleich morgen früh anrufen und zusehen, dass wir die Sache aus der Welt schaffen.« Robin bog in den Karlavägen ein.

»Nein, Robin. Das kannst du nicht entscheiden«, sagte sie müde. »Du hast mich mit der Forschung unter Druck gesetzt und mich die letzten zwei Jahre gestresst. Ich habe meine gesamte Arbeitsweise geändert, weil du und dein Vater Resultate sehen wolltet. Aber niemand außer mir selbst wird entscheiden, wer mich vertritt.«

»Ich habe dich nicht unter Druck gesetzt.« Er sah sie an. »Es tut mir leid, wenn du es so empfindest. Aber du weißt, dass die Investoren mich unter Druck gesetzt haben, und dass es daran liegt.«

Sie seufzte und nickte. Sie wusste es. Seit das Geld in ihre Forschung floss, hatte sie den Druck gespürt. Sich fremdbestimmt gefühlt. Aber sie begriff, dass Robin nichts dafür konnte.

Die letzten Minuten saßen sie schweigend im Auto.

Als sie ihre große, helle Wohnung betreten hatten, zog sie ihre Schuhe aus. Der Fliesenboden im Flur war kalt, und sie war müde, ungeheuer müde. Sie ging ins Badezimmer und schloss hinter sich ab. Duschte lange und putzte sich die Zähne. Hüllte sich in ein Handtuch und ging ins Schlafzimmer, wo sie sich T-Shirt und Slip anzog. Als sie die Tagesdecke beiseiteschob, spürte sie einen heftigen Schmerz. Verdammt, wieder ein Schub. Sie kroch unter die Daunendecke und hoffte, möglichst schnell einzuschlafen. Wieder durchfuhr sie der Schmerz, und diesmal ließ er nicht nach. Sie rollte sich auf die rechte Seite, das half manchmal.

Bald kam auch Robin und legte sich neben sie. Er streichelte ihren Rücken.

»Du … Verzeih mir. Natürlich verstehe ich, dass du das selbst entscheiden willst.«

Sie nickte still. »Ist schon okay.« Sie drehte sich um und sah ihn an. »Entschuldige, dass ich gesagt habe, du hättest mich unter Druck gesetzt. Ich weiß, dass du das gar nicht willst, und auch, dass du es eigentlich nicht bist.«

Er lächelte und küsste sie. »Du …« Er strich ihr eine Strähne hinters Ohr, doch ihr Haar war noch so zerzaust nach der

Dusche, dass seine Finger sich verhedderten und er sie hinauswinden musste. »Wir beide sind doch ein Team. Wir haben zusammen Großes vollbracht, das dürfen wir nicht vergessen. Wir haben unglaublich gute Arbeit geleistet.« Er zog sie zu sich. »Wir ergänzen einander«, flüsterte er.

Sie lächelte. Er hatte recht.

Sie hatten ihre Träume verwirklicht. Robin hatte sich um die Investoren gekümmert, während sie sich ihrer Forschung widmen konnte. Er hatte sie ihrer Leidenschaft nachgehen lassen. Und auch wenn zwischen ihnen nicht immer Leidenschaft gewesen war, so hatten sie es dennoch gut miteinander gehabt. Was sie nachdenklich werden ließ, war die Frage, wie es werden würde, wenn das Schiff sank.

Doch sie sah ihn an und küsste ihn sanft. »Wir ergänzen uns.«

Er küsste sie zurück, ein bisschen intensiver, und begann sie über die Schultern in Richtung Brust zu streicheln. Sie erstarrte. Der Schmerz war zu stark, doch sie wusste, dass er enttäuscht sein würde. Sie hasste es, ihn abweisen zu müssen. Für den Schmerz konnte sie nichts, aber manchmal fühlte es sich so an. Sie wollte ja. Sie wollte Sex mit ihrem Freund haben, hatte keine Lust, ein einziges Bündel schmerzender Nervenenden zu sein.

»Ich will mich nicht beschweren«, flüsterte er zwischen den Liebkosungen. »Aber ich habe es so vermisst.«

Seine Hände wanderten unter ihr T-Shirt. Er streichelte eine Brustwarze und küsste ihren Hals.

Vorsichtig entzog sie sich. »Es tut mir leid.« Sie schüttelte den Kopf. »Heute geht es nicht.«

Er seufzte leise. »Es ist schon so lange her.«

»Ich weiß.« Weil er die ganze Zeit verreist war und sie so viel gearbeitet hatte. Und dann in Gewahrsam gewesen war. »Ich kann jetzt einfach nicht. Es tut zu weh.«

Er setzte sich auf. Machte Licht und nahm ihre Hände in seine. Dabei sah er gebieterisch und vertrauensvoll zugleich auf sie herunter. »Du weißt doch, dass du dich entspannen sollst. Das hat doch auch früher funktioniert, oder nicht?«

»Ich schaffe es jetzt nicht.«

»Aber du weißt, dass es nur schlimmer wird, wenn du dich so anspannst. Dein Muskelgedächtnis bewirkt, dass sich deine Muskeln im Beckenboden jetzt verkrampfen und dein Körper Nein sagt, obwohl du eigentlich Sex haben willst.«

Vielleicht sollte sie einfach nachgeben und den Schmerz aushalten, um sich seine Vorträge über die weibliche Anatomie nicht anhören zu müssen?

»Es ist der Muskelreflex, der sich dagegen wehrt und sich weigert, etwas aufzunehmen, weil dein Körper keine Schmerzen haben möchte«, fuhr er fort.

Während eines Seminars über Endometriose, an dem sie beide vor einigen Jahren teilgenommen hatten, hatte eine Gynäkologin erklärt, warum Sex wehtun konnte. Ihre Worte waren offenbar bei ihm hängen geblieben.

Robin sah Parisa in die Augen und streichelte ihre Wange. »Entspann dich einfach, okay? Dann wird es gut werden.«

Sie schüttelte den Kopf. »Es tut mir leid, aber es geht nicht.«

Er sah sie schweigend an und ließ ihre Hände los. »Okay.« Dann lächelte er gequält. »Schon gut.« Er strich ihr noch einmal schnell über die Wange, löschte das Licht und drehte sich auf die andere Seite.

Sie hatte keine Kraft, ihn zu fragen, ob er sauer war. Während sie sich zurechtlegte, kroch die Irritation wie ein unangenehmer Hautausschlag über ihren Körper. War es so schwer zu verstehen, dass sie es einfach nicht aushielt, penetriert zu werden, weil sie wusste, dass es sich anfühlen würde, als stieße er ihr ein Messer in den Bauch?

Binnen einer Minute war Robin neben ihr eingeschlafen, während sie weiter wach lag. Das mangelnde Verständnis zwischen ihnen, das jeden Tag stärker zu werden schien, beunruhigte sie.

8

Jeden zweiten Mittwoch traf sich Johannes' Abteilung zu einem frühen After Work unten im Riddaren, der Bar an der Ecke, wo die Kanzleiangestellten treue Stammgäste waren. Es war eine nette Veranstaltung. Mit Ausnahme von Oscar mochte Johannes alle. Selten waren sie vollzählig, immer musste irgendjemand noch arbeiten. Doch heute waren tatsächlich alle erschienen – Azra, oder Azzie, wie sie genannt wurde, eine junge Frau, die genauso hart arbeitete, wie sie feiern konnte, Anton, ein Typ aus Östermalm, mit dem Johannes nicht viel gemeinsam hatte, der aber in Ordnung war, die Abteilungsassistentin Sandra, die ein wenig schüchtern war, aber einer der nettesten Menschen, den Johannes je getroffen hatte, die Senior Associate Kristin, die sehr nett, aber eher zurückhaltend und somit Johannes nicht unähnlich war, und ihre gemeinsame Abteilungsleiterin Charlotta. Sie war nicht viel älter als Johannes, stand aber, wenn man den Gerüchten glauben wollte, kurz davor, Partnerin in der Kanzlei zu werden.

In der Bar war es noch ruhig. Es war kurz vor fünf, und die meisten Gäste kamen erst sehr viel später nach einem langen Arbeitstag. Johannes hatte das Pech, neben Oscar zu landen, der einen langen Monolog hielt und sich dann an seinen lederbezogenen Sitz lehnte und seine Nasenwurzel massierte. »Mist, ich glaube, ich bekomme eine Erkältung. Ich sollte wohl besser nach Hause gehen und mich ausruhen.« Er räusperte sich. »Das Schlussplädoyer am Montag ist übrigens hervorragend gelaufen, ihr ahnt nicht, was der Mandant später gemailt hat.«

»Stimmt«, beeilte sich Johannes zu sagen. »Danke, dass du eingesprungen bist. Freut mich, dass mein Schlussplädoyer so gut gelaufen ist.« Oscar blickte ihn irritiert an. »Schön, dass wir nach so vielen Monaten Arbeit endlich mit dem Schlichtungsverfahren durch sind.« Johannes lag es nicht, zu prahlen, aber noch weniger mochte er es, wenn Oscar die Lorbeeren für Johannes' Knochenjob für sich beanspruchte.

»Wie auch immer, ihr erratet nie, was mir der Mandant gestern gemailt hat«, fuhr Oscar fort und nahm einen Schluck Bier. Johannes rollte diskret mit den Augen. Konnte sein Kollege nicht einfach aufhören, wie der Clickbait einer Website mit Sensationsnachrichten zu klingen? Johannes wusste ganz genau, was der Mandant gemailt hatte, weil die Mail an Johannes gerichtet gewesen war und Oscar lediglich in cc gestanden hatte. Der Mandant wollte einen Rahmenvertrag mit ihnen abschließen, was der Kanzlei jedes Jahr eine ordentliche Summe einbringen würde.

Azzie, die neben ihnen saß, hatte aufgegeben und hörte Oscar nicht mehr zu. Stattdessen nahm sie einen großen Schluck von ihrem Wein, griff sich ihr Handy, blickte ein paar Sekunden darauf und stieß dann einen leisen Schrei aus. Mit einem Knall stellte sie das Weinglas auf den Tisch. »Oh! Parisa Tagavi wird offenbar wegen Betrugs verdächtigt! Sie war sogar in Polizeigewahrsam!«

Johannes nahm ebenfalls sein Handy hervor. Anscheinend war die Sache jetzt offiziell.

»Wer ist das?« Oscar rümpfte die Nase, verärgert darüber, dass man ihn beim Prahlen unterbrach. Dann zog er eine Grimasse. »Jetzt bekomme ich auch noch Halsschmerzen.«

Azzie sah Oscar müde an. »Lebst du hinterm Mond? Sie ist die Sprecherin für Endometriose, hat intensiv an der Erforschung dieser Krankheit mitgearbeitet und besitzt das bekannteste Start-up-Unternehmen dieses Jahrzehnts.«

Oscar schnaubte. »Moderne Frauen denken zu viel nach. Die Leute setzen seit Jahrtausenden Kinder auf die Welt und haben bestimmt schon immer diese Endiorose gehabt. Aber heutzutage beklagen sich die Frauen ja über alles.«

»Es heißt Endometriose«, sagte Azzie und sprach es überdeutlich aus. »Männer hingegen haben ja zu allen Zeiten schmerzhafte Krankheiten und leichte Erkältungen ertragen, ohne zu klagen.«

Johannes musste grinsen. Dann sah er auf seinem Handy, dass er eine neue Mail von Leif erhalten hatte.

Sie renovieren das Haus nebenan. Es klingt, als würden sie einem direkt in den Kopf bohren. Können wir uns bei euch treffen?

Mist. Am liebsten hätte er Parisa nicht in die Kanzlei geholt, jetzt, wo alle wussten, dass sie unter Verdacht stand. Falls sie sie erkannten, würden sie sich fragen, warum sie hier war. Zum Glück sollte das Treffen um sechs Uhr beginnen, dann würde es etwas ruhiger sein. Allerdings stand die Transaktionsabteilung kurz davor, eine große Transaktion abzuschließen, und hatte deshalb die komplette Etage mit den Konferenzräumen in Beschlag genommen.

Schnell öffnete er das Mailprogramm und buchte einen Raum im obersten Stockwerk, wo mehrere Büroräume lagen. Sicher würden sich auch noch andere Kollegen dort aufhalten, doch er hatte keine Wahl. Es stand zu hoffen, dass viele von ihnen bereits nach Hause gegangen waren, wenn Parisa und Leif eintrafen.

Fünfundvierzig Minuten später entschuldigte er sich und stand auf, schlug sich beinahe den Kopf am niedrig hängenden

Kronleuchter und verließ die Bar. Das helle Licht des Frühlingsabends stand in starkem Kontrast zur dunklen Bar, und er musste die Augen zusammenkneifen. Weiter unten konnte man den Strandvägen sehen, der im Schein der Abendsonne badete.

Johannes ging den kurzen Weg zur Kanzlei zu Fuß und wartete am Empfang. Nach wenigen Minuten öffnete sich die Tür, und sie traten ein.

Parisa lachte laut über etwas, was Leif gesagt hatte, ihre Augen glitzerten. Schon immer hatte er ihr lautes Lachen geliebt – einzigartig und einladend. Im selben Moment entdeckte sie ihn. Sie strahlte.

Er ging ihnen entgegen. »Ich sehe, dass ihr euch schon bekanntgemacht habt.« Er schüttelte beiden die Hand. Sie trug eine hellgrau karierte Hose mit hohem Bund, die ihre Kurven betonte, und eine eng anliegende schwarze Schluppenbluse. Über ihrem Arm hing ein schwarzer Mantel. Klassisch und professionell. Sie wirkte nicht mehr so verletzlich wie im Gewahrsam, sondern sehr fokussiert, als sie seine Hand schüttelte. Sie war zu einem wichtigen Treffen hergekommen. Er führte sie zum Aufzug und spähte angespannt in alle Richtungen. Doch niemand schien sie bemerkt zu haben. Er drückte auf den Knopf.

Victoria aus der Transaktionsabteilung kam vorbei und grüßte höflich, schien aber nicht zu registrieren, dass es sich um Parisa handelte.

Sie betraten den Aufzug. Johannes betrachtete Parisa.

»Ich habe gehört, die Presse weiß Bescheid«, sagte er.

Parisa nickte. »Ich habe gerade die Notiz auf Breakit gesehen.«

Sie waren im obersten Stockwerk angelangt. Die meisten Büroräume waren leer, doch ein paar angestellte Juristen sahen von ihren Bildschirmen auf und beobachteten sie durch die Glaswände. Johannes konnte nicht sehen, ob jemand Parisa wiedererkannte, beschleunigte jedoch seine Schritte in Richtung des Konferenzraumes und öffnete die Tür. Eine Assistentin hatte bereits Kaffee, Tee und Gebäck bereitgestellt.

»Wie gut, dass wir uns hier treffen können«, sagte Leif und nahm Platz. Er sah sich mit seinen hellblauen Augen im Raum um und lächelte. Johannes hatte das herzliche Lächeln, das unter dem grauen Bart nur zu erahnen war, schon immer gemocht, ebenso wie seine milden Augen, die Johannes damals die Ruhe und das Vertrauen gegeben hatten, die er brauchte, als sein ganzes Leben beinahe zusammengebrochen war.

Der Konferenzraum, in dem sie sich befanden, wurde Vorstandszimmer genannt, weil hier früher der Vorstand der Sparkasse getagt hatte, deren Räumlichkeiten sich in diesem Gebäude befunden hatten. Die Wände waren mit dunklem Teakholz vertäfelt, und die hohen Fenster ließen viel Tageslicht herein.

»Zu dieser Aussicht sagt man nicht Nein.« Leif zeigte zum Fenster, durch das man auf Nybrokajen und die Schiffe blicken konnte.

Johannes lächelte erst Leif und dann Parisa an. »Der Grund, warum ich dieses Treffen anberaumt habe, ist der, dass Parisa eine alte Bekannte von mir ist, die des schweren Betrugs verdächtigt wird. Und Leif ist einer der besten Strafrechtsanwälte des Landes. Parisa soll den besten Anwalt bekommen.«

»Am liebsten würde ich ja mit Johannes arbeiten«, warf Parisa ein, was Leif zum Lachen brachte.

»Kannst du uns ein bisschen über Endo erzählen?«, fragte Johannes, als hätte er ihre Bemerkung nicht gehört. »Ich weiß nicht sehr viel, und Leif noch weniger. Erklär es uns so einfach wie möglich.«

»Ganz einfach gesagt: Im Zuge meiner Doktorarbeit habe ich entdeckt, dass die erhöhte Menge eines bestimmten Typus von veränderten Zellen im Menstruationsblut auf Endometriose hindeuten kann. Allein diese Entdeckung war unglaublich, mehr, als ich mir hätte erträumen können.«

Johannes verstand sie. Dank dieser Entdeckung hatte man sie als Forschergenie bezeichnet.

»Und ihr habt euch diese Methode patentieren lassen, richtig?«, fragte er.

»Genau.« Parisa nahm die volle Kaffeetasse entgegen, die Johannes ihr reichte. Plötzlich wurde ihm bewusst, dass er keine Ahnung hatte, wie sie ihren Kaffee trank. Als sie sich kennenlernten, waren sie zu jung gewesen, um Kaffee zu mögen. Obwohl sie es irgendwie faszinierend fanden, wie die Großstadtmenschen in amerikanischen TV-Serien mit riesigen Pappbechern voller Kaffee in der Hand herumliefen.

»Möchtest du Milch in den Kaffee?«

»Nein danke, ich trinke ihn schwarz.« Sie nahm einen Schluck. »Mein Lebensgefährte Robin hat daraufhin das Unternehmen Endo gegründet – mit Hilfe seines Vaters, Anders Roth, der eine Großindustrie in Norrstena besitzt.« Sie blickte Leif an. »Norrstena ist die Heimatstadt von mir und Johannes. Anders investiert in verschiedene Unternehmen. Ich wurde Teilhaberin und bekam die Möglichkeit, weiter an meinem Messverfahren zu forschen. Es ging um die genaue Menge dieser veränderten Zellen. Mit Hilfe der Gelder, die wir von Investoren und von Anders Roth erhielten, konnten wir kleinere klinische Studien durchführen, in denen wir das Messverfahren verfeinerten. Wir haben viel Aufmerksamkeit bekommen, und die Investoren haben bei uns angeklopft. Alle wollten auf unserer Reise dabei sein. Im letzten Jahr haben wir eine große klinische Studie durchgeführt, bei der wir das Messverfahren an achthundert Frauen getestet haben. Aber das Resultat war nicht ganz das, was wir, oder besser gesagt die Investoren, erwartet hatten.«

»Habt ihr das den Investoren mitgeteilt?«

Parisa nickte. »Robin hat sie gewarnt. Er hat eine Telefonkonferenz mit ihnen abgehalten, als wir die ersten Ergebnisse erhielten. Der vollständige Bericht wurde nicht fertiggestellt, wir arbeiten noch immer daran.«

»Aber trotzdem haben die Investoren weiter Geld investiert?«, fragte Johannes.

»Ja, sie sahen wohl immer noch Potenzial. Also haben wir mit kleineren Versuchsreihen weitergemacht. Wir mussten quasi noch mal von vorne anfangen.«

»Und jetzt zeigen die Investoren Parisa an.« Johannes sah Leif an. »Der Kläger ist ihr größter Investor, HJ Capital und Agos Invest.«

»Und am Montag wurdest du dem Haftrichter vorgeführt?«, fragte Leif und strich sich über den grauen Bart.

»Richtig.«

»Und du hast den Haftbefehl verhindern können?«, wandte sich Leif an Johannes.

»Ja.«

Leif hob die Augenbrauen. »Geschickt. Das ist selten in solchen Situationen.« Dann blickte er Parisa an. »Kannst du deine Rolle im Unternehmen beschreiben?«

»Ich bin Geschäftsführerin und hauptsächlich für die Forschung verantwortlich, aber natürlich auch für anderes, die üblichen Aufgaben der Geschäftsführung.«

»Hast du den Kontakt mit den Investoren gepflegt?«, fragte Leif.

»Nein, Robin ist dafür verantwortlich.« Parisa nahm sich einen Marmeladenkeks von der Schale auf dem Tisch und biss ein Stück ab.

»Hast du eine Ahnung, warum sich die Investoren hinters Licht geführt sehen?«, fuhr Leif fort.

Sie schüttelte den Kopf und spülte den Keks mit einem Schluck Kaffee herunter. »Aus der Vernehmung und dem, was ich anschließend gelesen habe, ging nur hervor, dass sie wohl meinen, falsche Informationen erhalten zu haben, was mir völlig unbegreiflich ist. In den Zusammenfassungen, die ich ihnen geschickt habe, sind lediglich die korrekten Fakten dargelegt.«

»Irgendetwas stimmt hier nicht. Und genau deshalb glaube ich, dass du eine Chance hast«, sagte Leif. »Aber leider scheint mir dieser Fall komplexer zu sein, als ich dachte. Er wird viel Zeit in Anspruch nehmen, und unsere Kanzlei bearbeitet gerade einen großen Fall, der die meisten unserer Ressourcen in Anspruch nimmt. Pecta, du weißt Bescheid.« Er sah Johannes an. Stimmt, wie hatte er das nur vergessen können? Dieser Mammutfall, an dem Leif bestimmt schon drei Jahre saß. Bald stand die Hauptverhandlung an, also die intensivste Phase. »Ich bin der Meinung, dass Johannes für diese Aufgabe sehr geeignet wäre«, fuhr Leif fort.

»Aber ich habe schon seit vier Jahren nicht mehr im Bereich Strafrecht gearbeitet, und ich glaube, es würde gegen die Svärdh & Partner-Richtlinien verstoßen.«

»Klär das mal mit deiner Chefin«, sagte Leif und nahm sich einen Schokoladenkeks. »Du hast einen richtig guten Job gemacht, als du für mich tätig warst, und du kannst mich so viel um Rat fragen, wie du möchtest. Ich kann den Fall nur nicht vorantreiben. Aber ich bin gerne dein Sparringspartner.«

»Es kostet die Kanzlei zu viel Geld, dich zu engagieren. Das kann ich nicht von meiner Chefin verlangen.« Johannes drehte den Stift zwischen seinen Fingern.

»Ich mache es gratis.« Leif lächelte. »Wenn das die Voraussetzung dafür ist, dass du wieder im Strafrecht arbeitest. Ich bin mir sicher, dass du wieder mit Strafsachen arbeiten möchtest, wenn du nur die Chance dazu erhältst.«

»Das ist ja toll«, sagte Parisa und lächelte.

Johannes lächelte gequält zurück. »Das … ich weiß nicht.« Er sah Parisa an. »Ich denke über einen anderen passenden Anwalt nach.«

Parisa sah ihn schweigend an, und er bemerkte die Enttäuschung in ihrem Blick, als sie sich erhoben.

Johannes folgte ihnen nach unten, und es gelang ihm, sie ungesehen nach draußen zu begleiten.

Auf der Straße sah Parisa Johannes an. »Melde dich bitte im Lauf der Woche. Ich hoffe sehr, dass du dich umentscheidest und den Fall annimmst.«

Johannes lächelte schnell. »Ich melde mich.«

Er blieb mit Leif noch vor dem Eingang stehen, während Parisa die Straße hinunter in Richtung Stureplan verschwand. Leif wandte sich an Johannes. »Ich freue mich schon auf unser Mittagessen morgen.« Er knöpfte sich den Mantel zu und lächelte breit. »Ich weiß, dass du diesen Fall mit Bravour meistern wirst. Ich weiß, wie sehr du Strafverfahren liebst. Wenn du gezwungen bist, dich wieder damit zu befassen, wirst du dich erinnern, wie viel Spaß es macht.«

9

Vierzehn Jahre früher

Parisa ging über den Innenhof und schob ihr Fahrrad neben sich her. Ein weiterer Tag in Bladslingan. Die neue Umgebung war ganz anders als ihr früherer Wohnort. In ihrem Reihenhaus in Torslanda hatte sie sich sehr wohlgefühlt. Im Herbst würde sie in die neunte Klasse kommen. Ihre alte Schule hatte sie geliebt. Hier musste sie ganz neu anfangen. Dasselbe galt für ihre Schwester. Aber der Umzug war wichtig für ihre Mutter gewesen. Ihr neuer Job war ihr erster als Diplomingenieurin.

Parisas Eltern hatten sich beim Studium in den USA kennengelernt. Bei einer Flasche Pabst Blue Ribbons auf einem Pub-Abend der persischen Studentencommunity verliebten sie sich sofort ineinander.

Ihre Mutter hatte noch zwei Jahre ihres Ingenieursstudiums vor sich, ihr Vater nur noch ein Jahr, bis er fertiger Mathematiker war. Im Jahr darauf, als ihr Vater Examen gemacht hatte, beschlossen sie, nach Schweden zu ziehen, weil der Bruder ihres Vaters nur Gutes über dieses Land zu berichten hatte.

Kurz danach heirateten sie, und Nooshi war schon unterwegs, als sie aufgeregt durch die Passkontrolle des Stockholmer Flughafens traten. Als Parisa drei Jahre später geboren wurde, war ihr Vater mit seiner Karriere beschäftigt. Ihre Mutter hatte mit der schwedischen Sprache zu kämpfen, während sie gleichzeitig Gelegenheitsjobs annahm und dazu beitrug, die Familie zu versorgen. Anschließend beendete sie ihr Ingenieursstudium, was noch einige Jahre dauerte. Danach war es sehr schwer für sie, überhaupt zu einem Vorstellungsgespräch eingeladen zu werden.

Jetzt hatte sie endlich einen Job als Ingenieurin ergattert. Ihr Vater hatte eingesehen, dass sie nun an der Reihe war, ihre Karriere voranzubringen, und seinen Job bei Volvo in Torslanda gekündigt. Jetzt war er auf Arbeitssuche in Norrstena, was nicht gerade leicht war.

Parisa sah sich auf dem Hof um. Die Sonne brannte vom Himmel. Die Gegend war nicht gerade ein Schmuckstück.

Ihre Wohnung lag am Rand des Hauses im Erdgeschoss, mit einer winzigen Terrasse und einem kläglichen Stück Rasen. Sie wusste, dass auch ihre Eltern nicht sonderlich begeistert davon waren, doch sie hatten Parisa und Nooshi zuliebe den Schein gewahrt. Die neue Arbeit ihrer Mutter bot tolle Möglichkeiten, das wussten sie. In Bladslingan würden sie nur übergangsweise wohnen, bis sie entschieden hatten, wo sie sich auf Dauer niederlassen wollten. Zum jetzigen Zeitpunkt wollten die Eltern noch nichts hier in Norrstena kaufen. Sie hatten das Reihenhaus in Torslanda für gutes Geld verkauft und wollten erst einmal abwarten, ob der Job die Erwartungen erfüllte.

Parisa hatte noch nicht viele Nachbarn gesehen, außer am ersten Tag, als Johannes sich geprügelt hatte und einige Leute herausgekommen waren, um zuzusehen. Die nächsten Nachbarn war ein Paar in den Zwanzigern - laut Nooshi Drogenabhängige. Sie waren zu ungewöhnlichen Zeiten wach, sahen immer verschlafen aus und hatten seltsame Besucher. Auf der gegenüberliegenden Seite im Erdgeschoss wohnte eine ältere Dame, die nett zu sein schien. Parisa hatte noch ein paar andere Nachbarn gesehen, konnte sie aber noch nicht einschätzen.

Und dann war da Johannes. Er, seine Mutter, seine große Schwester und der Freund der Mutter, den Johannes erwähnt, den Parisa aber noch nie gesehen hatte.

Die Augustsonne brannte auf den Innenhof, der aus einem Stück Rasen und einer gepflasterten Fläche bestand, auf der ein rostiger Grill und ein paar halb kaputte Plastikmöbel standen. In einer Ecke war ein Spielplatz eingeklemmt, wo sie manchmal eine Mutter gesehen hatte, die dort ihr Kind schaukelte, aber sofort verschwand, sobald sich einer der drogensüchtigen Nachbarn blicken ließ. Es war kein schöner Außenbereich für kleine Kinder.

Parisas Eltern hatten es sich in ihrem kleinen Garten schön gemacht, mit ordentlichen Holzmöbeln, die sie gleich am zweiten Tag gekauft hatten. Sie besorgten einen neuen, dunkelblauen Kugelgrill und rote Geranien in Tontöpfen. Die Wohnung war so günstig, dass sie Geld zurücklegen konnten, um schneller ein Haus kaufen zu können, hatten die Eltern ihren Töchtern erklärt. Wenn Parisa etwas wusste, dann, dass ihre Eltern Geld verdienen wollten.

Sie lehnte ihr Fahrrad ans Treppengeländer, stieg hinauf in die erste Etage und ging den Laubengang entlang. Dabei konnte sie es nicht lassen, in die Fenster zu sehen. Bei den meisten waren die Jalousien heruntergelassen, doch in einer der Wohnungen saß ein Mann mittleren Alters und las die Zeitung. Zwei Teenager mit viel Kajal um die Augen verließen gerade die hinterste Wohnung. Sie zündeten sich Zigaretten an und setzten sich auf eine Bank an der Wand. Beide trugen weiße Tops mit Spaghettiträgern. Die Mädchen verstummten, als sie Parisa sahen, und musterten sie von oben bis unten. Zum Glück musste sie nicht an ihnen vorbei, um zu Johannes' Tür zu kommen. Sie klopfte an, und er öffnete sofort.

»Johannes«, hörte man eine helle Stimme aus der Wohnung. »Wohin gehst du? Darf ich mit …?«

Schnell trat er auf den Flur heraus und schlug die Tür hinter sich zu.

»War das deine Schwester?«

Er nickte. »Ich dachte, wir treffen uns unten?«, meinte er und kratzte sich am Hals.

Sie gingen den Laubengang entlang zu den Treppen.

»Schon, aber ich war etwas früher fertig.«

»Johannes!« Eines der Mädchen rief nach ihm, und er drehte sich um. »Sag mir Bescheid, wenn du sechzehn bist, ja?«

»Klar, Linda!« Er lächelte hastig.

»In ein paar Jahren wird er noch heißer sein«, sagte das Mädchen zu seiner Freundin. »Aber mit jemandem unter sechzehn will man nicht ins Bett. Das ist ja illegal.«

»Nein, das ist nicht illegal. Ab fünfzehn darf man Sex haben«, antwortete die Freundin.

»Stimmt. Du bist doch fünfzehn, Johannes, oder?«, johlte Linda.

»Stimmt«, sagte Johannes und lächelte.

Aus irgendeinem Grund ärgerte sich Parisa. Gefielen Johannes die Kommentare? Schnell blickte sie hinter sich. Vielleicht fand er Linda hübsch? Sie war stark geschminkt und hatte große Brüste – so etwas mochten Jungs wohl. Was kümmerte es sie überhaupt? Sie waren nur befreundet. Es war völlig in Ordnung für Parisa, wenn er Linda hübsch fand. Völlig in Ordnung.

Johannes lächelte noch immer, als sie die Treppe hinuntergingen. Sie konnte das Lächeln nicht ganz deuten, empfand aber merkwürdigerweise etwas wie Enttäuschung.

»Sie kann doch mitkommen«, sagte Parisa, als sie unten waren.

»Wer? Linda?« Johannes blickte sie verwirrt an.

»Nein, deine Schwester.«

»Sie kann ein anderes Mal mitkommen.« Er ging zu seinem Fahrrad, das abgeschlossen am Fahrradständer unten an der Treppe stand. Einen Moment schien er zu zögern. »Wir wollten doch Rad fahren.«

»Ja, wieso?«, antwortete Parisa zögernd.

»Jenny kann das nicht richtig, also Fahrrad fahren.«

»Aha.«

Sie nahm ihr Fahrrad, sie schwangen sich auf den Sattel und radelten los.

»Warum kann sie nicht Rad fahren?«, fragte sie, als sie auf dem Fahrradweg außerhalb des Wohngebiets angekommen waren.

»Ihre Beine machen nicht mit. Ist was Angeborenes.«

Sie fragte nicht weiter. Er erzählte nur selten etwas Persönliches, sprach aber häufig von Jenny. Parisa wusste, dass sie zwei Jahre älter war und für ihr Leben gern malte. Er hatte ihr sogar ein Aquarell gezeigt, das den See mit der Turbine darstellte, die daneben aufragte. Das Bild war sehr gelungen.

Sie fuhren dieselbe Runde wie jeden Tag, seit sie sich letzte Woche am Felsen begegnet waren. Erst zum Laden, wo sie sich Limonade und Muffins kauften, dann weiter zum Steg, wo sich jeder von ihnen mit einem Buch auf eine Decke legte. Heute machten sie einen Umweg zum Strandkiosk, wo sie sich Eis und Würstchen kauften. Der Strand war an diesem warmen Augusttag voller Menschen. Das glitzernde Wasser sah verlockend aus.

»Wollen wir kurz nach Hause und Badesachen holen?«, schlug Parisa vor. »Und beim Steg baden?«

»Naja …« Johannes schluckte den letzten Rest der Wurst hinunter und öffnete die Verpackung seines Magnum-Eises. »Du kannst baden, wenn du möchtest. Ich muss nicht unbedingt.«

Sie zuckte die Schultern. »Dann fahren wir nur zum Steg.«

An diesem Tag blieben sie lange. Erst kurz vor sieben Uhr stellte Parisa fest, wie spät es schon war. Es war noch immer warm, als sie in Bladslingan ankamen. Johannes' Wangen waren sonnengebräunt, im Lauf der Woche hatte er Sommersprossen bekommen.

»Möchtest du mit zu mir nach Hause kommen?«, fragte sie. »Meine Eltern wollten grillen.«

»Nein, lass mal lieber.« Sie erkannte Zurückhaltung und Wachsamkeit in seinem Blick.

»Komm! Es gibt reichlich zu essen, außerdem möchten sie dich kennenlernen.« Und *sie* wollte, dass er mitkam. Am liebsten hätte sie den ganzen Abend mit ihm verbracht.

»Ich möchte mich … nicht aufdrängen.«

Sie sah ihn abwartend an und spürte, dass ihn irgendetwas quälte, wusste aber nicht, was es war.

Es war ihr plötzlich egal, wie durchschaubar ihre Absichten waren. Sie fasste sich ein Herz und trat näher auf ihn zu. Er war einen halben Kopf größer als sie, und sie sah auf in seine hellblauen Augen, konnte seinen Duft riechen – sonnenwarme Haut und einen leichten Minzgeruch vom Haarwachs. »Du drängst dich nicht auf. Ich möchte, dass du mit zu mir kommst.«

Johannes wippte auf den Füßen vor und zurück. Seit Parisas Familie eingezogen war, hatte er jeden Abend den köstlichen Essensduft gerochen, der anders war als alles, was er kannte. Gut zubereitetes Essen mit Gewürzen, die er nicht zuordnen konnte. Herrlich. Ganz anders als die verkohlten Steaks, die Björn manchmal auf den schmutzigen Grill legte, den sie gemeinsam auf die Steinplatten des Innenhofs geschleppt hatten. Aber er musste nach Hause zu Jenny. Sie war den ganzen Tag alleine mit Mama daheim gewesen, während er weg war. Dann fiel ihm ein, dass Björn heute zurückkommen würde. Er musste dafür sorgen, dass Jenny etwas zu essen bekam.

Immer, wenn er bei anderen zu Hause war, wurde ihm schmerzlich bewusst, wie es bei normalen Familien zuging. Er war ja schon mehrfach bei Freunden gewesen, und in gewisser Hinsicht war es schön, für eine Weile ein ganz normales Leben mitzubekommen. Gleichzeitig führte es ihm vor Augen, was ihm selbst entging. Aber als Parisa ihn fragte, spürte er, dass es mehr war als eine bloße Einladung. Es war etwas, was man nicht ablehnen konnte. Sie wäre sonst enttäuscht.

»Oder will deine Mutter, dass du nach Hause kommst?«, fuhr sie fort.

»Das ist ihr egal«, sagte er sachlich. So war es tatsächlich, doch Parisa zuckte zusammen. Vielleicht sagte man so etwas nicht einfach beiläufig daher.

»Also dann …?« Sie lächelte unsicher.

Vielleicht war es unhöflich, Nein zu sagen? Er wusste nicht viel über Höflichkeit. Das war auch einer der Gründe, warum er ungern bei anderen zu Hause war. Er wollte nichts falsch machen. Er hatte gesehen, wie Parisa sich verhielt. Sie war so anders zu ihm. Aber es konnte doch nicht so schwer sein, sich ganz normal zu verhalten? Also nickte er. »Okay. Danke.«

Vielleicht war es ein wichtiger Schritt für ihre Freundschaft, mit ihr nach Hause zu gehen. Wenn sie denn Freunde waren. Ein Zeitvertreib, hatte er gedacht, als sie sich am Tag nach ihrem ersten Treffen wiedergesehen hatten. Zacke war im Urlaub, und er wollte nicht immer allein zu Hause mit seiner Mutter sein. Inzwischen war Jenny zwar aus dem Feriencamp zurück, aber er wollte sich trotzdem mit Parisa treffen.

Mit ihr war alles so anders. Sie sprachen über Bücher und Musik. Sie liebte Kent, genau wie er. Und sie schaute die Serie *Seinfeld.* Johannes war ein paar Tage zuvor zur Bibliothek geradelt und hatte sich *Käfer fliegen in der Dämmerung* ausgeliehen, nur um mit ihr über das Buch sprechen zu können. Bestimmt hundertmal hatte er sich »Kräm« angehört, weil das ihr Lieblingssong war. War das wirklich nur ein Zeitvertreib …?

Er stellte sein Fahrrad in den Fahrradständer und folgte ihr in die Wohnung. Eine tropfenförmige Lampe verbreitete warmes, goldenes Licht im Flur. Ein dicker, rot gemusterter Teppich lag im Eingangsbereich.

Er zog die Schuhe aus und folgte Parisa. Aus der Wohnung hörte er Gelächter. Vom Flur aus konnte man ins Wohnzimmer blicken, wo ein dicker Perserteppich lag. Es gab einen gläsernen Couchtisch und an der Wand einen breiten Schrank aus dunklem Holz, hinter dessen Glastüren sich Schmuckgegenstände und gerahmte Fotos befanden. Überall gab es schöne Dinge. Gemälde, die weite Landschaften zeigten, und Porzellanvasen auf dem Fensterbrett, halb verborgen von den Spitzengardinen.

Kaum zu glauben, dass diese Wohnung sich im selben Haus befand wie die, in der er selbst lebte. Sie kam ihm vor wie ein kleiner Palast. Bei der alten Frau Bernhardsson war es auch gemütlich, aber eher gediegen und mit alten Möbeln. Hier war alles wunderschön und sah so kostbar aus, und die Ausstattung war von einer ganz anderen Qualität, als er es gewohnt war. Das große Sofa, dunkelrot wie Ochsenblut, war gar nicht zu vergleichen mit dem durchgesessenen hellblauen Ledersofa zu Hause.

»Parisa, bist du es?« Eine Frauenstimme ertönte aus dem Wohnzimmer, und dann kam ihnen eine Frau entgegen, die Parisa sehr ähnlich sah. Das lange Haar hatte sie zu einem tiefen Pferdeschwanz zusammengebunden, die Lippen rot geschminkt. Sie trug ein ärmelloses blau geblümtes Kleid. Im selben Moment trat Parisas Vater von der Terrasse ins Wohnzimmer, mit der Grillzange in der Hand. Seine Augen hatten dieselbe Farbe wie Parisas, braun mit einem rötlichen Schimmer. Johannes hatte noch nie jemanden mit solch einer Augenfarbe getroffen und konnte sich stundenlang darin verlieren, natürlich ohne dass sie es merkte. Parisas Vater war glattrasiert und hatte kurzes Haar, trug Jeans, ein kurzärmliges Hemd und Hausschuhe. Er war groß und schlank, mit grauen Schläfen und einer filigranen Brille.

Erst blickte ihre Mutter ihn verwundert an, dann strahlte sie. »Hej, du musst Johannes sein! Wie schön, dich kennenzulernen. Ich bin Sheila.« Sie schüttelte Johannes die Hand.

Auch Parisas Vater streckte seine Hand aus. »Hej, ich heiße Masoud.«

Johannes schüttelte die Hand des Mannes. Falls er ihre Eltern bei ihrer ersten Begegnung mit ihm verschreckt haben sollte, als er sich mitten in einer Prügelei befand, zeigten sie es jedenfalls nicht. Johannes war es nicht gewohnt, nicht gleich verurteilt zu werden. In Norrstena hatten die meisten keine gute Meinung von ihm.

Parisa führte ihn hinaus auf die Terrasse, und sie setzten sich. Es gab Reis und Hackfleischspieße mit gegrillten Tomaten und Joghurt.

Die Wohnungstür fiel zu, und bald waren Schritte zu hören. Parisas Schwester Nooshi kam auf die Terrasse.

»Hej«, sagte sie und warf sich auf einen der Stühle. Dann fiel ihr Blick auf Johannes. Für einen Moment musterte sie ihn. Er bemerkte die Skepsis in ihrem Blick und verstand sofort, worum es ging. Sie hatte ja gesehen, wie er sich mit diesem Mistkerl geprügelt hatte.

»Hej«, sagte er, stand auf und streckte die Hand aus. »Johannes.«

»Ich weiß«, sagte sie, schüttelte flüchtig seine Hand und tat sich dann Reis auf den Teller.

»Das ist persischer Kebab, Kobideh«, sagte Parisa und ignorierte den kühlen Auftritt ihrer Schwester.

Johannes probierte etwas vom Fleisch. Es schmeckte völlig anders als die Fleischfetzen unten an der Dönerbude, die auch Kebab hießen und die er sich ab und zu gönnte, wenn er mit seiner Mutter alleine zu Hause war. Der Reis schmeckte fantastisch. So leckeren Reis hatte er noch nie gegessen. Er schmeckte nach Safran und kein bisschen wie der trockene Jasminreis, den sie immer in der Schule bekamen.

Parisa stand auf, ging in die Küche und kam mit einer Flasche HP-Sauce zurück.

»Liebe Parisa, willst du wirklich Papas gutes Essen mit dieser Sauce verschandeln?« Sheila sah Parisa skeptisch an.

»Warum? HP-Sauce passt doch zu allem.« Sie gab etwas davon auf ihren Teller. »Möchtest du?« Sie sah Johannes an.

»Nein danke.« Er teilte die Meinung ihrer Mutter. Das Essen war himmlisch, und er begriff nicht, wie diese Sauce es noch verbessern sollte.

Johannes hatte noch nicht aufgegessen, als Parisas Mutter ihm noch mehr auf den Teller lud.

»Mama, frag ihn doch vorher!«, sagte Parisa vorwurfsvoll.

»Ich habe doch gesehen, dass er noch hungrig ist.« Parisas Mutter lächelte ihn im stillen Einverständnis an.

»Es ist wahnsinnig lecker«, versicherte Johannes und schaufelte die zweite Portion in sich hinein.

Er betrachtete die Blumentöpfe und die feinen Holzmöbel, und es kam ihm so vor, als befänden sie sich ganz woanders als im schäbigsten Wohnviertel von Norrstena.

»Parisa hat erzählt, dass deine Mutter in der Turbomaschinerie arbeitet«, sagte Sheila.

»Nicht mehr. Sie hat schon vor einer Weile aufgehört.«

»Und was arbeitet sie jetzt?«

»Sie …« Er räusperte sich. Vor den anderen im Viertel musste man sich nicht schämen, wenn ein Elternteil arbeitslos war. In der Schule jedoch hatte er darüber nie gesprochen. Nicht, seitdem ihm klargeworden war, dass es als verwerflich galt, arbeitslos zu sein. Mama schob es immer auf irgendjemand anderen. Auf den Staat, auf die Politiker, einen alten Chef, der sie gefeuert hatte, oder auf Anders Roth höchstpersönlich, dem die Turbine gehörte. Während die Kinder in seiner Klasse, die auf der anderen Seite der Bahnlinie in Reihen- und Einfamilienhäusern wohnten, der Ansicht waren, dass Arbeitslose einfach nur faul und an ihrer Situation selbst schuld seien.

In der siebten Klasse an der neuen Schule hatte er Kinder kennengelernt, die nicht in seiner unmittelbaren Umgebung wohnten, und erst da war ihm aufgefallen, dass er anders war und aus schlechteren Verhältnissen kam. Das hatten sie ihn schnell spüren lassen.

Aber er wollte Parisa und ihre Eltern nicht anlügen.

»Sie hat zurzeit keinen Job.«

Parisas Mutter nickte verständnisvoll. »Das ist hart. Es ist nicht leicht, einen Job zu finden, ich habe selbst lange darum gekämpft und mich unzählige Male beworben. Deswegen sind wir hier gelandet.«

Der Unterschied bestand nur darin, dass seine eigene Mutter ihre Tage mit Online-Spielen vergeudete.

»Möchtest du noch bleiben und *Late Night with Conan O'Brien* schauen und Tee trinken?«, fragte Parisa, als sie fertig gegessen hatten.

»Ich muss jetzt wohl nach Hause, es ist schon spät.«

»Ja, deine Mutter will sicher, dass du nach Hause kommst«, sagte Sheila, und er nickte. Vor allem, weil es komisch gewesen wäre, nicht zuzustimmen.

»Nimm dir doch für deine Mutter und deine Schwester etwas vom Essen mit. Es ist noch so viel übrig«, sagte Sheila und gab ihm zwei proppenvolle Essensdosen mit. Es war schon spät, als er sich schließlich verabschiedete. Vielleicht schlief Jenny schon.

Doch als er hochkam, saß seine Mutter auf dem Sofa vor dem Fernseher, und Jenny im Rollstuhl daneben. Ihr Gesicht hellte sich auf, als Johannes eintrat. Auf dem Schoß hatte sie einen Zeichenblock, die Kohlestifte lagen neben ihr auf dem Couchtisch. Im selben Moment nahm er den Uringeruch wahr. Hatte ihre Mutter ihr denn nicht geholfen? Und wo steckte Björn?

Er brachte es nicht über sich, Jenny anzusehen, und schämte sich, dass er so lange weg gewesen war.

»Ach, bist du jetzt zu Hause?« Die Mutter nahm ihren Blick nicht vom Fernsehschirm. »Deine Schwester hat sich in die Hose gemacht.« Sie seufzte tief. »Hier stinkt es.«

Johannes eilte zu Jenny.

»Ich habe es ihr mehrmals gesagt, dass ich mal muss«, sagte Jenny leise.

Sie hatten nicht den ganzen Sommer über eine Betreuerin, denn ihre Mutter fand, dass sie gut alleine zurechtkamen. Die Wahrheit war jedoch, dass sie die kleine Zusatzgebühr nicht zahlen wollte, wenn Johannes sich doch ebenso gut um Jenny kümmern konnte.

Er schob Jenny ins Bad, half ihr beim Ausziehen und auf den Sitz in der Dusche. Jenny sah ihn schuldbewusst an, als schämte sie sich.

Während er das Warmwasser anstellte und die Temperatur überprüfte, stiegen ihm Tränen in die Augen. »Jenny, verzeih mir.«

Sie schüttelte den Kopf. »Es ist nicht deine Schuld, das weißt du.«

Nach dem Duschen reichte er ihr ein Handtuch, stopfte dann die feuchte Kleidung in die Waschmaschine und startete sie.

»Jenny hat auch noch nichts gegessen«, sagte Mama, als er aus dem Bad kam.

»Warum hat sie denn nicht mit dir gegessen?«

»Ich nehme gerade ab. Und ich ertrage keinen Bratendunst, davon wird mir schlecht.« Sie rümpfte die Nase.

Johannes betrachtete das ungewaschene Haar seiner Mutter und den schmuddeligen Morgenrock. Er spürte Verachtung in sich aufsteigen, ging zu ihr hin und stellte sich vor den Fernseher, sodass sie gezwungen war, zu ihm aufzusehen. »Warum hast du ihr nicht zur Toilette geholfen?«

»Weißt du, mein Rücken tut weh.« Als fiele es ihr in diesem Moment erst ein, kramte sie ein paar Tabletten aus der Dose auf dem Couchtisch und schluckte sie ohne Wasser hinunter.

Es war stickig im Zimmer. Er öffnete das Wohnzimmerfenster, ging dann wieder zurück ins Bad und reinigte schnell den Rollstuhl mit Desinfektionsspray und einem Lappen, bevor er Jenny in ihr Zimmer brachte.

»Es tut mir so leid. Ich hätte früher nach Hause kommen sollen, aber ich …«

»Es ist nicht deine Schuld. Bitte.« Jenny sah zu ihm auf.

Das schlechte Gewissen darüber, dass er sie mit der Mutter allein gelassen hatte, schnürte ihm die Kehle zu. Alles nur, damit er mit Parisa zusammen sein konnte. Dabei waren ein paar Stunden Flucht vor der Wirklichkeit so ungerecht, wo Jenny doch nirgendwohin konnte.

»Ich dachte, Björn ist heute da.«

Jenny seufzte. »Ich glaube nicht, dass er zurückkommt.«

Er holte Kleidung aus dem Schrank und half ihr beim Anziehen.

»Möchtest du etwas essen? Ich habe total leckeres Essen von einer Freundin mitbekommen.«

»Danke, gerne, ich habe einen Mordshunger.«

Er ging in die Küche und wärmte das Essen auf.

»Möchtest du auch was?«, rief er seiner Mutter zu.

»Was ist das? Riecht ja widerlich.«

Nein, du riechst widerlich, wollte Johannes sagen.

Er hörte, wie seine Mutter vom Sofa aufstand und Richtung Schlafzimmer schlurfte. Gott sei Dank!

Er gab Essen auf einen Teller, goss Wasser in ein Glas, stellte alles auf den Couchtisch und brachte Jenny ins Wohnzimmer.

»Was möchtest du sehen? Einen Film vielleicht? Oder *Conan O'Brien*?«

Jenny lachte auf. »Lieb von dir, dass du einen Film vorschlägst. Aber ich weiß genau, dass du *Conan O'Brien* sehen willst. Das fängt doch jetzt an, oder?«

Johannes lächelte seine Schwester an und wechselte den Sender. Er liebte Talkshows und stellte sich immer die große Stadt vor, wo die Shows aufgezeichnet wurden, und wie die Leute aus dem Publikum anschließend in ihre coolen Penthouse-Wohnungen gingen mit rohen Klinkerwänden und Aufzügen direkt in die Wohnung. Wie sie ihre herrlichen Leben führten wie die Leute in den Sitcoms. Stammgäste in irgendwelchen coolen Cafés waren, wo die Kellnerinnen ihre Namen kannten, und abends in Bars abhingen.

Er setzte sich. Während Jenny aß, lachten sie über die Eröffnungsrede des Talkshow-Hosts. Er stellte sich vor, wie Parisa neben ihnen saß. Jenny würde sie mögen, dachte er.

10

Weiteres Vorstandsmitglied verlässt Endo. Die Nachricht von DI Digital erschien auf Parisas Handydisplay. Sie seufzte, entsperrte ihr Handy und öffnete die Nachricht. Annika Lindgren hatte beschlossen, den Vorstand zu verlassen. Offenbar war das Internet mittlerweile früher informiert als Parisa.

Sie war nicht nur sehr stolz auf das Messverfahren gewesen, sondern auch über die Zusammensetzung des Vorstands. Von so renommierten Vorständen konnten andere Start-up-Unternehmen nur träumen. Und der Vorsitzende, Lars Erik Hallenborg, war ein sagenumwobener Vorstandsprofi, der neben Endo ausschließlich Aufträge in den größten Unternehmen des Landes hatte.

Weiter unten im Artikel gab es Links zu weiteren Artikeln über Endo. Die Medien stellten Endo als sinkendes Schiff und Parisa als Betrügerin dar. Ein Link führte zu einem Artikel darüber, wie Parisa die Investoren angeblich um den Finger gewickelt hatte. Ein potenzieller Investor, der aber nie eingestiegen war, ein Geschäftspartner von Robins Vater, äußerte sich dahingehend, wie überzeugend Parisa gewesen sei. Und wie sie einen ganzen Vorstand und eine ganze Reihe von Investoren förmlich verhext habe.

Eine Kolumne behauptete, dass Endos Erfolg einzig und allein auf weibliche List zurückzuführen gewesen sei. Und jetzt, da es schlecht lief, lag es natürlich an weiblicher Tollkühnheit. *Wenn Eitelkeit und Geltungssucht überhandnehmen*. So beschrieb der Kolumnist Parisas Arbeit bei Endo. Robins Beitrag wurde mit keinem Wort erwähnt, obwohl er im selben Maße Frontfigur war wie Parisa. Es schien überhaupt nicht relevant zu sein, jetzt, wo die Hexenjagd in vollem Gang war.

Es klopfte sanft an der Tür. Malin, die Forschungsleiterin, schaute herein. »Hej! Das Ergebnis der Testreihe von letzter Woche liegt nun vor.«

Parisa nickte. »Sehr gut.«

Malin sah sie bekümmert an. »Wie geht es dir?«

Sie kannten sich vom Studium, und Parisa setzte großes Vertrauen in sie.

Malin war kompetent und effektiv. Parisa war so stolz auf ihre Zusage gewesen, schämte sich aber jetzt, sie auf ein sinkendes Schiff gelockt zu haben.

»Es ist nur … ach, alles. Der Vorstand springt ab, einer nach dem anderen.« Parisa schüttelte den Kopf. »Wie ist es mit allen anderen hier? Was sagen die Leute?«

»Sie sagen nicht viel. Alle geben ihr Bestes, um weiterzumachen.«

Von einem der vielversprechendsten Unternehmen zum Paria der High-Tech-Welt degradiert zu werden, war für niemanden im Unternehmen leicht. Und Parisa war nicht nur eine gescheiterte Forscherin, sondern auch eine miserable Geschäftsführerin, die ihre Organisation nicht im Griff hatte und auch ihren Angestellten keinen Mut machen konnte. Stattdessen kam sie morgens ins Büro und bemühte sich, dass sie selbst und ihr Gehirn einigermaßen funktionierten. Sie vermied Telefonate mit ihren Eltern und schuftete, um die Zahlen der jüngsten Tests mit den Zahlen der großen klinischen Studie zu vergleichen. Dabei versuchte sie, etwas zu finden, was ihr weiterhelfen konnte. Sie schloss sich in ihrem Büro ein und traf nur Malin, der sie kaum in die Augen sehen konnte.

Sie schämte sich dafür, wie sie selbst die ganze Sache anging und wie die Medien das Unternehmen darstellten. Sie schämte sich für ihren Misserfolg.

Als hätte Malin ihre Gedanken gelesen, legte sie eine Hand auf Parisas Schulter. »Es ist nicht deine Schuld, dass es so gekommen ist. Ich weiß, dass du noch eine Weile in kleinerem Rahmen weitermachen wolltest, bevor wir die große klinische Studie durchführen. Es ist nicht dein Fehler, dass es zu schnell gegangen ist.«

Parisa lächelte und legte ihre Hand auf Malins. »Danke.«

Ihr Handy vibrierte wieder, und sie stellte sich darauf ein, von einem weiteren abspringenden Vorstandsmitglied zu lesen. Aber es war eine Nachricht von Johannes. Er schrieb, dass sie sich treffen müssten und dass er auf dem Weg zu ihrem Büro sei. Sie wusste nicht, was das bedeutete. Er hatte ihr mehrere Anwälte vorgeschlagen, doch sie hatte sich für keinen davon entschieden. Wenn es um die Wahl ihres Verteidigers ging, hätte er doch einfach anrufen können. Warum wollte er sie so dringend sehen?

Vielleicht war es ja ein positives Zeichen, und er hatte eine gute Nachricht für sie. Hatten sie die Ermittlungen etwa eingestellt?

Er schrieb, dass er bereits im Taxi auf dem Weg zu ihr sei. Seine Kanzlei lag in Östermalm, ihr Büro am Hötorget. Er würde also bald da sein.

Sie blickte zu Malin auf. »Es tut mir leid, aber ich habe jetzt gleich ein spontanes Treffen.« Sie stand auf und eilte hinunter zum Empfang. Er war natürlich noch nicht da, doch sie stellte sich ans Fenster und sah hinaus. Von hier blickte man direkt auf die Hochhäuser am Hötorget. Die vielen Fenster vor ihr reflektierten den grellen Sonnenschein. Sie schloss die Augen und atmete tief durch.

Fünf Minuten später trat Johannes ein. Er brauchte nichts zu sagen. Allein sein Blick sagte ihr, mit was für einer Nachricht er kam. Der Boden schien unter ihr nachzugeben.

Ihre braunen Augen waren feucht. Johannes nickte schweigend, um zu bestätigen, was ihr offensichtlich bereits klargeworden war.

Parisa holte tief Luft. »Können wir woanders darüber sprechen? Ich halte es nicht aus, hier zu sein.«

»Klar.«

Johannes sah, wie sie mühsam ihre Tränen zurückhielt. »Ich hole nur gerade … meine Tasche.« Sie verstummte und drehte sich um.

»Soll ich mitkommen?«, fragte er.

»Nein, alles gut.« Sie verschwand durch die Glastür neben dem Empfangstresen.

Die Rezeptionistin lächelte ihn an, bevor sie weiter auf ihrem Computer tippte.

Alles im Empfangsbereich war weiß oder aus Glas. Harte Oberflächen und geschwungene Kanten. Es kam ihm so vor, als befände er sich in der neusten Kreation von Apple. Er nahm neben dem Empfangstresen Platz, auf einem Eames-Stuhl ohne Sitzkissen.

Fünf Minuten später war Parisa mit ihrer Tasche über der Schulter zurück.

Draußen auf der Straße war es windstill. Die Sonne stand noch hoch, der Himmel war leuchtend blau.

»Wohin möchtest du gehen?«, fragte er.

»Vielleicht in irgendeine Bar. Es gibt eine im benachbarten Viertel, die ist eher … diskret.«

Die Bar lag eine halbe Treppe unterhalb des Straßenniveaus und hatte abgeschirmte Bereiche, die Beleuchtung war eher spärlich. Das war mit Sicherheit kein Ort, wo er jemanden treffen würde, den er kannte. Zumindest nicht um zwei Uhr nachmittags an einem Dienstag. Das liebte Johannes an Großstädten – es gab Orte, wo man vollkommen anonym war.

»Ich brauche etwas Starkes«, sagte sie an der Theke.

»Wie wär's mit einem Whisky?« Auf gut Glück.

»Klingt gut.«

Der Barkeeper, ein Mann um die vierzig mit einem Haizahn an einem Lederband um den Hals, blickte sie müde an, als Johannes bestellte. Er stellte ihnen zwei Tumblergläser hin und goss jeweils einen Schuss Whisky hinein.

Parisa nahm einen großen Schluck und kniff die Augen zusammen, als sie ihn hinunterschluckte. Ihr Blick blieb an einem Mann auf der anderen Seite der Theke hängen.

»Erinnert dich der da hinten nicht auch an den Typen in Bladslingan, der immer im Innenhof saß?«

Johannes betrachtete den Mann mit dem kurz geschorenen Haar, den blutunterlaufenen Augen und dem mürrischen Blick. Er lachte auf. »Du meinst Nisse? Ja, tatsächlich!«

Parisa nahm einen weiteren Schluck Whisky und stellte dann das Glas ab. »So, jetzt erzähl. Ich muss hören, wie du es sagst.« Sie sah ihn an. Ihr Blick war klar.

»Gegen dich ist Anklage erhoben worden.«

Erst saß sie ganz ruhig da, sah ihn nur an. Sie atmete langsam ein, dann wieder aus. Dann liefen ihr Tränen über die Wangen. Er legte seine Hand auf ihre. Etwas in ihm hätte sie am liebsten an sich gezogen, während er sich gleichzeitig vehement gegen diese Sehnsucht wehrte.

»Ich bin erledigt. Niemand wird jemals wieder Vertrauen in mich setzen.« Sie nahm einen großen Schluck. »Kein Forscher kann nach so einer Sache noch weitermachen. Manipulation und Betrug …« Sie schüttelte langsam den Kopf.

»Außer du wirst freigesprochen«, sagte er.

Sie blickte ihn resigniert an. »Und wie groß, meinst du, sind die Chancen?«

»Schwer zu sagen.« Eine viel zu ehrliche Antwort, sagte ihr niedergeschlagener Blick.

»Ich riskiere also, ins Gefängnis zu kommen?«

Er sah sie schweigend an. Sie wusste ja die Antwort.

»Verdammt!« Sie fuhr sich mit beiden Händen durchs Haar. »Soll meine Forscherkarriere so enden?«

»Sie wird nicht enden. Alles wird sich aufklären.«

Sie schüttelte den Kopf. »So hatte ich es mir nicht vorgestellt. Ich hätte niemals gedacht, dass ich des Betrugs und der Manipulation verdächtigt werden würde.«

»Ich auch nicht«, sagte Johannes. »Wenn jemand von uns beiden hätte angeklagt werden sollen, dann ich.« Sofort bereute er es. Hier ging es um sie. »Verzeih mir, ich …«

»Das finde ich nicht«, unterbrach sie ihn. »Ich habe nie geglaubt, dass du angeklagt werden würdest. Die ganze Zeit habe ich gehofft, dass du freigesprochen wirst, und ich habe mich riesig gefreut, als ich vom Freispruch erfahren habe. Ich wollte wirklich, dass es gut für dich ausgeht, und hatte die ganze Zeit das Gefühl, dass sich alles klären würde.«

Er nickte schweigend. »Danke, es bedeutet mir viel, das zu hören.« Vor dem Hintergrund, was passiert war, war das ziemlich großmütig von ihr. Oder besser gesagt, vor dem Hintergrund dessen, was ihrer Meinung nach passiert war. Am liebsten hätte er ihr einfach erzählt, was damals in der Schule wirklich geschehen war, sah aber ein, dass es ihr jetzt nicht unbedingt weiterhelfen würde. Wenn sie es nicht erwähnte, würde er auch nicht mehr davon anfangen. Außerdem hatte er dieses Ereignis hinter sich gelassen. Oder glaubte er nur, er hätte alles vergessen und wäre viel weiter, als er es tatsächlich war? Warum nur war es so schwierig?

»Aber deine Forscherkarriere wird nicht zu Ende sein. Du wirst rehabilitiert werden.«

»Ich frage mich nur …« Sie schüttelte langsam den Kopf. »Was, wenn die Investoren und alle, die mich kritisieren, recht haben? Vielleicht liegt der Fehler ja doch bei mir. Oder bei meinem Messverfahren. Was, wenn es fehlerhaft ist und ich unwillentlich alle getäuscht habe?«

»Sich in seiner Forschung zu irren ist kein Verbrechen. Sie klagen dich an, die Investoren bewusst getäuscht zu haben, und davon wirst du freigesprochen werden.«

Sie lächelte schwach. »Du hast immer an mich geglaubt und an alles, was ich getan habe.«

»Das liegt daran, dass ich noch nie eine klügere Person als dich getroffen habe.«

Sie lachte. »Das sagst du sicher zu allen Frauen, die du triffst.«

»Nein, nur zu den Frauen, von denen ich möchte, dass sie mich mögen.« Er lachte. »Nein, im Ernst. Du bist klüger als alle anderen, die ich kenne. Es war wirklich interessant, deinen Werdegang aus der Ferne zu beobachten. Und deine Reise endet noch nicht hier.«

Eine halbe Stunde später hatte Parisa ihren Whisky ausgetrunken, und Johannes bestellte ihr noch einen, während er selbst an seinem nur nippte. Sie merkte nicht einmal, wie der zweite vor sie hingestellt wurde, nahm aber gleich zwei Schlucke und sah ihn dann an. »Entschuldige, du musst sicher zurück ins Büro.«

Ja. Er musste zurück ins Büro, er hatte noch viel zu tun. Aber er konnte sie so nicht alleine lassen.

»Nein«, sagte er. »Ist schon in Ordnung. Ich habe heute keine Meetings mehr.«

Die Sonne war hinter Wolken verschwunden, doch in der Bar war es warm. Sie ersetzten den Whisky durch ein kaltes Bier und bestellten sich eine Portion Pommes frites zum Teilen, mit Aioli und Sauce Bernaise in kleinen Glasschälchen. Parisa griff wie immer nach der HP-Sauce auf dem Tisch.

Johannes konnte sich ein Grinsen nicht verkneifen. »Immer noch?«

»Wieso? HP-Sauce passt doch zu allem.« Parisa lachte. Ihr Lächeln und das Glitzern in ihren Augen verursachten ein Ziehen in Johannes' Bauch. *Beherrsch dich, Johannes!* Sie war mit Robin zusammen, und es war verdammt noch mal zwölf Jahre her. Zwölf Jahre! Er war darüber hinweg.

»Dass du damals das leckere Essen deines Vaters mit dieser widerwärtigen Sauce verschandelt hast …« sagte er.

»Das tue ich immer noch.« Parisa lächelte wieder und gab noch mehr Sauce auf ihren Teller.

»Ich fahre manchmal in ein Restaurant in Akalla, wenn ich Lust auf persisches Essen habe«, sagte Johannes.

»Ist das wahr?« Sie lächelte. »Vanak?«

»Genau.«

»Komisch, dass wir uns dort noch nicht gesehen haben. Ich treffe mich dort mindestens einmal im Monat mit Nooshi.«

»Wirklich seltsam. Und komisch, dass wir uns hier noch nicht über den Weg gelaufen sind. So groß ist Stockholm ja auch wieder nicht.«

»Nein, aber offenbar groß genug, um nicht auf die Geister der Vergangenheit zu treffen.«

»Geist der Vergangenheit?« Er grinste. »Siehst du mich so?«

»Ich weiß nicht. Vielleicht.« Sie tunkte ein Kartoffelstäbchen in die Sauce. »Nennt man alte Liebschaften nicht so?«

Sie sah ihn eine Sekunde zu lang an, und sein Herz begann schneller zu schlagen. »Wenn ich auf einen Geist treffen wollte, dann auf dich«, fuhr sie fort und stopfte sich das Stäbchen in den Mund. »Eigentlich seltsam, dass wir uns so gut kennengelernt und einander so nahegekommen sind, obwohl wir nur ein gutes Jahr miteinander zu tun hatten«, fuhr sie fort und sah ihn an. »Das war wirklich ein besonderes Jahr.«

Er nickte. »Da gebe ich dir recht.«

Das Jahr mit ihr hatte ihn für den Rest seines Lebens geprägt. Es hatte Maßstäbe gesetzt für all seine zukünftigen Freundschaften und Beziehungen. Nie war ihm jemand wieder so nahegekommen.

Nach jenem Ereignis, das dazu führte, dass Parisa und er getrennte Wege gingen, war sein ganzes Leben zusammengebrochen, und er hatte sich darauf konzentriert, alles wieder neu aufzubauen.

Die restliche Zeit am Gymnasium traf er sich mit keinem Mädchen mehr.

Danach mit vielen, doch keine war ihm wirklich nahegekommen. Er ließ es nie zu ernst werden. Sein Körper sehnte sich nach körperlicher Nähe und Bestätigung, nach nichts anderem, was die Beziehungen erschwerte.

Jemanden wirklich kennenzulernen und sich ganz zu öffnen, tat viel zu weh. Es war ihm dann, als müsste er sein Kindheitstrauma noch einmal erleben. Deshalb hielt er die Frauen, die er kennenlernte, auf Abstand und machte Schluss, bevor es ernst wurde. Natürlich vermisste er die Liebe, doch Liebe war zu schmerzhaft.

Hier zu sitzen und sich ruhig und entspannt mit jemandem zu unterhalten, auch wenn es um ernste Themen ging, tat ihm gut. Die einzigen Menschen, mit denen er so reden konnte, waren seine Schwester und Zacke. Zacke kannte ihn in- und auswendig, und Jenny war mit ihm aufgewachsen. Mit ihnen konnte er ganz er selbst sein.

Häufig hatte er Gespräche mitverfolgt und so getan, als wäre er derselben Ansicht. Er hatte zustimmend genickt, wenn jemand über junge Kriminelle herzog und der Meinung war, sie müssten einfach nur »ihr Leben in die Hand nehmen«. Wie oft hatte er mitgelacht, wenn sich jemand über nörgelnde, unmögliche Mütter beklagt hatte? Er hatte wissend genickt, als würde seine eigene Mutter auch beunruhigt anrufen, wenn er nicht sofort auf ihre Nachrichten antwortete. Tatsächlich hatten sie überhaupt keinen Kontakt mehr. Also tat er einfach so, als wüsste er ganz genau, wie es war, eine überbeschützende Mutter zu haben, jemanden, dem man wichtig war.

Lange hatte er gedacht, seine Mutter sei normal und alle anderen Mütter seien so wie sie. Erst mit neun oder zehn Jahren war ihm klargeworden, dass es bei ihm anders war. Er ging häufiger mit zu seinen Freunden nach Hause und sah, wie es dort war. Als er elf und Jenny dreizehn war, begriff er zum ersten Mal, dass seine Mutter nicht so war wie andere Mütter. Als sie eines Tages aus der Schule nach Hause kamen, lag da ein Zettel von ihrer Mutter, auf dem stand, dass sie für ein paar Tage zu ihrem Freund nach Norrköping gefahren sei. Sie kam abends nicht nach Hause und auch nicht am nächsten Abend.

Die alte Frau Bernhardsson hatte ihnen nach vier Tagen etwas zu essen gebracht.

Damals hatte Johannes nicht begriffen, warum das so schlimm war und warum die alte Dame Tränen in den Augen gehabt hatte, als er versuchte, sie anzulügen und zu behaupten, Mama sei nur gerade kurz unterwegs.

Er war böse auf seine Mutter gewesen, aber trotzdem ungeheuer erleichtert, als sie wiederkam. Tief im Inneren hatte er Angst gehabt, dass sie sie verlassen hätte. Damit hatte sie häufig gedroht. Johannes war ihr entgegengerannt, als sie endlich kam, hatte sie umarmt und sich geweigert, sie wieder loszulassen. Schließlich hatte sie ihn abgeschüttelt und gesagt, dass eine Mutter manchmal Zeit für sich brauche, aber es habe doch gut geklappt, oder nicht? Sie hätten ja Tiefkühlgerichte gehabt. Und sie habe ihnen ja auch Geld dagelassen. Sie habe sich überhaupt keine Sorgen um sie gemacht. Schließlich seien sie ja in der Schule gewesen, und Johannes sei schon so groß, dass er seiner Schwester helfen könne, wenn sie etwas nicht allein schaffe.

Solche Ereignisse hatten ihn zu jemandem gemacht, der anders war als die anderen. Und deshalb konnte er nicht mitreden, wenn es um ungezwungene Gespräche über Familien und überbesorgte Mütter ging.

Bei Parisa hingegen musste er sich nicht verstellen. Sie wusste alles über seine Kindheit. Er beobachtete sie, während sie aus dem Fenster auf die vorbeieilenden Menschen sah und ganz in Gedanken versunken zu sein schien.

»Wie geht es dir?«, fragte er.

Sie schüttelte den Kopf. »Der Vorstand löst sich auf. Einer nach dem anderen springt ab.«

Er nickte. Davon hatte er gehört.

»Allein die Tatsache, dass Endo gescheitert ist, lässt mich schuldig aussehen.«

Ihr sonst so stolzer Blick, den sie auf den Bildern in den Zeitungen gehabt hatte, war verschwunden. Stattdessen machte sie einen resignierten Eindruck. Als hätte sie bereits verloren. Spätestens in diesem Moment war er sicher, dass sie den Fall gewinnen würden. Er war von ihrer Unschuld überzeugt. Er kannte sie und wusste, dass sie niemals irgendwelche Ergebnisse manipuliert oder bewusst jemanden getäuscht hätte. Sie war genau, vorsichtig und ehrlich.

»Du, es ist noch nicht vorbei.«

Sie schüttelte den Kopf, die Tränen liefen ihr herunter. Schnell wischte sie sie weg. »Endo ist erledigt. Und mein Messverfahren auch.« Sie schluchzte.

»Nein. Jetzt haben wir die Chance, ein für alle Mal zu zeigen, dass du unschuldig bist. Jetzt, wo du angeklagt wirst, erhalten wir Zugang zum Ermittlungsprotokoll und allem weiteren Material. Wir werden verstehen, wessen du verdächtigt wirst, und werden handeln können.« Er ergriff ihre Hände und beugte sich näher zu ihr, damit sie ihm in die Augen sah. »Jetzt haben wir die Möglichkeit zu gewinnen.«

Sie schniefte. »Die ganze Zeit sagst du ›wir‹.« Jetzt blickte sie ihn an. Die dunklen Augen glänzten, in ihren Wimpern hingen Tränen.

»Ich werde dir helfen.«

Sie runzelte die Stirn. »Meinst du das ernst?«

»Ja.«

Sie nickte. Blickte ihm fest in die Augen, fiel ihm dann um den Hals und hielt sich krampfhaft an ihm fest.

11

Vierzehn Jahre früher

»Parisa. Das ist der schönste Name, den ich je gehört habe.« Jenny sah träumerisch vor sich hin. »Ist sie auch schön?«

Johannes musste lachen. »Ja, schon.«

Er hatte sich inzwischen damit abgefunden, dass Parisa mehr war als nur ein reiner Zeitvertreib, und betrachtete sie nun als Freundin. Unter seinen Freunden war sie zweifellos die Hübscheste. Bei Weitem. Zacke lag ziemlich weit hinten, was das betraf.

»Wir wollten heute Nachmittag ins Kino. Möchtest du mit?«

Er kannte Parisa jetzt seit drei Wochen, hatte ihr aber noch immer nicht Jenny vorgestellt – den Menschen, der ihm am meisten bedeutete.

Parisa hatte Zacke schon kennengelernt. Entweder liebte oder verabscheute man ihn. Es war nicht gerade Liebe auf den ersten Blick gewesen, aber Zacke hatte sich in jedem Fall benommen. Vielleicht fand er, dass er es Johannes schuldig war, nachdem dieser vor ein paar Wochen Zackes Peiniger aus der Grundschule verprügelt hatte.

Aber mit Jenny war es etwas ganz anderes. Wenn sich jemand nicht mit ihr verstand, dann hielt diese Freundschaft nicht. Jenny bedeutete alles. Sie war sein Fels in der Brandung.

Eine von Johannes' frühesten Kindheitserinnerungen war die, als seine Mutter ein Schneidebrett nach ihm warf. Sie war böse auf ihn, warum, wusste er nicht mehr. Das Holzbrett traf ihn am Kopf, und der Schmerz pochte und dröhnte, während er vor ihr floh. Er rannte ins Zimmer seiner Schwester und verkroch sich im Schrank. Die Schritte seiner Mutter waren zu hören. Sie fluchte und schrie, hatte aber vermutlich keine Lust, nach ihm zu suchen. Sie schlug ihn nie, aber dieses Mal hatte er riesige Angst, sie würde es tun. Nach einer Weile hörte er das Geräusch von Jennys Rollstuhl. Die Schranktür öffnete sich einen Spalt. Er kroch hervor, setzte sich auf den Stuhl neben sie und lehnte sich an sie. Sie nahm ihn in den Arm, während er schluchzte.

Mit der Zeit wurde Johannes zum Beschützer seiner Schwester. In ihrer gemeinsamen Schule hatte keiner eine Chance, der anders war. Johannes und Jenny waren ohnehin schon Außenseiter – die Geschwister Lund gehörten zum Pack, und dass Jenny behindert war, machte die Sache nicht besser. Eine Kleinstadt konnte ein ungeheuer gefährlicher Ort sein. Aber dadurch, dass er der Größte und Stärkste der ganzen Schule wurde und sich am besten prügeln konnte, traute sich niemand, Jenny etwas zu tun oder sie zu ärgern.

Zacke war zu seinem Verbündeten geworden und würde auch Jenny beschützen. Er und Zacke setzten sich füreinander ein, aber er wusste nicht, ob er mit Parisa diese Freundschaftsebene schon erreicht hatte. Würden Jenny und sie miteinander klarkommen? Was Jenny betraf, machte er sich keine Sorgen. Sie war offen und gesellig, mochte die meisten Menschen. Die freundlich waren. Aber wie würde Parisa sie finden?

»Ich hoffe, dass du mitkommst«, sagte er. »Der Fahrdienst ist schon organisiert, wir wollen den neuen *Men in Black* sehen.« Es war ein guter Tag, um ins Kino zu gehen. Bewölkt, windig und regnerisch. Und Jenny liebte Will Smith, fand, dass er der beste Schauspieler der Welt war. Wahrscheinlich fand sie ihn auch ziemlich gut aussehend.

Jennys Miene erhellte sich. »Gerne!«

Kurz bevor der Fahrdienst kommen sollte, schob Johannes den Rollstuhl hinaus und weiter die Treppenrampe hinunter. Parisa wartete unten und strahlte, als sie ihn mit Jenny sah. Sie eilte herbei und half ihm, den Rollstuhl das letzte Stück zu schieben.

»Danke, geht schon, das mache ich ja nicht zum ersten Mal.« Johannes lächelte sie dankbar an.

Als sie unten angelangt waren, umarmte Parisa Jenny. »Wie schön, dich zu sehen. Johannes hat schon so viel von dir erzählt!«

»Ja, endlich sieht man sich einmal.« Jenny warf Johannes einen vielsagenden Blick zu und sah dann bewundernd auf Parisa.

Der Fahrdienst wartete bereits auf dem Parkplatz. Bengt begrüßte sie. Er fuhr Jenny am häufigsten und scherzte immer mit ihnen.

»Soso, heute geht's also ins Kino!« Bengt zog die Rampe herunter und schob den Rollstuhl in den Wagen. Dann fuhren sie in die Stadt.

Das Foyer war schon voller Leute. Johannes kannte vier Jungen aus seiner kurzen Zeit beim Eishockeytraining. Zwei von ihnen saßen auf einer Bank und warteten darauf, dass der Film anfing. Die anderen beiden standen daneben und unterhielten sich laut, lachten und scherzten. Als sich Johannes, Jenny und Parisa in die Schlange fürs Popcorn stellten, spürte Johannes ihre Blicke auf sich. Sie bestellten sich eine große Portion Popcorn zum Teilen und jeder eine Sprite im großen Pappbecher mit Eiswürfeln.

Die Jungen wohnten am anderen Ende der Stadt, in den feineren Wohnvierteln, wo es nur Einfamilienhäuser und ein paar Reihenhäuser gab, und besuchten eine andere weiterführende Schule als er.

Björn hatte Johannes vor einigen Jahren dazu motiviert, mit Eishockey anzufangen, und auch die Gebühr bezahlt. Aber Johannes hatte sich dort nie zugehörig gefühlt. Sobald jemand beim Training zu brutal war, hatte es in einer Prügelei geendet. Und er fühlte sich wie ein Bürger zweiter Klasse neben den anderen Kindern, die in schicken neuen Autos zum Training gefahren wurden und den Sommer im sonnigen Süden verbrachten. Es bemühte sich auch niemand, ihn in die Gruppe aufzunehmen. In seiner Schule empfand man Johannes zwar als starrköpfig, akzeptierte ihn jedoch mit der Zeit. Innerhalb der Eishockeymannschaft war er einfach nur ein Außenseiter.

Besonders ein Junge hatte Johannes das Leben schwer gemacht. Fredde. Er war genauso streitsüchtig wie Johannes.

Jetzt musterte Fredde Johannes. Als dieser seinen Blick erwiderte, grinste er breit. »Soso, nimmst du deine Schwester zu deinem Date mit? Wie süß.«

Johannes ignorierte ihn, nahm den Eimer mit Popcorn entgegen und reichte Parisa und Jenny ihre Getränke.

Ein Junge namens Robin, der sich beim Eishockey immer zurückgehalten, aber bei den gemeinen Witzen mitgelacht hatte, grinste übers ganze Gesicht. Dann blickte er Parisa an, vermutlich genauso, wie auch Johannes sie immer ansah. Wahrscheinlich fragte er sich, was sie hier mit ihm wollte. Sie beeilten sich, um zu ihren Plätzen zu kommen.

Nach dem Film ging Johannes zur Toilette, während Parisa und Jenny im Foyer auf ihn warteten. Fredde trat gleichzeitig ein und stellte sich an das Pissoir neben Johannes.

»Hör zu, Lund. Die Braut ist jedenfalls um Klassen besser als deine Schwester. Vielleicht wäre es gut, mal eure Inzucht zu beenden. Stimmt das eigentlich?«

Johannes ignorierte ihn, musste sich aber beherrschen, sich nicht provozieren zu lassen.

»Sag schon, stimmt es, dass deine Schwester wegen Inzucht so eine Missgeburt ist? Das sagen jedenfalls die von deiner Schule.« Fredde prustete los.

Johannes überkam diese schwarze Wut, die er nur zu gut kannte. Schnell zog er den Reißverschluss hoch.

»Also, diese Ausländerbraut ist auf jeden Fall heiß, aber ist sie auch so behaart, wie die alle ja angeblich ...« Zu mehr kam Fredde nicht. Er hatte gerade seine Hose zugemacht, als Johannes seinen Pullover packte und ihn fest zu sich hinzog. Blitzschnell flog seine Faust nach vorne und traf Freddes Wange. Wie immer fühlte es sich schön und befreiend an – ein Ventil für alles, was an ihm nagte. Er warf den verwunderten Fredde gegen die Wand. So war er auch beim Eishockey gewesen, seine Reaktion kam immer etwas verzögert. Als Johannes hinausging, hörte er Freddes keuchenden Husten, drehte sich aber nicht noch einmal um.

Jenny und Parisa warteten vor dem Kino auf ihn. Dicke Regenwolken türmten sich am Himmel auf.

Johannes legte die Hände auf die Griffe des Rollstuhls und schob ihn vor sich her in Richtung Parkplatz. Dabei sah er weder Jenny noch Parisa an.

»Verdammtes Pack! Ich werde dich anzeigen, klar? Du bist so was von krank im Kopf! Komplett gestört! Du Idiot!«

Johannes warf einen Blick über die Schulter. Fredde war herausgekommen und schrie hinter Johannes her, während ihm das Blut über die Wange lief.

Johannes schob Jennys Rollstuhl weiter vor sich her. Parisa

sah sich um und betrachtete Fredde, dann Johannes und ging weiter, ohne etwas zu sagen. Was sollte sie auch sagen? Bei ihrem ersten Zusammentreffen hatte er sich genauso verhalten.

»Was war los?«, fragte Jenny schließlich.

»Nichts, nur ein Typ aus meiner alten Eishockeymannschaft, der mich noch nie mochte.«

Parisa sagte nichts.

Er hatte diese Seite von sich nicht wieder zeigen wollen.

Andererseits war es vielleicht egal.

So war er nun mal.

12

Die Bar füllte sich langsam mit Menschen. Johannes bezahlte, und sie verließen das Lokal.

Draußen in der lauen Frühlingsluft blieb Parisa stehen. Johannes' Worte in der Bar hatten den Druck auf ihrer Brust etwas gemindert. Sie brauchte ihn an ihrer Seite. »Danke noch mal«, sagte sie. Dann lehnte sie ihren Kopf an seine Brust und schlang die Arme um ihn. Genau wie bei ihrer Umarmung in der Bar, und wie damals vor vielen Jahren erstarrte er bei ihrer Berührung. Es schmerzte sie, dass er noch immer wie ein geschlagener Hund reagierte, wenn jemand Nähe und Zärtlichkeit zeigte. Dann schien er sich jedoch zu entspannen und legte die Arme um sie.

Und sie ließ ihren Kopf an seiner Brust. Es fühlte sich so geborgen an. Um sie herum waren Menschen unterwegs nach Hause oder in die Stadt, wo sie sich in Straßencafés trafen oder zu Drinks mit den Kollegen.

Er sah sie an mit diesem Blick, der alles in sich aufsog wie ein Strudel. Mit diesen blauen Augen, in denen sie sich so gerne verloren hatte. »Es ist doch mein Job.«

Sie nickte. »Ja, es ist dein Job.« Genau. So war es. Aber wie kam es dann, dass es zwischen ihnen so knisterte? Und warum wurden ihr die Knie so weich von seinem Blick? Ihr ganzes Leben war aus den Fugen geraten. Sie konnte doch jetzt keine

Anziehung verspüren. Aber so war es auch schon früher mit Johannes gewesen. Immer hatte er diese Wirkung auf sie gehabt.

Er winkte ein Taxi herbei, dessen gelbe Leuchte erlosch, als es neben ihnen anhielt. Er wandte sich ihr zu. »Du kannst das Taxi nehmen.«

Sie blieb stehen und betrachtete die Menschen, die vorbeigingen. Eine Gruppe junger Frauen mit hohen Absätzen, die laut lachten. Eine Frau mit Sporttasche über der Schulter, die in ihr Headset sprach und jemandem versprach, unterwegs noch Sushi zu kaufen. Ein Mann mit Kinderwagen. Sie beneidete sie. Sie waren nicht im Begriff, alles zu verlieren. Für sie war es ein ganz normaler Dienstag.

Johannes öffnete ihr die Autotür, doch sie rührte sich nicht. Sie wusste, dass sie sich jetzt ins Taxi setzen und nicht noch mehr von seiner Zeit beanspruchen sollte. Also versuchte sie, sich zusammenzureißen und einzusteigen. Sich der Situation zu stellen. Sie wusste nicht, ob es am Whisky lag oder am Bier, vielleicht an beidem, aber die Worte kamen wie von selbst. »Ich möchte nicht nach Hause fahren.«

»Hast du mit Robin gesprochen?«

Sie schüttelte den Kopf. »Er ist mal wieder verreist. Und mir ist nicht danach, mit ihm zu reden.« Sie seufzte. »Wir sprechen nicht über so etwas.« Sie lachte leicht hysterisch auf, und ein vorbeigehendes Mädchen mit rosa gefärbtem Haar blickte sie erschrocken an.

Der Taxifahrer hatte das Warten aufgegeben und einen anderen Fahrgast einsteigen lassen.

Wieder blickte Parisa Johannes an.

»Kann ich noch etwas bei dir bleiben? Wir könnten … vielleicht etwas essen? Diese Pommes frites waren nicht sehr sättigend.«

Er sah aus, als überlegte er, bevor er schließlich nickte. »Klar. Eigentlich wollte ich mir irgendwo etwas zum Mitnehmen kaufen, aber wir können auch …«

»Etwas zum Mitnehmen klingt super, wenn ich mit zu dir könnte …?«

»Ja …« Wieder schien er zu zögern. »Ja, doch. Ich wollte zu Fuß nach Hause, ich wohne in Röda bergen in Vasastan. Was hältst du von einem Spaziergang?«

Sie nickte. »Danke, klingt gut!«

Sie gingen hinunter zum Sveavägen. Die Lichter in den Fenstern der Bürogebäude erloschen nach und nach, doch die unteren Stockwerke, in denen sich Bars und Restaurants befanden, waren hell erleuchtet, die Außenbereiche voll besetzt.

»Wie hast du das gemeint, dass du mit Robin nicht über so etwas sprichst?«, fragte er nach einer Weile.

»Wir haben bisher kaum darüber geredet, dass ich unter Verdacht stehe, unsere wichtigsten Investoren getäuscht zu haben. Er will nicht darüber sprechen, sondern ist davon überzeugt, dass alles wieder in Ordnung kommt. Und ich … ich weiß nicht einmal, ob ich überhaupt mit ihm darüber sprechen könnte.«

»Wie bitte? Ihr seid doch … seit über zehn Jahren ein Paar?«

»Als ob du ein großer Redner wärst … Du würdest sicher erst nach der Diamantenen Hochzeit erzählen, was du zum Frühstück gegessen hast.«

»Stimmt.« Er musste grinsen. »Aber du warst immer gut darin, zu sagen, was du denkst.«

»Nicht in diesem Fall. Ich weiß nicht … ich schaffe es einfach nicht. Wahrscheinlich, weil ich mich schäme.«

»Du weißt doch, dass es dafür keinen Grund gibt?«

Sie antwortete nicht.

»Der Parisa, die ich kenne, wäre es nicht egal, ob sie darüber sprechen kann oder nicht.«

Natürlich hatte er recht. Schon immer hatte sie auf Dinge reagiert, gerne über alles geredet, nachgebohrt, wo die Schmerzpunkte lagen. Hatte sie sich verändert? Sie wusste selbst nicht mehr, wer sie war. Eine Betrügerin, wenn man Staatsanwaltschaft, Polizei und Investoren Glauben schenkte.

Sie schwieg, richtete den Blick auf ihn und betrachtete sein symmetrisches Profil. Die blauen Augen reflektierten die Lichter der Schaufenster, an denen sie vorbeigingen. Sie hatte seine Farben immer geliebt. Als sie ihn das erste Mal sah, war sein Haar fast weißblond gewesen. Bei ihrem letzten Zusammentreffen in Båstad war er ein Mann geworden. Seine Haare waren nicht mehr so hell, sondern eher dunkelblond. Die Schultern waren breiter, und er wirkte männlicher denn je. Momentan war er glattrasiert, was seine feinen, aber dennoch maskulinen Gesichtszüge noch mehr zur Geltung brachte. Er hatte schon immer unglaublich gut ausgesehen, und das leicht Verwegene an ihm machte ihn absolut unwiderstehlich.

Sie schlenderten Sveavägen in Richtung Vasastan entlang, vorbei am großen Verlagshaus, dessen Schaufenster mit Büchern dekoriert waren.

Parisa dachte oft über die Menschen nach, die ihr über den Weg liefen. Welche Arbeit sie wohl hatten und in welcher Beziehung sie zu ihrer Begleitung standen. Was die Leute wohl über sie dachten? Dass sie Kollegen aus demselben Büro waren? Oder ein Paar auf dem Weg nach Hause?

Sie gingen weiter durch Vasastan und blieben schließlich vor einem gelb verputzten Gebäude mit rostrotem Blechdach stehen. Johannes gab den Code ein und hielt ihr die Tür auf.

Das Treppenhaus war im funktionalistischen Stil der Dreißigerjahre gehalten, mit einem schlichten abgerundeten Treppengeländer und dunklen Leisten aus Holz, die sich von den Steinwänden abhoben.

Sie sah sich um. »Toll!«

»Ja.« Er begann, die Treppe hochzugehen. »Ich fühle mich wohl hier. Die Wohnung habe ich während des Studiums über einen privaten Vermieter bekommen, da hatte ich ein ziemliches Glück.« Er lächelte. »Es lebt sich gut hier, und Jenny wohnt in Solna, mit dem Fahrrad bin ich schnell da. Aber bald sollen die Wohnungen verkauft werden, und ich kann mir meine tatsächlich leisten!« Stolz war in seiner Stimme zu hören. Sie freute sich so für ihn. Sie wusste ja, dass er überhaupt kein Startkapital gehabt hatte.

Sie gingen weiter die Treppe hinauf bis in den zweiten Stock. »Die Wohnung ist nicht besonders groß. Fünfzig Quadratmeter, ohne Balkon, offenen Kamin oder andere Finessen. Aber es ist meine.« Er schaltete die Deckenlampe an, wandte sich ihr zu und strahlte. Ein warmes Licht erhellte den schmalen Flur. Vor der Tür lag eine schlichte dicke Fußmatte, und in der Garderobe hingen drei Jacken. Sie zog ihre Schuhe aus, hängte den Blazer über einen freien Kleiderbügel und betrat das Wohnzimmer.

Sie verstand sofort, warum er sich hier wohlfühlte. Die Wände waren in einem warmen, hellen Terrakottaton gestrichen. Die Farbe erinnerte sie ein wenig an die Neunzigerjahre, aber es passte, wirkte gemütlich und führte sie in Gedanken zu den Fernsehserien, die sie früher immer gesehen hatten. *Friends* und *How I Met Your Mother.* Komplett anders als die helle, riesige Wohnung, wo sie mit Robin wohnte. Dort waren die Möbel und Textilien in verschiedenen Weißtönen gehalten, von Kreideweiß bis hin zu Vanillefarben, eingerichtet von Robins Mutter, die der Ansicht war, dass Parisa ohnehin unfähig war, und ganz besonders, was Wohnung und Haushalt betraf. Parisas

Bücher standen mit dem Buchrücken nach innen im Regal, was laut den Einrichtungszeitschriften von Robins Mutter der neuste Trend war. Es stimmte schon, dass Parisa keinen großen Enthusiasmus aufbrachte, was Inneneinrichtung betraf – sie hatte kein Interesse und ließ Robins Mutter gewähren. Außerdem war es nicht Parisas Wohnung. Sie gehörte Robin, und Parisa wohnte nur dort, was deutlich zu spüren war.

Sie ging über das vergilbte Fischgrätenparkett. Das Parkett zu Hause bei ihr und Robin war hell geschliffen und in einem hellen Farbton lasiert worden, der in Richtung Grau ging. Sie merkte, wie überdrüssig sie der ganzen weißen Farbe war. Johannes' Fußboden gab der Wohnung ein heimeliges Gefühl. Sie betrachtete das Sofa und die Aussicht auf die Straße. Von Aussicht konnte eigentlich nicht die Rede sein, eher von Einblick in die Wohnung der Nachbarn. Doch unten auf der Straße sah man die Lichter der Stadt und etwas weiter weg ein Stück von Norra tornen.

Die Wohnung passte zu Johannes. Großstadtfeeling mit Nachbarn in der Nähe, Gemütlichkeit und eine anheimelnde Atmosphäre mitten in der pulsierenden Stadt. Das Einzige, was fehlte, war eine unverputzte Klinkerwand.

Sie ging weiter zur Küche, die sich zum Wohnzimmer hin öffnete. Sie war nicht funkelnagelneu, aber auch nicht besonders alt. Klassische weiße Fronten und eine Arbeitsplatte aus Eichenholz. Sie fuhr mit den Händen darüber. Drehte sich um und blieb mit dem Blick an den Bücherregalen hängen, die an den Wohnzimmerwänden befestigt waren. Die Regalbretter waren aus Eiche und standen voller Bücher. Sie ging hin und legte den Zeigefinger auf einen Buchrücken, den sie wiedererkannte. *Käfer fliegen in der Dämmerung.* Sie zog es heraus. Exakt die gleiche Ausgabe, die sie auch hatte. Sie kam nicht umhin zu denken, dass sie es war, die ihn dazu gebracht hatte, es sich zu kaufen. Dachte er immer noch so an sie, wie sie manchmal an ihn dachte? Es war wohl kein Tag vergangen, an dem er nicht in ihren Gedanken gewesen war.

Auf der Rückseite klebte das Preisschild eines Antiquariats.

»Ich lese das immer noch«, sagte er. »Mindestens einmal im Jahr.«

Sie nickte und musste lachen. Sie hatten nicht nur von den Lichtern der Großstadt und glitzernden Wolkenkratzern geträumt, sondern auch von heimlichen, prunkvollen Gärten. »Ich auch. Jeden Sommer. Das ist mein Sommerbuch.«

»Sommerbuch.« Er nickte nachdenklich. »Ich kenne nicht viele, die ›Sommerbücher‹ haben.«

Sie lächelte als Antwort. *Ich kenne nicht viele* ... Kannten sie sich überhaupt noch? Dann blieb ihr Blick an einer DVD-Box am anderen Ende der Buchreihe hängen. Sie zog sie hervor, *Seinfeld*. Er hatte sie aufgehoben, dabei schaute heutzutage wohl kaum noch jemand DVDs ...

Er blickte sie betreten lächelnd an. Eine leichte Röte überzog seinen Hals, verschwand dann aber wieder. »Was soll ich sagen? Das ist das schönste Geschenk, das ich jemals bekommen habe.«

Sie lächelte flüchtig. »Ich habe deine Geschenke auch aufbewahrt. Sie sind noch zu Hause bei meinen Eltern.« Sie blickte sich um, räusperte sich. »Du wohnst wirklich sehr schön.«

»Danke.« Er nickte. »Was meinst du? Soll ich los und uns etwas zu essen holen? Ein Stück die Straße runter ist ein guter Inder. Wäre das gut?«

»Auf jeden Fall.«

»Was möchtest du haben?«

»Bestell irgendetwas, das du magst.« Vielleicht lag es an der Kombination aus Wohnungswärme, Alkohol, den Eindrücken und allem, was passiert war, aber sie fühlte sich plötzlich erschöpft und vollkommen unfähig, irgendeine Entscheidung zu treffen.

»Ich bestelle irgendetwas mit Hühnchen für uns beide. In Ordnung?«

Sie nickte. »Ja, das klingt gut.«

Er rief im Restaurant an und verschwand im Zimmer, das ans Wohnzimmer angrenzte. Vermutlich sein Schlafzimmer. Sie setzte sich aufs Sofa, zog ihr Handy hervor und schrieb eine Nachricht an Mirja. *Es wurde Anklage erhoben. Ich rufe dich später an.* Außer Robin war ihre Freundin die einzige Person, die sie seit ihrer Entlassung aus dem Gewahrsam getroffen hatte. Sie schämte sich zu sehr, um mit ihren Eltern oder Nooshi darüber zu sprechen.

Nach wenigen Minuten war er zurück. Er hatte seinen Anzug gegen Jeans und Sweatshirt getauscht. Sie hatte ihn sehr ansprechend mit Anzug gefunden, ungeheuer ansprechend. Gut aussehend auf die Art und Weise, dass einem die Luft wegblieb wie nach einem Schlag in die Magengrube. So pflegten Mirja und sie solche Männer zu beschreiben. Aber diese lässige Kleidung stand ihm, wenn möglich, noch besser.

Er ging in den Flur und zog sich ein paar weiße Sneakers an. »Bin gleich wieder zurück.«

Sie holte Luft. »Danke.« Sie räusperte sich erneut und sagte etwas lauter: »Danke, dass ich eine Weile hierbleiben darf. Das bedeutet mir viel.«

Er sah sie an, und wieder saugte sich sein Blick an ihrem fest. Es war, als ginge eine leichte Brise durch den Raum, ein Frühlingswind, der hereinwehte.

»Ist doch selbstverständlich.«

Eine Viertelstunde später saß er neben ihr auf dem weichen Sofa im Wohnzimmer. Sie hatte vorgeschlagen, eine Weile fernzusehen, da sie keine Kraft für Gespräche hatte.

Wenn Robin das gehört hätte, wäre ihm die Luft weggeblieben. Er fand es asozial und unpassend, vor dem Fernseher zu essen, und sie gönnte sich dieses Vergnügen nur, wenn er nicht zu Hause war. Was im Grunde ganz schön häufig der Fall war.

Während Johannes zwischen den verschiedenen Streamingdiensten hin und her zappte, biss er ein Stück vom Naanbrot ab. Sie konnte es nicht lassen, seine kräftigen Kieferknochen zu betrachten, während er kaute. Großer Gott! Er wählte die gestrige Conan-Show aus.

»Das schaust du immer noch?«

»Jeden Abend.« Sein blauer Blick begegnete für einen Moment dem ihren. Schließlich musste sie sich zwingen, auf ihr Essen zu starren und sich eine Gabel mit Hühnchen und Paprika zu nehmen.

Die Show begann, und sie hoffte, dass er nicht gesehen hatte, wie sie errötet war. Sie begriff es nicht. Das Einzige, was er getan hatte, war, sie anzusehen. Aber es fühlte sich an, als wäre sie wieder fünfzehn. Genau dieselbe Reaktion.

Die Show riss sie mit, genau wie früher. Sie kommentierten Conan O'Briens Anmoderation und die Auswahl der Gäste. Für eine Weile vergaß Parisa Anklage und Verdächtigungen.

13

Vierzehn Jahre früher

Vier Wochen Sommer erlebte Johannes mit Parisa, bevor die Schule wieder anfing. Nur sie beide.

Dann kam Parisa in seine Klasse. Alles in der Schule fühlte sich schlagartig leichter an. Ihretwegen fühlte sich das Leben leichter an.

Björn kam nicht mehr zurück. Die Mutter sagte, es sei ihm zu anstrengend geworden mit Johannes und Jenny. Er wollte ja am liebsten ihre Mutter für sich alleine haben, aber mit zwei Teenagern in der Wohnung war das nicht leicht. Als seine Mutter das erzählte, bekam Johannes einen Kloß im Hals und wollte sich nur noch in sein Zimmer einschließen und weinen. Doch er schluckte und zuckte nur die Achseln, sah Jenny bedauernd an, die am Küchentisch saß. Und das war es dann gewesen.

Doch eines Tages, als er aus der Schule zurückkam, stand Björn auf dem Parkplatz von Bladslingan und wartete auf ihn.

War er zurück? Würde er wieder bei ihnen einziehen? Er trug seine Stonewashed-Jeans und ein schwarzes T-Shirt mit Wolfsmotiv. Sein Haar war kurz geschoren wie immer. Und das freundliche Lächeln war auch das alte. Johannes blieb stehen, als er ihn sah. Björn ging ihm entgegen und legte eine

Hand auf seine Schulter. »Es tut mir so leid, dass ich einfach gegangen bin, ohne etwas zu sagen. Ich hatte keine Möglichkeit, mit euch zu sprechen.«

Johannes nickte kurz.

»Und deine Mutter, sie … sie möchte nicht, dass ich mit euch rede. Ich würde auch Jenny gerne treffen, um mich richtig zu verabschieden, aber sie muss ja hergeschoben werden, und da habe ich Sorge, dass eure Mutter es sehen könnte. Ich meine nur … egal, was sie euch sagt, warum ich gegangen bin, es ist nicht wahr.«

»Aha«, sagte Johannes gleichgültig.

»Ich mag euch beide. Und ich werde euch vermissen«, fuhr Björn fort.

Johannes hätte lieber bei Björn gewohnt als bei seiner Mutter, begriff aber, dass es so nicht funktionierte. Er wusste, dass dies nie passieren würde.

Trotzdem tat es so weh. Und plötzlich stieg in Johannes die ganze Trauer und Wut über den Verlust von Björn hoch.

»Ist mir doch egal«, sagte er kurz angebunden und ging weiter.

»Johannes, bitte, warte. Du …«

Aber Johannes hörte nicht mehr zu, sondern lief über den Parkplatz zu den Treppen. Er konnte sich nicht umdrehen und Björn ansehen, denn er hatte Angst, in Tränen auszubrechen. Konnte er nicht einfach bei ihnen bleiben? Und sie liebhaben? Ein ganz normales Elternteil sein, was ihrer Mutter nie gelungen war?

Als er in die Wohnung trat, wurde ihm klar, dass alles nur ein naiver Traum gewesen war. Warum sollte Björn sie mitnehmen, wenn er ging? Er hatte schließlich eigene Kinder, an die er denken musste. Natürlich liebte er Johannes und Jenny nicht genauso.

Lange würde er aber nicht mehr bei seiner Mutter leben müssen, die Hölle würde bald ein Ende haben. Neunte Klasse. Und dann aufs Gymnasium. Im zweiten Jahr der Oberstufe würde er achtzehn werden, vielleicht konnte er dann ausziehen, Jenny mitnehmen und neben der Schule arbeiten. Er hatte ja bereits Geld angespart und wollte so schnell wie möglich weg von hier. Und er schwor, sich niemals auf jemanden zu verlassen oder auf Liebe von jemandem zu hoffen. Am besten kam er alleine klar. Er und Jenny.

Später am Abend hatte seine Mutter offensichtlich eine Tablette zu viel eingenommen – sie hatte diesen Blick, vor dem Johannes als Kind eine Riesenangst gehabt hatte und der ihm noch immer einen Schauder über den Rücken laufen ließ. Er hatte gerade Piroggen in der Mikrowelle aufgewärmt und wollte sich in seinem Zimmer an die Hausaufgaben setzen, als seine Mutter ihn aus dem Sessel im Wohnzimmer rief.

»Komm, Johannes.« Er stellte den Teller auf die Spüle und ging zu ihr. »Komm.« Sie winkte ihn zu sich. »Du weißt, Johannes, dass Erwachsene manchmal genug haben von zu viel Durcheinander. Ich glaube, Björn ist es zu viel geworden, als du im Frühling so viel Ärger in der Schule hattest.« Sie streckte die Arme aus, und Johannes erwiderte halbherzig ihre Umarmung, während sie ihn festhielt, zu fest.

Er ließ sie gewähren, roch den Gestank von altem Schweiß und ungewaschenem Bademantel. Jenny war bei ihrem Malkurs, den sie jeden Dienstagabend hatte. Er wünschte, sie wäre zu Hause gewesen. Mama war ruhiger, wenn sie beide da waren.

»Ich hätte jetzt mit Björn zusammenleben können, aber ich würde euch ja niemals verlassen. Ihr seid doch meine Kinder.« Sie ließ etwas lockerer und sah ihn mit diesem unheimlichen manischen Blick an. »Ihr seid doch meine Kinder«, wiederholte sie mantraartig und hielt ihn dann noch fester, bis er kaum noch Luft bekam. »Aber er konnte nicht bleiben, weil du ein Monster bist, Johannes. Das hast du bestimmt von deinem Vater. Aber du bist und bleibst mein Monster.« Er schnappte nach Luft und verstand nicht, warum er sich nicht losriss. Aber so war es immer mit ihr. In ihrer Gegenwart war er hilflos.

Schließlich ließ sie ihn los, und er holte tief Luft.

Seine Mutter blickte wieder apathisch auf den Fernsehbildschirm.

Johannes verließ die Wohnung, er hielt es nicht mehr aus. Eilig ging er durch den Laubengang, sog die frische Luft ein und blickte hinunter in den Hof. Aus Parisas Küchenfenster drang warmes Licht. Er lief die Treppen hinunter, überquerte den Hof und klingelte.

Parisas Schwester öffnete und sah ihn müde an und schien sich zu fragen, was er bei ihnen verloren hatte. Doch dann drehte sie sich um und rief nach Parisa, die zwei Sekunden später vor ihm stand.

»Was ist los?« Sie sah beunruhigt aus.

Er antwortete nicht.

Sie ließ ihn hinein, und sie gingen in ihr Zimmer. Sie setzte sich aufs Bett und blickte ihn ernst an. »Was ist passiert?«

»Nichts.«

»Doch. Du musst es mir sagen. Wir erzählen uns doch alles. Was ist los?«

»Es ist wegen ihr.« Und er spürte eine merkwürdige Erleichterung, dass er dieses wenige ausgesprochen hatte. Er hatte Parisa nicht viel erzählt, doch sie verstand ihn trotzdem.

Er setzte sich neben sie aufs Bett. Die Erleichterung blieb. Dieser schleichende Drang, die ganze Welt kaputt zu schlagen, verschwand für einen Moment. Stattdessen überwog die Überzeugung, dass er sich bald von seiner Mutter würde befreien können.

Außerdem gab es jetzt Parisa. Sie brachte Schönheit in den hässlichen Alltag, die hässliche Welt. Und er verspürte eine ungewohnte, aber stärkende Ruhe in sich.

14

Johannes kratzte den letzten Rest Sauce mit einem Stück Naanbrot vom Teller und trank einen großen Schluck Mineralwasser. Er sah Parisa an und dachte an seinen heimlichen Traum als Jugendlicher – sie beide in einer Großstadtwohnung, mit Abholessen auf dem Sofa, vor dem Fernseher, wo gerade eine Talkshow lief.

Wenn nur die Rahmenbedingungen andere gewesen wären.

Seit sich ihre Wege getrennt hatten, waren viele Jahre vergangen. Johannes hatte die ganze Zeit über versucht, seine Gefühle für sie zu ignorieren. Sie zu vergessen. Er hatte sich eingeredet, der Grund für seine Unfähigkeit, eine andere Frau so zu mögen wie sie, sei ganz einfach die Tatsache, dass Parisa seine erste Liebe gewesen sei.

Jetzt war er sich nicht mehr so sicher.

In einem Buch über eine Frau, die von ihrem Mann dreißig Jahre zuvor verlassen worden war, hatte er gelesen, dass die Synapsen im Gehirn auf emotionale Beziehungen reagieren und dass sich Beziehungen dort verfestigen. Wenn eine Person aus dem Leben einer anderen verschwindet, reagieren die Synapsen so, als wäre sie noch da. Die chemischen Prozesse im Körper scheinen die Person nicht vergessen zu können, und deshalb ist es so schwer für Menschen, über jemanden hinwegzukommen, den man liebt. So fühlte es sich jetzt an. Als wäre

Parisa nie aus seinem Kopf verschwunden und als wäre ihre Beziehung dort zementiert. Parisa steckte in seinen Zellen, wie ein Teil seiner DNA.

Parisas Handy vibrierte, und sie holte es hervor. »Robin ist auf dem Weg hierher«, sagte sie, während sie eine Nachricht schrieb. Dann legte sie das Handy weg und sah ihn an. »Was, wenn ich mich irre?«

»Wie meinst du das?«

»Ich habe so gerne daran geglaubt. An meine Vision. Dass mein Messverfahren die Endometrioseforschung revolutionieren kann. Und weil ich das so gerne möchte, befürchte ich, dass ich vielleicht etwas übersehen und mich selbst getäuscht habe.« Sie schluckte. »Und alle anderen. Ich befürchte, dass das alles ein einziges großes Scheitern ist.«

Johannes sah sie lange an. Dann streckte er seine Hand aus und streichelte ihre Wange. Er dachte, dass sie hinter der Schale aus klinisch professioneller Forscherin und Geschäftsfrau noch dieselbe Parisa war wie damals, mit denselben Ängsten wie vor zwölf Jahren. Ihre Haut war kühl unter seinen Fingern. Schon immer war sie so kühl gewesen und er so warm. Er war warm, und sie war kalt, wie die Zeile in »Chance«, einem seiner Lieblingssongs der Band Kent.

Sie zuckte zusammen, doch er ließ seine Hand auf ihrer Wange liegen. Ihre braunen Augen hypnotisierten ihn beinahe.

Ein Klopfen an der Tür unterbrach die aufgeladene Stimmung. Johannes zog seine Hand zurück, als wäre ihre Haut plötzlich glühend heiß.

Wer war das? Es konnte nur Robin sein. Wie war er überhaupt durch die Haustür gekommen? So war er schon immer gewesen. Er fand überall irgendwelche Schleichwege.

Johannes stand auf und ging hinaus in den kleinen Flur. Parisa folgte ihm.

Er schloss auf, öffnete die Tür und nickte Robin zur Begrüßung zu, ohne sich um ein Lächeln zu bemühen. Johannes war niemand, der unnötig lächelte.

Robin trug einen dunkelblauen Anzug mit einem dünnen Mantel darüber. Ein gepflegter Geschäftsmann mit leichtem Bauchansatz, den viele Männer in seinem Alter bekamen, besonders mit einer sitzenden Tätigkeit und schnellen Mahlzeiten. Johannes hatte damit keine Probleme, wahrscheinlich dank des einzigen vorteilhaften Gens, das er von seiner Mutter geerbt hatte.

»Unglaublich, jetzt haben wir uns jahrelang nicht gesehen, Johannes, und nun sehen wir uns plötzlich ständig!« Robin lächelte freundlich.

Johannes verstand, warum die Leute ihn mochten. Er hatte eine angenehme, warmherzige Art.

Robin trat ein, umarmte Parisa und gab ihr einen Kuss, der etwas zu fordernd und intim wirkte. Mit einer diskreten Bewegung entwand sich Parisa seiner Umarmung und lächelte peinlich berührt. Es schien ungewohnt für sie zu sein, dass er sie so begrüßte.

Robin legte den Arm um ihre Schultern und sah sich im Flur um. Dann ließ er sie los und ging unaufgefordert weiter ins Wohnzimmer. So war er immer gewesen. Er nahm sich, was er wollte, sah es als eine Selbstverständlichkeit an, überall willkommen zu sein.

»Also Röda bergen«, sagte Robin und bedachte Johannes mit einem schiefen Lächeln. »Du hast dich verbessert.«

Parisa sah ihn irritiert an. »Wie meinst du das?«

Er sah erst sie, dann Johannes an. Sein Lächeln wirkte auf einmal unangenehm und irgendwie aufgesetzt. Er schien zu überlegen, ob er einen weiteren Kommentar draufsetzen sollte oder nicht.

Auch wenn Johannes keine Wohnung auf Östermalm besaß, so hatte er es ganz allein, ohne elterliche Unterstützung, in die Innenstadt Stockholms geschafft. Es war ein steiler Weg gewesen. Nicht nur, dass er im Gegensatz zu vielen anderen kein Startkapital gehabt hatte. Er hatte sein Erwachsenenleben auch damit begonnen, sich mehrere Jahre lang den Hintern aufzureißen, um alle Kredite abzubezahlen, die seine Mutter in seinem Namen aufgenommen hatte, um ihre Aktivitäten im Internetcasino zu finanzieren.

Auch während seines Studiums arbeitete er nebenher und sparte, so viel er konnte. Während seine Kommilitonen auf Examensfeiern und in Nachtclubs am Stureplan abhingen und nachmittags um die Wette Serien guckten, arbeitete er im Espresso House und nahm nachts Lagerjobs an, weil sie besser bezahlt waren.

Rechtzeitig zu seinem Examen war alles abbezahlt. Als er anfing, als Jurist zu arbeiten, schloss er einen Bausparvertrag ab, um sich einmal eine Wohnung leisten zu können. Die Umstrukturierung in seinem Haus vollzog sich schon seit geraumer Zeit, doch er hatte rechtzeitig zur Verkündung der Verkaufspläne sein Sparziel erreicht. Er wollte die Wohnung kaufen, denn er liebte sie.

»Alle Luxuswohnungen auf Östermalm waren vergeben, also musste ich die hier nehmen«, sagte er in sarkastischem Tonfall zu Robin.

Parisa sah ihn entschuldigend an, doch Johannes erwiderte ihren Blick nicht. Er musste eine gesunde Distanz aufbauen. Es war ihm in Erinnerung gerufen worden, wer Robin und Parisa waren. Sie waren nicht nur ein Paar, sondern auch aus demselben Holz geschnitzt. Johannes würde in Robins Augen immer ein Junge aus Bladslingan bleiben.

»Ich meine nur, dass du dich verbessert hast. Alles ist doch wohl besser als Norrstena? Wir haben uns alle verbessert!« Robin lächelte sie beschwichtigend an.

Johannes sah Robin, ohne zu lächeln, fest in die Augen. »Vielleicht ist es besser, wenn ihr jetzt nach Hause fahrt, damit du dich um deine Freundin kümmern kannst? Sie hatte einen harten Tag.«

»Auf jeden Fall.« Robin legte wieder den Arm um Parisas Schultern und zog sie an sich. »Wie geht es dir, Liebling?«

»Ganz okay«, murmelte Parisa und schüttelte seinen Arm ab.

Robin nickte Johannes zu. »Wir sehen uns.«

Parisa zog sich die Schuhe an.

»Ich melde mich wegen unseres ersten Arbeitstreffens, irgendwann nächste Woche.« Er sah sie nicht direkt an, sondern einen Punkt oberhalb ihres Kopfes. Während des Tages hatte er sich selbst vergessen, sich in Gedanken an sie beide vor vielen Jahren verloren. Aber Parisa war jetzt mit Robin zusammen.

»Okay.« Sie nickte, und dann waren sie weg.

Johannes lehnte den Kopf gegen die Tür, nachdem er sie hinter ihnen geschlossen hatte. Worauf hatte er sich eigentlich eingelassen?

15

Vierzehn Jahre früher

Parisa war schlau. Schlauer als alle anderen, und Johannes ging häufig nach der Schule mit zu ihr nach Hause, um Hausaufgaben zu machen. Es war das erste Mal, dass er sich anstrengte. Die Schule war ihm noch nie schwergefallen, außer dass er eine geringe Frustrationstoleranz hatte und sich schnell in einen Streit verwickeln ließ. Allerdings strengte er sich so wenig wie möglich an. Alles kam ihm ohnehin sinnlos vor. Die anderen aus dem Wohngebiet, die aus kaputten Familien kamen, blieben in Bladslingan, und falls es ihnen gelang, von da wegzukommen, zogen sie in eine ebenso schäbige Gegend. Es schien, als vererbten sich das Scheitern, die psychischen Krankheiten und der Drogenmissbrauch.

Zum ersten Mal spürte er, dass es eine Welt außerhalb dieses Kosmos gab, eine Welt, die vielleicht auch ihm zugänglich war. Etwas anderes als Norrstena. Parisa hatte Visionen und Ziele. Studium, ein Auslandsaufenthalt, Forschungsprojekte, um Dinge zu entdecken, die für die Menschheit wichtig waren.

Er und Parisa wurden zum eingeschworenen Team innerhalb der Klasse. Sie trafen sich auch mit einigen anderen, waren aber meistens für sich. Mit Parisa erlebte er eine ganz neue

Ruhe. Das, was ständig in Bewegung war und bewirkte, dass er am liebsten aus der Haut fahren wollte, kam plötzlich zur Ruhe.

Als er anfing, seine Hausaufgaben zu machen, stellte er fest, wie viel einfacher es wurde, wenn Klassenarbeiten anstanden. Er bestand eine nach der anderen mit fast voller Punktzahl. Die Einzige in der Klasse, die noch besser war, war Parisa. Seine Englischlehrerin strahlte, als sie ihm die erste korrigierte Klassenarbeit im neuen Schuljahr überreichte. »Ich wusste, dass du es kannst!« Das hatte sie zwar schon immer gesagt, doch Johannes hatte nicht hingehört.

Die entscheidende Mathearbeit des Schuljahres stand an. Über das Thema, vor dem Parisa sich am meisten fürchtete, weil ihre Mutter Ingenieurin und ihr Vater Mathematiker war. Johannes verstand die Logik dahinter nicht ganz. Aber vielleicht war es so ähnlich, wie wenn seine Mutter immer davon erzählte, wie viel sie als Kind gelesen hatte, wenn er Bücher aus der Bibliothek mit nach Hause brachte. Eine Art merkwürdige Konkurrenz. Aber Parisas Eltern waren ganz anders als seine Mutter, die immer nur von sich reden wollte, während Parisas Eltern am liebsten über ihre Tochter sprachen und wie klug sie war. Vielleicht spürte Parisa, dass ihre Erwartungen an sie zu hoch waren?

An dem Morgen, an dem sie die Mathearbeit schreiben sollten, ging er wie immer zu ihr, um sie abzuholen, und klingelte.

Ihr Gesicht war aschfahl, als sie öffnete.

»Alles klar bei dir?«

Sie schüttelte den Kopf. »Geht so. Ich fühle mich … nicht so gut.«

»Bist du krank?«

»Nein.« Sie trat durch die Tür. »Nicht direkt, ich …« Sie sah ihn an, schwieg dann aber. »Es ist nichts.«

Er fragte nicht weiter. Wenn sie lieber darüber schwieg, respektierte er es.

Sie gingen durch ihr Wohnviertel in Richtung Schule. Der bleiche Herbsthimmel war voller Vögel, die unterwegs in wärmere Gegenden waren. Die Laubbäume trugen nur noch wenige gelbe Blätter, der Rest lag in großen Haufen auf der Straße. Parisa ging langsam, sie schien Schmerzen zu haben. Er blickte sie beunruhigt an, aber sie ging einfach weiter.

Während sie die Klassenarbeit schrieben, saß sie schräg vor ihm, und er konnte sehen, wie sie manchmal innehielt, die Augen schloss und stoßweise ausatmete, als täte ihr etwas weh.

Eine Woche später bekamen sie die Ergebnisse. Sie hatte 48 Punkte von 50. Er hatte 40 Punkte und war rundum zufrieden. Eine Zwei plus!

»Sehr gut, Johannes.« Parisa lächelte ihn schwach an, als sie mit ihren Klassenarbeiten in den Händen an den Schließfächern standen.

Johannes lächelte glücklich. »Ich weiß nicht, wie du dich fühlst, aber mir ist nach Feiern zumute!«

Neben ihnen lachte Zacke glücklich. »Yes! Eine Zwei! Jetzt kriege ich fünfhundert Mäuse von meinem Alten.«

Johannes würde niemals auch nur eine Krone von seiner Mutter für eine Klassenarbeit bekommen, nicht einmal dann, wenn er alles richtig hatte. Trotzdem war er überglücklich. Kein Geld der Welt spielte irgendeine Rolle, denn er dachte daran, was Parisas Vater zu sagen pflegte: dass gute Noten und eine solide Ausbildung einen überall hinbringen konnten. In Johannes' Fall weg von hier.

Auf dem Heimweg wirkte Parisa abwesend, als Johannes von der letzten *South Park*-Folge erzählte, in der Cartman sich an KFC-Hühnchen überfressen hatte. Parisa fand *South Park* albern und übertrieben, und er sprach immer nur von dieser

Serie, um sie zu necken. Doch diesmal sprang sie nicht darauf an. Er blieb stehen. »Hey, was ist los? Sonst nervt dich das doch immer, wenn ich von *South Park* erzähle.«

Sie schwieg eine Weile, dann schüttelte sie den Kopf. »Ach, es ist mir peinlich.«

»Sag schon, Parisa.«

Sie seufzte. »Die Arbeit. Ich habe wirklich versucht, keine Fehler zu machen. Ich verstehe nicht, warum mir das nicht gelungen ist.«

»Keine Fehler?« Er sah sie an und fragte sich, ob das ein Witz sein sollte, merkte dann aber, dass sie es ernst meinte. »Ach, das schafft doch kaum jemand.«

»Ich schon, aber als wir die Arbeit geschrieben haben, da …« Sie druckste herum. »Es war halt diese besondere Zeit im Monat, und ich hatte große Schmerzen. Ich konnte mich nicht konzentrieren und …« Wieder seufzte sie. »Ich hätte es können müssen. Alles.«

»Du setzt dich viel zu sehr unter Druck.«

Sie antwortete nicht.

Als Johannes nach Hause kam, zeigte er seiner Mutter die Arbeit.

»Was, hast du geschummelt?« Sie lachte höhnisch. »Du hast doch den Intellekt deines Vaters geerbt. Er konnte kaum lesen.«

Er ignorierte sie. Es war die reine Ironie, wenn sie so über seinen Vater sprach, wo sie selbst nicht intelligent genug war, um den einfachsten Job zu behalten.

Er wusste nicht viel über seinen Vater, hatte nur ein Foto von ihm, auf dem er Johannes im Arm hielt. Sein Vater stammte aus Göteborg und war im Sommer 1991 mit einem Kumpel nach Kos gereist, abends über die Straße mit den vielen Bars gegangen, hatte Ouzo getrunken und eine hübsche, langbeinige Blondine an der Bar gesehen, die er auf einen Tequila Sunrise eingeladen hatte. In jener Nacht war Johannes entstanden.

»Hätte ich gewusst, dass er Lkw-Fahrer und ein Säufer war, wäre ich niemals mit ihm ins Bett gegangen«, sagte Mama oft. Als ob sie in dieser Hinsicht besser gewesen wäre. Sie aß Tabletten, als wäre es Traubenzucker.

Ein Jahr lang hatten sie versucht zusammenzuleben. »Warum ich dich behalten habe, weiß ich nicht. Ich dachte wohl, dass er besser war als mein Ex.« Der Ex war Jennys Vater, mit dem es laut seiner Mutter ebenfalls hoffnungslos war.

Eines Winterabends, als Johannes zwei Jahre alt war, war sein Vater mit dem Lkw von der Straße abgekommen. Johannes wusste nicht, ob sein Leben anders verlaufen wäre, wenn sein Vater noch leben würde, denn laut seiner Mutter trank er viel. Vielleicht wäre es nur eine weitere anstrengende Beziehung gewesen. Als er starb, hatte er Johannes schon ein halbes Jahr nicht mehr gesehen. Zum Glück hatte er noch seine Großeltern väterlicherseits, die sehr liebe Menschen waren. Er besuchte sie jeden Sommer, solange sie lebten. Das waren die schönsten Sommererinnerungen, denn bei ihnen konnte er leben wie ein ganz normales Kind.

Im Innenhof seiner Großeltern in Linköping gab es einen Apfelbaum, in dessen Ästen er immer herumkletterte. Und sie hatten einen roten Plastikkasten mit Limonade in der Küche, wovon er so viel trinken durfte, wie er wollte. Jedes Mal, wenn er dort war, ging seine Oma mit ihm los und kaufte ihm etwas zum Anziehen. Nicht viel, denn sie lebten von Opas Berufsunfähigkeitsrente, aber mehr, als er von seiner Mutter bekam. Die Kleidung wurde von ihr schlecht gemacht, kaum dass er wieder zu Hause war, aber er durfte sie behalten. So musste sie ihm schließlich eine Weile keine neuen Kleider kaufen.

Johannes ging mit der Klassenarbeit in der Hand in sein Zimmer. Er stellte sich vor sein Regal und suchte mit seinen Fingern zwischen den Büchern nach dem Umschlag mit Geldscheinen, die er vom Austragen der Werbeblätter gespart hatte. Er wollte Parisa etwas kaufen, um sie aufzumuntern. Er wusste auch schon genau, was. Sicher würde es dann etwas länger dauern, bis er sich ein neues Handy zusammengespart hatte. Das, was er hatte, funktionierte kaum noch, und der Akku war ständig leer. Aber er wusste, dass Parisa sich riesig über die neuen *Harry Potter*-Bücher freuen würde. Es gab eine neue Ausgabe in einer schönen Sammelbox. Und er spürte im ganzen Körper, dass er Parisa glücklich machen wollte. Es tat ihm körperlich weh, sie traurig zu sehen. Auch wenn er es nicht verstand, warum sie so enttäuscht über ihre Arbeit gewesen war, hatte er gemerkt, dass es ihr ernst war. Sie sprach oft darüber, wie viel ihre Eltern hatten aufgeben müssen, als sie nach Schweden zogen, welche Risiken sie bei der Einreise eingegangen waren, alles nur für sie und ihre Schwester. Parisa hatte es sich zur Lebensaufgabe gemacht, ihnen ihre Dankbarkeit zu zeigen, indem sie überall die Beste war.

Der Umschlag lag nicht zwischen *Agnes Cäcilia* und *Winterbucht*. Er suchte weiter zwischen den Büchern, für den Fall, dass er es woanders hingesteckt haben sollte, fand es jedoch nicht. Er ging hinaus in die Küche, doch seine Mutter war nicht dort. Also ging er weiter in ihr Schlafzimmer. Sie saß wie immer vor dem Computer.

Da sah er es. Der Computer war neu. Mama hatte immer darüber geklagt, dass der Computer nicht funktioniere, dass er kaputt sei. Aber das lag nur daran, dass sie sich auf merkwürdigen Spielseiten herumtrieb, wo sie ihr Geld verspielte und sich im Gegenzug Viren einfing.

Er stellte sich hinter sie.

»Woher hast du den Computer?«

»Ich habe ihn heute gekauft.«

»Von meinem Geld?«

Seine Mutter antwortete nicht.

»Hast du mein Geld genommen?«

Sie sah zu ihm auf. Schnaubte. »Dein Geld genommen? Nein.«

»Mein Geld ist weg, und du hast einen neuen Computer. Das ganze Geld, für das ich gearbeitet und das ich von Oma und Opa bekommen habe.« Solange sie lebten, hatte er zu jedem Geburtstag fünfzig Kronen bekommen, und er hatte jede einzige Krone gespart. Den ganzen Frühling und Sommer hatte er an den Wochenenden Werbeblätter ausgetragen. Während seine Kumpel schliefen oder Computerspiele spielten, war er mit seiner Karre unterwegs gewesen und die Treppen hinauf- und hinuntergelaufen. Und jetzt hatte seine Mutter den braunen Umschlag einfach geleert.

»Wir brauchten einen Computer. Wir. Die ganze Familie. Er gehört auch dir.«

»Ich brauche keinen neuen Computer, in der Schule gibt es welche. Du sitzt die ganze Zeit da und spielst und hast ein Riesenproblem!«

Mama stand auf und ging zu ihm. Hob die Hand, ließ sie aber wieder sinken. Sie pflegte damit zu prahlen, dass sie ihre Kinder zumindest nicht schlagen würde.

Johannes sah sie schweigend an.

»Wir brauchen einen Computer, der funktioniert. Um für Jenny die passende Hilfe zu finden.« Mamas Stimme klang hart. Dann traten ihr Tränen in die Augen, und sie schüttelte den Kopf. »Jenny geht es doch nicht gut, und du möchtest doch wohl, dass sie Hilfe bekommt?«

Natürlich wollte er das. Er wollte, dass seine große Schwester die passende Hilfe erhielt. Sie brauchten mehr Assistenz zu Hause. Und er wollte Jenny helfen, in der Hinsicht hatte Mama recht. Aber musste sein Geld für einen Computer verschwendet werden? Konnte seine Mutter nicht einfach arbeiten wie alle anderen Mütter? Er wusste, dass sie viel Geld für ihre Computerspiele ausgab, aber auch für Kleidung und Schminke, wenn sie auf der Jagd nach einem neuen Mann war.

Johannes verließ ohne ein Wort die Wohnung, ging hinaus in den Hof und stieg auf sein Fahrrad. Draußen war es windig. Er fuhr den Hügel hinauf und anschließend hinunter ins Stadtzentrum.

Dort ging er in die Buchhandlung. Hier war es warm und gemütlich. Gunvor hatte sogar Teelichter in kleinen orangefarbenen Glasschälchen auf dem Kassentisch angezündet. Planlos wanderte er an den Regalen vorbei, bis er an der *Harry Potter*-Sammlung stehen blieb.

Gunvor war vorher die Schulbibliothekarin gewesen, hatte aber im letzten Jahr die Buchhandlung übernommen. Er war oft hier und schaute nach neuen Büchern, die er sich dann in der Bibliothek auslieh. Im Sommer waren Parisa und er an den wenigen Regentagen immer hier gewesen.

Nach einer Weile stellte sich Gunvor neben ihn. »Du schaust dir diese Sammlung jetzt schon seit mehreren Wochen an.«

Er nickte. »Ich wollte sie für Parisa kaufen.«

»Sie ist teuer.«

Er nickte wieder.

»Hat sie Geburtstag?«

Er schüttelte den Kopf. »Sie muss nur ein wenig aufgeheitert werden.«

»Du, ich habe da ein paar Kisten, die ausgepackt werden müssen. Draußen im Lager. Außerdem Bücher, die zurückgegeben wurden und wieder einsortiert werden sollen. Willst du mir dabei helfen? Du bekommst dafür auch einen guten Lohn!«

Er starrte sie an. Traute seinen Ohren nicht. Selbstverständlich sagte er zu. Sie zeigte ihm das Lager, und er blieb bis zum Abend.

Gunvor hatte an diesem Tag zu einem abendlichen Lesezirkel eingeladen, sodass das Geschäft lange geöffnet blieb und er weiterarbeiten konnte. Er war mit seinen Aufträgen fertig, als der Lesezirkel Kaffeepause machte. Gunvor ging zum Regal und zog die *Harry Potter*-Box heraus.

Er wickelte sie in Silberpapier mit weißen Punkten ein und band weißes Geschenkband darum.

Es war neun Uhr, als er sein Fahrrad vor Parisas Haus abstellte. Er klopfte an.

Sie öffnete und sah noch immer niedergeschlagen aus. Er überreichte ihr das Geschenk.

Sie sah verwundert aus, lächelte aber vorsichtig. »Komm herein.«

Sie gingen in ihr Zimmer. Er liebte dieses Zimmer mit den hellgelben Tapeten und der dicken weißen Tagesdecke, die immer ordentlich über dem Bett lag. An der Wand lehnten vier silberfarbene Kissen, sodass man auf dem Bett wie auf einem Sofa sitzen konnte. Auf dem Schreibtisch weiter hinten im Zimmer befanden sich ein Stapel Notizbücher und ein Glas voller Stifte. Im Bücherregal daneben stand eine kleine Stereoanlage, daneben waren sämtliche Kent-CDs ordentlich aufgereiht, alle übrigen Regalbretter waren voller Bücher.

Sie setzte sich aufs Bett, und er nahm neben ihr Platz. Sorgfältig öffnete sie das Geschenk und strahlte, als sie die Box sah. »Warum hast du sie gekauft?«

»Du weißt, dass du die Beste bist. Du bist die schlauste Person, die ich kenne«, sagte er.

»Danke.« Sie sah verlegen aus.

»Dieses Geschenk soll dich daran erinnern. Du kannst immer die Box anschauen und denken, dass du die Schlauste bist, die es gibt.«

Sie lachte. Drehte und wendete die Bücher. Sah ihn an. »Vielen Dank!«

»Warum findest du, dass 48 von 50 Punkten nichts taugt?«, fragte er nach einer Weile.

Sie legte sich die Box auf die Knie. »Ich weiß nicht. Es ist nur, dass ich so viel dafür gelernt hatte, und ich habe ja meistens alles richtig. Es fühlt sich an wie ein ... Scheitern.«

»Letztendlich wird es nichts bedeuten. Du hast doch deine Eins sicher!« Er lächelte sie an. Rückte etwas näher, um ihr richtig in die Augen blicken zu können. Oder weil er einfach näher bei ihr sein wollte.

Sie nickte, lächelte jedoch nicht dabei. »Ja, das stimmt schon, aber ...« Sie schnaubte. »Ich werde einfach so wütend, weißt du? Alles wegen dieser verdammten Schmerzen. Es tut immer so weh, einmal im Monat eben.« Das Letzte sagte sie leise.

Johannes spürte, wie ihm die Röte ins Gesicht stieg. Obwohl er mit seiner Mutter zusammenlebte und eine Schwester hatte, die ihm nahestand, wusste er nicht viel über die Menstruation. Nicht mehr als das, was man in der Schule lernte.

»Und ich empfinde es als Schwäche, dass ich solche Schmerzen bekomme. Hätte ich sie nicht gehabt, hätte ich die volle Punktzahl.«

Er drehte sich zu ihr, war ihr jetzt noch näher. »Du bist die stärkste Person, die ich kenne«, sagte er aufrichtig. »Ohne dich hätte ich niemals eine Zwei plus in der Arbeit geschafft, und viele halten mich für einen hoffnungslosen Fall.«

»Klar hättest du das geschafft.«

Er schüttelte den Kopf. »Ohne dich hätte ich nie den Spaß

an der Schule entdeckt, hätte es nicht hinbekommen. Weißt du, wie oft die Lehrer wegen mir die Hände über dem Kopf zusammengeschlagen haben? Niemand hat jemals so an mich geglaubt wie du. Niemand hat mich ermutigt.« Er sah sie ernst an, stellte fest, wie ungeheuer nahe er bei ihr saß. So nahe saß man nicht bei einem Mädchen, wenn man nichts von ihr wollte … Zacke würde so etwas nur tun, wenn er vorhatte zu knutschen. Aber Johannes … Parisa war doch nur eine Freundin, er hatte nicht vor, mit ihr zu knutschen. Oder?

»Du bist viel besser, als du glaubst, Johannes.«

Er beugte sich zu ihr und umarmte sie ein wenig unbeholfen. Roch ihren Duft, nach Shampoo und etwas anderem, Süßem, vielleicht Body Lotion? Er vermutete, es war das aus der Packung, die drüben auf ihrem Schreibtisch stand. Und er wollte sie nicht loslassen, sog den Duft ihres Haares ein.

Sie erwiderte seine Umarmung, ließ ebenfalls nicht los. Sein Herz raste. Eigentlich war er niemand, der Menschen umarmte, aber bei Parisa konnte er nicht anders. Er wollte ihr nahe sein, sie spüren, riechen …

Schließlich ließ er sie los, sie war noch immer ganz nah. Sein Körper pulsierte und brannte von ihrer Nähe. Ihr langes Haar berührte seine bloßen Arme. Er wollte sie küssen, sein ganzer Körper schrie danach.

Aber sie war doch nur eine Freundin. Also lächelte er stattdessen, und sie lächelte zurück. Er zog sich vorsichtig zurück, sie ebenfalls. Sie lehnten sich zurück an die silberfarbenen Kissen und nahmen sich jeder ein *Harry Potter*-Buch, als wäre nichts geschehen.

Doch mit der Ruhe, die er in ihrer Gegenwart empfunden hatte, war es vorbei. Jetzt war er wieder so rastlos, aber es war eine angenehme Unruhe. Ein fantastisches Gefühl.

16

Johannes' gemütliche Wohnung zu verlassen und sich in Robins viel zu stickigen und warmen SUV zu setzen, fühlte sich … falsch an. Parisa sah hinauf zu den Fenstern von Johannes' Wohnung, aus denen warmes Licht fiel. Es war schön gewesen zu sehen, wie er wohnte, eine wunderbare Pause von allem, was in ihrem Leben gerade passierte.

»Ich habe sofort den nächsten Flug genommen, als ich von der Anklage hörte.« Robin sah sie an.

»Danke.«

Robin fuhr aus der Parklücke. »Aber weißt du, so etwas passiert den Kumpeln meines Vaters ständig. Es wird schon gut gehen. Wir werden die Sache gemeinsam durchstehen.«

»Dass so etwas anderen Menschen ständig passiert, ist kein Trost«, sagte sie.

»Ich meine doch nur, dass Wirtschaftskriminalität keine so große Sache ist. Einige Geschäftsfreunde meines Vaters haben eine Dauerkarte in der Haftanstalt Kolmården. Wirtschaftskriminalität ist nicht so schlimm.«

»Nicht so schlimm?«

»Ach, das lässt sich alles lösen.«

Sie verstand nicht, dass er die Angelegenheit auf die leichte Schulter nahm. Lange saßen sie schweigend nebeneinander da. Als sie fast zu Hause angekommen waren, bog er ab in die Nybrogatan, fand eine kleine Parklücke und quetschte das Auto hinein.

»Was wollen wir hier?«

»Ich dachte, wir beide gehen etwas Leckeres essen, nur du und ich.« Er lächelte sie an. »Du kannst Aufmunterung brauchen!«

»Ich habe schon gegessen. Ich möchte jetzt am liebsten nach Hause.«

»Aber ich habe den Nebenraum im *Nybrogatan 38* für uns gebucht. Du kannst ja einen Nachtisch und etwas zu trinken bestellen, wenn du schon satt bist.«

Sie nickte und lächelte gequält. Natürlich meinte er es nur gut. Sie stieg aus dem Auto aus.

Der Außenbereich des Restaurants war voll besetzt, und auch an der Bar tummelten sich die Menschen an diesem Frühsommerabend, obwohl es noch lange nicht Wochenende war. Sie gingen durch das Restaurant und dann die Treppe hinunter zu dem separaten Raum mit rundem Tisch und gemütlicher Beleuchtung.

Der Kellner kam mit den Speisekarten.

Robin schlug die eine auf und legte dann seine Hand über ihre. »Ich möchte doch nur zu Abend essen mit meiner Freundin, die ich vermisst habe.«

Sie lächelte, zog dann aber langsam ihre Hand zurück und schlug ebenfalls die Karte auf. Ein Dessert wäre tatsächlich nicht verkehrt. »Johannes hat eingewilligt, mich zu vertreten«, sagte sie nach einer Weile.

Robin klappte die Karte zu und sah sie angestrengt an. »Können wir bitte über etwas anderes sprechen als Johannes?« Als der Kellner kam, um die Bestellung aufzunehmen, wechselte er den Gesichtsausdruck und lächelte ihn übertrieben freundlich an.

»Ich nehme die Kalbfleischbällchen. Und ein Bier, bitte!« Robin reichte dem Kellner die Speisekarte.

»Für mich bitte einen Apfelstrudel und einen Cappuccino.« Auch Parisa lächelte den Kellner an.

»Ich dachte, du freust dich für mich, weil ich ihn gerne als Verteidiger haben wollte«, sagte sie, nachdem der Kellner gegangen war.

»Ich finde immer noch, dass du Claes nehmen solltest.«

»Wie auch immer brauche ich deine Hilfe. Sie haben von einer Telefonkonferenz gesprochen, bei der ich irgendwelche Dinge versprochen haben soll, und außerdem gibt es wohl diverse Unterlagen, die herumgeschickt worden sind. Ich brauche deine Hilfe, um all das aufzuklären.«

Robin sah sie nachdenklich an, dann lächelte er und drückte ihre Hand. »Selbstverständlich, Parisa. Wir stehen es gemeinsam durch.«

Sie lächelte. »Danke.« Es fühlte sich in jedem Fall gut an, dass er an ihrer Seite kämpfen wollte. Robin war besorgt um sie, das wusste sie. Also war es klar, dass er ihr helfen würde.

»Apropos: Morgen ist Orion Capital hier. Ich habe sie ins Büro bestellt. Es wäre sehr gut, wenn du dabei wärst. Das sind offenbar die einzigen unserer Investoren, die zurzeit mit uns reden wollen.« Robin griff nach dem Bier, das der Kellner gebracht hatte.

»Aber ich kann jetzt nicht mit Investoren sprechen.« Sie nahm die Cappuccinotasse in Empfang und wartete, bis der Kellner den Raum verlassen hatte, bevor sie weitersprach. »Nicht, wenn gegen mich ermittelt wird und eine Gerichtsverhandlung ansteht.«

»Ich meine nicht, dass du etwas sagen musst, du sollst dich nur zeigen, um sie zu beruhigen. Wenn Endo eine Chance haben soll, die Sache unbeschadet zu überstehen, müssen wir beide zusammenhalten und demonstrieren, dass wir weiter an einer Lösung arbeiten.«

»Ich weiß nicht, Robin …«

»Es geht um deine Forschung, Parisa.«

»Auch um meine Freiheit.« Sie sah ihn an und trank etwas Cappuccino. »Ich … ich hatte nur gehofft, dass du es verstehen würdest. Dass ich eine kleine Pause brauchen könnte.«

»Aber wir müssen doch retten, wofür wir die ganze Zeit gearbeitet und was wir geschaffen haben.« Er nahm wieder ihre Hand.

»Ich möchte es auch retten, bin aber nicht überzeugt davon, dass dies der richtige Weg ist. Im Gegenteil. Ich könnte eine Menge für Endo und mich selbst zerstören, wenn ich jetzt ein Investorenmeeting halten müsste.«

»Aber du machst das schon, du musst nur …«

»Nein.« Warum konnte er ihr nicht einfach Zeit geben? »Ich bin doch angeklagt und nicht du.« Sie stand auf und stieß an den Tisch, sodass der Cappuccino überschwappte. »Es geht um *mein* Leben!«

Sie drehte sich um und lief die Treppen hinauf. Dabei stieß sie beinahe mit einem Kellner zusammen, der fünf riesige Menüteller auf den Armen balancierte, murmelte eine Entschuldigung und floh dann aus dem Restaurant.

Am nächsten Morgen wachte Parisa davon auf, dass sie jemand anstupste. Sie drehte sich um, und im selben Moment spürte sie, wie es im Unterleib zog. Natürlich, bald würde ihre Menstruation beginnen, und der Schmerz ließ nicht auf sich warten. Wieder stieß jemand sie vorsichtig an. Sie blinzelte ein paarmal, dann öffnete sie die Augen. Herrgott, sie hatte geschlafen wie ein Stein.

Vor sich sah sie Robins Fuß, mit dem er sie in die Seite gestupst hatte. Sonnenlicht fiel durch die hohen Fenster herein, und er war nur als dunkle Silhouette zu sehen. Doch sie konnte erkennen, dass er etwas in den Händen hielt. Sie richtete sich auf und blinzelte gegen die Sonne. Er balancierte zwei Gläser frisch gepressten Orangensaft, zwei Kaffeetassen und zwei Frühstücksbrötchen aus der Bäckerei gegenüber auf einem Tablett.

»Guten Morgen!« Robin lächelte sie an.

Die Wirklichkeit brach über sie herein. Die Verdächtigungen, die Anklage, der Streit am gestrigen Abend. Sie hatte im Gästezimmer geschlafen. Oder besser gesagt im Zimmer von Robins Eltern. Es wurde von ihnen nur genutzt, wenn Robins Vater aus geschäftlichen Gründen in Stockholm oder seine Mutter zum Shoppen hier war.

Robin blickte sie sanftmütig an, und sie spürte, wie sich der Knoten in der Brust langsam löste.

»Es tut mir leid, dass ich gestern Abend einfach abgehauen bin«, sagte sie. »Aber es wurde mir alles zu viel. Mich nimmt es noch immer sehr mit, was gerade passiert.«

Robin nickte. »Ich kann mich nicht so in dich hineinversetzen, wie es sich anfühlt, eines Verbrechens angeklagt zu sein. Entschuldige, dass ich so insistiert habe.« Er stellte das Tablett auf den Boden, reichte ihr das eine Saftglas und sank neben ihr aufs Bett. »Aber es wird gut gehen. Wir werden dich freibekommen, wir stehen das hier zusammen durch.«

Er beugte sich zu ihr, küsste sie, und sie erwiderte den Kuss. Vielleicht war sie doch zu hart zu ihm gewesen?

»Danke, das ist schön zu hören.« Sie stand auf, um zur Toilette zu gehen, stöhnte aber auf, als der Schmerz sie durchfuhr. Sie legte eine Hand auf den Bauch.

Robin sah sie geduldig an. Als sie sich kennenlernten, hatte er ihr Verhalten übertrieben gefunden. Er sagte es nicht direkt, pflegte ihr aber Tipps von seiner Mutter zu geben, die sich immer eine Wärmeflasche auf den Bauch legte, wenn sie Regelschmerzen hatte, was super funktionierte. Sie war selbst unsicher gewesen, ob sie ihren Schmerz vielleicht größer machte, als er war, und hatte zu Beginn versucht, das Ganze vor ihm geheim zu halten. Doch das wurde schwieriger, als sie zusammenzogen und ständig beieinander waren. Und dann war da noch der Sex. Als sie bei einem der ersten Male regelrecht geschrien hatte, war er geschockt gewesen. Erst ab diesem Zeitpunkt hatte er ihre Schmerzen wirklich ernst genommen und sich gefragt, ob es nicht irgendeine Hilfe gab. Mit den Jahren war es immer schlimmer geworden, weil sich die Krankheit verschlimmerte.

Im Bad nahm sie zwei Schmerztabletten und beugte sich unter den Wasserhahn, um sie mit kaltem Wasser hinunterzuschlucken.

Als sie zurückkam, hatte Robin das Tablett auf den Küchentisch gestellt. Sie holte ihr Handy aus dem Gästezimmer und sah eine Push-Nachricht von Breakit. *Hallenborg verlässt den Vorstand von Endo.*

Die Bauchschmerzen wurden noch schlimmer. Sie ging mit schweren Schritten in die Küche und hielt Robin das Handy unter die Nase. »Wusstest du davon?«

Er sah auf ihr Handy und nickte dann. »Er hat es gerade den anderen Vorstandsmitgliedern mitgeteilt, mein Vater rief eben an.«

»Dann werden die wenigen, die noch übrig sind, auch gehen.« Sie schüttelte kaum merklich den Kopf. Wenn der Vorstandsvorsitzende das Schiff verließ, würde es nicht mehr lange dauern, bis es sank. Es war nicht verwunderlich, wenn die anderen sich verabschiedeten.

»Wie konnte es nur so weit kommen?« Sie sank an der Kücheninsel nieder und vergrub ihr Gesicht in den Händen.

»Jetzt müssen wir hart arbeiten, um eine Lösung zu finden. Wir werden allen zeigen, dass wir es schaffen.« Er verstummte. Dann holte er tief Luft und beugte sich vor, griff nach ihren Händen. »Orion hat noch nicht abgesagt. Das ist ein gutes Zeichen.«

Ihr blieb die Luft weg. Sie hatte gehofft, dass das Frühstückstablett eine Geste der Versöhnung und Entschuldigung war. »Ich weiß nicht.« Langsam schüttelte sie den Kopf.

»Aber wir müssen mit dem einzigen Investor sprechen, der noch an uns glaubt. Das Geld ist bald aufgebraucht. Wie sollen wir das Unternehmen sonst retten?«

Sie sah ihn nur an. »Ich dachte, das wäre ausdiskutiert. Ich muss jetzt in erster Linie an mich denken. Wenn es schlecht ausgeht und ich verurteilt werde, können wir ohnehin nicht weiterforschen. Ich kann nicht zum Meeting mitkommen.«

Er seufzte, als strapazierte sie wirklich seine Geduld. »Aber das ist die einzige Möglichkeit, das Unternehmen zu retten, alles, was du aufgebaut hast. Ich dachte nur, dass wir sie beruhigen und sagen, dass wir eine Lösung haben, und dass wir wissen, wie wir das Messverfahren zum Funktionieren bringen.«

»Aber das wissen wir doch gar nicht.«

»Nein, aber dann können wir Geld bekommen, um das Problem zu lösen.«

»Ich möchte nichts mehr, als das Unternehmen zu retten. Aber ich kann doch nicht hingehen und so tun, als wäre alles in bester Ordnung und die Lösung ganz nah. Ich kann die Investoren nicht anlügen, das habe ich noch nie gewollt.«

»Es geht nicht darum zu lügen, es …«

»Nicht du bist angeklagt, sondern ich bin für all das verantwortlich. Ich kann nicht tun, worum du mich bittest.« Sie sah ihn ernst an. »Ich wollte das Messverfahren die ganze Zeit über noch feinjustieren, wollte alles in der richtigen Reihenfolge abarbeiten, damit die Methode korrekt funktioniert. Aber dann war ich gezwungen, unter Stress die klinische Studie durchzuführen. Nur des Geldes wegen. Ich kann mich jetzt nicht mit den Investoren treffen, um die Finanzierung zu sichern. Es ist die Hetzjagd nach dem Geld, die uns in diese Situation gebracht hat.«

»Ach, du wurdest also gezwungen, Papas Geld anzunehmen? Und das Geld, das ich in die Firma gesteckt habe?« Robin sah ihr fest in die Augen.

»Das meine ich nicht.« Sie schüttelte den Kopf.

»Ohne das Geld wärst du nirgendwohin gekommen. Ich habe doch all das für dich getan, für deine Forschung. Ich habe Tag und Nacht für deine Forschung gearbeitet.«

»Ich weiß, und das stelle ich auch nicht infrage. Ich bin sehr stolz auf alles, was wir erreicht haben, aber ich kann nicht mehr so weitermachen wie bisher. Ich riskiere eine Gefängnisstrafe!« Sie stand auf und sah ihn an. »Es ist mein Ernst. Ich komme vielleicht ins Gefängnis.«

»Aber warum willst du Endo aufgeben?«

Sie seufzte tief. Plötzlich fühlte sie sich so unverstanden. Sie begriff, was das eigentliche Problem zwischen ihnen beiden war. Man durfte nicht verlieren. Nicht einen einzigen Schritt zurück durfte man gehen. Nicht einmal, wenn man angeklagt war.

Sie atmete aus. Ihre Befürchtungen trafen zu. Ihre Beziehung vertrug keinen Misserfolg.

»Es funktioniert nicht mehr.« Sie hatte es gar nicht sagen wollen, merkte aber sofort, dass es stimmte. Dieser Punkt belastete sie schon viel länger, als sie es sich hatte eingestehen wollen, schon lange vor ihrer Unternehmenskrise. Doch bisher hatte sie diese Empfindungen immer beiseitegeschoben. Die Tatsache, dass sie eher Geschäftspartner als ein Liebespaar waren, hatte sie als Phase abgetan. Als sie auf der Siegerstraße zu sein schienen, hatte sie keine Probleme aufwerfen wollen. Doch jetzt war es so offensichtlich, dass sie nicht mehr zusammen weitermachen konnten. Sie verstanden einander nicht mehr.

»Es ist wohl zu spät, die Anteile zu verkaufen«, sagte Robin.

»Nein, ich meine zwischen uns. Wir können kein Paar mehr sein.«

Er schnaubte. »Was meinst du … wie meinst du …?«

»Ich meine, dass wir nicht mehr zusammen sein können, dass ich ausziehen muss und …«

Auf einmal fuhr etwas durch seinen Blick. War es Schmerz? Demütigung? Dann verhärtete sich sein Gesichtsausdruck. »*Du* machst also mit *mir* Schluss?«

»Ja.«

Er stand vom Barhocker auf, stützte beide Hände auf die Kücheninsel und beugte sich zu ihr. »Ist dir eigentlich klar, was die Leute über uns denken und wohl schon immer gedacht haben?«

»Nein, aber du kannst es gerne erzählen, denn du scheinst es zu wissen.«

»Dass sich jemand wie ich auf dem Gymnasium überhaupt mit einem Ausländermädchen abgegeben hat, war …«

»Ausländermädchen? So hast du mich also gesehen?«

»Ich natürlich nicht. Aber andere …« Sie sah, dass er sich für seine Worte schämte. Trotzdem hatte er sie gesagt.

»So haben mich nicht alle gesehen. Für einige war ich mehr als das.«

»Ist es Johannes?« Seine Augen blitzten. »Machst du wegen ihm Schluss?«

Sie schwieg eine Weile. Ihr war klar, dass er sich gedemütigt fühlte. Sie musste jetzt nicht zurückschlagen, aber gleichzeitig wurde ihr alles immer klarer. Er fühlte sich selbst als etwas Besseres. Die Herablassung, die sie manchmal gespürt hatte, wurde immer deutlicher. In der Tat wusste sie nicht, ob sie genauso gehandelt hätte, wäre Johannes nicht in ihr Leben getreten und hätte ihre Gefühle nicht durcheinandergebracht. Er hatte sie daran erinnert, wie wahnsinnig verliebt sie einmal gewesen war. Aber dass sie Schluss gemacht hatte, war nicht direkt auf Johannes zurückzuführen gewesen, sondern auf sie und Robin.

Also antwortete sie ruhig: »Nein, es hat mit uns beiden zu tun. Es funktioniert nicht mehr.«

Robin erhob sich schnell. »Ich habe selbst schon daran gedacht.«

»Und warum hast du nichts gesagt?« Sie konnte sich die Frage nicht verkneifen.

»Ich hatte Sorge, du könntest verzweifelt und verbittert werden, und wollte nicht riskieren, dass du das Unternehmen zerstörst. Aber das hast du ja bereits getan.«

Langsam schüttelte sie den Kopf, stand auf und verschwand im Schlafzimmer, um sich anzuziehen. Sie zog die erstbeste Jeans über und ein T-Shirt, warf ein paar Ersatzkleidungsstücke in eine Papiertüte, die auf dem Boden lag.

Als sie wieder herauskam, ging er schnell auf sie zu. »Denk darüber nach, was du jetzt tust.«

»Wie meinst du das?« Sie legte ihr Handy in die Handtasche und versicherte sich zweimal, dass ihr Portemonnaie auch darin lag.

»An deiner Stelle wäre ich jetzt ziemlich vorsichtig. Außer mir kann dir niemand helfen.«

»Soll das eine Drohung sein?« Sie schüttelte langsam den Kopf und konnte es nicht lassen, verächtlich den Mund zu verziehen.

»Nein, keineswegs. Ich meine nur, dass ich dir geholfen habe. Papa hat dir geholfen. Und dass es jetzt so gekommen ist …« Er seufzte. »Ich meine nur, dass ich der Einzige bin, der dir helfen kann, alle Details zu ermitteln, und der die Informationen besitzt, die dir helfen können.«

»Und du hast nicht vor, mir zu helfen, wenn wir Schluss machen?« Sie zog ihre schwarzen Sneakers an und nahm den dünnen Mantel vom Kleiderbügel.

Sein Schweigen und sein harter Blick waren Antwort genug.

Sie öffnete die Tür. »Tschüss, Robin!«

Das Letzte, was sie sah, bevor sie die Tür hinter sich zuschlug, war sein wütender Blick.

17

Vierzehn Jahre früher

Parisas erstes Schuljahr in der neuen Schule nahm an Fahrt auf. Alles lief gut, bis auf die wiederkehrenden Schmerzen. Sie ging zur Schulkrankenschwester, die sie nur mitleidig anlächelte und ihr etwas vom Leben als Frau erzählte. Parisa sprach auch mit ihrer Mutter, die sich Sorgen machte, aber komplett von ihrem Job vereinnahmt wurde. Nooshi sagte, es seien halt die üblichen Menstruationsschmerzen. Parisa biss weiter die Zähne zusammen.

Dank Johannes lief das neue Leben in Norrstena wider Erwarten gut. Sie, die nicht hatte umziehen wollen, fühlte sich inzwischen wohl. Sie hielt Kontakt mit ihren Freunden in Göteborg und wollte sie in den nächsten Sommerferien besuchen, befürchtete aber, dass sie Heimweh nach Johannes haben würde.

Er war zu ihrem größten Konkurrenten in der Klasse geworden. Sie lernten immer zusammen, allerdings nie zu Hause bei ihm. Bei ihr war er hingegen mehr als gerne, und manchmal nahm er seine Schwester mit zu ihr. Ihre Eltern mochten ihn und Jenny.

Die Weihnachtsferien rückten näher, und alle aus der Klasse und auch Parisa selbst redeten davon, wie schön es sein würde, ein paar Tage freizuhaben. Doch sie merkte, wie Johannes immer niedergeschlagener wurde.

Auf dem Heimweg von der Schule ein paar Tage vor Ferienbeginn fragte sie ihn, was los sei.

»Ich weiß nicht. Mamas neuer Freund wird über Weihnachten bei uns sein, und er … Ich mag ihn nicht. Er wird bestimmt zu viel trinken.«

Sie wusste, dass sie nicht mehr aus ihm herauskriegen würde. Sie hatte den neuen Freund seiner Mutter gesehen, sie kannten sich erst seit etwa einem Monat. Er sah aus wie jeder andere, lächelte sie immer freundlich an und grüßte, wenn sie sich im Hof begegneten, was man nicht von allen behaupten konnte. Aber sie begriff, dass Alkohol Menschen verwandeln konnte.

»Du kannst bei uns sein, sooft du willst.«

»Danke.«

Parisa und ihre Familie feierten Heiligabend und den ersten Weihnachtstag bei Freunden und kamen am zweiten Feiertag zurück. Sie freute sich schon auf Johannes. Den ganzen zweiten Weihnachtstag über arbeitete er in der Buchhandlung, und sie schlug vor, sich in seiner Mittagspause in der Konditorei zu treffen.

Sie spazierte hinunter in die Stadt. Es war ein kalter, aber schneefreier Tag. Die Luft war trocken und der Boden bedeckt von kleinen, glitzernden Eiskristallen.

Drinnen in der Konditorei schlug ihr der Duft frisch gebackener Pfefferkuchen entgegen.

Sie bestellte heiße Schokolade und Pfefferkuchen für sie beide und ein Käsebrötchen für Johannes, der sicher hungrig war. Der Schein der Adventskerzen verbreitete ein warmes Licht auf dem Tisch.

Durch das Fenster entdeckte sie Johannes, der gerade den Marktplatz überquerte. Er trug eine Mütze und hatte zusätzlich seine Kapuze darübergezogen, sodass er nicht sah, wie sie ihm zuwinkte. Sie war ganz aufgeregt.

Er öffnete die Tür zum Café und lenkte seine Schritte zu ihrem Tisch. Dort setzte er sich schnell, noch bevor sie ihn umarmen konnte.

»Aha, du hast schon bestellt, danke«, murmelte er und starrte auf den Tisch.

»Hej«, sagte sie zögernd, aber mit einem Lächeln. Doch er sah sie nicht an.

»Hej«, sagte er leise.

»Ist alles okay?« Sie beugte ihren Kopf, um Blickkontakt mit ihm zu bekommen.

»Nein, ich …« Er brach ab.

»Willst du nicht Kapuze und Mütze abnehmen?« Sie lächelte wieder zögernd. »Ich sehe dich ja gar nicht.«

Er zog erst die Kapuze herunter, nahm dann die Mütze ab und drehte sein Gesicht zum Fenster. Dabei wich er ihrem Blick aus.

»Johannes?«, sagte sie vorsichtig.

Da wandte er ihr das Gesicht zu und offenbarte eine geplatzte Augenbraue, die schon im Begriff war zu verheilen, und eine große blauschwarze Verfärbung am Auge.

Sie hielt sich beide Hände vor den Mund. »Oh mein Gott!«

»Du solltest mal den anderen Typen sehen.« Er lächelte schief.

»Was ist passiert?« Sie streckte die Hand aus, um sie an seine Wange zu legen, doch er entzog sich.

»Der Freund meiner Mutter.« Er nahm einen Schluck von der Schokolade. »Mit mir ist alles in Ordnung. Es ist passiert, nachdem er getrunken und ich ihm gesagt hatte, er solle aufhören …« Er holte tief Luft. »Aufhören, Jenny anzustarren.« Er räusperte sich. »Dass er mich geschlagen hat, ist mir egal, aber ich hasse es, wie er Jenny ansieht, wenn Mama es nicht merkt und er denkt, ich bekäme es nicht mit. Ich darf ihn nicht mit ihr alleine lassen.«

»Aber das da geht doch auch nicht!« Jetzt legte sie ihre Hand sanft, aber entschlossen an seine Wange, und er zuckte zurück.

»Tut mir leid«, sagte er. »Als mich das letzte Mal jemand berührt hat, wurde ich geschlagen.« Er lehnte sich zurück. »Hast du etwas Schönes zu Weihnachten bekommen?« Er lächelte sie an.

Doch sie war nicht in der Lage, darauf zu antworten. In ihren Augen brannten Tränen. »Johannes, so geht das nicht weiter. Auch nicht für Jenny«, flüsterte sie, während ihr die Tränen über die Wangen liefen. Sie lehnte sich zu ihm und nahm seine Hand.

»Bald hauen wir hier ab. Bald lassen Jenny und ich diesen Mist hinter uns.« Er sah sie ein paar Sekunden lang an und zog dann seine Hand zurück. Kramte in der tiefen Tasche seiner Daunenjacke. »Hier.« Ein flaches Geschenk, in rotes Papier verpackt und geformt wie ein Buch.

Sie nahm es entgegen. »Danke«, sagte sie und packte es aus. *Kent – gesammelte Texte.* Sie drehte und wendete das Buch. Mitten auf dem weißen Umschlag stand der Titel in einer schlichten Schrift. Sie blätterte in dem Band, der alle Songtexte in chronologischer Reihenfolge enthielt, vom ersten bis zum letzten Release.

»Wir haben doch davon gesprochen, dass es die beste Gedichtsammlung überhaupt sei. Die einzige Gedichtsammlung, die wir uns vorstellen könnten zu lesen.« Er lächelte.

»Woher … woher hast du das? Es gibt doch so etwas gar nicht zu kaufen?« Sie blätterte weiter. »Kräm« war in dunkelrosa Schrift gedruckt, der einzige Text, der aus den sonst schwarz gedruckten Zeilen hervorstach.

»Gunvor aus der Buchhandlung hat mir dabei geholfen. Sie kennt jemanden, der eine Druckerei hat.«

Ihre Augen füllten sich mit Tränen. »Also hast du es selbst gemacht?«

Er nickte.

Sie stand von ihrem Stuhl auf, ignorierte, dass er sich wie ein geschlagener Hund verhielt, als sie ihn berührte, und fiel ihm um den Hals. Umarmte ihn fest, ganz fest. »Das ist das schönste Geschenk, das ich je bekommen habe.« Wieder liefen ihr die Tränen hinunter. »Danke!« Sie küsste ihn auf die Wange und setzte sich wieder auf ihren Stuhl. »Ich habe auch etwas für dich, das ist aber nicht so schön wie dein Geschenk.« Sie kramte in ihrer Schultertasche und gab ihm ein dickes Päckchen.

Er öffnete es und strahlte. Seine Augen, die vorher ganz trübe gewesen waren, glitzerten jetzt. »Aber das ist doch viel zu viel! Danke!« Er strahlte und drehte die Sammelbox um. *Seinfeld – Sämtliche Staffeln.* »Das muss doch wahnsinnig teuer gewesen sein, das hättest du …«

»Es war mir jede einzelne Krone wert.«

»Wirklich ein ganz tolles Weihnachtsgeschenk!«

Sie lächelte zurück. Dann schwiegen sie und sahen einander an. Sie spürte das wohlbekannte Ziehen im Bauch, das immer wieder auftrat, wenn sie in Johannes' Nähe war oder er sie mit seinen blauen Augen anblickte.

Und in diesem Moment, in der Konditorei im Stadtzentrum, zu den Klängen von »Hej, Winterland!«, begriff sie, dass sie verliebt war. Sie hatte bisher nicht darüber nachdenken oder es sich selbst eingestehen wollen, aber sie war verliebt.

Und was empfand er für sie?

Schwer zu sagen. Sollte sie es wagen, ihm ihre Gefühle zu zeigen? Sie waren doch Freunde, und womöglich würde er sich von ihr abwenden.

Aber die Stimmung zwischen ihnen war passend. Wenn sie sich nur etwas vorbeugte und die Hand um seinen Nacken legte …

»Ich muss zurück in die Buchhandlung«, sagte er, und der Augenblick war vorüber.

Sie nickte schweigend, und er zog sich die Jacke an, stopfte das Weihnachtsgeschenk in die Tasche. Sie blieb sitzen, wusste nicht, was sie sagen sollte.

»Vergiss nicht den Pfefferkuchen«, brachte sie schließlich heraus.

»Richtig. Danke für alles, ich lade dich morgen ein.« Er nahm den Kuchen und biss die Hälfte davon ab, bevor er winkend die Konditorei verließ.

Als Parisa zwischen reifbedeckten, glitzernden Bäumen nach Hause spazierte, wurde ihr klar, dass sie sich zumindest nicht mehr selbst belügen konnte.

An diesem Abend lag sie lange wach und dachte an ihn, hörte sich wieder und wieder »Kräm« an, las im Licht der Nachttischlampe die Textzeilen, obwohl sie das Lied auswendig konnte. Und träumte davon, wie es wohl wäre, Johannes Lund zu küssen.

18

Johannes' Chefin Charlotta saß an ihrem Schreibtisch, mit dem Gesicht zur Glastür. Sie hatte Besuch und schwieg, während der Mann auf der anderen Seite des Schreibtisches, der den Rücken zur Tür gewandt hatte, wild gestikulierend sprach.

Oscar.

Als er sich schließlich erhob, verließ er den Raum ohne ein Wort, sah Johannes noch nicht einmal an.

Johannes bedachte Charlotta mit einem vorsichtigen Lächeln. »Hast du Zeit?«

Sie blickte ihn müde an. »Klar.« Sie versuchte, sein Lächeln zu erwidern.

Er trat ein und setzte sich auf den Stuhl, den Oscar gerade verlassen hatte. Dann holte er tief Luft. »Ich bin von einer Freundin kontaktiert worden, Parisa Tagavi, Geschäftsführerin von Endo.«

»Du kennst Parisa Tagavi?« Charlotta wirkte beeindruckt.

»Genau. Wir sind beide in Norrstena aufgewachsen, und sie hat mich wegen ihrer Verhaftung kontaktiert. Sie hat geglaubt, dass ich noch immer im Bereich Strafrecht tätig bin. Inzwischen ist ja Anklage gegen sie erhoben worden, und ich wurde gefragt, ob ich sie verteidigen würde. In ihrem Fall geht es um Schadenersatzfragen, aber auch um andere zivilrechtliche

Aspekte wie Life-Science-Recht, Vertragsrecht und Unternehmensrecht.«

Sie nickte langsam. »Das ist ein vielbeachteter Fall, sehr interessant, aber auch … ziemlich ungewöhnlich. Wir sind ja gar keine Strafrechtskanzlei.«

»Ich weiß. Deshalb habe ich die Richtlinien der Kanzlei geprüft. Darin steht, dass wir Mandanten vertreten dürfen, die wegen eines Wirtschaftsverbrechens angeklagt werden.«

Sie nickte.

»Und ich glaube, dass der Fall uns Renommee einbringen könnte, was das Thema Life-Science-Recht betrifft. Diese Klientel haben wir bisher nicht.« Life Science umfasste unter anderem Pharmafirmen und Medizintechnik. In der Tat hatten sie in diesem Bereich kaum Expertise, und er begab sich mit seinem Vorschlag auf dünnes Eis. Wie oft hatte er sich schon über sich selbst geärgert, dass er in einem schwachen Moment zugestimmt hatte, Parisas Verteidigung zu übernehmen. Doch jetzt saß er hier, und Charlotta schien zumindest darüber nachzudenken, ob es möglich war.

»Du hast recht.« Charlotta nickte und stützte das Kinn auf ihre Hände, während sie ihn betrachtete.

»Der Fall würde viele verschiedene Abteilungen der Kanzlei einbinden«, fuhr er fort.

Sie räusperte sich. »Es ist nur so, dass zurzeit ein wenig Unzufriedenheit herrscht …« Sie seufzte. »Ich weiß nicht … einige Kollegen achten sehr genau darauf, welche Fälle wir annehmen, und …« Wieder ein tiefer Seufzer, und ihre Stirn legte sich in tiefe Sorgenfalten. Johannes wusste, worauf sie anspielte. Außer Oscar gab es noch weitere Juristen und Kanzleipartner, die unzufrieden mit der Führung von Svärdh & Partner waren. Sie waren der Ansicht, die Kanzlei nähme nicht die »richtigen« Fälle an. Johannes konnte die Kritik nicht nachvollziehen. Er war zwar erst seit einem guten Jahr in der Kanzlei, aber soweit er es überblicken konnte, waren die Umsätze großartig. Das Jahr zuvor war ein Rekordjahr gewesen, unter anderem, weil Charlotta einen vieldiskutierten Zivilrechtsprozess gewonnen hatte, aber auch wegen zahlreicher Transaktionen, die wiederum eine ganze Reihe neuer Mandanten zur Folge gehabt hatten. Johannes vermutete, dass die Kritik zum größten Teil darauf beruhte, dass die unzufriedenen Männer der Kanzlei (denn es handelte sich ausschließlich um Männer) nicht ihren Willen bekamen.

Doch plötzlich blitzten ihre Augen auf. »So ein Fall im Bereich Life-Science-Recht, der verschiedene Abteilungen betreffen würde, wäre wirklich gar nicht verkehrt. Aber glaubst du, dass du das neben dem Rechtsstreit schaffen würdest, den du gerade mit Oscar zusammen bearbeitest?«

»Selbstverständlich«, sagte Johannes und merkte sofort, dass er sich gerade auf Sechzig-Stunden-Wochen bis zum Sommer eingelassen hatte. Wahrscheinlich würde er in den Ferien arbeiten müssen.

Charlotta nickte langsam. »Ich möchte ja, dass du diesen Fall leitest. Oscar war etwas anderer Meinung, aber ich hoffe, es war richtig, dass ich darauf beharrt habe, dass du die Leitung übernimmst?« Sie verschränkte die Hände vor sich auf dem Schreibtisch.

»Natürlich schaffe ich das.«

»Okay. Dann los. Bittest du Sandra, mal in der Datenbank zu recherchieren, ob im Fall Endo Einspruch erhoben wurde?«

»Klar, mache ich.«

»Wollen wir gleich runter zum Riddaren und mit der Vorbereitung beginnen?« Charlotta stand vom Schreibtisch auf.

»Richtig, heute ist ja GT-Abend.«

Zusammen mit Charlotta ging er hinunter in die Bar. Der

Gin-Tonic-Abend an jedem ersten Freitag im Monat war eine Neuerung in der Kanzlei, die alle gerne annahmen. Die Kanzlei durfte für ein paar Stunden die Bar nutzen, und heute war die Zivilrechtsabteilung für die Bereitstellung der Drinks zuständig. Johannes war mit seinen Gedanken ausschließlich bei Parisas Fall gewesen und hatte die Abendplanung ganz vergessen.

Azzie war bereits dort, bald kam auch Sandra, anschließend Anton und Kristin. Oscar war nicht zu sehen. Wahrscheinlich hatte er Wichtigeres zu tun.

Gemeinsam schnitten sie Zitronen in Scheiben, stellten Gläser mit Eis und die gekühlten Gin- und Tonicflaschen auf die Messingplatte der Bar. Entspannte Vorfreude lag in der Luft. Sie mixten sich jeder einen Drink und prosteten sich zu, bevor ihre Kollegen eintrudelten, einer nach dem anderen. Bald war die Bar voller Menschen.

Carl-Adam, der dienstälteste Jurist der Transaktionsabteilung, kam lächelnd zu dem Bereich der Bar, wo Johannes stand. »Einen Gin Tonic, bitte!«

Johannes füllte ein Glas mit reichlich Eis, mixte den Drink und reichte das Glas Carl-Adam, der es in Empfang nahm. Er nippte am Inhalt und strahlte. »Oh, der ist gut!« Er schloss die Augen und nahm einen weiteren Schluck. »Ganz fantastisch! Wo hast du das gelernt?«

»Von einem britischen Barkeeper.«

»Ach?« Carl-Adam sah Johannes interessiert an, schien auf eine Fortsetzung zu warten und ging vermutlich davon aus, dass Johannes während irgendeines Sommerpraktikums in einer angesehenen Kanzlei in London gewohnt und in schicken Pubs herumgehangen hatte, was schwedische Juristen dort normalerweise taten. Johannes wusste, was die Leute in dieser Welt so erwarteten, und seine Gin-Tonic-Kenntnisse hätten eine interessante Geschichte sein können, aber so war es nicht.

Johannes begann den nächsten Drink zu mixen. »Man braucht eine Menge Eis und viele hauchdünne Zitronenscheiben«, sagte er stattdessen, bevor Carl-Adam fragen konnte, woher er diesen Briten kannte.

Eigentlich war es keine besondere Sache. Johannes hatte den britischen Barkeeper kennengelernt, als er Saisonarbeiter auf Rhodos gewesen war. Zwei Sommer hatte er dort verbracht, mit reichlich Alkohol und Frauen. Es war die Zeit in seinem Leben gewesen, wo Sex und zu viel Alkohol ihm dabei halfen, alles andere zu betäuben.

Aber bei Svärdh & Partner war Saisonarbeit auf einer Charterinsel nicht unbedingt Usus, und deshalb sprach er nie über diese Zeit. Die Saisonarbeit war beileibe nicht das Ungewöhnlichste an seiner Vergangenheit, aber sein Lebensweg wich auch so schon erheblich von dem seiner Kollegen ab.

Auf Rhodos war er nicht weiter aufgefallen. Es gab mehrere junge Männer wie ihn, vom Land oder aus den Vororten. Einige von ihnen kamen auch aus dysfunktionalen Familien. Bürger zweiter Klasse, ohne kulturelles Kapital. Einige von ihnen wirkten später in Dokusoaps mit. Johannes kannte ein paar dieser Jungs, über die die Leute vor den Fernsehbildschirmen lachten. Und die von einigen als »White Trash« bezeichnet wurden.

Die Saisonarbeit auf Rhodos war seine erste Auslandsreise gewesen. Sein erstes Wochenende in London verbrachte er zusammen mit Zacke im zweiten Jahr seines Jurastudiums, nachdem er genug Geld zusammengespart hatte. Er liebte den Puls der Großstadt.

Nachdem er in seinem ersten Traineejahr eine größere Summe angespart hatte, beschloss er, mit einem Kollegen aus der

Strafrechtskanzlei nach New York zu reisen. Er hatte es genossen, die Reise war beinahe unwirklich gewesen. Johannes hatte schon so lange von dieser Stadt geträumt. Und inmitten der schimmernden und blinkenden Lichter am Times Square hatte er an Parisa gedacht. Dass er am liebsten mit ihr dort gewesen wäre.

»Also viel Zitrone?« Carl-Adam nippte wieder am Drink. »Das werde ich meinem Mann sagen, er spart immer an der Zitrone.«

»Das tun viele.« Johannes lächelte.

»Ich habe nach dem Gymnasium mit einer Ausbildung zum Barkeeper begonnen«, erzählte Carl-Adam, und Johannes blickte ihn verwundert an. Er wusste, dass Carl-Adam auf Östermalm aufgewachsen war und sich anscheinend sein ganzes Leben dort abspielte. Eine Ausbildung zum Barkeeper passte nicht ganz ins Bild. »Aber ich war viel zu tollpatschig«, fuhr Carl-Adam fort. »Ich machte Gläser kaputt und war viel zu langsam, wenn ich die Drinks mixen sollte. Kochen ist eher mein Ding. Ich habe es außerdem geschafft, einen schweineteuren Wodka fallen zu lassen, und musste Schadenersatz zahlen, als ich den Kurs abgebrochen habe, stell dir das vor …« Carl-Adam schüttelte den Kopf.

Johannes musste lachen. Er trank den letzten Rest aus seinem Glas und mixte einen neuen Drink. Azzie schloss sich ihnen an und ließ sich mit einem Drink in der Hand auf einen Barhocker sinken. »Kommt ihr später mit ins Ciccio's? Wir wollen noch was essen gehen und haben einen Tisch reserviert, versuchen aber noch mehr Plätze zu bekommen.«

»Gerne!« Carl-Adam lächelte begeistert.

»Ich treffe mich noch mit einem Kumpel und muss gleich los«, sagte Johannes und nahm einen Schluck von seinem GT. Johannes sagte fast immer ab, wenn es um Aktivitäten außerhalb der Kanzlei ging. Trotzdem erkundigten sich ein paar nette Kollegen wie Azzie immer wieder, ob er nicht doch mitkommen wolle. Johannes war stets überzeugt davon gewesen, dass er anders war als seine Kollegen. So war es an seinem früheren Arbeitsplatz gewesen – in der Wirtschaftskanzlei, wo er zwei Jahre lang nach der Strafrechtskanzlei und vor Svärdh & Partner gearbeitet hatte. Niemanden seiner dortigen Kollegen hatte er näher kennengelernt. Doch er begann zu bemerken, dass es bei Svärdh & Partner anders war. Die Kollegen strengten sich an, ihn kennenzulernen, und Carl-Adam hatte ihn mit seiner Erzählung überrascht.

»Du gehst aber noch nicht, oder?«, fragte Carl-Adam. »Du musst mir doch beibringen, wie man einen solchen Gin Tonic mixt!« Carl-Adam lehnte sich über die Bar, hielt die Hand neben den Mund und sagte leise: »Der Barkeeper hier ist unfähig, was das betrifft. Vielleicht kannst du ihm einen Schnellkurs geben.«

Johannes musste lachen. »Ich weiß nicht, ob er das schätzen würde, wenn ich ihm, dem Profi, etwas beibringen wollte. Aber ich kann es gerne dir zeigen.« Er winkte Carl-Adam zu sich hinter die Theke, reichte ihm ein Glas und eine Flasche Gin. Es machte richtig Spaß. Mit seinen Kollegen abzuhängen war gar nicht so schlimm. Aber nach den letzten Tagen und allem, was Parisa widerfahren war, freute er sich auf einen langen Abend mit einem Freund, der ihn gut kannte.

19

Dreizehn Jahre früher

Das erste Schulhalbjahr schritt voran, und Parisa kämpfte mit ihren Gefühlen, wagte aber nicht, sich Johannes gegenüber zu offenbaren. Keine Gelegenheit ergab sich, stattdessen vertiefte und intensivierte sich ihre Freundschaft. Während sie jede Möglichkeit nutzte, um mit Johannes Zeit zu verbringen, wurden ihre Tagträume immer hartnäckiger. Auch Nooshi merkte, dass ihre Schwester oft zerstreut wirkte. Nur wenn sie lernte, dachte sie nicht an ihn, obwohl … auch dann schweiften ihre Gedanken häufig ab.

Während des Frühlings hatte Johannes zu Hause ganz schön zu kämpfen. Nicke, der neue Freund seiner Mutter, wohnte abwechselnd bei ihnen und in seiner Wohnung im Nachbarort. Parisa merkte es immer, wenn Nicke gerade da war, denn dann war Johannes stiller und kurz angebunden.

Der Sommer kam in diesem Jahr sehr früh, bereits Ende Mai.

An einem dieser warmen Frühsommertage ging Parisa zusammen mit Johannes und Zacke, dessen neuer Freundin und zwei weiteren Freunden hinunter zum See.

Vorher hatten sie auf dem Fußballplatz herumgehangen, doch jetzt wollten alle los, um zu baden. Alle außer Johannes. Er antwortete ausweichend, als die anderen davon sprachen, genau wie im letzten Sommer, als Parisa dasselbe vorgeschlagen hatte. Zwar radelte er mit ihnen zum See, blieb aber an Land, als alle anderen, inklusive Parisa, ins Wasser sprangen, wo sie schwammen, sich gegenseitig nass spritzen und kreischten. Sie badeten ein Stück vom großen Badeplatz entfernt, an einem kleineren Strand, wo sie unter sich waren. Das Wasser war spiegelglatt. Die Birken am Seeufer trugen hellgrüne Blätter und reckten sich in den Himmel, der an diesem Sommerabend aussah, als brennte er lichterloh.

»Willst du nicht auch reinspringen?«, rief Zacke nach einer Weile zu Johannes.

»Ich habe keine Badehose«, rief Johannes von der Bank aus, auf die er sich gesetzt hatte.

»Und wo liegt das Problem, Johannes?«, wollte Linus wissen, der eine von Zackes Freunden.

»Ja genau, was ist Sache?«, erkundigte sich der andere und grinste.

»Es kann jedenfalls nicht daran liegen, dass er untrainiert wäre oder so«, meinte Zacke. »Er hat nämlich voll das Sixpack, habe ich selbst beim Sport gesehen.«

Es zog tief unten in Parisas Bauch, als sie sich Johannes' nackten Oberkörper mit Sixpack vorstellte.

»Was ist es dann? Warum springst du nicht rein?«, rief Linus. »Ich bade doch auch in Unterhose.«

»Ich schwimme einfach nicht gern.« Johannes wandte den Kopf ab, um zu demonstrieren, dass die Diskussion zu Ende war.

»Könnt ihr ihn nicht einfach in Ruhe lassen?«, sagte Parisa.

Die anderen stiegen aus dem Wasser, aber die Sticheleien gingen weiter. Parisa folgte den anderen und stellte sich ein Stück abseits von ihnen hin. Es waren Scherze, aber Linus übertrieb es gerne ein wenig.

»Kannst du etwa nicht schwimmen?« Linus prustete los.

»Kann dir doch egal sein«, sagte Johannes.

»Du kannst also nicht schwimmen?«

»Verdammt, ich hab doch gesagt, es kann dir egal sein.« Johannes stand von der Bank auf und schubste Linus, der daraufhin so unglücklich gegen den Fahrradständer fiel, dass alle Räder umfielen.

»Mann, du Idiot!« Linus stand auf. Doch Johannes hob sein Fahrrad auf, sprang auf den Sattel und verschwand wie der Blitz auf dem Waldweg.

Parisa griff nach ihren Kleidern und stopfte sie schnell in die Tasche. Sie sprang im Bikini aufs Fahrrad und fuhr ihm über den Waldweg hinterher. Sie sah ihn nicht mehr, fuhr den Weg aber immer weiter, bis sie tiefer im Wald auf einer Anhöhe angelangt war, von wo aus der Pfad hinunter zum Steg führte. Sein Fahrrad stand direkt am Weg. Sie stellte ihres daneben, ohne es abzuschließen, und ging den Pfad entlang zum Holzsteg. Da saß er und blickte auf die glänzende Wasseroberfläche. Er drehte sich nicht um, als sie kam.

Sie setzte sich neben ihn und legte ihre Hand auf seine Schulter. »Man muss sich nicht dafür schämen, wenn man nicht schwimmen kann. Ich bringe es dir gerne bei. Und vergiss diesen Linus, er ist ein Blödmann.«

»Ich weiß, dass er ein Blödmann ist, und ich kann schwimmen, das ist es nicht.«

»Was ist es dann? Auch letzten Sommer hast du kein einziges Mal gebadet. Zumindest nicht, wenn ich dabei war.«

»Ich kann es einfach nicht. Ich schaffe es nicht, zu baden. Ich vertrage kein Wasser. Ich gerate in Panik.«

»Wann bist du das letzte Mal geschwommen?«

»Vor acht Jahren.«

»Okay.« Sie sagte nichts mehr, und auch er schwieg.

Johannes schien mit sich selbst zu ringen, ob er weiterreden sollte oder nicht. »Das letzte Mal bin ich dort drüben geschwommen, am großen Badeplatz«, sagte er schließlich und wies mit dem Kinn schräg über das Wasser. »Es war mit meiner Mutter. Vielleicht ist es schwer nachzuvollziehen, aber es gab eine Zeit, da war sie alles für mich. Sie war die Beste. Ich vertraute ihr und glaubte, dass sie mich retten konnte, auch wenn sie mich wieder und wieder enttäuschte. Aber ich wollte immer ihre Aufmerksamkeit haben. Wir waren dort baden, und sie sprach mit irgendeinem Typen, den sie von der Schule kannte. Ich bin ziemlich weit rausgeschwommen, damit sie mich bemerkte. Wollte ihr zeigen, wie gut ich schwimmen konnte. Ich hatte es gerade bei meinen Großeltern gelernt. Ich schwamm und schwamm, doch dann drehte ich mich um.«

Parisa ahnte, worauf die Geschichte hinauslaufen würde, und bekam ein beklemmendes Gefühl. »Plötzlich war ich so weit draußen auf dem See, und als ich zurück zum Strand blickte, geriet ich in Panik. Es war windig. Zwar keine hohen Wellen, aber eine davon rollte auf mich zu. Ich rief nach ihr, ich schrie. Versuchte, in Richtung Land zu schwimmen. Ich bin so schnell geschwommen, wie ich konnte, aber ich konnte sie nirgends entdecken. Sie war weg. Ich konnte nur undeutlich den Strand erkennen, mit Menschen, die aussahen wie umherwirbelnde Punkte. Die Panik nahm zu. Ich schluckte mehrfach Wasser und wurde unter die Oberfläche gezogen.«

»Moment. Vor acht Jahren, da warst du acht Jahre alt?«

Er nickte.

Welche Eltern ließen ihren Achtjährigen ohne Aufsicht im Wasser? Es tat ihr weh, wenn sie sich Johannes' Angst und Panik vorstellte.

»Niemand hörte mich«, fuhr er fort. »Das war das Allerschlimmste. Niemand sah, wie ich unter Wasser verschwand.

Meine Mutter sah es nicht, und auch sonst niemand. Am Ende war es ein Jugendlicher mit seinem Surfbrett, der mich entdeckt hat. Wäre er nicht gewesen, wäre ich ertrunken. Der Junge hat mich hochgezogen und mir an Land geholfen. Ich hustete Wasser, erklärte, meine Mutter sei in der Nähe, und entdeckte sie schließlich. Sie saß da und quatschte mit diesem Typen, er hatte sie auf ein Bier eingeladen. Ich warf mich an ihren Hals, brauchte nur noch ihre Umarmung, wollte auf ihren Schoß. Aber sie war nur verärgert darüber, dass das Bier übergeschwappt war, weil sie dann schlecht riechen würde. Ich weinte und versuchte ihr zu erzählen, was passiert war. Aber sie …« Er räusperte sich und sah aus, als schluckte er seine Tränen hinunter. Doch seine Augen waren trocken, als wären sie unfähig, Tränen zu vergießen. »Sie hat mir nur mein Handtuch in die Arme gedrückt und mich gebeten, am Kiosk auf sie zu warten.«

Parisa sagte nichts. Sie verstand, wie schwer es gewesen sein musste, diese Sache zu erzählen. Stattdessen umarmte sie ihn. Und in diesem Moment entstand ein völlig neues Gefühl von Zärtlichkeit. Liebe war da, ohne Zweifel. Aber das hier war etwas anderes, es war noch mehr.

Es war ein großer Schritt für ihn gewesen, diese Schwäche zu zeigen, das wurde ihr klar. Und sie schätzte das Vertrauen, das er ihr entgegenbrachte.

20

Parisa begutachtete die Zahlen vor ihr auf dem Bildschirm. Robin hatte eine Prognose geschickt, von der er wollte, dass sie sie absegnete, bevor er sie Orion präsentierte. Doch die Zahlen sagten ihr nicht viel. Ein tiefes Seufzen war hinter ihr zu hören.

Parisa hob den Blick. Mirja lag ausgestreckt auf dem Sofa mit einem Glas Wein in der Hand.

»Was ist?«, fragte Parisa, etwas irritierter als beabsichtigt. Aber Mirjas tiefe Seufzer störten sie.

»Willst du wirklich noch sitzen und arbeiten? An deinem ersten Freitagabend als Single?«

»Ja, ich habe viel zu tun. Was dachtest du denn, was ich tun würde?«

»Statt zu arbeiten? Das hier trinken.« Mirja wies auf das Weinglas, das sie für Parisa eingeschenkt hatte und das noch unangerührt auf dem Küchentisch neben ihr stand. »Ausgehen, in einer Bar abhängen.«

Parisa betrachtete das Weinglas. Eigentlich hatte sie heute Abend das Ermittlungsprotokoll durchgehen wollen, damit sie am Montag perfekt vorbereitet war. Das Wochenende würde sowieso nur aus Arbeit bestehen. Sie hatte die Woche dazu genutzt, Johannes sämtliche Unterlagen zuzuschicken, die er benötigte, und war im Verzug mit allem anderen, was Endo betraf. Sie arbeitete zurzeit daran, die Bandbreite von Variablen bei ihrem Messverfahren zu reduzieren – etwas, woran sie bereits vor einem Jahr hätten arbeiten müssen, bevor sie die große klinische Studie an achthundert Frauen durchgeführt hatten. Aber es war wahrscheinlich richtig, dass sie eine Pause brauchte.

Sie schloss die Datei mit Robins Zahlen und öffnete stattdessen die Netzausgabe einer der großen Abendzeitungen.

Ein Artikel mit dem Titel *Frauen, die Frauen betrügen* stellte Parisa als Heuchlerin dar. Sie hatte ihn schon gelesen, aber quälte sich selbst, indem sie ihn erneut anklickte. Der Reporter war der Ansicht, dass Parisa die Investoren getäuscht habe, indem sie ihnen weiblichen Schmerz vorgespielt und sich selbst als Feministin dargestellt habe. Er verglich sie mit einer Influencerin, die an den Pranger gestellt worden war, nachdem sie Zuckerpastillen verkauft hatte, die Frauen angeblich stärker und glücklicher machten und ihnen ein reineres Hautbild verliehen. Auf dieselbe Weise habe Parisa es auf kranke Frauen abgesehen und einzig und allein Geld damit verdienen wollen, so zu tun, als vollbrächte sie eine feministische Tat.

Der Journalist fragte sich auch, ob es vielleicht damit zu tun hatte, dass es für Frauen mit Migrationshintergrund schwieriger sei, die schwesterliche Solidarität schwedischer Frauen zu erfahren. Der Reporter schloss seinen Artikel mit der Bemerkung, dass er nicht weiter darüber spekulieren wolle, da solche Gedanken ja nicht mehr geäußert werden dürften.

Parisa verstand die Logik des letzten Satzes nicht. Andere Journalisten stürzten sich nämlich auch auf ihren familiären Hintergrund und erwähnten ihn gerne, ohne dass sie dafür gesteinigt wurden. Der Journalist war also in bester Gesellschaft. Jetzt, wo sie eines Vergehens angeklagt war und niemand sie mehr mochte, hatte ihr Hintergrund plötzlich eine enorme Wichtigkeit bekommen. Als wäre alleine das die Erklärung dafür, dass sie kriminell war.

Immer schon waren ihr kleine Dinge aufgefallen. Zum Beispiel, dass eine ältere Dame im Bus ihre Handtasche fester an sich drückte, wenn Parisa sich neben sie setzte. Manchmal hatte jemand sogar den Platz gewechselt. Das war vielleicht das Schlimmste, diese kleinen, aber systematischen Statements, die gewöhnliche Menschen durch ihr Handeln abgaben, vermutlich aus Furcht. Und sie hatte immer versucht, mit ausgesuchter Freundlichkeit und Offenheit zu reagieren, wenn sie auf jemanden traf, der sie misstrauisch betrachtete. Wie Robins Nachbarin, die sie immer abschätzig ansah, aber aufblühte, wenn sie Robin traf, und völlig verwirrt wirkte, wenn sie zusammen unterwegs waren. Offensichtlich hatte sie kein Verständnis dafür, dass so ein schwedischer Prachtbursche eine Beziehung mit einer »Ausländerin« hatte.

Parisa hatte der alten Dame immer mit ihren Einkäufen geholfen, sie freundlich gegrüßt, gefragt, wie es ihr gehe, und sich komplett verausgabt, um zu zeigen, dass sie genauso war wie alle anderen. Oder besser. Denn sie musste besser sein.

In der Zeit, als das Unternehmen gut gelaufen war, hatte sie sich durchaus geliebt gefühlt. Die Welt hatte sie respektiert und wertgeschätzt. Doch jetzt war sie eines Verbrechens angeklagt. Und wenn es schlecht lief, würde eine Person mit Migrationshintergrund zehnmal tiefer fallen als jemand mit schwedischer Herkunft.

»Lies diesen Mist doch nicht!« Mirja stand hinter ihr und schaute ihr über die Schulter. Sie klappte Parisas Laptop zu. »Trink stattdessen den Wein!« Sie wies auf Parisas Glas.

Parisa nahm einen Schluck. Mirja hatte recht. Und dann kippte sie fast das ganze Glas hinunter. Verdammte Journalisten.

»Gut so«, sagte Mirja ermutigend und füllte nach.

»Ist ja toll, dass du mich ermutigst, mich zu besaufen.«

»Genau das, was man von einer Freundin erwarten kann.« Mirja lächelte.

Parisa musste lachen. Mit dem Glas in der Hand stand sie vom Küchenstuhl auf, ging hinüber in den Wohnbereich und sank aufs Sofa. Mirja setzte sich neben sie, holte ihr Handy hervor, und schon bald strömte Partymusik aus den Lautsprechern.

»Wie lange hast du schon darauf gewartet, diese Playlist abzuspielen?«

»Seit vorgestern, als du zu mir gezogen bist.« Mirja hob ihr Glas. »Prost darauf, dass du endlich Single bist.«

Parisa zog eine Grimasse, erhob dann aber ebenfalls ihr Glas. »Warum sollten wir nicht darauf anstoßen?«

»Ich weiß nicht. Es fühlt sich trotzdem …« Die Entscheidung fühlte sich absolut richtig an, aber das Gespräch mit Robin ging ihr immer wieder durch den Kopf. »Ich habe schon lange gemerkt, dass es schlecht gelaufen ist, aber vielleicht hätte ich uns noch eine Chance geben sollen? Er hat ja an mich und uns geglaubt. Früher hatten wir sehr viel Spaß zusammen. Vielleicht war es unklug, die Beziehung einfach so zu beenden? Er hat mir doch immer geholfen.«

»Du meinst also, dass du ihm dankbar sein solltest?«

»Nein, aber vielleicht habe ich ihn ungerecht behandelt. Wir waren so lange zusammen, und alle sind doch so begeistert von ihm.« Sie sah Mirja an. »Mir kommt es so vor, als müsste ich begreifen, dass er perfekt für mich ist. Ich empfinde es aber nicht so.«

»Nein, und das liegt daran, dass er nicht der Beste für dich ist. Und der Grund, warum alle, zum Beispiel deine Schwester, ihn toll finden, ist der, dass er sich selbst toll findet. Einigen Menschen gelingt es, alle anderen von ihrer Vortrefflichkeit zu überzeugen, weil sie in sich selbst verliebt sind.« Mirja nahm einen großen Schluck Wein. »Aber mich hat er nie sonderlich beeindruckt.«

»Nicht?« Parisa sah Mirja verwundert an. Die beiden hatten sich durch einen gemeinsamen Freund aus Norrstena kennengelernt. Mirja wohnte damals in einer benachbarten Kleinstadt, und als Parisa zum Studieren nach Stockholm zog, erfuhr sie von ihrem gemeinsamen Freund, dass Mirja ebenfalls dort hinziehen würde. Sie hatten es als angenehm empfunden, in der Großstadt schon jemanden zu kennen, und sich gleich angefreundet.

Mirja holte tief Luft. »Weißt du, an wen er mich manchmal erinnert?«

Parisa schüttelte leicht den Kopf.

»Marcus.«

Parisa hob die Augenbrauen und verschluckte sich fast am Wein, doch Mirja blickte sie ernst an. Marcus war Mirjas Ex. Sie waren zwei Jahre zusammen gewesen, und Mirja hatte vier Jahre gebraucht, um danach wieder sie selbst zu sein. Er war kontrollsüchtig gewesen, was letztlich in Gewalt gemündet war. Zuerst hatte Parisa die Tragweite nicht verstanden. Marcus' kontrollierende Art hatte zu Beginn romantisch gewirkt. Marcus hatte Mirja eine Nachricht geschrieben und sie gefragt, wo sie gerade sei. Dann war er wenig später dort aufgetaucht, weil er sie »so vermisste«. Alles war ganz schnell gegangen. Sie zogen zusammen, und als Parisa endlich begriff, wie stark er ihre Freundin kontrollierte, hatte Mirja begonnen, sich zurückzuziehen. Sie hatte alle anderen freundschaftlichen Beziehungen beendet, doch Parisa hatte ihre Freundin nie aufgegeben. Stattdessen verfluchte sie sich selbst, dass sie nicht schon früher begriffen hatte, was eigentlich los war. Während dieser Zeit gründete Parisa Endo und arbeitete bestimmt zwölf Stunden am Tag, aber dennoch versuchte sie immer, den Kontakt zu halten. Sie ging zu ihr, wenn Marcus nicht zu Hause war, gab Mirja zu verstehen, dass sie immer für sie da sein werde. Bald gewann sie ihre Freundin für sich zurück, und nach einem besonders gewalttätigen Vorfall suchte Mirja Zuflucht bei ihr.

»Also, ich meine nicht, dass Robin dich geschlagen hätte. Aber etwas an seinem Verhalten erinnert mich an Marcus. Er möchte, dass du dich auf eine bestimmte Art und Weise verhältst, damit du ins Raster passt. Als hätte er ein Bild von euch beiden, dem du entsprechen musst.«

»Wie bitte? Robin und ich sind so lange zusammen, wie wir beide uns kennen. Du hast also … zehn Jahre so über uns gedacht?«

Mirja schüttelte den Kopf. »Vielleicht nicht zu Beginn eurer Beziehung. Und als ich mit Marcus zusammen war, habe ich nichts anderes gesehen. Aber danach ist mir aufgefallen, dass Robin ein Bild von dir hat, ein Bild von einer vollkommen perfekten Frau. Ich finde, in einer Beziehung kann man sich auch mal gegenseitig auf die Schippe nehmen. Sich über die Macken des anderen lustig machen. Wie wir beide es auch tun. Aber bei Robin habe ich das nie bemerkt. Er hat auch sich selbst immer ungeheuer ernst genommen. Ecken und Kanten hatten keinen Platz.«

Parisa musste ihr recht geben. Merkwürdigerweise musste sie plötzlich an Johannes denken. Wie sie beide in ihren Gesprächen immer wieder über die Eigenheiten des anderen herumwitzelten.

»Vielleicht war das keine gute Idee, mich jetzt bei ihm unbeliebt zu machen. Ich könnte ihn während des Prozesses gut an meiner Seite brauchen.«

»Du hast doch Johannes. Erzähl mir lieber von ihm, deiner großen Jugendliebe. Es ist so romantisch, dass er dich jetzt verteidigt.«

Parisa lächelte. Mirja war die Einzige, die wusste, was Parisa einmal für Johannes empfunden hatte. Dass er ihre erste große Liebe gewesen war.

»Du hast tatsächlich einen Ritter auf einem weißen Pferd, der dich retten wird. Sieht er immer noch so gut aus?«

»Äh … ja. Unverschämt gut«, meinte Parisa. »Und so unglaublich sexy. Also, seine Kieferknochen sind so sexy, wenn er isst. Ist das nicht völlig gestört?«

»Vielleicht bist du ja ein wenig gestört.« Mirja lächelte. »Aber wie ist er als Mensch? Hat er sich verändert?«

»Er ist ganz anders geworden. Inzwischen scheint er ein sehr viel stabileres Leben zu führen, aber in anderer Hinsicht ist er genau wie früher. Mir kommt es so vor, als knüpften wir genau dort an, wo wir aufgehört haben. Wir reden sogar genauso wie früher.« Parisa lächelte.

Mirja stand auf und füllte ihrer Freundin Wein nach.

»Dabei hat er noch immer diese zurückgezogene Art. Als gäbe es nach wie vor Dinge, über die er nicht sprechen will.«

»Ach ja, gequälte Männer … ich liebe gequälte Männer.« Mirja blickte träumerisch vor sich hin. »Natürlich nur, solange sie niemand anderen quälen.«

Unbewusst war Parisa immer von dieser unberechenbaren Seite fasziniert gewesen, die Johannes hatte. Sie hätte niemals gedacht, dass sie so eine Frau war, aber bei Johannes traf es zu.

Mirja nahm einen Schluck vom Wein und stellte dann das Glas ab. »Weißt du was? Jetzt ziehen wir uns um, und dann gehen wir etwas essen und noch mehr Wein trinken.«

Parisa nickte. »Okay.«

Während sie sich umzog, schweiften ihre Gedanken zurück zu ihrem Gespräch. Johannes' unberechenbare Seite hatte damals alles zwischen ihnen zerstört. Vielleicht sollte sie diesmal klüger sein? Sie vertraute ihm als Anwalt, aber als Freund?

Was, wenn er sie wieder enttäuschte?

Zacke bestellte eine weitere Wurstplatte. In der Bar war es voller geworden. Johannes hatte sich mit ihm getroffen, nachdem seine Kollegen weitergezogen waren, um bei Ciccio's essen zu gehen.

Sie trafen sich in der Cavabar – ein guter Ort, um Frauen aufzureißen, hatte Zacke gesagt, als er den Vorschlag gemacht hatte. Und es schien zu stimmen. Einige Frauen waren bereits auf Zacke zugegangen, ein paar davon mit neugierigem Seitenblick auf Johannes, der scheu zurücklächelte.

Zacke war durch seinen YouTube-Kanal bekannt geworden, wo er Videos hochlud, wie man Dinge zu Hause ganz einfach reparieren konnte. Sein Vater war Tischler, von ihm hatte er alles gelernt. Durch Zackes gewinnende Art wurde der Kanal schnell zum Erfolg. Während der letzten fünf Jahre hatte Zacke seine Tätigkeit als Tischler auf Eis gelegt und beschäftigte sich nur noch mit YouTube. Es kam vor, dass Frauen ihn wiedererkannten, was ihn immer wieder stolz machte.

Eine Frau im hinteren Teil der Bar lächelte Johannes an, doch er wandte den Blick ab.

Zacke blickte ihn unzufrieden an. »Wann beendest du endlich dein selbstgewähltes Zölibat?«

»Ich habe nur beschlossen, keine Affären mehr zu haben. Das tut mir nicht gut. Um Zölibat geht es nicht.«

»Keine Affären zu haben, bedeutet doch Zölibat? Wann hattest du zum letzten Mal Sex?«

Johannes musste nachdenken. Das war eine Weile her. Affären ohne Gefühle waren eine Zeit lang normal für ihn gewesen, aber es war ihm irgendwann zu viel geworden. Eine Art Ersatzbefriedigung für das, was er eigentlich vermisste. Das alles war ihm im Rahmen einer Psychotherapie klargeworden, und seit er beschlossen hatte, keine One-Night-Stands mehr zu haben, fühlte er sich tatsächlich deutlich besser.

»Stell dir nur diese Typen vor, die unfreiwillig im Zölibat leben. Wie heißen die noch? Du weißt doch, sie wollen Sex, finden aber keine Frau … Imbécile?«

»Du meinst Incels?« Johannes verzog den Mund.

Zackes Versprecher waren Teil seiner YouTube-Persönlichkeit. Seine Zuschauer fanden es unglaublich komisch, wenn er Sachen sagte wie »Erschieß mich langsam«, wenn etwas schiefging, und »Now we're talking business«, wenn er mit dem Ergebnis zufrieden war.

Die Kellnerin stellte ein Holzbrett auf ihren Tisch, und sie bedienten sich am getrockneten Schinken und den Würsten, bestellten noch mehr Bier und mussten lauter sprechen, weil der Geräuschpegel in der Bar immer mehr anstieg.

»Was machst du eigentlich morgen?«, fragte Johannes.

»Ich wollte vielleicht ein Video aufnehmen, aber das kann ich auch verschieben, wenn was Interessanteres ansteht.«

»Jenny stellt im Alten Schlachthausviertel aus. Ihre Gemälde wurden von einer Galeristin ausgewählt. Möchtest du mitkommen?«

»Ist das wahr? Verdammt, wie cool. Klar komme ich mit.« Zacke prostete ihm mit der Bierflasche zu. »Wie gut sie ist! Tatsächlich haben einige Follower nach den Bildern gefragt, die im Hintergrund zu sehen sind. War also gut, dass ich sie aufgehängt habe. Hat sie eine Website?«

»Sie arbeitet an einer.« Johannes lächelte. Er war so unglaublich stolz auf seine Schwester. Morgen war die erste Ausstellung, an der sie teilnahm, die nicht das Ergebnis irgendeines

Malkurses war. Es handelte sich um eine Sammelausstellung eigens ausgewählter Künstler und Künstlerinnen.

»Um wie viel Uhr?«

»Um drei. Ich schicke dir die Adresse.«

»Klasse.« Zacke nahm einen Schluck Bier. »Das wird guter Video-Content. Darf man dort filmen?«

Johannes zuckte die Schultern. »Ich glaube schon.«

»Was soll ich anziehen?« Zacke schien zu überlegen, dann erhellte sich seine Miene. »Ich weiß! Schwarzes Polohemd – das passt doch wohl auf eine Kunstausstellung?«

Johannes lachte. »Ich habe dich noch nie in einem schwarzen Polohemd gesehen.« Plötzlich hörte er auf zu lachen und blieb mit seinem Blick an etwas hinter Zackes Schulter hängen. Er traute seinen Augen nicht.

Außer in Båstad hatte er sie in all diesen Jahren nirgendwo zufällig getroffen. Und auf einmal sahen sie sich ständig, aßen zusammen und liefen sich sogar über den Weg.

Zacke folgte Johannes' Blick, drehte den Kopf und sah dann Johannes an. »Sieht diese Frau nicht exakt so aus wie Parisa Tagavi? Aus Norrstena?«

»Sie ist es.«

Zacke sperrte die Augen auf und drehte sich wieder um. Er stand auf, ging auf Parisa zu und umarmte sie. Johannes wusste, dass sie nie richtig warm miteinander geworden waren, doch jetzt lächelte sie ihn erfreut an. Zacke schüttelte Mirjas Hand.

Er sah Johannes fragend an, als dieser sich ruhig erhob, um zu grüßen. »Aber … das ist doch Parisa! Ich dachte, du bist überrascht! Wir haben uns doch seit Ewigkeiten nicht mehr gesehen.«

»Wir haben uns diese Woche schon ein paarmal gesehen«, sagte Johannes und umarmte Parisa.

Parisa nickte. »Johannes vertritt mich bei einer kleinen Anklage, die mich erwartet.«

»Richtig, davon habe ich gelesen. Das tut mir leid«, sagte Zacke und wandte sich dann an Johannes. »Aber warum hast du mir nichts erzählt? Nie sagst du irgendwas!«

Johannes ignorierte Zacke und gab Parisas Freundin die Hand, einer großen, rothaarigen Frau mit glitzernden grünen Augen. Genau nach Zackes Geschmack.

»An unserem Tisch gibt's noch freie Plätze, wollt ihr euch zu uns setzen?«, fragte Zacke.

»Gerne!« Mirja sah sich nach einem Stuhl um.

»Ich kümmere mich um Stühle.« Zacke verschwand zu einem Tisch etwas weiter weg und kam wenig später mit zwei Stühlen zurück.

Sie setzten sich und bestellten eine Flasche Cava und eine Käseplatte.

Zacke nahm Mirja sofort in Beschlag. Er fragte sie nach ihrer Arbeit, und nach weniger als einer Minute waren sie in ein Gespräch vertieft. Offenbar waren die sozialen Medien ein gemeinsames Thema. Mehrmals warf Mirja lachend den Kopf zurück – sie schien Zackes Humor zu mögen. Johannes schätzte den Humor seines Freundes ebenfalls, hatte aber immer gedacht, dass es an ihrer langen Bekanntschaft lag. Aber anscheinend fanden viele Frauen ihn einfach nur urkomisch.

Als der Cava serviert wurde, verteilte Zacke die bauchigen Gläser und goss sie bis zum Rand voll mit dem sprudelnden Getränk.

»Danke für das Material, das du mir geschickt hast«, sagte Johannes nach einer Weile und sah Parisa an, die neben ihm saß. Zacke und Mirja waren gerade vollauf damit beschäftigt, sich über einen Influencer auszutauschen, den sie beide flüchtig kannten.

»Kein Problem«, sagte Parisa und nahm einen Schluck Cava.

»Hast du mit Robin über das Telefonmeeting gesprochen, auf das die Staatsanwaltschaft hingewiesen hat? Er sollte vielleicht nächste Woche bei diesem Meeting dabei sein.«

Sie stellte das Glas zurück auf den Tisch. »Ich glaube nicht, dass das so eine gute Idee ist.«

»Warum nicht?«

Sie beugte sich vor und spießte ein kleines Stück Käse auf ihre Gabel, gab einen Tupfen Marmelade darauf und schob es sich in den Mund. Jedes Mal, wenn sie sich über den Tisch beugte, berührte ihr Arm seinen Oberarm, und alles um sie herum vibrierte.

Dann sah sie ihn an. »Wir haben Schluss gemacht.«

Johannes musste sich auf seine Hände setzen, um sie nicht vor Freude in die Luft zu werfen.

»Wie schade«, zwang er sich zu sagen. »Das tut mir leid.«

»Es war wohl besser so. Diese Krise war zu viel für uns. Unsere Beziehung war wohl nicht stark genug.«

Er nickte langsam.

»Was ist denn so traurig?«, fragte Zacke.

»Parisa und Robin haben sich getrennt«, sagte Johannes, woraufhin Zacke grinste.

»Lüg nicht, Johannes! Ich glaube, du findest das überhaupt nicht traurig!«

Johannes sah ihn vernichtend an, doch Zacke nippte nur unbekümmert an seinem Cava. Mirja verzog den Mund, doch Johannes wagte kaum, Parisa anzusehen. Stattdessen trank er den letzten Rest aus seinem Glas und stellte fest, dass auch die Cava-Flasche leer war. »Ich gehe an die Bar und bestelle mehr.«

Parisa leerte ebenfalls ihr Glas. »Ich komme mit.«

Johannes hatte gedacht, dass er eine Weile Zeit für sich

haben würde, ohne an ihre Nähe denken zu müssen. Aber er konnte schlecht protestieren.

Sie gingen zum Bartresen und suchten sich einen Platz in der Menge. Dabei landeten sie ganz dicht beieinander. Sie blickte zu ihm auf und lächelte. Er bestellte eine Flasche Cava, und der Barkeeper verschwand, um eine zu holen.

»Und was habt ihr heute Abend schon gemacht?«, fragte er.

»Wir waren nur zu Hause bei Mirja. Ich habe versucht, etwas zu arbeiten, konnte mich aber schlecht konzentrieren.«

Er runzelte die Stirn. »Aber es ist doch Freitagabend!«

»Ich weiß, aber ich habe diese Woche fast nur mit dir gemailt und dir Unterlagen zugeschickt, und außerdem war ich vor Kurzem drei ganze Tage lang weg ... Ich bin also etwas im Rückstand mit meiner Arbeit.« Sie grinste. »Du ... das, was Zacke eben gesagt hat ...« Sie sah ihn abwartend an.

Er atmete tief ein und zuckte die Schultern. »Tja, du siehst, er hat sich nicht verändert. Noch immer zeigt er dieses Zwangsverhalten, dass er nämlich exakt alles aussprechen muss, was er denkt.«

Sie lachte, sah ihn dann aber ernst an. Ihre Zungenspitze berührte leicht die volle Oberlippe, als dächte sie über etwas nach. Die kleine Bewegung ließ seinen Körper kaum merklich erzittern. Gott im Himmel!

»Aber lag ein Körnchen Wahrheit in dem, was Zacke unbedingt sagen musste?« Sie sah ihn lächelnd an.

Er lächelte zurück. Dann beugte er sich zu ihr und sagte leise in ihr Ohr: »Du weißt, dass ich immer fand, er sei der Falsche für dich.«

»Und wer ist der Richtige?«, flüsterte sie in sein Ohr. Ihr warmer Atem schickte einen angenehmen Schauer über seinen Kopf und weiter in den Körper.

Eine Bewegung neben ihnen unterbrach sie. Der Barkeeper stellte eine geöffnete Cava-Flasche auf die Marmorplatte. Johannes reichte ihm seine Karte und bezahlte.

Als sie sich wieder gesetzt hatten, legte er den Arm um ihren Stuhlrücken, und sie schien den Stuhl näher herangerückt zu haben, denn sie saßen nun ganz dicht beieinander.

Sein Herz schlug schneller, und sein Körper wurde ganz warm durch ihre Nähe. Er gab sein Bestes, um Zackes und Mirjas Gespräch zu folgen, konnte sich aber auf nichts anderes als Parisas Nähe konzentrieren. Jedes Mal, wenn sie sich bewegte oder lachte, streifte ihr dichtes Haar seinen Unterarm.

»Und, was meint ihr? Wollen wir weiterziehen?«, fragte Zacke, nachdem auch diese Flasche leer war.

»Ich glaube, ich sollte nach Hause. Es war eine lange Woche«, sagte Parisa.

»Ich hau auch ab«, sagte Johannes.

Zacke verdrehte die Augen, unterließ es jedoch, sich darüber zu beklagen, wie langweilig Johannes sei. Das tat er sonst immer, wenn Johannes nicht in die nächste Bar weiterziehen wollte.

Diesmal schien Zacke vollauf zufrieden damit zu sein, dass Mirja mitkam. Sie verließen zu viert die Bar. Zacke und Mirja gingen weiter die Straße hinunter, während Parisa und Johannes noch stehen blieben. Die frische Abendluft machte den Kopf etwas freier, aber er spürte den Alkohol stärker, als er gedacht hatte.

»Ich wollte ein Taxi nehmen«, sagte Parisa und blickte auf die Straße.

»Ich gehe mit dir zum Stureplan.«

Unterwegs unterhielten sie sich über die Gebäude, an denen sie vorbeigingen. Am Stureplan standen die Taxis dicht hintereinander in einer langen Reihe. Überall waren Menschen auf dem Weg in Bars und Nachtklubs. Auf dem gigantischen Bildschirm über ihnen flimmerten Werbespots für Parfüm,

Unterwäsche und Handys und verbreiteten einen farbenfrohen Schein. Der Stureplan pulsierte und glitzerte in der Nacht.

»Danke für den schönen Abend«, sagte sie und sah zu ihm auf.

Der Duft des Frühsommers und der Großstadt war betörend und löste in ihm ein Gefühl sprudelnder Vorfreude aus – zusammen mit dem Cava, der ihn noch sanft benebelte, und Parisa, die direkt vor ihm stand. Er beugte sich zu ihr hinunter, es war unmöglich, dem Wunsch länger zu widerstehen. Er küsste sie, und sie schien es erwartet zu haben, denn sie reagierte nicht im Mindesten überrascht, sondern erwiderte seinen Kuss sanft.

Sie schmeckte noch genauso, wie er es in Erinnerung hatte, jedoch mit einem Hauch von trockenem Cava. Und dann diese himmlisch-weichen und zarten Lippen …

Er küsste sie fester und zog sie an sich. So lange hatte er sich danach gesehnt, genau das zu tun.

Eine johlende Gruppe Jugendlicher holte ihn zurück in die Realität, und er ließ von ihr ab. Sie standen auf einem Platz voller Menschen. Hier konnte ihm sonst wer begegnen. Jemand aus der Kanzlei oder aus der Staatsanwaltschaft, der ihn oder Parisa wiedererkannte.

»Verzeih mir, ich …«

Sie sah ihn durch schmale Augenschlitze an. »Du brauchst dich nicht zu entschuldigen. Das war fantastisch.«

Er nickte langsam. Das fand er auch.

Er begleitete sie noch zum vordersten Taxi und blieb stehen, während sie sich hineinsetzte.

»Wir sehen uns am Montag!« Er schloss die Autotür hinter ihr und begann heimwärts zu laufen.

Es war ein schöner Abend. Reue über das, was er soeben getan hatte, stellte sich nicht ein. Stattdessen fühlten sich seine Schritte federleicht an.

21

Johannes stieg am Globen aus der U-Bahn, nur wenige Minuten bevor er seine Schwester treffen wollte. Dann ging er Richtung Altes Schlachthausviertel. Es herrschte kaum Verkehr zwischen den niedrigen Backsteinbauten, und unterwegs begegneten ihm nur vereinzelte Menschen. Die Galerie lag in einem großen Gebäude aus hellem Backstein mit Bogenfenstern. Etliche Besucher waren schon auf dem Weg hinein.

Der Restalkohol hinterließ ein beklemmendes Gefühl von Reue und Unbehagen in Kopf und Körper. Was zum Teufel hatte er gestern getan?

Er hatte Parisa geküsst. Seine Mandantin.

Wie konnte er es nur so versauen?

Parisa durchlebte die schlimmste Zeit ihres Lebens, sie war eines Verbrechens angeklagt und hatte nach fünfzehn Jahren mit ihrem Freund Schluss gemacht. Und er hatte sie geküsst. Einfach so.

Dabei sollte er eigentlich den starken Part übernehmen. Doch er hatte die Situation ausgenutzt und zudem seine Karriere aufs Spiel gesetzt. Herr im Himmel!

Der Tag war grau, ein leichter Nieselregen fiel. Johannes sah nach oben und ließ den leichten Regen sein erhitztes Gesicht abkühlen.

Bald fuhr Jennys Taxi vor. Der Fahrer half ihr hinaus. Johannes umarmte seine Schwester und rollte sie zur Galerie.

Die Galeristin, eine schwarz gekleidete, schlanke Frau mittleren Alters mit großer, schwarz umrandeter Brille, eilte ihnen entgegen, um sie zu begrüßen. Erst jetzt fiel Johannes auf, dass eine Treppe zur Galerie hochführte.

Die Galeristin folgte seinem Blick und sah bedauernd auf Jenny. »Ich bitte um Entschuldigung, Jenny. Ich habe versucht, eine Rampe zu organisieren, aber sie ist noch nicht gekommen.«

»Das fängt ja gut an, wenn die Künstlerin nicht einmal in den Ausstellungsraum kommt«, bemerkte Johannes.

In dem Moment sah er Zacke, in schwarzen Jeans und schwarzem Polohemd. Johannes konnte nicht anders, als die Augenbrauen zu heben.

Zacke blickte an sich hinunter und machte eine verständnislose Geste. »Was? Du hast doch gesagt, dass ich das anziehen soll!«

»Das habe ich nicht wirklich gesagt.«

Zacke begrüßte Jenny und half Johannes, den Rollstuhl mit Jenny die Treppe hochzutragen. Dann gingen sie weiter in die Galerie. Farbenfrohe Kunstwerke schmückten die weiß getünchten Wände, und überall gingen Menschen umher.

Durch den Nieselregen war die Raumluft feucht. Der Pullover, den Johannes über seinem T-Shirt trug, fühlte sich piksig und warm an. An einem Ende des Raumes standen Tabletts mit Weingläsern, und ein junger Mann, der genauso gekleidet war wie Zacke, stand da und verteilte Getränke an durstige Gäste. Johannes nahm ein Glas alkoholfreien Apfelcidre und kippte es schnell hinunter. Die Kombination von Säure und Süße tat seinem Körper gut. Er reichte das Glas dem jungen Mann, der es erneut füllte, dann klemmte er sich zwei Gläser

Sekt zwischen die Finger und ging zurück zu Jenny und Zacke.

Jenny hatte bereits ein Glas Sekt von der Galeristin bekommen. Die beiden unterhielten sich vor einer Skulptur, die offenbar die Form einer Vagina haben sollte.

Johannes gab Zacke die beiden Gläser. Sein Freund war voll damit beschäftigt, mit seinem Handy zu filmen. Irgendwie schaffte er es trotzdem, sich die beiden Gläser zwischen zwei freie Finger zu klemmen.

Johannes trank einen Schluck Cidre und sah sich um. Thema der Ausstellung war der Frauenkörper innerhalb der Kunst. Jenny hatte ihm von ihren Gemälden erzählt, die die Rolle der Frau in der Großstadt in unterschiedlichen Jahrzehnten symbolisieren sollten.

Sie unterhielt sich mit der Galeristin und lachte. Jenny strahlte. Johannes trank sein Glas aus und zog am Ausschnitt seines warmen Pullovers, um etwas Luft hineinzulassen.

Dann ging er zur Galeristin und streckte seine Hand aus. »Ich bitte um Entschuldigung, dass ich eben so abweisend war und mich nicht vorgestellt habe. Ich heiße Johannes Lund und bin Jennys Bruder. Was für eine schöne Galerie!«

Die Frau lächelte mit ihren glänzend roten Lippen. »Danke, vielen Dank! Es ist mir eine Ehre, solch eine talentierte Künstlerin wie Jenny ausstellen zu dürfen. Ihre Werke haben wirklich etwas Besonderes und passen hervorragend in diese Ausstellung.« Jennys Augen glitzerten, und Johannes konnte nicht anders, als vor Stolz zu strahlen.

»Ja, apropos, wo hängen denn ihre Bilder?« Johannes sah sich um.

Die Galeristin lächelte vergnügt. »An einem sehr guten Platz!« Sie wies mit der ausgestreckten Hand an die eine Schmalseite des Raumes. Dort, direkt im Blickfang, wenn man hereinkam, an einer Stelle, wo die Dachfenster das meiste Licht hereinließen, hingen die Gemälde. Sofort begriff Johannes, dass sie nur über das Dachgeschoss zu erreichen waren. Dorthin waren es bestimmt zehn Treppenstufen. Steile Treppenstufen.

Im selben Moment schien die Galeristin dies auch zu begreifen, und ihr Lächeln erlosch. »Ach, das tut mir wirklich leid!« Sie sah Jenny an.

»Hätten Sie daran nicht früher denken können?« Johannes war es so leid. Es war doch Jennys großer Tag. Das Mindeste, woran die Galeristin hätte denken können, wäre gewesen, dass Jenny wenigstens ihre eigenen Bilder vernünftig ansehen konnte. Immer wieder dasselbe. Schon während seines Jurastudiums hatte er Anträge für behindertengerechte Räumlichkeiten geschrieben und war mehrfach in Berufung gegangen.

»Vielleicht gibt es ja nicht nur Künstler, sondern auch Besucher, die die Bilder sehen wollen«, rief er wütend.

Jenny griff nach seinem Arm. »Hör jetzt auf.«

Er sah auf sie hinunter. »Aber heute ist dein großer Tag!«

»Ja, genau. Und gerade bist du dabei, ihn zu zerstören.« Jenny blickte ihn scharf an. Er holte tief Luft und nickte.

»Ich kenne meine Bilder, und ich kann sie auch von hier aus gut sehen.« Jenny drückte Johannes ihr Sektglas in die Hand, rollte zum Treppenabsatz und blickte hinauf zu den Bildern. Die Galeristin ging hinterher, und wieder begannen sie sich zu unterhalten.

»Komm mal runter«, sagte Zacke leise, ohne mit dem Filmen aufzuhören. Er sah Johannes streng an. »Das ist die Ausstellung deiner Schwester. Lass es einfach. Du kannst dich hinterher beschweren.« Johannes antwortete nicht, sondern trank den Rest von seinem Cidre aus, während er ein merkwürdiges Bild mit mehreren Kreisen betrachtete. Was zur Hölle sollte es darstellen?

Anschließend aßen sie Hamburger an einer Imbissbude in der Nähe. Johannes bestellte Cola, während Zacke und Jenny ein Bier tranken. Zum Schluss bestellten sich alle noch einen Milkshake.

»Johannes, was da eben passiert ist, war nicht okay«, sagte Jenny. »Du weißt, dass mich so was genauso ärgert wie dich, aber gerade heute war die Ausstellung wichtiger. Du musst nicht immer für mich kämpfen und den überbeschützenden Bruder spielen. Wir sind erwachsen. Es geht hier nicht um irgendwelche Kleinstadtidioten, die mich mobben wollen. Du musst dich nicht an meiner Stelle aufregen.«

»Ich weiß. Bitte entschuldige.« Johannes trank einen Schluck Cola.

Die Kellnerin kam zu ihrem Tisch mit zwei vollen Tabletts.

»Sag lieber, was los ist. Ich merke doch, dass du schlechte Laune hast«, sagte Jenny, nachdem die Kellnerin wieder gegangen war.

»Nichts Besonderes«, behauptete Johannes.

»Er hat Parisa gestern getroffen«, sagte Zacke und biss ein großes Stück von seinem Hamburger ab. »Du weißt, Parisa aus Norrstena.«

»Was?« Jenny blickte Johannes staunend an.

»Er verteidigt sie«, fuhr Zacke fort.

»Ist das wahr? Du bist ihr Verteidiger? Warum hast du noch nichts davon erzählt?«

»Es gab noch keine Gelegenheit.«

»Aber Zacke weiß es doch.« Jenny sah Johannes enttäuscht an.

Er wusste nicht, warum er seiner Schwester noch nichts davon erzählt hatte. Vielleicht, weil er die Sorge hatte, sie könnte bestimmte Hoffnungen hegen. Schon immer hatte sie Parisa geliebt. Außerdem war er selbst innerlich gespalten. Zum Glück war Jenny in dieser Hinsicht genau wie er. Sie sprach nicht gerne über Privates.

»Wie geht es ihr?«, fragte sie stattdessen und sog Milkshake durch den Strohhalm.

»Hast du die Artikel gelesen?«, fragte er und probierte ebenfalls seinen Milkshake. Normalerweise trank er so etwas nicht, denn er fand es zu süß. Doch heute hatte er Appetit auf alles. Er hatte einen mit Oreo-Keks und Vanillegeschmack gewählt. Die weichen Stückchen der Schokoladenkekse zergingen ihm auf der Zunge.

Sie nickte. »Ich finde die Berichterstattung und die Kommentare unfair.«

»Das sind sie auch.«

»Und was glaubst du? Wird sie freigesprochen werden?« Jenny blickte ihn ernst an.

»Das hoffe ich doch.« Er musste nur versuchen, seine eigenen Gefühle auszublenden. Gelang es ihm nicht, konnte es in einer Katastrophe enden. Verdammt, warum war er so dumm? Ihr Verhältnis baute darauf auf, dass er sie freibekommen sollte. Er konnte sich nicht aufführen wie ein hormongesteuerter, liebeskranker Teenager.

Sie bestellten sich noch eine Portion Pommes frites zum Teilen, und Jenny berichtete von ihrem neuen Kunstprojekt und einem Kurs für Jugendliche, den sie im Sommer zusammen mit Leo leiten würde. Das war ein junger Mann, den sie bei einem anderen Kunstkurs kennengelernt hatte. Immer, wenn sie von ihm sprach, leuchteten ihre Augen. Doch sie wollte offenbar nicht näher auf ihr Verhältnis eingehen, solange es sich nicht um eine richtige Beziehung handelte. Auch in dieser Hinsicht waren sich die Geschwister ähnlich. Bis auf den Umstand, dass Johannes noch einen Schritt weiter ging. Er hatte sich einfach gegen Beziehungen entschieden, um kein Risiko eingehen zu müssen. Deshalb war umso unbegreiflicher, was gestern passiert war. Er musste sich ganz einfach in den Griff bekommen.

22

Der Handywecker klingelte am Montagmorgen um halb sechs.

Schnell zog Johannes sich Trainingsshorts und T-Shirt über, kippte ein halbes Glas Wasser hinunter und band sich die Laufschuhe zu.

Draußen war es schon hell, und die Sonne verbreitete einen milden Schein. Außer ihm waren nur einige Hundebesitzer und ein paar andere morgenaktive Jogger unterwegs.

Erst während seines Jurastudiums hatte er begonnen zu laufen. Es half ihm abzuschalten. Manchmal kam es ihm sogar so vor, als könnte er sämtliche Erinnerungen auslöschen, wenn er nur schnell genug lief. Seine Lauftouren waren eine erholsame Pause von so vielem.

In der Nacht hatte es geregnet, und er musste über Wasserpfützen springen. Anders als bei manchen seiner Kollegen fielen ihm beim Laufen niemals Lösungen für irgendwelche Probleme ein. Seine Kollegen erzählten oft, dass sie trainierten oder joggten, weil sie dabei Probleme lösten. Er hingegen dachte im besten Fall an gar nichts. Im schlimmsten Fall wirbelten seine Gedanken wild durcheinander, so wie jetzt.

Was, wenn er Parisa nicht freibekam? Er sog die frische, feuchte Luft ein, schob die Gedanken an Parisa beiseite und konzentrierte sich auf seine Atmung, während er zum Hagapark lief. Die Strecke führte durch das satte Grün des Schlossparks und weiter am blau schimmernden Wasser von Brunnsviken entlang. Es roch nach Meer und Frühlingsblumen, aber auch nach Großstadt – nassem Asphalt, Staub und Autoabgasen.

Zu Hause sprang er schnell unter die Dusche. Und dort, in der Dusche, brachen die Gedanken über ihn herein. Es war erst ein paar Wochen her, dass sie sich wiedergesehen hatten. Doch sie hatten sich geküsst, und es war unglaublich schwer, die Anziehung zwischen ihnen zu ignorieren. Wo würde es enden?

Eigentlich musste er den Fall abgeben. Es war nicht in Ordnung, eine Mandantin zu küssen. Doch inzwischen war es ein offizieller Fall von Svärdh & Partner, und einige in der Kanzlei hatten bereits Zeit investiert, um sich in die Thematik einzulesen. Er hatte einen anderen Fall abgelehnt, und Charlotta zählte auf ihn. Außerdem war er als Projektleiter dafür verantwortlich, den Fall bis zum Ende durchzuziehen. Es war unmöglich, jetzt noch den Fall abzugeben.

Johannes hatte sich eine Karriere aufgebaut, führte ein kontrolliertes und geordnetes Leben. Ein sicheres Dasein, bei dem er allein für sich selbst verantwortlich war. Doch hier lag das Problem: Mit Parisa in seiner Nähe hatte er keine Kontrolle mehr über alles, was er sich aufgebaut hatte. Er beschloss, sich zusammenzureißen und sein bewegtes Gefühlsleben aus dem Fall herauszuhalten.

Johannes ging zu Fuß zur Arbeit. Es war solch ein Luxus, überall zu Fuß hingehen zu können. Entweder ging er, oder er fuhr mit dem Fahrrad. Für weitere Strecken nahm er die U-Bahn – ein Verkehrsmittel, das Lichtjahre entfernt war von den Landbussen, mit denen er als Kind in Norrstena hatte fahren müssen. Er liebte die Anonymität unter der Erde, die vielen Menschen, die in die U-Bahn-Züge hinein- und wieder herausgeschleust wurden. So viele Menschen und Leben, die in so kurzer Zeit vorübereilten.

Für Johannes hatte Stockholm die Chance eines Neuanfangs bedeutet. Er hatte sich endlich von der Vergangenheit befreien können.

Einen Tag vor Beginn seines Jurastudiums, als er gerade in eine Studentenwohnung in Bergshamra gezogen war, nahm er die U-Bahn zum Hauptbahnhof und ließ sich dann von der Stadt umschließen. Er war einfach immer weitergegangen, war dem Menschenstrom gefolgt, hatte sich treiben lassen.

An der Universität bekam er mit, dass viele Kommilitonen das Stockholmer Studentenleben etwas langweilig fanden, weil man nichts von der studentischen Gemeinschaft spüren würde, die in kleineren Universitätsstädten herrschte. Doch Johannes hatte in seiner Studienzeit genau diese Anonymität mehr geschätzt, als die Zugehörigkeit zu irgendeiner Gruppierung. Außerdem hatte er ja schon Kontakte – Jenny und Zacke, die ebenfalls nach Stockholm gezogen waren. Sie waren sein Leben.

Als er im Büro angelangt war, ging er auf direktem Weg zur Kaffeemaschine. Sie zischte und dampfte, während die dunkle Flüssigkeit in die Espressotasse aus cremeweißem, dickem Porzellan rann. Er betrachtete den Strahl, bis nur noch Tropfen kamen.

Dass er sich enorm zu Parisa hingezogen fühlte, musste er ganz einfach unterdrücken. Das sollte funktionieren. Er hatte es schon als Jugendlicher geschafft, als die Hormone am schlimmsten tobten. Fast ein Jahr lang hatte er nichts mit Parisa angefangen, weil er Angst davor gehabt hatte, abgewiesen zu werden. Sie war so viel besser als er gewesen, und er hatte sich ihrer nicht würdig gefühlt.

Jetzt musste er die Sache durch dieselbe Brille betrachten, auch wenn inzwischen alles anders war. Er musste sie einfach als Mandantin seiner Kanzlei sehen und sich von ihr fernhalten. Er durfte keine Gefühle in diesen Fall investieren. Sie würde behandelt werden wie jede andere Mandantin auch.

Entschlossen leerte er die Espressotasse und ging zum Empfang, wo Parisa bald auftauchen würde.

Als sie fünf Minuten später durch die Tür trat, stellte er fest, dass er nervös war. Er hätte sich dafür ohrfeigen können. Schließlich hatte er sich entschieden, objektiv zu sein. Parisa trug einen engen Rock, eine schwarze Seidenbluse und hochhackige Schuhe. Das Haar war zu einem hohen, glänzenden Pferdeschwanz zusammengefasst. Sie sah professionell aus. Und dann dieser dunkelrote, fast violette Lippenstift, den er sich von seinen Lippen hatte wischen müssen, als er am Freitagabend nach Hause gekommen war.

Ihr Gesicht erhellte sich, als sie ihn entdeckte. Für einen kurzen Moment sahen sie einander nur an, und die Luft zwischen ihnen war so dicht und elektrisiert, dass er glaubte, ein kleiner Funken hätte genügt, um ein Feuer zu entfachen.

Er ging ihr ein paar Schritte entgegen. Wie sollte er sie begrüßen? Er hob den Arm und begrüßte sie mit einem unbeholfenen Klopfen auf den Rücken. »Hej, wie geht es dir?«

»Gut, danke!«

»Schönes Wochenende gehabt?«, fragte er auf dem Weg zu ihrem gebuchten Konferenzraum. Ein bisschen Small Talk konnte ja nicht schaden.

»Ja, schon.« Sie nickte. »Und selbst?«

»Ich war auf Jennys Kunstausstellung, und sie lässt dich ganz herzlich grüßen.«

»Das ist ja nett. Grüße sie zurück. Wie schade, dass ich davon nichts wusste. Ich hätte mir ihre Bilder gern angesehen.«

Wie unpassend, die Ausstellung seiner Schwester zu thematisieren, dachte er. Das war wirklich die falsche Taktik. Er lächelte steif. »Vielleicht beim nächsten Mal.«

Auf dem Tisch des Konferenzraums standen mehrere Aktenordner mit Ermittlungsergebnissen und den von der Staatsanwaltschaft angeführten schriftlichen Beweisen.

Gerade wollte Johannes die Tür schließen, als Arvid vom Empfang mit einem großen Tablett auftauchte. »Etwas Kaffee und Tee vielleicht?«

»Vielen Dank!« Johannes nahm das Tablett entgegen und stellte es auf den Tisch. Eine Thermoskanne mit heißem Wasser, eine mit Kaffee, Teebeutel, Milchkännchen und ein Teller mit Gebäck.

Parisa setzte sich. Johannes goss ihnen beiden Kaffee ein, für sich selbst mit einem Schuss Milch, für sie schwarz. Dann nahm er einen der Aktenordner, schlug ihn auf und reichte ihr einen anderen. »Am besten fangen wir mit der Tatbeschreibung an, damit du verstehst, worum es geht.«

Er beobachtete sie, während sie las. Ihre Lippen waren leicht geöffnet. So hatte sie auch immer in der Schule ausgesehen, wenn sie sich konzentrierte. Dass er diese Lippen am Freitag geküsst hatte … Aber daran durfte er jetzt nicht denken. Stattdessen musste er sich auf die bisherigen Ermittlungen konzentrieren. Sie war seine Mandantin, und er musste ausgezeichnete Arbeit leisten, um einen Freispruch zu erreichen. Er durfte keinerlei Gefühle zeigen, nicht einmal ausgesprochene Sympathie für sie hegen.

Er räusperte sich, als könnte das störende Geräusch die aufgeladene Stimmung zwischen ihnen zunichtemachen. Ein Klopfen an der Tür unterbrach ihn.

»Herein.«

Wieder war es Arvid, diesmal mit bedauerndem Gesichtsausdruck.

»Tut mir leid, wenn ich störe.« Er sah Johannes unsicher an, der versuchte, so freundlich wie möglich zu wirken. Er wusste, dass gewisse Kollegen die Angewohnheit hatten, die Mitarbeiter am Empfang und die Assistenten unfreundlich zu behandeln. Arvid reichte ihm eine braune Papiermappe. »Die ist gerade gekommen.«

»Vielen Dank.« Johannes stand auf und nahm die Mappe entgegen.

»Ich hätte natürlich auch eine Mail schreiben können, aber die Sendung kommt vom Gericht, deshalb habe ich mir gedacht, dass sie vielleicht wichtig ist«, fuhr Arvid fort.

»Sehr gut. Das war ganz richtig. Solche Sendungen sind meistens wichtig!« Johannes lächelte, und die Unsicherheit in Arvids Blick verschwand.

Johannes öffnete die Mappe, während Arvid den Raum verließ und die Tür hinter sich schloss.

Er überflog die Papiere und sah Parisa an. »Die Staatsanwaltschaft führt einen weiteren Zeugen auf.«

»Wen?«

Johannes durchsuchte die Dokumente, und als er den Namen las, versteinerte sich seine Miene. War das möglich? Für einen Moment hörte er auf zu atmen.

Dann begriff er die Logik dahinter.

Er sah Parisa ernst an. »Robin.«

»Robin?«

Er nickte.

Parisa blickte ihn erst verwirrt, dann geschockt an. »Wird Robin gegen mich aussagen?«

Johannes las weiter. »Offenbar hat er Nachweise darüber, dass Daten für die Investoren manipuliert wurden. Und dass du an einem Telefonmeeting teilgenommen hast, in dem ein positives Resultat der klinischen Studie versprochen wurde.« Er reichte ihr den Papierstapel.

Parisa blätterte die Dokumente durch. Dann legte sie sie vor sich auf den Tisch und ließ die Arme hängen. Sie schluckte. »Robin versucht, mir eins auszuwischen.«

Johannes schwieg, aber die Wut kochte in ihm hoch. Dieser Mistkerl.

»Dir war es die ganze Zeit schon klar, oder?«, fragte sie.

Er schwieg einen Moment und überlegte, was er sagen sollte. »Ich habe nicht geglaubt, dass Robin dich getäuscht hat oder dir eins auswischen wollte. Allerdings war ich von Anfang an der Ansicht, dass er eigentlich für die Vorgänge verantwortlich sein müsste, in Anbetracht seiner Rolle in eurem Unternehmen.« Aber er hätte es begreifen müssen. Er wusste ja, wie Robin war.

Er nahm seine ganze Kraft zusammen und versuchte, Parisa vertrauenerweckend und beherrscht anzusehen, obwohl er innerlich kochte. Sie konnte jetzt keinen wütenden Mann an ihrer Seite brauchen, sie brauchte einen kompetenten und souveränen Anwalt. Der Hass, den er gegenüber Robin empfand, mischte sich mit seiner Wut auf sich selbst. Hätte er es verhindern können? Er wusste doch, wie Robin tickte, er hatte sein wahres Gesicht gesehen.

Johannes hoffte, dass er sie gefasst und neutral ansah. »Wir gehen jetzt alles durch, um zu verstehen, was er getan hat, damit wir die Klage abweisen können, ja? Im Grunde ist das Ganze nicht nur schlecht für dich, ganz im Gegenteil. Indem er versucht, dir die gesamte Schuld zu geben, macht er sich nämlich verdächtig. Offenbar versucht er, irgendetwas zu verheimlichen.«

Sie nickte schweigend.

»Ich verstehe, dass diese Erkenntnis hart ist, aber jetzt wissen wir, mit wem wir es zu tun haben.«

Wieder klopfte es an der Tür, und Johannes sah auf die Uhr an der Wand. Die übrigen Kollegen aus seiner Abteilung wollten dazustoßen, und tatsächlich betrat Azzie nun den Raum.

»Hej, bin ich zu früh?« Wie immer hielt sie einen Halbliterbecher Kaffee in der Hand. Sie sah ein wenig hohläugig aus, als wäre sie die halbe Nacht unterwegs gewesen und hätte gefeiert, was sie vermutlich auch getan hatte. Erstaunlicherweise gelang es Azzie trotzdem immer, ihren Job kompetent und effektiv zu erledigen. Sie gehörte zu den klügsten Menschen, die Johannes kannte. Lange war sie noch nicht in der Kanzlei, aber sie imponierte ihm.

»Nein, nein, setz dich.« Kurz darauf erschien auch Carl-Adam und setzte sich neben Azzie. Azzie würde Johannes in diesem Fall ganz allgemein assistieren, während Carl-Adam schon auf gewisse Erfahrung in rechtlichen Fragen innerhalb der Medizintechnik zurückblicken konnte und sich unter anderem auf die angeblichen Datenmanipulationen konzentrieren würde. Oscar gehörte ebenfalls zur Abteilung, tauchte aber nicht auf.

Johannes stellte Parisa seine Kollegen vor, und sie einigten sich gleich auf das Du. Dann begannen sie.

»Kurz gesagt wird Parisa wegen zwei Vergehen angeklagt«, begann Johannes. »Betrug und Manipulation von Testergebnissen. Soeben haben wir erfahren, dass Robin Roth, der zweite Gründer von Endo, gegen Parisa aussagen wird. Er ist derjenige, der den Kontakt zu den Investoren aufgebaut und gepflegt hat, daher ist uns klar, dass er das tut, um seine eigene Haut zu retten. Außerdem kann er andere Dinge unternommen haben, um Parisa als die Schuldige dastehen zu lassen.«

»Ist Robin nicht dein Lebensgefährte?«, fragte Azzie, merkte dann aber, dass die Frage möglicherweise indiskret war, und blickte betreten zur Seite.

Parisa nickte. »Mein ehemaliger Lebensgefährte. Wir haben uns vorige Woche getrennt.«

»Könnte das vielleicht eine Art Racheakt sein?« Azzie blickte Parisa forschend an.

Sie schüttelte den Kopf. »Keine Ahnung, ich weiß es wirklich nicht.«

»Er macht das, um seine Haut zu retten. Was ihn ganz klar als schuldig dastehen lässt. Also sollten wir uns auf die folgenden drei Punkte konzentrieren.« Johannes sah die anderen an. »Erstens auf die schriftlichen Unterlagen, auf die sich die Staatsanwaltschaft beruft. Zweitens auf die Frage, ob wir weitere polizeiliche Vernehmungen mit Zeugen wollen, die für unsere Seite aussagen.« Er sah Parisa an. »Vielleicht kannst du mal darüber nachdenken.« Dann blickte er wieder die anderen an. »Und drittens sollten wir möglichst viel finden, was gegen Robin Roth spricht. Parisa, kannst du uns bitte erklären, wie der Kontakt zwischen Robin und den Investoren aussah?«

Parisa starrte auf den Papierstapel.

»Parisa?« Johannes versuchte, ihr in die Augen zu sehen, doch sie blickte ins Leere.

Schließlich schaute sie auf. »Ich weiß es nicht.«

Ihr Gesicht war ganz weiß, und am liebsten hätte er sie jetzt umarmt. Es kam ihm so vor, als erlebe er wieder den Alptraum von damals. Diesen schicksalhaften Tag vor zwölf Jahren, der sie auseinanderbrachte. Doch dann versuchte er, das zärtliche Gefühl ins Gegenteil zu verkehren. Er musste jetzt hart gegen sich selbst und gegen Parisa sein. Alles, um ihr zu helfen.

»Wie kann es sein, dass du das nicht weißt?«

»Was?« Jetzt blickte sie ihn an. »Was meinst du?«

»Eigentlich solltest du doch wissen, welche Art von Kontakt zwischen Robin und den Investoren bestand. Du warst Geschäftsführerin des Unternehmens. Wusstest du nicht, wann Robin sich mit ihnen getroffen hat und worüber sie gesprochen haben?«

Sie zog die Stirn in Falten und atmete tief ein. »Ich weiß es nicht, es ist schwer zu erklären … Vielleicht kann ich in alten Mails nachsehen, falls ich da in CC war.«

»Ja, das ist das Mindeste, was du tun kannst.« Sein Tonfall war hart, aber jetzt war es ernst. Sie hatten einiges zu tun, wenn sie erreichen wollten, dass sie freigesprochen wurde. »Und diese Telefonkonferenz, von der die Rede ist, hast du daran teilgenommen?« Er sah sie wieder an.

Sie schüttelte den Kopf.

»Kannst du das beweisen?«

»Ich weiß nicht … nein.«

»Du musst alle alten Mails und Terminbuchungen durchgehen.«

Sie nickte.

»Weißt du, ob sich die Eigentumsverhältnisse geändert haben? Ich meine, ob Robin oder sein Vater etwas von der Firma verkauft haben?«, fragte er dann.

Sie schüttelte den Kopf. »Nein, davon weiß ich nichts.«

»Parisa, du bist Geschäftsführerin des Unternehmens!«

»Alles gut, ich schaue nach«, sagte Azzie schnell und sah Johannes verärgert an. »Hast du die Kontaktdaten des Buchhalters?«, erkundigte sie sich freundlich bei Parisa.

Parisa nickte schnell und schrieb die Mailadresse auf einen Zettel.

»Also, was ist passiert? Was glaubst du?«, fuhr Johannes fort. »Was könnte Robin getan haben?«

»Ich habe keine Ahnung, ich begreife ja selbst nicht …«

»Die Staatsanwaltschaft hat eine Prognose mit deiner Unterschrift mitgeschickt.« Johannes legte einen Ordner mit schriftlichem Beweismaterial vor sie hin und blätterte bis zur Prognose. »Kommt sie dir bekannt vor?«

Parisa blätterte im Ordner. »Ja. Oder nein.«

»Ja oder nein?«

»Na ja, ich erkenne sie schon wieder, aber …« Parisa blätterte vor und zurück. »Die Zahlen kommen aus der klinischen Studie, sind aber andere als die, zu denen ich gekommen bin …« Sie betrachtete eine Tabelle. »Das stimmt nicht.«

»Aber das da unten ist doch deine Unterschrift?«

Sie holte Atem. Ihr Körper bebte, doch sie antwortete nicht.

Dann blickte sie auf. »Ich war bei dieser Telefonkonferenz nicht dabei. Robin hat mir hinterher eine handschriftliche Zusammenfassung gegeben. Darin stand, dass die Investoren die Wahrheit erfahren haben, nämlich dass es bei der klinischen Studie keine brauchbaren Resultate gegeben hat.«

»Aber die Investoren behaupten, bei dieser Telefonkonferenz sei gesagt worden, dass die Studie die Erwartungen übertroffen habe.« Er sah sie fragend an.

»Ja, und genau das verstehe ich nicht. Robin muss in der Telefonkonferenz gelogen haben.«

»Wo hast du seine Zusammenfassung? Die wäre nämlich ein guter Beweis dafür, dass du nicht an der Telefonkonferenz teilgenommen hast, und würde auch erklären, warum du die ganze Zeit der Überzeugung warst, Robin habe immer die Wahrheit gesagt und sei in seiner Kommunikation mit den Investoren transparent gewesen.«

»Seine Zusammenfassung müsste sich bei den Unterlagen befinden, die ich mit dem Boten habe bringen lassen. Wenn sie noch da ist.«

»Ich habe alles an Oscar weitergegeben, ich frage bei ihm nach«, versprach Azzie.

Johannes machte sich eine Notiz. »Aber du bist dir nicht sicher, ob du das Blatt noch hast?« Wieder blickte er Parisa an, die den Kopf schüttelte.

»Was ich immer noch nicht verstehe, ist, wie deine Unterschrift unter diese Prognose gekommen ist, wenn die Inhalte nicht stimmen«, fuhr er fort und zeigte auf das Dokument im Ordner vor sich.

Parisa starrte auf die Tischplatte. »Ich verstehe es auch nicht«, sagte sie mit schwacher Stimme.

»Wie kann das denn sein?«

»Entschuldige, aber ist das hier ein Kreuzverhör?« Azzie warf Johannes einen irritierten Blick zu.

»Ich versuche nur, ein klares Bild von der Situation zu bekommen«, sagte Johannes und sah Parisa streng an. Sie erwiderte seinen Blick nicht.

»Vielleicht sollten wir eine Pause machen?«, schlug Carl-Adam vor.

»Klingt gut«, stimmte Azzie ihm zu.

»Okay …« Johannes zögerte, aber noch ehe er etwas sagen konnte, war Parisa von ihrem Stuhl aufgestanden.

Sie nahm ihren Mantel von der Stuhllehne. »Ich brauche etwas frische Luft.« Schnell verließ sie den Raum.

Azzie blickte zu Johannes auf. »Glaubst du, sie kommt zurück?« Sie nahm einen Schluck von ihrem Kaffee, den sie bisher noch nicht angerührt hatte.

»Ja«, antwortete Johannes zögernd. »Oder was meinst du?«

»Du bist ja wie eine Dampfwalze vorgegangen«, bemerkte Carl-Adam.

Azzie nickte zustimmend. »Sie hat gerade erst erfahren, dass ihr Lebensgefährte sie vermutlich hintergangen hat, und du benimmst dich wie ein Cop in irgendeinem Krimi, der versucht, jemandem ein Geständnis abzupressen.«

Johannes schüttelte den Kopf. »So ist das, wenn man Strafverteidiger ist. Das ist der Unterschied zum Wirtschaftsjuristen. Man kann dem Mandanten nicht die ganze Zeit Honig ums Maul schmieren, zumindest nicht, wenn man das Beste für ihn will.« Er stand auf und verließ ebenfalls den Raum, ging hinunter zum Empfang und dann hinaus auf die Straße. Doch Parisa war nicht zu sehen.

23

Dreizehn Jahre früher

Sie hatten ihre erste Einladung zu einer Party erhalten. Es war das erste Sommerferienwochenende, und weil Linus' Eltern in ihrem Sommerhaus waren, hatte er alle eingeladen, die er kannte.

Sie zählten die Tage bis zum Freitag, und als es endlich Abend war, trafen sich Johannes und Parisa im Innenhof. Er blieb abrupt stehen. Großer Gott!

Ihre schon braun gebrannten Beine steckten in hellen Jeansshorts. Das sonnengelbe Top betonte ihre olivfarbene, sonnengeküsste Haut. Ihr dunkles Haar fiel in wallenden Locken über den Rücken, und sie trug Sandalen.

Sie sah ihn an. »Wie gut du aussiehst!« Er hatte sich zur Feier des Tages neue Jeans gekauft und ein T-Shirt, dessen Ausschnitt etwas zu weit war. Aber Parisa schien gerade das zu gefallen, also war vielleicht doch alles perfekt so, wie es war.

»Du auch«, sagte er. Doch dann verbesserte er sich. »Oder eher schön. Du bist wunderschön.«

Sie verzog den Mund und gab ihm einen Klaps auf den Arm. »Hör auf damit!«

Sie nahmen ihre Fahrräder und schoben sie das kurze Stück bis zum Fußballplatz, wo Zacke bereits auf sie wartete.

»Darf ich euch was fragen? Ist da was zwischen euch?«, fragte er, als sie sich in Richtung Party aufmachten.

Johannes blieb stehen. »Wie meinst du das?«

»Jessica aus der 9c ist ziemlich scharf auf dich, und sie hat Linus gefragt, ob ihr beide zusammen seid.«

»Nein, wir sind nicht zusammen«, sagte Johannes schnell, um Parisa nicht in Verlegenheit zu bringen.

»Wir sind bloß Freunde.« Parisa lachte auf und lächelte dann Johannes an.

»Ja, genau, nur Freunde.«

»Das hatte ich mir schon gedacht, ich wollte mich nur vergewissern«, sagte Zacke unbeeindruckt.

Was war das denn gerade gewesen? Parisa war seine Freundin, aber es fühlte sich irgendwie falsch an. Johannes wollte ja, dass sie etwas anderes war. Zugleich wusste er, dass sie viel zu gut für ihn war. Natürlich sah sie ihn nur als einen Freund an, und er musste das genauso sehen.

»Hallo, kommt ihr?«, rief Zacke, der schon weitergegangen war.

Sie setzten ihren Weg fort. Den Rest der Strecke wagte Johannes kaum, Parisa anzusehen.

Auf der Party waren schon alle betrunken. Es wurde im Haus geraucht, und es roch nach verschüttetem Bier. Er sah sofort, wie Parisa alle Blicke auf sich zog. Die Mädchen sahen eifersüchtig aus, die Jungen konnten nicht aufhören, sie anzustarren. Einige Blicke trafen auch ihn, besonders Jessicas. Sie sah gut aus heute Abend. Nicht so wie Parisa, aber gut. Vielleicht interessierte er sich doch ein bisschen für Jessica?

Aber diese Gefühle für Parisa … Er wusste, dass sie niemals zusammen sein würden, konnte sich aber auch niemand anderen vorstellen.

Nach einer Weile kam Jessica zu ihm, erzählte aber hauptsächlich von ihren Plänen für den Sommer. Er sah sich nach Parisa um, und sie fing seinen Blick auf.

Er ging hinaus in die Küche, wo er eine volle Flasche Bier fand. Er öffnete sie und nahm einen Schluck. Es schmeckte furchtbar. Er hatte noch nie Bier getrunken. Schon bald stand Parisa neben ihm. Sie hielt eine Flasche Cidre in der Hand, schien aber noch kaum etwas davon getrunken zu haben. Die Haut an ihrem Hals war feucht von der Wärme, und sie setzte die Flasche an ihre Lippen und trank einen Schluck.

Ein Schrei war aus dem Wohnzimmer zu hören. Jemand stolperte, und ein Lautsprecher fiel um. Johannes spürte, wie der Schweiß seinen Rücken hinunterlief. Er bekam kaum Luft zwischen all den Menschen.

Er sah Parisa an. »Was meinst du? Wollen wir einfach abhauen?«

»Selten einen besseren Vorschlag gehört.« Parisa stellte die Cidreflasche auf die Spüle.

Schnell verließen sie das Haus. Der Geruch von Zigarettenrauch saß noch immer in seinen Kleidern, doch schon bald verflüchtigte er sich. Stattdessen nahm er die Düfte des Sommerabends von Geißblatt und feuchtem Gras wahr, die durch das Dämmerungslicht schwebten.

Sie sah ihn an. »Ich möchte gerne baden.«

»Klar.«

Sie schlossen ihre Fahrräder auf, und Parisa fuhr in Richtung des Schotterwegs, der zum See führte.

»Möchtest du nicht erst deine Badesachen holen?«

Sie schüttelte den Kopf. »Das geht schon in Top und Unterhose.«

Er fuhr ihr hinterher, und schon bald waren sie auf dem Schotterweg. Es duftete nach trockenem Staub und nach Gras aus den angrenzenden Wiesen. Und nach dem See, der noch ein Stück entfernt lag.

Parisa zog sich schnell aus. Ging hinunter zum Wasser, drehte sich dann aber zu ihm um. Er konnte seine Augen nicht von ihrem Hintern abwenden, es ging nicht. Er hatte ihn schon im Bikini gesehen, aber jetzt, im schwarzen Baumwollhöschen, wirkte es irgendwie intimer. Er verstand nicht ganz, warum. Ein Bikinihöschen zeigte ebenso viel, aber vielleicht lag es daran, dass dieses Höschen nicht für alle Augen bestimmt war.

»Du sollst auch baden«, sagte sie.

Erst hörte er es nicht. Als sie es wiederholte, schüttelte er den Kopf. »Du weißt doch, dass ich nicht bade!«

»Ja, ich weiß. Aber ich finde, dass du jetzt baden solltest.« Sie drehte sich um und ging ihm entgegen. »Ich bin doch da.« Das Neckende in ihren Augen war verschwunden. Stattdessen blickte sie ihn ernst und vertrauenerweckend an. »Es wird alles gut gehen.«

In diesem Moment dachte er, dass er es schaffen würde. »Okay.« Er zog sich T-Shirt, Jeans und Socken aus.

Ging hinter ihr her durch den Sand, der sich so spät am Abend ganz kühl anfühlte. Der See lag spiegelglatt vor ihnen. Die Häuser auf der anderen Seite thronten hoch über dem Wasser, doch niemand schien zu Hause zu sein. Hätte er eine so schöne Aussicht, wäre er immer zu Hause, dachte er.

Eine Bachstelze glitt über den See, vereinzeltes Vogelgezwitscher war aus dem Wald zu hören.

Dann watete er hinaus ins Wasser. Es war unerwartet warm. So hatte er es von seinem letzten Badeerlebnis nicht in Erinnerung. Vor acht Jahren. Großer Gott, acht Jahre!

Er ging weiter zu ihr. Sie streckte ihre Hand nach ihm aus, und er ergriff sie. Dann gingen sie zusammen weiter hinaus.

Als das Wasser immer höher an seinem Körper hochkroch, spürte er Panik in sich aufsteigen. Er ging trotzdem weiter, hielt sie fest an der Hand.

»Alles wird gut, Johannes. Und ich bin hier, neben dir. Oder etwa nicht?« Sie wandte sich ihm zu und sah ihn an. »Geh aufs Ganze!«

Er lächelte und musste dann lachen. »Aufs Ganze gehen? Wir spielen doch nicht Poker?«

Sie seufzte und verdrehte die Augen. »Ich versuche doch nur, dir zu helfen.«

Er lachte noch immer, die Nervosität ließ etwas nach. Langsam ging er weiter hinaus ins Wasser. Wieder erfasste ihn Panik, und er hielt ihre Hand noch fester.

Und plötzlich kam ihm alles, was vorher unangenehm gewesen war, angenehmer vor. Das Wasser war lauwarm und weich. Der Grund ein wenig steinig, aber er hatte keine Angst mehr vor dem, was sich unter der Oberfläche befand. Er dachte, dass dort gar nichts war. Als ihm das Wasser bis zur Taille reichte, ließ Parisa seine Hand los.

»Geh aufs Ganze!«, sagte sie leise und glitt auf dem Rücken hinaus auf den glatten See, auf dem sich nun Ringe auszubreiten begannen. Nach ein paar Schwimmzügen auf dem Rücken stellte sie sich hin. »Schau mal, ich kann noch stehen.« Sie lächelte. »Kommst du her?«

Er nickte nur und dachte, dass Parisa ja da war, und dann würde alles gut werden. Er ließ sich vom Wasser umschließen, als er seinen Körper vornüber ins Wasser kippte und die Arme nach vorne streckte. Die Bewegung war vertraut, und er spürte keine Angst. Es war ungeheuer befreiend, sich im Wasser zu bewegen und zu spüren, dass alles, was ihn zurückgehalten hatte, wie ausradiert war. Alle Ängste, jeder Widerwillen. Er fühlte sich sonderbar glücklich. Frei.

Er lachte laut. Schwamm zu ihr hin und umarmte sie. Spritzte dann vorsichtig Wasser auf sie.

Gespielt entrüstet sah sie ihn an und rieb sich das Wasser aus den Augen. »Das war nicht fair. Ich traue mich ja nicht zurückzuspritzen.« Sie lachte und stupste ihn sanft am Arm. Wieder bespritzte er sie leicht. Sie griff nach seinem Arm, um ihn daran zu hindern, und bevor er darüber nachdenken konnte, zog er sie zu sich hin. Spürte ihre nackte, nasse Haut an seiner und roch ihren Duft. Ihr Duft war so viel stärker, jetzt, wo sie ganz nass war. Er legte die Hand auf ihre Schulter, die Haut war ganz rutschig.

Er sah ihr direkt in die braunen Augen, die im Dämmerlicht einen rötlichen Schimmer angenommen hatten. Er wollte sie so gerne küssen. Aber sie waren Freunde, das hatte sie bestätigt, und sie wollte es bestimmt nicht.

Doch dann sah er, wie sie ihn anblickte. Ernst, mit leicht geöffneten Lippen. Sie wollte. Und er legte eine Hand an ihre Wange und strich vorsichtig eine feuchte Haarsträhne hinter ihr Ohr. War nur Zentimeter von ihrem Mund entfernt.

Lautes Grölen unterbrach sie. Zwei Jungen auf Mopeds bremsten am Badeplatz, und sie ließen blitzschnell voneinander ab. Sie gingen aus dem Wasser, begrüßten kurz die beiden Jungen und zogen sich ihre Kleider an.

Während sie mit dem Fahrrad den Schotterweg zurückfuhren, klopfte Johannes' Herz schneller als sonst. Am liebsten hätte er vor Frustration geschrien und zugleich vor Glück laut gelacht.

24

Als Mirja nach Hause kam, saß Parisa auf dem Sofa vor dem Fernseher, wo eine alte Folge von *Gossip Girl* lief. Das Arbeitslaptop stand aufgeklappt neben ihr, und auf dem gesamten Couchtisch waren Unterlagen verteilt.

»Wie läuft's?«

Parisa nahm zwar von ferne die Stimme ihrer Freundin wahr, war jedoch völlig darauf konzentriert, das Ergebnis des letzten Labortests zu analysieren, das sie soeben von ihrer Forschungsleiterin erhalten hatte.

Mirja legte die Hand auf ihre Schulter, und erst da blickte Parisa auf.

Die Freundin sank neben ihr aufs Sofa und umarmte sie. »Wie läuft's?«

»Ziemlich beschissen.«

Schluchzend hatte Parisa ihr am Telefon von Robin erzählt, während sie von Svärdh & Partner nach Hause ging. Sie hatte es nicht eine Sekunde länger bei diesem Treffen ausgehalten.

»Jetzt musst du es diesem Mistkerl zeigen!« Mirja sah Parisa durchdringend an.

»Ich weiß.«

»Schau mal, was ich dabeihabe.« Mirja stand auf, ging in den Flur und holte eine Papiertasche vom Sushiladen um die Ecke und eine Supermarkttüte.

»Sushi und Süßigkeiten. Und wir schauen *Paradise Hotel*, wir haben uns die neue Staffel ja noch gar nicht angesehen.«

Mirja packte das Essen aus, hielt dann jedoch in der Bewegung inne und hob die dicke champagnerfarbene Karte hoch, die an Parisas Büroadresse geschickt worden war.

»40 Jahre Svärdh & Partner. Musik und Unterhaltung im Hallwylska Museet«, las Mirja vor. »Gehst du hin?«

Parisa schüttelte den Kopf. Sie nahm an, dass die Einladung an alle Mandanten der Kanzlei gegangen war. Momentan hatte sie keine Lust auf eine große Abendveranstaltung.

»Warum denn nicht? Ich könnte mir vorstellen, mitzugehen und mir vielleicht einen hübschen Anwalt zu angeln.«

»Das heutige Treffen mit Johannes war nicht gerade angenehm. Und ich habe keine Lust, ihn morgen dort zu sehen.«

»Warum? Ihr habt doch rumgeknutscht.«

»Wir haben uns geküsst«, berichtigte sie Parisa. »Aber davon wollte er nichts mehr wissen, als wir uns eben gesehen haben. Stattdessen war er unfreundlich und sehr bemüht, sich nichts anmerken zu lassen.«

Sie hatte sich gedemütigt gefühlt. Erst hatte er den Kuss abrupt beendet und sich dann bei ihrem Treffen benommen, als wäre sie mit irgendeinem Virus infiziert. Bestimmt wollte er ihr demonstrieren, dass er nichts für sie empfand, damit sie sich bloß keine Hoffnungen machte. Das war nicht zu übersehen gewesen. Sie kam sich so blöd vor. Als sie heute in die Kanzlei gekommen war, hatte sie gedacht, er würde lieb und einfühlsam zu ihr sein und sie würden womöglich ein wenig miteinander flirten, während sie arbeiteten.

Vielleicht würde sie später über diesen Kuss lachen und zum rein Beruflichen übergehen können? Auch wenn Lachen das Letzte war, was sie wollte. Dieser Kuss war für sie blutiger Ernst gewesen.

In den vergangenen Wochen war ihr klargeworden, dass er sich wirklich verändert hatte. Sie hatte Vertrauen zu ihm gefasst, obwohl er sie damals so enttäuscht hatte. Der Kuss war nicht geplant, aber dennoch ein großer Schritt für sie gewesen.

»Er benimmt sich so, weil er in dich verliebt ist, Parisa. Und sich absolut *nichts* anmerken lassen möchte«, sagte Mirja und lächelte sie schief an.

Parisa runzelte die Stirn. »Das glaube ich nicht. Was sollte das für eine Logik sein? Er ist unfreundlich zu dir, weil er dich mag. Ich dachte, wir hätten vor zehn Jahren aufgehört, so zu denken.«

»Ich glaube, es ist etwas komplizierter. Ich habe gesehen, wie er dich in der Bar angeschaut hat.«

Parisa seufzte tief. »Ich weiß nicht.« Sie schüttelte den Kopf. »Du hast recht, dass es kompliziert ist. Es fällt mir immer noch schwer, nicht mehr daran zu denken, was er mir damals im Gymnasium angetan hat.«

Mirja blickte sie ernst an, sagte jedoch nichts. Das erste Mal hatte Parisa ihr von Johannes an einem Abend erzählt, als sie gerade nach Stockholm gezogen waren und zu viel billigen Sekt getrunken hatten. Mirja hatte gefragt, ob Robin Parisas erste große Liebe sei. Sie hatte ihr ehrlich von Johannes erzählt, wie sie auseinandergedriftet waren und sich ihre Wege brutal getrennt hatten. Wie verletzt sie gewesen war. Die Freundin wusste alles und schien zu verstehen, dass Parisa noch immer nicht ganz darüber hinweg war.

»Wollen wir jetzt essen?«, fragte Parisa krampfhaft darum bemüht, das Thema zu wechseln.

»Gerne. Starte schon mal *Paradise Hotel*, dann decke ich solange den Tisch.«

Mit gutem Appetit aß Parisa das Sushi vor dem Fernseher, wo sich sonnengebräunte Körper mit minimaler Badebekleidung tummelten. Als die Folge zu Ende war, stürzten sie sich auf die Süßigkeiten und starteten die nächste Folge. Auf dem Bildschirm stritten sich die Hauptfiguren gerade, wer mit wem Sex zu dritt haben wollte, als Parisas Handy den Empfang einer Mail signalisierte. Sie konnte nicht anders, als einen Blick darauf zu werfen.

Es war eine Mail von Johannes, in der er das Vernehmungsprotokoll zusammenfasste, ohne auf Parisas vorzeitigen Abgang einzugehen.

Offenbar hatte Robin bezeugt, dass Parisa bei der Telefonkonferenz mit den Investoren zugegen gewesen sei, in der von den positiven Ergebnissen der klinischen Studie berichtet worden war. Ebenso sei sie bei den Vorbereitungen für die Konferenz anwesend gewesen. Das Ausmaß dieser Lüge verblüffte sie, doch das Schlimmste war das Datum der Zeugenvernehmung, das im Protokoll vermerkt war. Die Vernehmung von Robin hatte vor zwei Wochen stattgefunden.

Die Einsicht traf sie wie ein Faustschlag in die Magengrube. Sie waren noch ein Paar gewesen, als Robin sich entschieden hatte, die Polizei für Wirtschaftskriminalität einzuschalten und sich eine Geschichte auszudenken, die sie zu Fall bringen konnte. In dem Moment, als es ihr am schlechtesten ging.

Warum tat er ihr das an? Konnte man noch niederträchtiger sein? Auch wenn ihre Beziehung in die Brüche gegangen war, hatte sie ihm immer vertraut. War ihr Verhältnis so wenig wert gewesen, dass er sie, ohne zu zögern, ans Schafott lieferte?

Warum hatte sie überhaupt zugestimmt, Geschäftsführerin zu werden, als Robin es ihr vorgeschlagen hatte? Sie war zwar eine der Gründerinnen, aber Robin und sein Vater besaßen den Großteil des Unternehmens. Sie war immer abhängig von ihnen gewesen, was ihre weitere Forschung betraf, und sie hatten sie mitten in die Schusslinie gebracht.

Parisa blickte ihre Freundin an. »Johannes hat mir eine Mail geschickt. Ich glaube, ich muss sie mir genauer ansehen«, sagte sie, stand vom Sofa auf und ging zum Küchentisch.

Sie begann, das Vernehmungsprotokoll zu lesen. Dabei versuchte sie zu verstehen, warum sie eigentlich angeklagt wurde, und sie überlegte, was sie zur ganzen Sache beitragen konnte.

Sie ging die Finanzprognose durch, auf die die Staatsanwaltschaft hingewiesen hatte und die im Anschluss an die Telefonkonferenz den Investoren zugestellt worden war. Sie enthielt unter anderem einen Auszug aus den Ergebnissen der klinischen Studie. Die Zahlen waren in finanzieller Hinsicht, aber auch in Bezug auf die Ergebnisse deutlich nach oben korrigiert worden.

Sie scrollte über den Bildschirm, begutachtete alle Zahlen, Seite für Seite. Da sah sie es: Nirgendwo auf den Seiten konnte sie ihre Initialen entdecken. Nur auf der allerletzten Seite stand ihre Unterschrift. Normalerweise schrieb sie ihre Initialen in die rechte untere Ecke, wenn sie Prognosen oder Berichte abzeichnete. Das musste sie Johannes erzählen. Sofort. Sie griff nach ihrem Handy, um ihm eine Nachricht zu schreiben, doch dann fiel ihr ein, dass sie ja böse auf ihn war. Was lächerlich war, denn es ging schließlich um ihre Verteidigung. Aber es war schon spät, und er würde ihre Nachricht wohl ohnehin nicht mehr anschauen. Einen Tag konnte sie noch stillhalten.

Der Kalender im Computer gab ein Signal von sich. Es war die Erinnerung an einen Flug, den Robin schon vor ein paar Monaten gebucht hatte. Er wollte nach Zürich und würde zwei Nächte weg sein. Das Flugzeug ging in diesem Moment. In der vergangenen Woche hatte sie ihre gemeinsame Wohnung gemieden. Vielleicht war die Gelegenheit günstig, jetzt ihre Sachen zu holen?

Sie klappte ihr Laptop zu und blickte Mirja an. »Robin ist auf dem Weg nach Zürich. Ich glaube, ich fahre zur Wohnung und packe meine Sachen zusammen.«

Mirja nahm sich eine Handvoll Süßigkeiten und stopfte sich ein Gummibärchen in den Mund. »Brauchst du Hilfe?«, fragte sie kauend.

»Danke, gern.«

Mirja kippte die Süßigkeiten aus der Schale zurück in die bunte Papiertüte. »Ich glaube, die können wir gut brauchen.«

Ein letztes Mal betrat Parisa die helle Wohnung. Mirja und sie hatten sich am Abend zuvor Nooshis Auto geliehen und zusammen alles eingepackt. Das wenige, was sie besaß, füllte nicht einmal den Kofferraum des Autos. Bücher, Kleidung, Schminksachen und Hautpflegeprodukte. Das meiste, was sie in all den Jahren angeschafft hatte, war bei ihren Eltern gelandet. Ihre Sachen passten sowieso nicht hierher.

Mirja hatte eine der teuersten Weinflaschen aus dem Weinkühler genommen, und die hatten sie sich geteilt, während sie alles in Koffern und Taschen verstauten. Dann hatten sie sich ein Taxi genommen, das Auto würde Parisa am nächsten Morgen abholen. Nun war sie ein letztes Mal bei Tageslicht in der Wohnung, um sich zu vergewissern, dass sie auch nichts vergessen hatte.

Alles war so furchtbar hell. Der Geruch war vertraut, fühlte sich aber dennoch nicht wie zu Hause an. Die Wohnung war kein Zuhause. Jetzt noch weniger als je zuvor. Die weißen Einrichtungsgegenstände reflektierten das Sonnenlicht, sodass ihr die Augen schmerzten. Ihr kam es so vor, als stünde sie in dichtem Nebel.

Robin hatte Weiß immer geliebt. Sie wusste, dass er die Wohnungseinrichtung zu Hause bei ihren Eltern verabscheute. Dunkle Textilien und große Möbel. In Robins Elternhaus hingegen war alles klinisch rein und weiß und in einem minimalistischen Stil gehalten. Seine Mutter hielt es stets perfekt in Schuss, die makellose Hausfrau, die eigentlich von einem Leben in Stockholm geträumt hatte, aber in Norrstena hängen geblieben war.

Zu Hause bei Familie Roth hatte Parisa immer irgendwie gefröstelt. Als hätten diese weißen, harten Gegenstände, mit denen Robins Mutter ihr Haus eingerichtet hatte, von ihren Seelen Besitz ergriffen.

Oder vielleicht war es umgekehrt – ihre Seelen spiegelten sich im schmucklosen, kühlen Haus wider. Parisa hatte sich dort jedenfalls nie wohlgefühlt.

Robin hatte seinen Eltern immer imponieren wollen. Es hatte sie nicht gerade beeindruckt, als er Parisa das erste Mal mit nach Hause nahm. Sie erinnerte sich noch daran, wie das Lächeln seiner Mutter einfror, als sie in den Flur getreten war. Vermutlich hatte sie jemanden nicht ganz so … Dunklen erwartet. Aber wie schon viele Male zuvor kompensierte Parisa das, indem sie strahlend lächelte und sich in überkorrektem Schwedisch präsentierte (sie ließ sogar ihren alten Göteborger Dialekt hervorblitzen, weil sie fand, dass ein breiterer Dialekt noch authentischer klang). Und als Robins Mutter erfuhr, dass Parisas Eltern beide Akademiker waren, dass ihre Mutter die beste Ingenieurin der Turbomaschinerie war und sie erst kürzlich in eines der schicksten Villenviertel der Stadt gezogen waren, änderte sie ihre Einstellung. Robins Vater hingegen hatte sie nie ernst genommen. Nie würde sie den Tag nach ihrem zweiten Semester auf der Universität vergessen. Sie studierte in Stockholm und war während der Osterferien zu Hause. Nach einem Abendessen am gigantischen, weißen, ellipsenförmigen Esstisch nahm sie allen Mut zusammen und fragte

Anders Roth, ob es die Möglichkeit für ein Sommerpraktikum in seinem Unternehmen gebe. In der Turbine.

Er hatte nachsichtig gelächelt und mit dem Weinglas in seiner Hand gespielt. Es war mit einem Bordeaux aus dem Weinkeller gefüllt, von dem auch Parisa und Robin hatten probieren dürfen. »Doch, schon. Manchmal bieten wir Praktikumsplätze oder Sommerjobs an, aber das ist eher was für die Söhne von Mitarbeitern.« Sie musste gar nicht darauf hinweisen, dass sie die Tochter einer der führenden Ingenieurinnen war. Es war offensichtlich, dass Parisas Mutter nicht zu den Mitarbeitern gehörte, für deren Kinder man Jobs bereitstellte.

Robin bekam einen Sommerjob in der Turbine, während Parisa einen Praktikumsplatz bei einer ihrer Professorinnen am Karolinska Institutet erhielt, Margrethe Nielsen. Also blieb sie in jenem Sommer in Stockholm. Letztendlich war sie dafür dankbar, denn damals hatte sie das entdeckt, woraus sich allmählich ihr Messverfahren entwickeln sollte.

Auch in den folgenden Jahren änderte sich nichts. Robins Vater Anders hörte ihr auf den Vorstandssitzungen selten zu, wenn sie gekommen war, um von den Forschungsberichten zu erzählen, sondern wandte sich bei Fragen jedes Mal an Robin. Deshalb hatte sie sich auch sehr gewundert, als er vor zwei Jahren in seiner Eigenschaft als Vorstandsmitglied zusammen mit Robin vorgeschlagen hatte, sie solle Geschäftsführerin werden.

Sie kehrte zurück in die Wirklichkeit und griff nach der Tüte mit den letzten Dingen, die sie noch eingepackt hatte. Im selben Augenblick hörte sie, wie ein Schlüssel im Schloss umgedreht wurde. Sie zuckte zusammen und wandte sich um.

Im Flur waren Schritte zu hören, dann trat Robin in die Küche, in der sie stand.

Als sie ihn sah, spürte sie, wie Wut in ihr aufstieg. Am liebsten wäre sie ihm ins Gesicht gesprungen, doch sie beherrschte sich. »Ich dachte, du wärst nicht hier. Ich habe meine Sachen zusammengepackt. Alles ist schon verstaut.« Sie fischte den Schlüssel aus der Jackentasche. »Ich wollte ihn dir eigentlich in den Briefkasten legen.« Sie reichte ihm den Schlüssel.

Er nahm ihn und nickte kurz. »Wie läuft es mit der Verteidigung?«

In Anbetracht seiner Frage und der unberührten Art war ihm vermutlich nicht klar, dass sie wiederum von der Vernehmung und seiner erfundenen Geschichte wusste.

Sie schüttelte langsam den Kopf und überlegte, was sie darauf erwidern sollte. Sie durfte nicht offenbaren, dass sie von seinem Verrat wusste und dass er dadurch seine eigene Schuld bewiesen hatte.

»Es geht voran«, sagte sie nur.

»Ja, also, ich habe gedacht …«, begann Robin zögernd. »Auch wenn wir nicht mehr zusammen sind, hoffe ich, dass wir unsere gute Zusammenarbeit fortsetzen können, dem Unternehmen zuliebe.«

Parisa schluckte. Wie konnte er nur? Aber sie nickte ruhig. »Natürlich, unbedingt.«

»Das ist schön. Und ich wollte dir sagen, dass ich es verstehe, wenn du zurzeit weder Orion noch einen der anderen Investoren treffen möchtest.« Er sah sie freundlich an. »Ich respektiere es wirklich, mir würde es genauso gehen. Aber ich habe morgen wieder ein Meeting mit Orion und werde versuchen, Endo zu retten oder das wenige, was noch übrig ist. Also …« Er nahm eine Dokumentenmappe aus seiner Aktentasche. »Kannst du das hier bitte unterschreiben? Ich wollte dir die Unterlagen eigentlich per Boten schicken, aber jetzt, wo du hier bist, kannst du ja gleich unterschreiben.« Er zog einen Stapel Papiere aus der Mappe und hielt ihn ihr hin. »Eine Prognose und noch ein Bericht darüber, was wir nach der klinischen

Studie unternommen haben.« Er verstummte, sah erst die Dokumente, dann sie an. »Ich hoffe, dass unsere Firma gut durch diese Krise kommt. Ich möchte sie unbedingt retten.« Er wies auf den Papierstoß. »Dazu brauche ich nur deine Unterschrift in deiner Funktion als Geschäftsführerin.«

Ihre Augen wurden schmal. Was hatte er vor? Wollte er alle Seiten des Berichts austauschen, in einem weiteren Versuch, sie ans Messer zu liefern? Warum tat er ihr das an? Warum hatte er sie geopfert? Sie wusste, dass er sich immer unter Druck gesetzt hatte, genauso gut zu werden wie sein Vater. Vielleicht hielt er den Druck nicht mehr aus? Auch Parisa stand unter Druck, allerdings ohne jemanden deshalb schlecht zu behandeln. Dabei kam er aus einem behüteten Elternhaus und hatte alles auf dem Silbertablett serviert bekommen. Sie empfand keinerlei Sympathie mehr für ihn. Es gab keine Entschuldigung dafür, sie so zu behandeln. Die Wut kehrte zurück. Am liebsten hätte sie ihn geschlagen, ihm körperlich wehgetan. Das war ein völlig neues Gefühl für sie. Doch stattdessen atmete sie tief durch. Ihr Körper zitterte vor Wut, als sie die Hand ausstreckte, um die Papiere entgegenzunehmen.

»Ich schaue sie mir vorher noch durch«, erklärte sie.

»Ich habe den Leuten von Orion aber versprochen, dass sie die Papiere heute zur Ansicht erhalten, vor dem morgigen Treffen. Eigentlich hatte ich sie ja mit dem Boten schicken und direkt wieder zurückhaben wollen.«

»Ich muss sie erst lesen«, wiederholte sie.

In diesem Moment verfinsterte sich sein Blick. Das hatte sie bisher nur selten an ihm beobachtet, und immer nur im Zusammenhang mit seinem Vater. Zum Beispiel, wenn Anders sich über etwas lustig machte, was Robin getan hatte, oder wenn er ihn auf andere Weise abwertete. Da hatte sich Robins

Blick auch so verändert, und es hatte sie erschreckt, da es untypisch für ihn war.

»Ich kann das Dokument unterschreiben und es dann direkt an Orion weiterschicken«, schlug sie vor und hielt die Papiere fest.

Panik blitzte in Robins Augen auf. »Nein, ich habe noch was anderes, was auch mitsoll. Also gib sie mir, ich schicke ihnen alles später.« Sein Blick war hart, doch der Tonfall unangenehm sanft. »Das ist das Beste für Endo.«

25

Der große Innenhof des Hallwylska Museet war bereits voller Menschen, als Johannes mit seinen Kollegen durch die gewölbte Toröffnung trat. Lachen und Plaudern wurde von den steinernen Wänden des alten Palastes zurückgeworfen. Hohe Hortensienbüsche mit großen weißen Blütentrauben, Kletterpflanzen, die sich die Wände emporwanden, hohe Bäume, deren Kronen kugelrund beschnitten waren, und große Löwenskulpturen vermittelten den Eindruck, als befände man sich in einem prächtigen Schlossgarten.

Am Bartresen standen Leute, die sich unterhielten, und im restlichen Innenhof saßen und standen Menschen in kleinen Gruppen zusammen, die Sektgläser in den Händen hielten. Es herrschte festliche Stimmung, der Geräuschpegel war hoch, allerdings nicht, weil die Leute angeheitert gewesen wären, dafür war es zu früh, sondern eher, weil alle durstig und hungrig auf einen schönen Abend waren.

Johannes griff nach einem Tablett, das auf dem Tresen stand, und verteilte Gläser mit sprudelndem Champagner an die Kollegen, mit denen er hergekommen war.

»Ich muss sagen, dass es wirklich interessant ist, sich mit Endo zu beschäftigen«, sagte Carl-Adam und nahm ein Glas in Empfang. »Ich habe noch nicht so viel mit Medizintechnik zu tun gehabt, aber es ist richtig spannend, über Parisas

Forschung zu lesen. Sie scheint ja ein richtiges Genie zu sein!«

Johannes nickte und stellte fest, dass er Stolz empfand. Unbewusst nahm er sein Handy und warf einen Blick aufs Display. Er hatte sie in den letzten Tagen mehrfach angerufen, sie jedoch nicht erreicht.

»Sie hat schon immer hart gearbeitet«, sagte er und steckte sein Handy wieder ein. Dann spürte er eine schwere Hand auf seiner Schulter.

»Na, Jonny? Wie geht es unserem Strafverteidiger? Noch mehr Kriminelle, die Hilfe brauchen?«

Johannes drehte sich um. Oscar sah ihn aus wässrigen Augen an. Er hielt ein leeres Sektglas in der Hand, griff auf dem Tresen neben Johannes nach einem neuen und tauschte es blitzschnell gegen das alte aus.

»Erstens heiße ich Johannes, und zweitens habe ich keine neuen Fälle übernommen. Der Fall Endo nimmt beinahe meine ganze Zeit in Anspruch. Und selbst? Neue Mandanten oder Fälle an Land gezogen?« Johannes trank vom Champagner und genoss den herben, kühlen Geschmack, während sich Oscar wand. Es ging das Gerücht, dass der Kollege in letzter Zeit weder Mandanten noch Fälle aufgetan hatte. Seine Zukunft in der Kanzlei war ungewiss.

»Mmm … du weißt ja, wie das ist. Man hat alle Hände voll zu tun.« Oscar seufzte tief.

»Azzie hat dich doch wegen eines Dokuments angesprochen, das wir für den Fall Endo brauchen. Hast du es gefunden?«

Oscar antwortete nicht, sondern starrte ihn nur ausdruckslos an, als wüsste er nicht, wovon Johannes sprach.

»Du hast ihr bisher nicht geantwortet, deshalb frage ich nach. Es ist ein handgeschriebenes Blatt, Notizen aus einer Telefonkonferenz. Hast du so etwas gesehen?«

Oscar blickte ihn noch immer schweigend an. Dann seufzte er wieder. »Ich bin noch nicht dazu gekommen, die Unterlagen durchzusehen.« Er trank den letzten Rest aus seinem Glas. »Übrigens habe ich einen Bekannten von der Kanzlei Vinge getroffen. Es gibt ganz schön viel Gerede, weil wir den Fall Endo übernommen haben. In den Medien wird auch darüber berichtet, und über unsere Mandantin gibt es ziemlich negative Dinge zu lesen.«

»Ach ja? Große mediale Resonanz ist gut für uns!«, warf Carl-Adam ein und lachte.

Oscar ignorierte ihn und sah weiter Johannes an. »Ich verstehe nicht, warum wir uns mit diesem Fall befassen. Wissen wir überhaupt, ob diese Paris …« Er unterbrach sich. »Was ist das eigentlich für ein Name? Ist sie etwa die Schwester von diesem Schwulen, Daniel Paris?« Er lachte laut. Dann warf er Carl-Adam einen Blick zu. »Oh, Verzeihung. Habe ich schwul gesagt? Das darf man heutzutage wohl gar nicht mehr, oder?«

Carl-Adam sah ihn durchdringend an. »Solche wie du dürfen jedenfalls nicht schwul sagen.«

»Ihr Vorname ist Parisa«, sagte Johannes. »Du solltest mal dein Namensgedächtnis trainieren. Insbesondere die Namen unserer Mandanten sollte man kennen.«

Oscar schnaubte. »Wird sie uns überhaupt bezahlen können? Endo wird bald in die Insolvenz gehen. Ich werde die Angelegenheit mal mit Ebba besprechen, Charlotta hat nicht den richtigen Durchblick.«

Ebba war Kanzleipartnerin und zuständig für die Zivilrechtsabteilung. Johannes verdrehte die Augen. »Keine Sorge. Der Staat bezahlt die Rechnungen, ich bin ihr offizieller Verteidiger.«

Oscar rümpfte die Nase. »Soso, finanziert aus Steuergeldern.« Er sah Johannes über die Schulter. »Zu unserer Abendveranstaltung sind offenbar auch Kriminelle eingeladen. Als kleines Tüpfelchen auf dem i.«

Johannes drehte sich um, und da stand sie. Er konnte den Blick nicht von ihr abwenden. Sie trug ein hellrotes Kleid, das bis zu den Knien reichte. Die satte Farbe ließ ihre Haut goldbraun schimmern. Das Oberteil lag eng an, ihr Haar fiel ihr in dunklen Wellen über die Schultern, und sie trug große Goldohrringe. Als sie sich kurz umdrehte, war ein diskreter Schlitz in ihrem Kleid zu sehen, dann wandte sie sich wieder in Johannes' Richtung, entdeckte ihn und nickte zur Begrüßung. Sie hielt eine braune Collegemappe aus Leder an die Brust gedrückt, über der Schulter hing eine kleine schwarze Handtasche.

Sie lächelte ihn nicht an, sondern sie strahlte.

Er hatte nicht gedacht, dass sie auftauchen würde.

Andere hatten sie auch schon bemerkt, das war nicht zu übersehen. In Wirtschaftskreisen war sie bekannt wegen des riesigen Kapitals, das Endo eingeworben hatte. Seit der Anklage wussten natürlich noch mehr Leute, wer sie war.

Johannes lächelte Oscar an. »Keine Sorge. Ich glaube, Parisa ist in bester Gesellschaft. Es gibt hier sicher den ein oder anderen Wirtschaftskriminellen.« Er klopfte Oscar leicht auf die Schulter, nahm sich ein Sektglas vom Tresen und gleich noch eins, als er hinter Parisas Schulter Mirja entdeckte. Dann ging er ihnen entgegen.

»Willkommen!« Er reichte ihnen die Gläser und sah dann Parisa an. »Ich habe versucht, dich zu erreichen.«

»Ja, ich weiß. Aber jetzt bin ich ja hier. Hast du Zeit, über eine Sache zu reden?«

»Jetzt?«

»Ja.«

»Klar, da oben können wir ungestört sprechen.« Er deutete auf die Fenster des Museumsgeschosses.

Parisa wandte sich an Mirja. »Ich bin gleich zurück.«

Sie verließen das Menschengewimmel und gingen zur Steintreppe. Während sie vor ihm die Treppe hochstieg, musste er sich anstrengen, nicht auf ihren Hintern zu starren, dessen Form sich deutlich unter dem roten Stoff abzeichnete. Das Stockwerk, in dem sich das Museum befand, war zwar für die Abendgäste geöffnet, doch alle standen im Innenhof, wo es Champagner gab. Neben Wilhelmina von Hallwyls Kunstsammlungen, Antiquitäten, Waffen, Porzellan und Silber gab es eine Modeausstellung. Kreationen aus Satin und Seide zierten die Schaufensterpuppen, die an den Wänden standen. Sie gingen weiter in die Bibliothek, deren Wände mit dunklen Bücherregalen bedeckt waren, in denen sich lauter in Leder gebundene Bücher befanden.

Parisa blieb mitten im Raum stehen, neben einem der alten Sofas. »Wollen wir uns hier hinsetzen?«

Johannes nickte und ging ein paar Schritte weiter in den Raum hinein. Auch wenn es vielleicht etwas albern war, aber jetzt, da sie alleine waren, wollte er den nötigen Abstand einhalten.

»Ich habe ja versucht, dich zu erreichen.«

»Ich weiß. Hast du angerufen, um dich zu entschuldigen?« Sie verschränkte die Arme vor der Brust.

»Entschuldigen? Wie meinst du das?«

»Ich fand unser Treffen neulich nicht besonders angenehm.«

»Angenehm? Das ist doch kein Kaffeeklatsch. Ich versuche, dir zu helfen. Gut, vielleicht waren meine Fragen etwas hart. Aber ich möchte dich gut vorbereiten. Wir müssen innerhalb von zwei Wochen unsere sämtlichen Beweise geschickt haben, und wir dürfen nicht an Tempo verlieren.« Johannes machte eine kurze Pause und versuchte, weder an ihr fantastisches

Aussehen zu denken noch daran, dass sie ganz allein in diesem Raum waren, oder an den herrlichen Kuss.

»Ich brauchte etwas Zeit«, sagte sie. »Während der letzten Tage bin ich alles durchgegangen, was du geschickt hast. Ich habe nicht gerade auf der faulen Haut gelegen.« Sie sprach mit zusammengebissenen Zähnen.

Er trat einen Schritt näher. »Ich möchte nur, dass es gut ausgeht. Es ist für unsere Kanzlei kein gewöhnlicher Fall, und weil wir uns auch privat kennen, ist es besonders wichtig, dass ich mich professionell verhalte und dich nicht anders behandle als die anderen Mandanten. Ich riskiere eine Menge, indem ich diesen Fall angenommen habe, und darf ihn nicht vermasseln.« Er holte tief Luft. »Das, was am Freitagabend passiert ist, war ein großer Fehler. Ich bitte dafür um Verzeihung. Ich bereue, was geschehen ist.« Es fiel ihm schwer, die Worte auszusprechen, denn tief im Inneren bereute er gar nichts.

Parisa hatte eigentlich nicht vorgehabt, zur Jubiläumsfeier zu gehen, doch das Zusammentreffen mit Robin am selben Morgen hatte sie umgestimmt. Wenn sie ihn besiegen wollte, musste sie jetzt handeln und ihre ganze Energie in die Anklage stecken, statt darüber nachzugrübeln, wie Johannes sie behandelt hatte.

Bevor sie wieder anfangen konnten, miteinander zu arbeiten, wollte sie ein vernünftiges Gespräch mit ihm führen, und sie war ja zur Feier eingeladen wie alle anderen auch. Doch jetzt stellte sie ihre Entscheidung infrage. Warum musste er es so betonen, dass er den Kuss bereute? Das war schon beim gestrigen Treffen deutlich geworden. Es hätte ihr klar sein müssen, dass es sich so entwickeln würde. Johannes war ein wechselhafter Mensch. Jemand, der sich zurückzog, sobald ihm etwas zu viel wurde, was dazu führte, dass er andere Menschen verletzte. Sie hatte es ja schon einmal erlebt. Und ja, sie konnte ihm sicherlich als Anwalt vertrauen, ärgerte sich aber über sich selbst, dass sie nicht weiter war. Sie hätte es besser wissen müssen, nach dem, was zwölf Jahre zuvor passiert war. Es war ihre eigene Schuld, wenn er sich jetzt so ignorant verhielt.

»Ja, das hast du ziemlich deutlich gezeigt, dass du unseren Kuss bereust.« Sie seufzte. »Warum hast du den Fall überhaupt angenommen, wenn das so ein Risiko für dich bedeutet? Wenn ich so viel zerstören kann?«

Er holte Luft, atmete langsam aus und sah hinter ihre Schulter, als versuchte er, Ordnung in seine Gedanken und Worte zu bringen. Dann blickte er sie ruhig an. »Du weißt, warum ich deinen Fall angenommen habe.« Er schüttelte langsam den Kopf. »Und du weißt auch, dass es nicht wahr ist, was ich eben gesagt habe. Ich bereue den Kuss nicht.« Seine blauen Augen durchbohrten sie. Dann erst begriff sie, was er gesagt hatte. Meinte er es ernst?

»Und genau das macht es so kompliziert«, fuhr er fort. »Dass ich nicht aufhören kann, an dich zu denken.« Wieder holte er tief Luft. »Aber ich weiß überhaupt nicht, wie ich mit alldem umgehen soll. Wie soll ich ein guter Verteidiger sein, wenn ich nicht weiß, wie ich mich dir gegenüber verhalten soll? Niemand kennt mich so gut wie du. Und dich wiederzusehen, mit dir reden zu dürfen … das ist … etwas ganz Besonderes für mich.«

Sie sagte noch immer nichts. Auch wenn sie zurzeit mehr als genug Probleme hatte, an die sie denken musste, schlug ihr Herz bei seinen Worten Purzelbäume. Sie betrachtete ihn nachdenklich. Trat einen Schritt auf ihn zu. Blieb ganz nah bei ihm stehen, während ihr Herz laut in der Brust pochte. »Ich wünschte, wir hätten uns unter anderen Voraussetzungen wiedergesehen«, sagte sie leise.

»Ich auch.«

Sie war ihm so nahe. Am liebsten hätte sie ihre Arme ausgestreckt und ihn wieder geküsst. Doch gerade als sie es tun wollte, unterbrach er sie.

»Ich glaube …«, sagte er mit heiserer Stimme. »Ich glaube, wenn das hier funktionieren soll, wenn ich einen guten Job als Verteidiger machen und für dich einen Freispruch erreichen soll, dann müssen wir vollkommen professionell bleiben.«

Sie zitterte noch immer wegen seiner Nähe, nickte dann aber. Sie verstand ihn ja, trat einen Schritt zurück, um Abstand zu gewinnen. »Ich wollte dir eine Sache zeigen.« Noch immer hielt sie die Collegemappe in der Hand. Nun öffnete sie den Reißverschluss, nahm den Papierstapel aus Robins Wohnung hervor und reichte ihn Johannes.

»Was ist das?«, fragte er.

»Ich war heute in Robins Wohnung, um meine letzten Sachen zu holen und den Schlüssel abzugeben. Er hat mich gebeten, das hier zu unterschreiben.«

»Ist irgendwas mit den Dokumenten?«

Sie schüttelte den Kopf. »Dabei ist mir eingefallen, dass ich immer alle Dokumente paraphiere, also meine Initialen auf allen Seiten unten rechts in die Ecken schreibe. In der Finanzprognose, die im Beweismaterial enthalten ist, finden sich aber nirgendwo meine Initialen.«

»Ist das wahr?« Johannes sah sie aufmerksam an. »Aber du hast keine Kopien von dem Dokument, das du unterschrieben hast?«

»Nein, ich habe es unterschrieben, auf allen Seiten mit meinen Initialen versehen und das Ganze an Robin weitergegeben. Anschließend muss er alle Seiten außer der letzten Seite mit meiner Signatur ausgetauscht haben. Aber ich habe mir gedacht, ich könnte ihn mit diesem Dokument hier testen, indem ich es unterschreibe, meine Initialen in die Ecken schreibe, kopiere und ihm schicke. Dann können wir sehen, ob er manipulierte Unterlagen an die Staatsanwaltschaft weitergibt.«

»Und wir haben eine Kopie der korrekten Unterlagen, die du tatsächlich mit deinen Initialen abgezeichnet hast.« Johannes nickte anerkennend. »Gut, sehr gut.« Dann sah er sie an. »Wir werden den Mistkerl zur Strecke bringen.« Er ging ein paar Schritte von ihr weg in den Raum hinein, wodurch sie sich etwas entspannen konnte. Dann drehte er sich zu ihr um und lächelte. »Robin glaubt, dass er sich weiter seine eigene Wahrheit konstruieren kann. Aber das werden wir gegen ihn verwenden. Es ist übrigens noch etwas anderes Wichtiges passiert. Anders Roths Anteile wurden verkauft, und zwar direkt nach der großen klinischen Studie. Azzie hat es gestern erfahren.«

»Ist das wahr?«

»Wusstest du davon?«, fragte Johannes.

»Nein. Wir hatten noch keine Zeit, eine Hauptversammlung abzuhalten. Ich hatte keine Ahnung, dass sich die Eigentumsverhältnisse geändert haben. Nach der klinischen Studie ging es nur noch drunter und drüber.«

»Und die Anzeige gegen dich wurde, nur zwei Wochen nachdem Anders Roth alle seine Anteile verkauft hatte, erhoben. Was sehr verdächtig wirkt, vor allem, weil Robin während der Vernehmung behauptet hat, du hättest ihn in dem Glauben lassen wollen, die klinische Studie sei gut gelaufen.« Er hob seine geraden, dichten Augenbrauen. »Die Aktien wurden von den anderen Investoren gekauft.«

Parisa nickte und spürte, wie ein Lächeln über ihr Gesicht huschte. Diese Tatsachen waren von Vorteil für sie. »Danke für deine Hilfe«, sagte sie dann und sah ihn lange an. Die Spannung zwischen ihnen war wieder da und schien ihr gesamtes Sichtfeld zu beeinflussen.

Johannes schluckte und sah sie ebenso lange an. »Wollen wir wieder hinuntergehen?«, fragte er heiser.

Sie nickte.

Als sie gemeinsam zurück in den Innenhof gingen, meinte sie zum ersten Mal ein Gefühl des Triumphes zu spüren. Zum ersten Mal schien sie einen Vorsprung zu haben in diesem Durcheinander aus Machtlosigkeit und Verzweiflung.

26

Dreizehn Jahre früher

Johannes würde den ganzen Sommer über in der Buchhandlung arbeiten, während Parisa mit ihrer Familie während der Ferien verreiste. Zuerst eine Woche Spanien, dann zwei Wochen Malmö bei Verwandten und danach eine Woche Göteborg, um alte Freunde zu besuchen. Ohne zwischendurch nach Hause zu kommen.

Ein Monat ohne Parisa. Wie sollte er das überleben?

Sie würde am letzten Junitag abreisen. Die beiden letzten Juniwochen verbrachten sie wie im Sommer zuvor, als sie sich kennengelernt hatten. Der Unterschied lag darin, dass Johannes in diesem Sommer fast die ganze Zeit arbeiten musste. Aber jeden Nachmittag, wenn er Schluss hatte, kaufte er im Café Baguettes mit Salami und Brie und dazu zwei Glasflaschen Coca-Cola. Dann fuhr er mit dem Fahrrad zu ihrem Treffpunkt am Steg. Sie badeten, aßen und sonnten sich in der warmen Nachmittagssonne, bevor sie nach Hause zu Parisa fuhren, um mit ihren Eltern auf der Terrasse zu Abend zu essen. Den Abend beendeten sie mit einer Folge *Conan O'Brien*, bevor sich Johannes nach Hause verabschiedete. Jenny war auf einer Ferienfreizeit für Jugendliche mit körperlichen Behinderungen, und Johannes genoss es, einfach nur an sich selbst zu denken.

Außerdem brauchte er seine Mutter und Nicke nicht zu treffen. Oft sahen sie gerade irgendeinen schlechten Film, wenn er nach Hause kam, oder sie waren weg, wo, wusste er nicht.

Der Tag, an dem Parisa abreisen sollte, rückte immer näher. Johannes graute es davor. Sie würde an einem Sonntag fahren. Am Samstag davor wollten sie zusammen nach Linköping fahren. Die Stadt lag sechzig Kilometer von Norrstena entfernt, doch manchmal fühlte es sich an wie sechshundert. Dort war Stadtfest, und am Abend würde Kent spielen.

Sie kamen am Samstagmittag mit dem Bus in Linköping an, bummelten durch die Stadt, betrachteten die Leute, kauften Lángos mit Crème fraîche, Zwiebeln und Rogen auf Papptellern und tranken dazu Coca-Cola. Einer der großen Radiosender hatte eine eigene Bühne aufgebaut, auf der diverse Künstler auftraten. Die beiden standen am Rand der Menschenmenge und hörten zu. Sie spielten eine Runde Minigolf, und Johannes schlug Parisa haushoch. Er konnte sein Lachen nicht zurückhalten, als sie mit dem Schläger auf den Boden haute, nachdem er sie zum zweiten Mal besiegt hatte. Johannes war ein Ass im Minigolf. Als seine Großeltern noch lebten, hatte er in den Sommerferien abends mit ihnen gespielt.

Auf dem Weg zum Kent-Konzert kauften sie rosa Zuckerwatte, die aussah wie eine große, pinke, bauschige Wolke auf einem Holzstab. Bunte Lämpchen hingen aufgereiht zwischen den Straßenlaternen und warfen einen farbenfrohen Schein über die beiden.

»Dass du so eine schlechte Verliererin bist«, sagte Johannes und zupfte sich ein Stück aus der Zuckerwatte.

»Ich hatte nur einen schlechten Tag. Und Pech.«

Johannes lachte wieder. »Da siehst du es! Eine ganz schlechte Verliererin!«

»Ich wusste nicht, dass du so ein schlechter Gewinner bist.« Sie sah ihn gespielt entrüstet an, und über diesen Blick musste er wieder lachen. Sie verzog den Mund und lachte mit.

Er legte den Arm um ihre Schultern. Es fühlte sich so richtig an, sie an sich zu ziehen. Er wollte sie nah bei sich haben.

Sie hörte zu lachen auf. Sah ihn schweigend an, schien sich zu fragen, ob er mit Absicht den Arm um ihre Schultern gelegt hatte. Doch er ließ ihn dort liegen, und sie lehnte ihren Kopf an seine Schulter, während sie weitergingen. Er spürte den Duft von ihrem Haar und von der Zuckerwatte.

»Ich werde dich vermissen«, sagte sie dann und sah zu ihm auf.

»Ich werde dich vermissen. Total.«

Schweigend gingen sie weiter, bis sie fast an der Bühne angelangt waren. Sie kauften sich jeder einen Hamburger mit Pommes frites und Fanta, dann setzten sie sich an einen freien Tisch in der Nähe der Bühne. Parisa erzählte von den Plänen ihrer Eltern für die Spanienreise, und Johannes legte eine Hand auf ihre, und sie lächelte. Es kam ihm so vor, als hätte der Arm auf ihren Schultern etwas in ihm in Gang gesetzt. Er wollte sie weiter berühren, ihre Hände wärmen, die langsam kalt wurden. Ihre zarte Wange berühren, ihr über das weiche Haar streichen. Die Stimmen in seinem Kopf, die schrien, sie sei zu gut für ihn, ignorierte er. Er wollte es doch.

Die Vorband begann zu spielen. Sie standen auf und gingen zur Bühne. Immer mehr Menschen stießen dazu, es wurde enger und enger. Als Kent auf die Bühne kam, stand Parisa vor Johannes. Sie mussten sich aneinanderdrücken, und er legte die Arme um ihre Taille, um sie nicht zu verlieren. Sie sangen mit, und sein Körper wiegte sich im selben Takt wie ihrer. Als endlich Parisas Lieblingssong »Kräm« gespielt wurde, hielt er sie noch fester und wagte kaum zu atmen. Der Song handelte von etwas sehr Intimem, von etwas, das er am liebsten mit ihr erleben würde.

In diesem Moment wandte sie den Kopf zu ihm und sah ihn an. Und da tat er es. Er beugte sich hinunter und küsste sie.

Die Bewegung war schnell, und sie war nicht darauf vorbereitet gewesen. Erst erwiderte sie den Kuss nicht, doch dann entspannte sie sich und küsste ihn zurück. Sie drehte sich ganz zu ihm um. Erst küsste er sie vorsichtig auf die wunderbar zarten Lippen, schmeckte Zuckerwatte und das Salz von den Pommes frites. Dann schmeckte er etwas, was er nie zuvor geschmeckt hatte. Es war gleichzeitig süß, zart und absolut himmlisch. Der Geschmack von *ihr*.

Nach einer Weile hörten sie auf, sich zu küssen. Er hatte jedes Zeitgefühl verloren, aber die Band spielte inzwischen einen neuen Song. Parisa lächelte und drehte sich wieder zur Bühne. Sie standen ganz still, während sie zuhörten. Er drückte sie fester an sich, wollte sie so nah wie möglich haben, und sie lehnte ihren Kopf nach hinten an seine Schulter. Die unendlich lange und großartige Konzertversion von »747« begann, und Johannes kam es vor, als verstünde er die Bedeutung des Songtextes jetzt sehr viel besser als vorher. *Du bist es wert, für dich zu sterben.*

Als die Band schließlich von der Bühne ging, wollte der Applaus nicht enden. Wieder drehte sie sich zu ihm. Ihre Augen glitzerten, und er beugte sich wieder hinunter und küsste sie. Sie küssten sich, während der Applaus um sie herum toste und das Publikum skandierte: »Kent, Kent, Kent!«

Johannes merkte nicht, wie die Band erneut die Bühne betrat. Aber er hörte, wie die ersten Takte von »Klåparen« gespielt wurden. Es war der Song, der seine Beklemmung in der Kleinstadt symbolisierte. Jetzt dachte er, welch unfassbare Wendung sein Leben genommen hatte. Von ganz unten bis zu diesem großartigen Dasein, alles dank Parisa.

Sie sahen einander an, holten tief Luft und lächelten, bevor sie sich weiterküssten. Johannes sah aus den Augenwinkeln ein Mädchen neben ihnen, das sie anlächelte.

Als letzte Zugabe spielte die Band »Mannen i den vita hatten«, einen Song über das Jungsein und den Schritt hinaus in die Erwachsenenwelt. Bald war ihre Zukunft greifbar. Auf dem Gymnasium.

Wie würde es sein? Inzwischen dachte er, dass es nur noch gut werden konnte. Jetzt, wo es Parisa in seinem Leben gab. Er hatte einen Platz im gesellschaftswissenschaftlichen Programm ergattert, Parisa im naturwissenschaftlichen. Sie würden keinen gemeinsamen Unterricht mehr haben, sich aber in der Schule sehen.

Als das Konzert vorbei war, gingen sie Hand in Hand langsam zurück zum Bus. Manchmal blieben sie stehen, um sich zu küssen.

Sie verabschiedeten sich vor ihrer Tür, und er gab ihr einen letzten Kuss. In dieser Nacht schlief er ein mit einem warmen und ganz neuen Gefühl im Körper. Es war eine Mischung aus Überraschung – dass sie ihn tatsächlich auch mochte – und Zufriedenheit – es fühlte sich so richtig an. Er und Parisa fühlten sich richtig an.

Am nächsten Morgen war es Zeit für ihre Abreise. Johannes ging hinunter zum Parkplatz, um sich zu verabschieden. Er umarmte sie lange, ohne sich darum zu kümmern, dass ihre Eltern sie sahen und dass ihre Schwester ihm einen vernichtenden Blick zuwarf. Schon seit dem ersten Tag sah sie aus, als würde sie ihn am liebsten ermorden. Aber er umarmte Parisa fest, so fest, als könnte er sie dadurch bei sich behalten. Er hätte sie so gerne geküsst, konnte es aber nicht vor ihrer Familie tun.

»Wir hören voneinander, oder?«, flüsterte er in ihr Ohr, bevor er sie losließ.

Sie lächelte. »Klar tun wir das.«

Und während er über die Türschwelle zu seiner muffigen Wohnung trat, wo seine Mutter vor der Glotze saß und einen Thriller schaute, bekam er die erste Nachricht. *Vermisse dich jetzt schon.*

27

»Fällt dir etwas ein, was beweisen könnte, dass du bei der Telefonkonferenz nicht dabei warst?« Johannes blickte Parisa über die Ordner hinweg an.

Sie schien zu überlegen, seufzte dann aber. »Ich habe beschlossen, bei der Telko nicht dabei zu sein, und bin einfach nach Hause gefahren. Ich habe also nichts Schriftliches, keinen Kalendereintrag oder so, mit dem ich etwas anderes bezeugen könnte. Außer diesen Notizen, die Robin für mich gemacht hat.«

Jeder Tag während der vergangenen zwei Wochen war gleich gewesen: Parisa kam um neun Uhr in die Kanzlei, dann ging sie zusammen mit Johannes ihre Mails durch, um verwertbare schriftliche Beweise zu finden. Johannes' Kollegen stießen nach der Mittagspause für ein kurzes Abstimmungstreffen dazu, und am Nachmittag trafen sich Johannes und Parisa mit Leif.

Sie arbeiteten bis spät in den Abend hinein, bestellten sich Essen ins Konferenzzimmer und aßen es, während sie weiterarbeiteten, Seite an Seite.

Mit der Zeit wurde das Bild für Johannes immer klarer. Durch Parisas Erzählungen und mithilfe der Unterlagen, die ihnen zugänglich waren, würde er Parisas und Robins Rolle in dem Ganzen vor Gericht entsprechend darlegen können.

Parisa war offenbar nicht in den Kontakt mit den Investoren eingebunden gewesen. Diese Dinge regelte Robin allein, während ihre Hauptaufgabe war, den Fortgang der Forschung zu überwachen und zu leiten. Wenn man die Klageschrift las, bekam man den Eindruck, dass die Staatsanwaltschaft ein völlig anderes Bild hatte.

Parisa konnte durch Mails nachweisen, dass Robin die Korrespondenz mit den Investoren verantwortet hatte. Die Grundlage für die Finanzprognosen war immer von Robin erstellt worden. Sie hatte aus ihren Mails frühere Berichte und Prognosen an die Investoren herausgesucht, bei denen sie in CC gesetzt worden war und wo ihre Initialen in jeder Ecke zu sehen waren. Im Gegensatz zur manipulierten Prognose, auf die sich die Staatsanwaltschaft berief und in der sich ihre Unterschrift lediglich auf der letzten Seite befand. Robin hätte die Seiten ohne Weiteres austauschen können, bevor er die gefälschte Prognose an die Investoren verschickte.

Johannes war es dabei gelungen, die professionelle Atmosphäre zwischen ihnen aufrechtzuerhalten, obwohl sie so viel Zeit miteinander verbrachten. Aber sie arbeiteten konzentriert, und Johannes hatte seine Fähigkeit wiedererlangt, Gefühle auf Pause zu stellen. Sobald er anfing, anders als im Arbeitskontext an Parisa zu denken, strengte er sich an, die Gedanken in andere Bahnen zu lenken. Und es funktionierte. Fast immer.

Jetzt war der letzte Freitag gekommen, bevor alle Beweise vorliegen mussten. Johannes, Parisa, Azzie und Carl-Adam hatten sich soeben Salat zum Mittagessen geholt und gingen noch einmal alles durch.

Johannes blickte auf seine Notizen. »Robins Zusammenfassung von der Telefonkonferenz ist leider nicht aufgetaucht. Sie scheint nicht im Material enthalten zu sein, das wir bekommen haben.«

Parisa runzelte die Stirn. »Das ist merkwürdig. Ich habe so etwas immer sorgfältig aufgehoben. Aber ich sehe sicherheitshalber noch einmal im Büro nach.« Sie öffnete den Plastikdeckel der Salatschüssel und kippte das Dressing darüber.

»Gut.« Johannes hatte inzwischen viele gute Argumente, aber die Notizen, in denen Robin den Inhalt der Telefonkonferenz mit den Investoren niedergeschrieben hatte, würden beweisen, dass Parisa nicht anwesend gewesen war und davon ausgehen musste, dass die Investoren die ganze Wahrheit über die missglückte Studie kannten, während er sie de facto angelogen hatte. Beide Investoren hatten nämlich ausgesagt, dass Endo während der Telefonkonferenz vorgegeben habe, die klinische Studie sei gut gelaufen, während Robin in seinen Notizen für Parisa geschrieben hatte, er habe ihnen die Wahrheit gesagt.

»Die Investoren haben während der Vernehmung übereinstimmend gesagt, dass sowohl du als auch Robin während der Telefonkonferenz dabei wart. Aber du hast kein Alibi für den Abend, oder?« Johannes drehte die Nudeln aus dem asiatischen Nudelsalat um seine Gabel.

Parisa schüttelte den Kopf. »Leider nicht. Ich bin einfach nach Hause gegangen und habe gearbeitet.«

»Ich verstehe nicht, wie sie dann behaupten können, du seist dabei gewesen«, meinte er, während er sich die Nudeln in den Mund stopfte. Er liebte diesen Salat, der scharf und salzig zugleich war.

»Vielleicht haben sie es nur vermutet. Es war ja auch so gedacht gewesen.«

Johannes nickte. »Kann jemand Robin an seinem Platz gesehen und bemerkt haben, dass nur er und Anders Roth zugegen waren?«

Parisa überlegte eine Weile. »Du kannst unsere Reinigungskraft fragen, Serwah. Sie könnte die beiden gesehen haben, aber ich weiß nicht, ob sie sich an ein genaues Datum erinnert.« Sie spießte ein Stück Hähnchen aus ihrem Salat auf.

»Gut, kannst du mir ihre Kontaktdaten geben?«

Parisa zog ihr Handy hervor. »Klar, ich schicke sie dir gleich.«

»Ich kann sie anrufen«, bot Azzie an und begann auf ihrer Tastatur zu tippen.

»Und dann haben wir noch das Interview auf Breakit«, fuhr Johannes fort. Das war eins der letzten Dinge, die noch besprochen werden mussten.

Die Staatsanwaltschaft verwendete das Interview als Teil ihres Beweismaterials, weil dort stand, dass Endo damit rechne, innerhalb von fünf Jahren ein Medikament gegen Endometriose entwickelt zu haben.

Er sah Parisa an. »Es sieht nicht aus wie ein Direktzitat. Hast du das zur Journalistin gesagt?«

Parisa schüttelte den Kopf. »Ich weiß aber, dass viele Journalisten mit Leuten aus dem Umfeld ihres Interviewpartners sprechen, um ihren Text aufzubauschen.«

»Die Staatsanwaltschaft betont den Umstand, dass Endo den Investoren innerhalb von fünf Jahren ein Medikament zugesagt hat, und das scheint der einzige Beweis dafür zu sein, dass du es versprochen haben könntest.« Er sah Azzie an. »Könntest du überprüfen, was die Journalistin in Erinnerung hat? Vielleicht können wir sie als Zeugin einberufen.«

Azzie nickte. »Natürlich.« Sie spießte ein Salatblatt auf ihre Gabel und wollte sie gerade zum Munde führen, als sie Johannes erneut ansah. »Wir haben noch nichts von der Staatsanwaltschaft bekommen über diese Prognose für die Investoren, die Parisa neulich unterschrieben hat?«

»Noch nicht.« Johannes schüttelte den Kopf.

»Um was geht es?«, fragte Carl-Adam.

»Robin hat Parisa vor ein paar Wochen Material zur Unterschrift vorgelegt. Es sollte dem einzigen Investor geschickt werden, den Endo noch hat. Das Material wirkte einwandfrei, aber wir vermuten, dass Robin anschließend die Seiten ausgetauscht und nur die mit Parisas Unterschrift behalten hat, um dann zu behaupten, Parisa habe die Prognose manipuliert. Aber wir haben eine Kopie des Materials vorliegen, das sie Robin gegeben hat, mit paraphierten Seiten.«

Carl-Adam nickte nachdenklich. »Spannend.« Er legte sein Besteck in die leere Plastikschüssel.

»Strafsachen sind wirklich spannend«, sagte Azzie. »Warum hast du eigentlich damit aufgehört?« Sie sah Johannes an.

»Es ist spannend und interessant, aber manchmal geht es auch um Menschenleben. Es kann etwas zu … zu real werden manchmal.«

Johannes spürte Parisas Blick, der auf ihm ruhte.

Azzie nickte.

»Noch eine letzte Sache. Könnte einer von euch noch einmal das Material durchgehen, das ich Oscar gegeben habe? Nur um auszuschließen, dass sich Robins Notizen dort befinden?«

»Das kann ich übernehmen. Ich bitte ihn um das Material«, erklärte Carl-Adam.

»Danke«, sagte Johannes. »Ich werde am Wochenende alles zusammenstellen, was wir haben, und es am Montagnachmittag verschicken. Das ist der letzte Tag.«

»Wann wird der Prozess stattfinden?«, fragte Carl-Adam.

»Ich vermute, dass wir schon bald einen Termin haben werden. Aber die eigentliche Verhandlung wird erst im Herbst sein.«

Azzie und Carl-Adam standen auf, um zu ihren nächsten Meetings zu gehen, blieben jedoch stehen, als Parisa sich räusperte.

»Ich möchte euch für die harte Arbeit der vergangenen Wochen danken.« Sie blickte Carl-Adam und Azzie an.

»Aber klar doch, das haben wir gern gemacht. Ich freue mich schon, von deiner Freisprechung zu lesen.« Carl-Adam lächelte.

Azzie lächelte auch und umarmte Parisa schnell, bevor sie den Raum verließen.

Johannes blieb noch da und besprach mit Parisa die letzten Dinge. Zum Abschluss des Tages stimmten sie sich noch einmal per Telefonkonferenz mit Leif ab.

Als sie fertig waren und ihre Sachen zusammenpackten, war es bereits sieben Uhr. Johannes hörte seinen Magen knurren. Er sah Parisa an.

»Möchtest du etwas essen?« Mit einer Mandantin zu Abend zu essen war nach zwei Wochen harter Arbeit nichts Ungewöhnliches. Es würde ihre berufliche Beziehung nicht beeinträchtigen. »Oder hast du andere Pläne?«

»Überhaupt keine Pläne, wir können gern etwas essen.« Parisa schob ihren Computer in die Lederhülle und hängte sich den Riemen über die Schulter.

»Ich dachte, wir verlassen einmal die Kanzlei. Es ist trotz allem Freitag, und ich muss etwas anderes sehen als diese Wände.«

»Klingt gut.«

»Und ich möchte einmal etwas anderes sehen als den Stureplan. Kennst du das China am Skanstull?«

»Ja, ich liebe das Lokal.«

»Gut, ich frage, ob sie einen Tisch frei haben.«

Fünf Minuten später traten sie aus dem Konferenzraum. Lachen und Stimmengewirr aus dem Lichthof drangen an ihre Ohren.

»After Work«, erklärte Johannes.

»Möchtest du lieber dorthin?« Parisa sah ihn an. »Ich kann

auch nach Hause fahren zum Essen. Ich bin sowieso ganz kaputt, und …«

»Nein«, sagte Johannes eine Spur zu schnell. »Ich brauche einen Tapetenwechsel. Außerdem habe ich in den letzten Wochen viel zu viel Zeit mit meinen Kollegen verbracht.«

Sie nickte langsam. »Aber du schaffst es, mit mir Zeit zu verbringen? Du findest nicht, dass es zu viel war?«

Er sah sie lange an. »Es klingt vielleicht merkwürdig, aber ich kann jede Menge Zeit mit dir verbringen, ohne dass es mir zu viel wird.«

Sie lächelte als Antwort, und dann gingen sie die Treppen hinunter und hinaus auf die Straße.

Das Taxi wartete schon auf sie, und sie stiegen ein. Das Auto fuhr hinunter zum Strandvägen. Es war Freitagabend, und die Außenbereiche der Restaurants waren voll besetzt. Gekühlte Weine in Eimern voller Eiswürfel, lachende Menschen und teure Anzüge. Vorbeispazierende Touristen, die vermutlich gerade aus den Schären zurückgekehrt waren, Grüppchen auf dem Weg in die Bars und Restaurants der Stadt. Auf der anderen Seite der Bucht leuchteten die bunten Lichter der neusten Attraktion im Freizeitpark Gröna Lund. Während das Taxi in die Hamngatan einbog, saßen sie schweigend da und betrachteten das sommerliche Gewimmel. Der Wagen fuhr weiter in den Klaratunnel, und als sie hinaus auf die Centralbron kamen, blickte Johannes wieder aus dem Fenster und genoss die Aussicht auf das blaue Wasser, die Brücken und Steinfassaden.

»Weißt du noch, wie viele Skylines wir damals im Fernsehen gesehen und von ihnen geträumt haben?«, sagte Parisa. »Vielleicht spektakulärer als das hier, mit Wolkenkratzern und Millionen von glitzernden Lichtern, aber … ich liebe die eher zurückhaltende Großstadtszenerie Stockholms. Die Aussicht auf diese Stadt schlägt einfach alles. Das Wasser, die vielen kleinen Inseln, die Kirchtürme.«

Er lächelte. »Dass wir beide tatsächlich hier gelandet sind … Ich habe immer gedacht, dass du in die USA ziehen würdest. Als ich hörte, dass du dort studiertest, dachte ich, du würdest für immer drüben bleiben.«

Sie nickte. »Und ich dachte, du würdest dorthin ziehen.«

»Wenn man aus Norrstena kommt, ist Stockholm groß genug. Für meinen Geschmack herrscht genug Anonymität«, sagte Johannes und drehte sich zu ihr. Der Ledersitz unter ihm knarrte.

»Was für große Pläne wir hatten.« Parisa lächelte.

»Ja, und du hast alle umgesetzt«, sagte er.

»Nein, das habe ich nicht … aber ich habe hart gearbeitet.« Sie seufzte tief. »Manchmal fühlt es sich an, als wären die Erfolge einfach so passiert. Außerdem war die Forschung das Wichtigste, alles andere war bedeutungslos.« Sie starrte vor sich hin. »Ich bin nie dazu gekommen, es zu genießen. Und jetzt … ist alles verloren.«

»Nein, das ist es nicht, Parisa. Es ist noch nicht vorbei.«

»Es fühlt sich aber an, als wäre … als wäre alles vorbei. Dieser Prozess stellt alles infrage. Meine gesamte Forschung. Die Vorwürfe sind so weitreichend. Wie soll ich jemals wieder forschen können? Niemand wird mich mehr respektieren.«

»Du wirst heil aus der Sache herauskommen.« Johannes sah sie ernst an. »Dafür werde ich sorgen.«

Sie schüttelte den Kopf. »Ich weiß nicht. Ich weiß nicht, ob ich mich jemals von dieser Sache werde erholen können. Ich begreife wirklich nicht, wie es dazu kommen konnte. Mir kommt es so vor, als wären Tempo und Druck zu hoch gewesen und deshalb etwas schiefgelaufen, und ich …« Sie wandte sich an ihn. »… ich habe Sorge, dass ich ungewollt mehr versprochen habe, als ich halten konnte.« Sie sah ihm direkt in die Augen. »Wusstest du, dass Menschen eher bereit sind zu lügen, wenn es für eine gute Sache ist?« Sie sah wieder zum Autofenster hinaus. »Vielleicht habe ich ja gelogen, ohne es zu merken.«

»Das ist dein Gefühl, Parisa. Und ich kann das nachvollziehen. Aber es stimmt nicht. Alles, was wir in den letzten Wochen unserer Arbeit herausgefunden haben, spricht dafür, dass du niemanden angelogen hast.«

Das Taxi war am Restaurant angelangt. Sie stiegen aus, gingen hinein und bekamen einen Tisch mitten im Restaurant. Umgeben von Freundescliquen, Paaren und Familien.

Sie setzte sich mit einer kleinen Falte zwischen den Augenbrauen. Ihrer Denkermiene.

»Denkst du noch immer an den Prozess?«, fragte er, nachdem der Kellner ihnen die Speisekarten gebracht hatte.

Da lächelte sie, sah ihn nachdenklich an und schüttelte schließlich den Kopf. »Ich denke an dich.« Sie lächelte noch mehr. Streckte sich über den Tisch und legte ihre Hand auf seine. »Es ist schön, dich so zu sehen, Johannes.«

»Wie meinst du das?«

»Es scheint, als hättest du deinen Platz gefunden. Deine Berufung.«

Er lächelte leicht. »Findest du?«

Sie nickte.

»Manchmal bin ich mir da noch nicht sicher.« Er ließ ihre Hand da, wo sie lag, und war sich des Gefühls von ihrer Haut auf seiner wohl bewusst. »In der Strafrechtskanzlei habe ich gemerkt, dass ich etwas bewirkt habe. Aber mit dem ganzen Wirtschaftsrecht … ich weiß nicht, ob es wirklich mein Ding ist. Als ich bei Leif in der Strafrechtskanzlei war, kam mir jeder Tag bedeutungsvoll vor. Ich habe jemandem geholfen, der es wirklich nötig hatte.«

»Warum hast du dann nicht damit weitergemacht?«

»Gerade weil mir die Mandanten so ähnlich waren. Ich habe alles viel zu persönlich genommen. Es hat mich zu sehr mitgenommen, wenn jemand verurteilt wurde, jemand, dem ich geglaubt hatte. Und es ging mir so nahe, wenn Leute lange in U-Haft sitzen mussten und ihre Familien nicht treffen konnten. Und dann die ganzen kaputten Menschen ... junge Leute mit dem ganzen Leben noch vor sich, aus denen alles hätte werden können, aber die von Erwachsenen enttäuscht worden waren. Und ich ...« Er seufzte tief. »Der Versuch, sie zu verteidigen, erschien mir so vergeblich wie kaum etwas anderes. Man denkt, man könne etwas bewirken, aber tatsächlich kann man das manchmal nicht, denn oft verurteilt sie das Gericht trotzdem.«

Im selben Moment merkte er, was er gerade gesagt hatte, und sah sie beunruhigt an. Er wollte nicht, dass sie dachte, ihr Fall sei hoffnungslos.

Trotzdem war alles, was er gesagt hatte, die bittere Wahrheit. Man glaubte, dass man die Argumente auf seiner Seite hatte, dass alles wasserdicht war, aber dennoch verurteilte das Gericht den Angeklagten zu einer Freiheitsstrafe.

»Man fühlt sich unzulänglich«, schloss er den Gedankengang ab.

Sie nickte. »Das kann ich verstehen. Nicht immer hat man die Kraft zu kämpfen.«

Johannes sah sie an. »Aber an dich glaube ich wirklich, und ich finde, wir sind in den letzten Wochen sehr weit gekommen.«

Der Kellner kam wieder vorbei, und sie bestellten sich jeder eine Pekingente und einen leichten Rotwein.

Schon bald brachte der Kellner den Wein und schenkte ihnen ein.

»Und was steht bei dir im Sommer an?«, fragte Parisa und probierte vom Wein. Während der vergangenen Wochen hatten sie ausschließlich von der Arbeit geredet. Ihm fiel auf, dass er überhaupt nicht wusste, wie sie den Sommer verbringen würde.

»Hauptsächlich Arbeit«, antwortete er. »Ich fahre mit Jenny eine Woche nach Schonen, wo sie sich ein Ferienhaus über einen Kunstverein mietet. Sie wird malen, und ich werde der Künstlerin wohl Essen und Trinken servieren.« Er lachte. »Und dann wollten wir noch in Värnamo vorbeifahren und Björn besuchen, der damals eine Weile bei uns gelebt hat. Er wohnt mittlerweile dort.«

»Ihr habt also noch Kontakt?«

Er nickte.

Björn hatte sich für ihn eingesetzt und war der einzige verlässliche Erwachsene für Johannes gewesen, als sein ganzes Leben zusammenbrach. Auch wenn sie sich nicht so oft sahen, bedeutete er Johannes noch immer viel. »Wir telefonieren ab und zu, und Jenny und ich versuchen, ihn zumindest einmal im Jahr zu besuchen. Ansonsten werde ich hauptsächlich arbeiten. Ich habe einen Fall, den ich im Frühling etwas vernachlässigt habe. Im Herbst wird die Verhandlung sein, also muss ich im Juli ganz schön hart arbeiten.«

»Hast du ihn wegen meines Falls vernachlässigt?«

Johannes überlegte, ob er ausweichend antworten sollte, entschied sich dann aber für die Wahrheit: »Ja. Als ich der Kanzlei deinen Fall vorgeschlagen hatte, haben sie ihn nur unter der Voraussetzung akzeptiert, dass ich meine anderen Fälle weiterbetreue. Aber der Sommer ist sowieso nicht meine Lieblingsjahreszeit. Ich werde das ein oder andere mit Jenny und Zacke unternehmen, habe aber nichts gegen Arbeit. Früher habe ich den Sommer immer verabscheut, bevor ich …«

Er brach ab.

»Bevor du was?« Sie sah ihn forschend an.

»Bevor ich dich getroffen habe. Unsere beiden gemeinsamen Sommer sind die besten, die ich je hatte«, sagte er aufrichtig.

Sie nickte langsam, während sie den Stiel ihres Weinglases zwischen den Fingern drehte, einen Schluck nahm und dann Johannes ansah. »Diese Sommer hatten etwas Magisches, findest du nicht?«

»Oh doch, das kann man wohl sagen. Du und deine Familie – ihr wart für mich ein Zufluchtsort.« Als Parisa in sein Leben trat, war das ein solcher Kontrast zu seinem übrigen Leben. Zugleich kamen bei ihm die schmerzvollen Erinnerungen daran hoch, wie kaputt er innerlich gewesen war. Er räusperte sich. »Und du, welche Pläne hast du?«

»Ich werde wohl einige Wochen zu Hause in Norrstena bei meinen Eltern verbringen. Ich habe ja noch gar nicht mit ihnen über die ganze Sache gesprochen. Also muss ich es wohl in Angriff nehmen.«

»Du hast den ganzen Frühling über noch nicht mit ihnen gesprochen?«

Sie schüttelte den Kopf. »Ich habe es nicht fertiggebracht. Nicht nach diesem ungeheuren Scheitern. Es war ihnen immer so wichtig, dass es uns gut geht, mir und Nooshi …« Sie seufzte. »Außerdem haben auch sie in das Unternehmen investiert. Und jetzt, wo es bald insolvent ist …« Sie beendete den Satz nicht. »Ich glaube, sie haben eine Hypothek auf das Haus aufgenommen, und das ist im Prinzip alles, was sie besitzen.« Sie stellte ihr Weinglas ab. Ein leichter Luftzug wehte über den Tisch hinweg, und er nahm ihren Duft wahr.

Den Duft, den er nie hatte vergessen können. Der Spuren in seinem Körpergedächtnis hinterlassen hatte und ihn ganz zittrig werden ließ. Dieses Blumige und noch eine weitere

Komponente, die nach Safran roch. Vielleicht war es auch nur Einbildung und eigentlich ein Geruch, den er mit Parisa und ihrer Familie verband, mit den Abendessen bei ihr zu Hause. Genauso wie er sich einbildete, den Duft der rosa Zuckerwatte von ihrem Abend in Linköping zu riechen, damals, als sie sich das erste Mal geküsst hatten.

Parisas Handy vibrierte, und sie warf einen kurzen Blick darauf. Dann nahm sie es in die Hand. Während sie etwas auf dem Display las, kehrte ihre Denkermiene zurück. Doch die Falte wurde tiefer, die Augen feucht.

Johannes legte die Hand auf ihren Arm. »Ist alles okay?«

»Jetzt ist es bestätigt. Das Unternehmen wird in die Insolvenz gehen.« Sie legte das Handy auf den Tisch. Im selben Moment kam eine Kellnerin mit dem Essen.

Parisa breitete die Serviette auf ihrem Schoß aus und schnitt ein Stück von der Ente ab, hielt dann aber inne.

»Du wirst weiterkommen«, sagte er. »Du wirst etwas Größeres werden als Endo.«

»Wenn ich an die Angestellten denke ... die ihre sicheren Stellen aufgegeben haben, um bei uns anzufangen.«

»Glaubst du nicht, dass sie etwas anderes finden werden? Es sind doch lauter gut ausgebildete, erfolgreiche Menschen.«

»Ein paar vielleicht. Aber nicht alle.« Sie schüttelte den Kopf.

Er schwieg.

»Was passiert bei einer Insolvenz mit dem Patent?« Sie sah ihn an. »Mit meinem Messverfahren?« Das Patent schützte ihr Messverfahren und somit das, was den größten Wert des Unternehmens darstellte. Er verstand ihre Frage und ihre Befürchtung – dass jemand anderer das Patent übernehmen und damit arbeiten würde, obwohl sie es geschaffen hatte.

»Das Patent wird verkauft werden, genau wie alle anderen Unternehmenswerte.«

»Daran wird aber wohl niemand interessiert sein. Das Messverfahren wurde ja nicht genehmigt.« Sie zuckte resigniert die Schultern.

Johannes legte seine Hand auf ihre. »Mir ist klar, dass sich das furchtbar anfühlen muss. Alles ist furchtbar. Aber ich werde einen Freispruch für dich erwirken, und danach kannst du forschen, soviel du willst.«

Sie nickte stumm.

Dann aßen sie ihr Essen und gingen zu anderen Themen über. Zacke und Mirja hatten offenbar ein missglücktes Date gehabt, danach aber beschlossen, Freunde zu bleiben. Johannes erzählte von Jennys anstehender Ausstellung. Sie war nach der Ausstellung im Alten Schlachthausviertel mit Anfragen regelrecht bombardiert worden.

Nachdem sie gegessen und bezahlt hatten, gingen sie hinaus in den lauen Frühsommerabend. Gemeinsam spazierten sie zu Mirjas Wohnung am Mariatorget. Während der wochenlangen intensiven Arbeit war er zwar immer zu Fuß ins Büro und wieder nach Hause gegangen, hatte aber nur wenige Laufrunden geschafft. Jetzt tat es ihm gut, sich nach dem Essen zu bewegen.

Die Bars waren voll, Musik drang auf die Straße, und lautes Lachen hallte zwischen den Häusern wider.

Vor Mirjas Hauseingang blieben sie stehen. Sie würden sich viele Wochen nicht sehen, sondern erst, wenn die Hauptverhandlung eingeleitet wurde. Johannes wusste den Termin noch nicht. Bis dahin würden sie sich per Mail oder Textnachricht austauschen.

Ihn ergriff dasselbe schmerzliche Gefühl wie damals, als sie ihn für einen ganzen Sommer verließ. Den Sommer, als sie sechzehn waren und sie mit ihrer Familie in den Urlaub fuhr. Auch wenn sie sich in den vergangenen zwei Wochen nur der Arbeit gewidmet hatten, so hatte er doch ihre Gesellschaft genossen.

Erinnerungsfetzen von jenem wunderbaren Sommerabend in Linköping flatterten auf seiner Netzhaut vorbei. Der aufregendste Abend seines Lebens. Ihr erster Kuss. Ihr erstes inniges Miteinander.

Er sah sie lange an und atmete tief ein. »Hab einen schönen Sommer. Ich werde versuchen, nicht allzu sehr zu stören.«

»Du darfst so viel stören, wie du willst.« Sie sah ihn lange an. »Das weißt du.«

Er umarmte sie schnell. Legte dann die Hand auf ihre Wange, küsste sie sanft auf die andere und wandte sich ab, bevor er etwas tat, was er bereuen würde.

28

Dreizehn Jahre früher

Während der Sommerferien verbrachte Johannes die Tage in der Buchhandlung und den frühen Morgen damit, Reklameblätter zu verteilen. Währenddessen schrieb er Textnachrichten mit Parisa.

Sie erzählte von den Stränden in Spanien, und er empfahl ihr Bücher, die er gelesen hatte. Sie schickten einander Lieblingsstellen aus Kent-Songs. Er mochte besonders die ersten Zeilen in »Mannen i den vita hatten«, konnte sie wieder und wieder hören. Vielleicht, weil sie ihn irgendwie an sie erinnerten, an die unterschwellig unglückliche Liebe, die er bisher empfunden hatte. Er hoffte, dass sie nun erwidert wurde, wusste es aber nicht.

Nach ihrer Abreise hatte sich die Euphorie langsam gelegt. Stattdessen kamen negative Gefühle hoch. Dass er unzulänglich war, zu nichts taugte. Aber trotzdem, redete er sich ein, mochte sie ihn. Oder bildete er sich das nur ein?

In diesen Wochen hörte er »Kräm« bestimmt tausendmal, dachte an ihre Küsse und stellte sich vor, wie Parisa im Gras lag, genau wie im Song, und wie seine Zunge mit ihrer spielte. Unfassbar, aber dennoch real.

Drei Tage bevor Parisa zurückkommen sollte, schickte sie

ihm eine Nachricht, woraufhin er beinahe den neusten Schinken von Joyce Carol Oates auf den Boden fallen ließ.

Ich komme um sechs Uhr mit dem Bus an, holst du mich ab?

Schnell antwortete er. *Kommst du schon nach Hause?*

Ja, hab lange genug rumgenervt. Ich darf mit Nooshi zu Hause bleiben.

Ihre Schwester arbeitete an der Tankstelle und war schon seit einer Woche wieder zu Hause. Er hatte sie ein paarmal im Innenhof gesehen, wenn sie beide zu ihren Sommerjobs aufbrachen. Sie grüßte kaum, nickte nur kurz.

Auf dem Heimweg kam er am Supermarkt vorbei. Es war ein schöner, wenn auch leicht bewölkter Sommerabend. Er kaufte Popcorn und Gummischnuller, von denen er wusste, dass Parisa sie mochte, und Zutaten für einen Nudelsalat.

Jenny war in dieser Woche jeden Tag bei einem Malkurs, und ihre Betreuerin würde danach bis zum Abend bei ihr sein. Nachdem Johannes und Jenny mehrere Briefe an die Gemeinde geschrieben hatten, waren ihr bedeutend mehr Assistenzstunden zugesprochen worden, was für beide eine Erleichterung war. Jenny musste nicht länger allein mit Nicke oder Mama sein, wenn Johannes arbeitete, und er musste sich darüber keine Sorgen mehr machen. Heute Abend wollten Mama und Nicke auf eine Party. Die Betreuerin war bis zehn Uhr bei Jenny, und Johannes würde rechtzeitig wieder zu Hause sein.

In der Wohnung bereitete er rasch den Salat zu und packte alles andere ein. Dann fuhr er los, um Parisa an der Haltestelle abzuholen.

Sie war die Einzige, die aus dem Bus stieg. Er lief zu ihr hin. Umarmte sie lange. Dann betrachtete er sie. Sie sah irgendwie verändert aus. Braungebrannt. Ihr Haar war länger und von der Sonne ausgebleicht. Und sie wirkte froh und entspannt.

Ein sprudelndes Glücksgefühl breitete sich in seiner Brust aus. Die vielen Wochen, in denen sie so intensiv miteinander auf Distanz kommuniziert hatten, hatten etwas mit ihm gemacht. Er ließ mehr Gefühle zu, und das war befreiend für ihn.

Er begleitete sie nach Hause und brachte ihr Gepäck hoch. Dann bat er sie, recht bald zum Steg zu kommen, und fuhr mit dem Fahrrad vor.

Dort breitete er eine Decke aus und stellte Nudelsalat, Pappteller, Plastikbecher und eine große Colaflasche hin und dazu kleine Glasschälchen mit Popcorn und Gummischnullern.

Bald kam Parisa. Sie trug ein schwarzes, flatterndes Sommerkleid und eine helle Jeansjacke über dem Arm. Er stand vom Steg auf, um ihr entgegenzugehen. »Ich hoffe, du bist hungrig.«

Sie schlug die Hände vors Gesicht. »Oh, Johannes!«

»Ich habe mich so nach dir gesehnt. Eigentlich wollte ich dich zum Abendessen einladen, aber bei mir zu Hause ist es nicht besonders gemütlich.«

»Hier ist es ganz wunderbar.« Sie setzte sich auf die Decke, und er füllte ihr Nudelsalat auf den Teller.

»Warte kurz. Das Wichtigste.« Er öffnete seinen Rucksack und fischte eine Fackel heraus, die fast wie ein Feuerwerkskörper aussah.

»Was ist das denn?«

»Wirst du gleich sehen.« Er nahm ein Feuerzeug und zündete die Spitze des bengalischen Feuers an. Rosa Rauch stieg in den Himmel. »Zackes Bruder geht zu allen Spielen von IFK Norrköping und schmuggelt so was mit hinein. Er hat mir gezeigt, wie man an so etwas rankommt, und ich musste sofort an dich denken, als ich das rosafarbene gesehen hab.«

»Das ist ja unglaublich!« Mit glitzernden Augen betrachtete sie den rosa Rauch, der in den hellblauen Himmel stieg.

»Ich wollte etwas Besonderes machen. Weil … weil du ein besonderer Mensch bist. Du hast alles verändert.« Er schluckte. »Du hast mich verändert.« Dann grinste er. »Und wie sagst du immer? Dass man aufs Ganze gehen soll?«

Sie lächelte. Dann beugte sie sich vor und küsste ihn. »Danke. Du hast auch mich verändert.« Sie küsste ihn wieder. Lange. Er spürte, wie sein ganzer Körper weich wurde, während zugleich alle Sinne geschärft waren. Dann war ein zischendes Geräusch zu hören, und sie ließen voneinander ab. Ihm war das bengalische Feuer ins Wasser gefallen. Sie mussten lachen. Die Glut erlosch, das Zischen wurde leiser. Die Fackel trieb auf dem Wasser, und er fischte sie heraus.

Der rosa Rauch senkte sich über den See wie eine dünne Wolkendecke, die hinabgefallen war. Sie aßen vom Nudelsalat, dann beugte sich Parisa wieder zu ihm und küsste ihn weiter. Erst spielerisch und sanft, dann erwiderte er ihren Kuss, aber hungriger, und es war, als machten sie dort weiter, wo sie im Konzertgetümmel aufgehört hatten.

Er ließ sich nach hinten auf den Steg fallen, sie beugte sich über ihn, und er spürte ihre Hände unter seinem T-Shirt. Sie waren kalt, und seine Haut fühlte sich glühend heiß an. Er strich ihr über den Rücken, griff unter ihr dünnes Kleid, streichelte die Rückseite ihrer Oberschenkel und weiter an der Taille entlang. Diese zarte Haut. Er hatte noch nie jemanden auf diese Weise berührt, noch nie die sanft gerundete Taille eines Mädchens gespürt. Dass die Haut so zart und so weich sein konnte. Er fuhr mit der Hand weiter ihren Rücken hoch, während seine Zunge und Lippen ihre Zunge und Lippen erforschten. Es kam ihm so vor, als liebkosten sie sich unendlich lange, aber gleichzeitig war es viel zu schnell vorüber. Ein kalter Windstoß brachte sie zum Frösteln, und sie ließen langsam voneinander ab.

»Nooshi hat heute Abendschicht und ist nicht vor elf Uhr zu Hause«, flüsterte sie in sein Ohr.

Es begann kühl zu werden, und die Mücken surrten um sie herum. Er wollte nichts lieber, als den weiteren Abend mit ihr zu verbringen.

Rasch packten sie zusammen und fuhren mit dem Fahrrad zu Parisa nach Hause. Sie hatte wieder Hunger, also schoben sie tiefgekühlte Pommes frites in den Ofen, kippten Grillgewürze darüber und aßen sie zusammen mit dem Rest des Nudelsalats am Küchentisch.

Er lächelte sie an, während sie aßen, und sie blickte ihn fragend an. »Was ist?«

»Es ist so wunderbar, dass du wieder da bist. Ich kann es gar nicht fassen, dass du hier bist.«

Sie strahlte. Dieses Lächeln. Dieses kribbelnde Gefühl in seinem Körper war wahrscheinlich immer da gewesen, wenn sie lächelte, aber früher hatte er es nicht zugelassen. Nicht vollkommen. Aber jetzt schien ihr Lächeln seine Gefühle zu bestätigen. Und er beugte sich vor und küsste sie wieder. Ihre Lippen waren warm und zart, schmeckten nach Sommer, Salz, Grillgewürz und ein wenig süßlich. Sonnenschein. Großer Gott, sie schmeckte nach Sonnenschein, war das überhaupt möglich? Er küsste sie weiter und zog sie näher zu sich. Sie stand von ihrem Stuhl auf und landete auf seinem Schoß. Er lehnte sich zurück und zog sie über sich, bis sie rittlings auf ihm saß. Ein Stöhnen drang über seine Lippen. Er küsste sie fordernder, holte kurz Luft und blickte ihr in die dunklen Augen. In diesem Moment begriff er, dass er bis über beide Ohren in Parisa verliebt war.

Gerade wollte er sie erneut küssen, als eine Tür zuschlug und sie aufschrecken ließ. Parisa rutschte schnell von seinem Schoß, und Johannes setzte sich zurecht.

Nooshi trat in den Flur und warf dann einen Blick in die

Küche. »Hallo, was macht ihr?« Sie trug immer noch ihr rotes Polohemd von der Tankstelle mit der passenden Mütze dazu. Nun verschränkte sie die Arme vor der Brust und setzte sich mit an den Tisch.

»Ich dachte, du wärst vor elf nicht zu Hause«, sagte Parisa.

»Ich durfte früher Schluss machen.«

Parisa sah sie zögernd an. »Wir … Kannst du einfach verschwinden?«

Er hatte sie noch nie so mit ihrer Schwester reden hören, und als er begriff, dass es seinetwegen war, damit sie allein sein konnten, spürte er, wie ihm die Hitze ins Gesicht stieg.

Nooshi wartete ein paar Sekunden, bevor sie sich erhob. Dabei sah sie erst Parisa, dann Johannes an.

»Ich wollte sowieso gehen«, sagte er. Es war schon spät, und Nooshis Blick sagte ihm, er solle bloß abhauen.

»Nein, bitte bleib noch und schau mit mir *Conan*«, sagte Parisa.

»Ich …« Er sah auf seine Armbanduhr. Es war bereits halb elf. »Jenny ist allein zu Hause, ich sollte besser gehen.«

Parisa nickte, sah jedoch enttäuscht aus.

Sie begleitete ihn zur Tür, und bevor er ging, beugte sie sich vor und küsste ihn. Er hatte das Gefühl, als gäbe der Boden unter ihm nach.

»Wir sehen uns morgen«, sagte sie und schloss die Tür.

Johannes ging über den Hof.

Sein Herz klopfte, als er die Treppe hochlief. Sein Handy vibrierte. Eine Nachricht von ihr. *Denke an dich.*

Lächelnd öffnete er die Wohnungstür und ging hinein. Wie gut, dass nur Jenny zu Hause war. Er wollte nicht, dass Mama oder Nicke ihm diesen Augenblick zerstörten.

»Hallo?« Er zog sich die Schuhe aus und hängte seine dünne Jacke auf. Stellte seinen Rucksack auf den Boden.

Er bekam keine Antwort.

»Hallo, Jenny?«

Erstickte Laute drangen aus ihrem Zimmer. War etwas passiert? War sie gestürzt? Schnell ging er hin und riss die Tür auf.

Erst begriff er nicht, was er da sah.

Jennys Rollstuhl neben dem Bett.

Nicke lag auf ihr. Seine Hand auf ihrem Mund, gedämpfte Laute waren zu hören. Ihr Gesicht war genau in Johannes' Richtung gewandt, und als Johannes den Schrecken und die Panik in ihren Augen sah, lief ihm ein eiskalter Schauer den Rücken hinunter. Danach begann sein Verstand zu begreifen, was da gerade passierte.

Jennys Pullover war hochgerutscht, und Nicke hielt eine ihrer Brüste umklammert. Der Widerling hatte sich die Hose heruntergezogen und ließ kurz Jennys Brust los, um sich auch die Unterhose runterzuschieben. Er schien Johannes nicht bemerkt zu haben.

Im selben Moment durchfuhr ihn das wohlbekannte, dunkle Gefühl von Raserei, nur tausendmal stärker als je zuvor, und er stürzte nach vorne. Da drehte Nicke den Kopf, und seine benebelten Augen blickten Johannes an.

»Sag bloß nichts zu deiner Mutter …« Aber er konnte den Satz nicht mehr zu Ende sprechen, bevor Johannes ihn an den Schultern packte und ihn emporriss.

Er schlug Nicke mit der Faust ins Gesicht, schleuderte seinen Kopf gegen die Wand. Nicke glitt hinunter auf den Boden, und Johannes setzte sich auf ihn. Faustschlag um Faustschlag landete auf seinen Kieferknochen. Die Raserei, die schon so lange in Johannes geschlummert hatte, brach aus ihm heraus. Er hörte Jenny hinter sich rufen, hörte aber nicht auf zu schlagen.

29

Der Sommer verging. Parisa verbrachte einige Wochen in Norrstena. Nachdem sie mit ihren Eltern geredet hatte, wünschte sie, dass sie das Gespräch schon viel früher geführt hätte, denn ein Großteil ihrer Bauchschmerzen ließ nach. Sie hatten viel Geld verloren, riskierten zum Glück aber nicht ihr Haus. Und sie versicherten, dass sie nicht im Mindesten enttäuscht von ihr seien und weiterhin an sie glaubten.

Das Gespräch hatte damit geendet, dass ihr Vater sie durchdringend angesehen hatte. »Wir werden immer an dich glauben. Wir lieben dich. Aber du musst mit uns reden, wenn du in Schwierigkeiten bist. Verstehst du, welche Sorgen wir uns um dich gemacht haben? Du hättest schon viel früher mit uns reden müssen.« Parisa hatte ihm recht gegeben und sich dann von ihnen umarmen lassen.

In Norrstena ließ sie es überwiegend ruhig angehen. Sie half im Garten und radelte ab und zu zum Steg. Das Buschwerk war gerodet worden, und der Steg war nun etwas weniger sichtgeschützt, aber es war noch immer ein abgeschiedener Ort. Ein paar morsche Bretter waren ausgetauscht worden, ansonsten war alles wie früher.

Johannes schrieb ihr ein paar kurze Mails. Zwei bereits in der Woche nach ihrem letzten Treffen. Eine davon handelte von Serwah, die bezeugte, dass sie sich an den Abend im Büro erinnerte, als Robin und Anders Roth die Telefonkonferenz geführt hatten. Sie stehe gerne als Zeugin zur Verfügung.

Diese Nachricht war so erleichternd, dass Parisa zum ersten Mal seit Wochen wieder vernünftig schlafen konnte. In der zweiten Mail ging es um die Journalistin, die ebenfalls vor Gericht aussagen wollte. Denn sie konnte sich nicht daran erinnern, dass Parisa irgendwelche Zusagen zu einem Wirkstoff abgegeben hätte.

Mitte Juli schickte Johannes eine Mail mit der Terminplanung und einer kurzen Zusammenfassung dessen, was sie erwartete. Der erste Verhandlungstag war für Mitte August anberaumt. HJ Capital und Agos Invest, die beiden klagenden Investoren, würden jeweils einen Repräsentanten schicken, während die Staatsanwaltschaft die Vernehmung leiten würde. Johannes hatte Parisa zur Vorbereitung ein paar Beispiele geschickt, damit sie eine Vorstellung hatte, was die Staatsanwältin sie fragen könnte.

Die Vernehmung sollte gleich am ersten Tag stattfinden, und sie dachte viel darüber nach, wie es sich anfühlen würde, vernommen zu werden. Würde sie nervös sein? Vermutlich. Diese Tage im August würden ganz entscheidend für sie sein.

Parisa fuhr ein paar Wochen vor Prozessbeginn nach Stockholm zurück. Mirja war im Sommerhaus ihrer Eltern in Österlen und würde zum Prozessauftakt wieder da sein. Also hatte Parisa zwei Wochen für sich in Mirjas Wohnung. Sie genoss die angenehm menschenleere Großstadt.

Es war genauso warm wie damals, als sie Johannes das erste Mal gesehen hatte. Dasselbe magische Sommerlicht, das Norrstena und den See umgeben hatte, leuchtete nun allabendlich über den Buchten, Brücken, Dächern und Kirchtürmen der Hauptstadt. Sie verbrachte ihre Zeit damit, verschiedene

Parks zu besuchen, mit dem Boot hinaus in die Schären zu fahren und Bücher zu lesen, zu deren Lektüre sie in den letzten Jahren nicht gekommen war. Sie vermutete, dass Johannes auch in der Stadt war, und dachte viel zu viel an ihn. Am liebsten hätte sie sich mit ihm getroffen und hoffte, sie würde ihm eines Tages zufällig über den Weg laufen, aber das passierte nie.

Dann kam der erste Verhandlungstag. Die Wärme hatte Stockholm noch immer im Griff, und nur wenige Menschen waren in der Stadt. Johannes hatte vorgeschlagen, sich vor der Verhandlung in einer nahe gelegenen Kaffeebar zum Frühstück zu treffen.

Sie spazierte über die staubigen, trockenen Straßen von Söder nach Kungsholmen, zur Kaffeebar, die an einer Straßenecke lag. Die Türen standen offen, und ein leises, zischendes Geräusch von einem Milchaufschäumer drang auf die Straße heraus, zusammen mit dem Duft frisch gemahlener Kaffeebohnen. Johannes stand am Tresen. Die Konturen seiner breiten Schultern waren unter seinem weißen Hemd zu sehen, das dunkelblonde Haar war heller als vor dem Sommer, und sein Nacken sonnengebräunt. Das Jackett hing locker über seinem Arm.

Sie blieb noch eine Weile draußen stehen und betrachtete ihn. Der Aufenthalt zu Hause in Norrstena hatte so viele Erinnerungen geweckt. Wenn sie in früheren Jahren zu Hause gewesen war, hatte sie es stets vermieden, an Johannes zu denken, doch diesmal hatte sie ihn überall in der Kleinstadt gesehen. Alles, was sie zusammen unternommen hatten, alle Orte, an denen sie gewesen waren. Die ganzen Gefühle kehrten zurück.

Jene kurze Zeit, die sie gemeinsam verbrachten, hatte sie geprägt wie keine andere in ihrem Leben. Doch auch die Enttäuschung hatte sie geprägt, und die Gefühle und Erlebnisse, die sie am liebsten vergessen hätte, kamen ebenfalls zurück. Jener

Tag vor zwölf Jahren und die Erinnerungen daran hatten das Gute verdrängt. Was passiert war, hatte ihr das Gefühl gegeben, dass alles zwischen ihnen nicht echt gewesen war. Was sie verwirrte, denn sie hatte noch nie aufrichtiger für jemanden empfunden.

Johannes nahm eine Kaffeetasse von der Barista entgegen, drehte sich um und entdeckte Parisa. Freudig lächelnd hob er die Hand zum Gruß, sie tat dasselbe und ging dann hinein. Sie umarmte ihn und konnte nicht anders, als seinen Duft einzusaugen. Dieses Frische, als hätte er gerade geduscht, und dieses Männliche, das sie nicht beschreiben konnte.

Er fragte sie, was sie haben wolle, und bestellte ihnen dann jeweils ein Käsebrot und einen Orangensaft sowie einen Kaffee für sie. Dann ließen sie sich an einem kleinen quadratischen Tisch neben dem offenen Fenster nieder.

»Wie war dein Sommer?« Er biss von seinem Brot ab.

»Gut. Ich habe mich überwiegend ausgeruht. Ein bisschen im Garten meiner Eltern gearbeitet. Aber ich war auch in der Stadt. Und bei dir?«

»In Schonen war es nett, ansonsten habe ich hauptsächlich gearbeitet.« Er nahm einen Schluck vom Kaffee und betrachtete sie. »Wie fühlst du dich vor dem heutigen Termin?«

»Ganz okay.« Sie trank ihren Orangensaft aus.

»Ich glaube, dass es gut gehen wird. Es gibt einige Punkte, die für uns sprechen, und jetzt haben wir ja auch zwei starke Zeuginnen.«

Sie nickte schweigend und aß ihr Käsebrot. Das musste reichen.

»Am allerwichtigsten ist es, dass du auf die Fragen der Staatsanwaltschaft ehrlich antwortest. Und knapp. Erkläre nichts, wenn es nicht nötig ist, sondern antworte so kurz wie möglich.«

Sie nickte. Das sollte sie schaffen.

Als sie fertig gegessen hatten, gingen sie das kurze Stück bis zum Rathaus.

Ein paar Kameraleute warteten vor dem Eingang zum Gerichtssaal. Der Prozess füllte nicht gerade die Schlagzeilen, aber es würde in jedem Fall über ihn berichtet werden.

Als Parisa die Kameraleute sah, hätte sie am liebsten kehrtgemacht. Aber sie ging mit geradem Rücken weiter. Im Fernsehen eilten die Verdächtigten immer an den Kameras vorbei, was sie immer noch verdächtiger erscheinen ließ. Aber sie war ja unschuldig.

Sie hielt weiter den Kopf hoch, als sie im Gebäude durch den Flur schritt. Johannes legte die Hand an ihren Rücken, zwischen die Schulterblätter, und führte sie sanft vor sich her.

Sie fühlte sich beschützt und gut aufgehoben. Und ohne darüber nachzudenken, beschleunigte sie ihre Schritte, um weiterzukommen, weg von der unangenehmen öffentlichen Aufmerksamkeit. Sie dachte daran, dass sie bald am Ziel war und diesen schrecklichen Spaziergang hinter sich gebracht hatte, der sehr viel schlimmer war, als sie gedacht hatte.

Vor dem Saal warteten bereits die Zuhörer, darunter einige Journalisten, die sie und Johannes um ein Statement baten. Ihre Eltern und Nooshi standen ein Stück entfernt, und sie eilten zu ihr hin, um sie kurz zu umarmen.

Ganz weit hinten war Robin zu sehen, wie er mit einem Mann im Anzug sprach. Er sah zu ihr und nickte kurz. Sie nickte zurück.

»Zur Hauptverhandlung im Prozess zwischen der Staatsanwaltschaft und Parisa Tagavi werden die Parteien und ihre Vertreter in den Gerichtssaal 13 gebeten«, verkündete eine Stimme aus dem gerichtlichen Lautsprechersystem.

Jetzt war es so weit. Parisa konnte kaum fassen, dass der

Moment schon gekommen war. Die ersten Stunden würden nicht sonderlich anstrengend sein, hatte ihr Johannes erklärt. Die Staatsanwältin würde die Straftat beschreiben, und Parisa würde zuhören. Erst nach der Mittagspause würde ihre Vernehmung stattfinden.

Sie nahm mit Johannes an einem Tisch auf der einen Seite des Gerichtssaals Platz, die Staatsanwältin auf der gegenüberliegenden Seite, zusammen mit den Repräsentanten der beiden Kläger, HJ Capital und Agos Invest. Der Vertreter von Agos war der Mann, mit dem Robin gesprochen hatte, bevor sie hineingegangen waren. Sie hatte ihn nie zuvor gesehen. Dagegen erkannte sie den Unternehmensanwalt von HJ Capital wieder, sie hatten sich bei einer Vertragsverhandlung getroffen. Ein sympathischer Mann, der ihr nun von der anderen Seite zunickte, als wäre die ganze Sache nichts Persönliches, sondern rein geschäftlich. Doch für Parisa war das alles durchaus persönlich. Es ging um ihr Leben.

Die Richter und die Schöffen, die das Urteil fällen sollten, saßen zwischen der Verteidigung und der Anklage. Ganz vorne auf den Zuhörerbänken an der Schmalseite des Saals hatten ihre Eltern, Nooshi und Mirja Platz genommen.

Die Staatsanwältin sah Parisa an und grüßte sie kurz, bevor sie sich setzte. Es war Aisha Erlandsson, die sie bereits vom letzten Termin vor Gericht kannte, als es um Parisas eventuelle Inhaftierung gegangen war. Heute hatte die Staatsanwältin ihr Haar zu einem Knoten hochgesteckt und trug dazu ein dunkles Kostüm mit weißer Bluse.

Als sich alle gesetzt hatten, leitete die Staatsanwältin die Verhandlung mit einer Tatbeschreibung ein. Es gab keine Neuigkeiten, und inzwischen war Parisa abgehärtet genug. Sie hatte sich daran gewöhnt, diese Anschuldigungen zu hören, auch wenn sie sich noch nicht an die Gedanken daran gewöhnt hatte. Während die Staatsanwältin sprach, schien es ihr, als wäre sie bloß Zuschauerin und die Beschreibung gälte einer anderen Person.

Die Staatsanwältin ging anschließend dazu über, den Sachverhalt darzulegen – eine detaillierte Schilderung sämtlicher Verdächtigungen gegen Parisa. Parisa ließ ihren Blick über die Zuhörer schweifen und entdeckte einen kurzen grauen Haarschopf, eine dunkel umrandete Brille und wohlbekannte kluge blaue Augen. Margrethe Nielsen, ihre Lieblingsprofessorin. Sie hatten über die Jahre den Kontakt gehalten, ein paar wissenschaftliche Artikel zusammen geschrieben und Vorlesungen gehalten, aber sie hatten kaum die Art von Beziehung, bei der es nahelag, dass die eine bei der Gerichtsverhandlung der anderen auftauchte. Wer auch immer solch eine Beziehung haben mochte. Wahrscheinlich war es nicht die üblichste Definition einer Beziehung.

Jetzt war die Panik wieder da. Margrethe war eine der Personen, vor denen Parisa den meisten Respekt hatte. Würde sie, wenn sie die Anklagepunkte hörte, Parisa für schuldig halten? Sie wagte nicht, der Professorin in die Augen zu sehen, sondern konzentrierte sich auf einen Punkt an der Wand, während die Staatsanwältin redete.

Doch dann suchten die klugen blauen Augen Blickkontakt. Und der Blick war ruhig. Margrethe lächelte kaum merklich, aber bestärkend. Sie glaubte an Parisa. Es würde gut ausgehen.

Weiter hinten im Saal saß auch Leif, mit dem Johannes und sie im Frühling kontinuierlich Kontakt gehabt hatten. Auch er sah sie beruhigend an und lächelte freundlich. Die Panik klang langsam ab.

Nachdem die Staatsanwältin geendet hatte, war die Verteidigung an der Reihe, Parisas Standpunkt in dieser Angelegenheit zu erläutern.

Mit kühler Gelassenheit erklärte Johannes, dass sie alle Anschuldigungen zurückweise. Er beobachtete den Richter und die Schöffen, während er mit Überzeugung und Nachdruck sprach.

Nachdem er geendet hatte, war Mittagspause. Johannes nahm sie mit in ein Café in der Nähe, wo sie einen Geflügelsalat mit viel zu viel Dressing aßen. Parisa brachte nur die knappe Hälfte des Salats herunter. Sie war viel zu nervös. Johannes versuchte, ein Gespräch in Gang zu halten, doch sie bekam kein Wort heraus.

Nach der Pause versammelten sich wieder alle im Gerichtssaal. Gerade als sie wieder anfangen wollten, öffnete sich die Tür, und Robin trat ein. Er setzte sich ganz nach hinten und nickte den Repräsentanten von HJ Capital und Agos Invest auf der Klägerbank zu.

Parisa wurde aufgefordert, ihre eigene Geschichte zu erzählen und kurz ihre Rolle im Unternehmen zu skizzieren – dass sie Geschäftsführerin von Endo war und die Verantwortung für die Forschung trug. Die Verdächtigungen gegen sie könne sie nicht nachvollziehen, erklärte sie, und sie habe niemandem etwas versprochen. Die Finanzprognose mit den irreführenden Informationen, auf die schon hingewiesen worden sei, sei nicht von ihr erstellt worden. Sie kenne das Dokument nicht. Und sie habe an der bereits erwähnten Telefonkonferenz gar nicht teilgenommen, in der die klinische Studie als Erfolg dargestellt worden sei.

Der Vorsitzende dankte ihr für ihre Aussage, und danach war die Staatsanwaltschaft an der Reihe, ergänzende Fragen zu stellen.

Genau wie sie es mit Johannes vereinbart hatte, antwortete Parisa ruhig und sachlich. Und ehrlich. Sie fühlte sich zunehmend sicher auf ihrem Platz neben Johannes und berichtete nach Aufforderung von Aisha Erlandsson noch eingehender von ihrer Rolle im Unternehmen. Währenddessen machte Johannes sich Notizen. Falls es etwas gab, was missverstanden werden konnte, würde er ihr später bei der Vernehmung ergänzende Fragen stellen, das hatte er ihr schon angekündigt.

»Haben Sie die Ergebnisse Ihrer großen klinischen Studie den Investoren vorgestellt?«, fragte die Staatsanwältin.

»Nein, nur Teile davon, und zwar im Rahmen der Finanzprognose. Aber die darin enthaltenen Ergebnisse scheinen irreführend zu sein, soweit ich es gesehen habe.«

»Warum haben Sie nicht den gesamten Bericht präsentiert?«

»Weil der Bericht noch gar nicht fertig war, als dieser Prozess losgetreten wurde.«

»Und Sie sind der Meinung, dass diese Finanzprognose, die Teil des Beweismaterials ist und offenbar nur einige Ergebnisse der klinischen Studie enthält, überhaupt nicht durch Ihre Hände gegangen ist?«

»Genau. Ich habe ein anderes Dokument vorgelegt bekommen.«

»Aber Sie haben es doch unterschrieben?«

»Ja, aber nur auf der Unterschriftenseite. Die restlichen Seiten kenne ich nicht. Normalerweise schreibe ich bei jedem einzelnen Blatt meine Initialen in die eine Ecke.«

Die Staatsanwältin nickte und zog einige Papierstöße aus ihrem Stapel, stand auf und verteilte sie an die Mitglieder des Gerichts, an Parisa und an Johannes. Dann setzte sie sich wieder an ihren Platz und zeigte auf den großen Bildschirm, wo dasselbe Dokument zu sehen war.

»Diese Finanzprognose mit den darin enthaltenen Teilresultaten der klinischen Studie wurde vor zwei Monaten erstellt und gehört zum Beweismaterial. Die Prognose wurde für Orion erstellt, einen anderen Investor. Hier sehen wir auch Ihre

Unterschrift. Die Prognose zeigt gute Zahlen für das kommende Quartal und außerdem Ergebnisse der klinischen Studie. Sie meinen also tatsächlich, dass Sie das Dokument nicht unterschrieben haben?«

»Das ist meine Unterschrift, aber …«

Aisha Erlandsson rief den Rest des Dokumentes auf.

Parisa hatte es noch nie zuvor gesehen, und nirgendwo fanden sich ihre Initialen.

»Ich kenne das Dokument nicht. Von wann ist es?«

»Vom 17. Juni dieses Jahres.«

Ihr Herz machte einen triumphierenden Hüpfer. Es war das Material, das Robin ihr an jenem Tag in der Wohnung gegeben hatte. Die Seiten waren wie erwartet ausgetauscht worden, paraphierte Seiten gab es nicht.

Sie antwortete mit fester Stimme. »Ich habe an jenem Datum Material von Robin Roth zur Unterschrift vorgelegt bekommen. Fakt ist, dass ich hier eine Kopie habe von dem, was ich erhalten habe.« Sie legte ihre Hand auf den Papierordner neben sich. »Das Material, das ich unterzeichnet habe, trägt auf jeder einzelnen Seite meine Initialen und auf der letzten Seite meine Unterschrift. Aber diesen Text und die Zahlen auf dem Bildschirm erkenne ich nicht wieder.« Sie musste sich ein Lächeln verkneifen. Endlich wurde Robins Verfehlung offenbar.

»Und wer sollte die Seiten der Prognose ausgetauscht haben, meinen Sie?«

Parisa holte Luft. »Ich habe die unterschriebene Prognose an meinen Partner Robin Roth geschickt.«

Sie sah schnell zu Johannes herüber, der stumm nickte. Sie hatte es gut gemacht.

Die Staatsanwältin nickte. »Dann warten wir darauf, dass uns die Verteidigung diese Kopie zeigt.«

Johannes nahm einen Stoß Papiere in die Hand. »Die haben wir hier.« Er stand auf und verteilte die Kopien an das Gericht und an die Staatsanwältin, die sie mit einer Falte zwischen den Augenbrauen entgegennahm.

Parisa atmete auf. Bald würde es vorbei sein, dachte sie.

Die Staatsanwältin blätterte weiter in ihren Unterlagen und klickte auf den Bildschirm. »Aber diese Mail, wurde sie etwa nicht von Ihnen geschrieben? Sie wurde am Tag nach der Telefonkonferenz abgeschickt, bei der Sie, wie Sie behaupten, nicht anwesend waren.« Eine Mail war auf dem Bildschirm zu sehen, mit Parisas Namen in der Absenderzeile.

»Die Mail enthält die Prognose, die Teil des Beweismaterials ist und gute Ergebnisse der klinischen Studie sowie einen guten wirtschaftlichen Umsatz in diesem Jahr bezeugt. Die Prognose, die Sie angeblich nie gesehen haben und von der Sie sagen, jemand habe darin irgendwelche Seiten ausgetauscht.« Sie klickte weiter auf dem Bildschirm. »Sehen Sie, hier ist der Anhang der Mail, die Sie geschickt haben. Die Prognose rechnet mit einer Verdoppelung der Gewinne von Endo im nächsten Quartal und mit einem perfekten Messverfahren, der klinischen Studie nach zu urteilen. Hier ist Ihre Unterschrift, allerdings gibt es keine Initialen in den Seitenecken. Und trotzdem waren Sie diejenige, die das Material an HJ Capital geschickt hat.«

Parisa kniff die Augen zusammen und sah auf den Bildschirm.

»Sie haben also selbst einem der Kläger eine Prognose geschickt. Meinen Sie trotzdem, dass Sie das Material nicht kennen und es ausgetauscht wurde?«

Parisa zögerte einen Moment. Auf dem Bildschirm war ihre Mail zu sehen, mit der Prognose als Anhang. Hatte sie die Mail abgeschickt? Eine schwache Erinnerung tauchte irgendwo in ihrem Unterbewusstsein auf.

»Ich schicke nie Material direkt an die Investoren«, versicherte sie. »Es läuft immer über Robin.«

»Aber haben Sie diese Mail abgeschickt?«

»Äh …«

Der Richter räusperte sich, während er in seinen Papieren blätterte.

Die Staatsanwältin wandte sich an ihn. »Es tut mir leid, aber wir haben erst seit heute Morgen Zugriff auf diese Mail.« Sie sah das Gericht bedauernd an, doch zugleich blitzte Triumph in ihren Augen auf.

Parisa begriff nicht, was sie da vor sich sah. Hatte sie wirklich die falsche Prognose verschickt? Im selben Moment stand die Staatsanwältin auf und verteilte neue Papierstöße an sie, Johannes und das Gericht.

Parisa blätterte darin. Hatte sie die Mail geschickt? Oder hatte Robin das in ihrem Namen getan? Sie glaubte nicht, dass er das Passwort für ihren Computer kannte.

Das Schlimmste war, dass sie sich an irgendetwas erinnerte, was sie noch nicht greifen konnte. Panik schnürte ihr die Kehle zu, erschwerte ihr das Atmen. Sie starrte auf den großen Bildschirm, bis schwarze Punkte vor ihren Augen tanzten.

»Wir brauchen genug Zeit, um das zu überprüfen, und ich muss das mit meiner Mandantin besprechen«, erklärte Johannes.

Sie blinzelte ein paarmal und sah ihn an, dann den Richter.

Der Richter runzelte die Stirn. »Tja.« Er blickte über den Rand seiner Brille hinweg auf den Bildschirm. »Nun … wir haben zwei neue Beweise, zu denen wir Stellung nehmen müssen. Somit wird die Hauptverhandlung aufgeschoben. Sie bekommen drei Tage.« Der Richter sah erst zu Johannes, dann zur Staatsanwältin. »Also beschließen wir, die Hauptverhandlung auf Donnerstag zu verschieben, damit die Verteidigung hierzu Stellung nehmen kann. Wir sehen uns am Donnerstag wieder.«

Parisa holte tief Luft, während die Stühle nach hinten geschoben wurden.

Johannes blickte neutral vor sich hin. Er sah ganz ruhig aus, obwohl sein Herz ihm bis zum Hals schlug.

30

Dreizehn Jahre früher

Johannes schlug immer weiter zu. Ein Schrei war von Weitem zu hören. Der Schrei seiner Mutter.

»Was soll das, Johannes? Was zum Teufel machst du da?« Er hatte nicht gehört, wie sie nach Hause gekommen war. Andererseits hatte er weder etwas gehört noch etwas gesehen, alles war nur schwarz gewesen. Er ignorierte die Worte seiner Mutter und zog Nicke vom Fußboden hoch. Das Arschloch sollte hier raus. Jetzt. Er schleifte ihn mit sich hinaus in den Flur. Nicke stöhnte und fluchte, unternahm den unbeholfenen Versuch, Johannes einen Schlag zu verpassen. Seine Mutter schrie hysterisch herum, was, konnte er nicht verstehen. Die Tür stand offen, und Johannes warf Nicke auf den Boden des Laubengangs. Nicke ergriff Johannes' Bein und schwang schwerfällig seine Faust. Johannes reagierte mit zwei weiteren Schlägen und wollte gerade zum dritten Schlag ausholen, als ihn seine Mutter an der Schulter packte.

Er drehte sich um, die Hand noch erhoben.

»Was machst du da? Du bringst ihn ja um!« Mama ging neben Nicke in die Knie. Er lag auf dem Betonboden, die Hose heruntergezogen, jammerte und hielt sich den Kopf, das Gesicht blutig. Johannes richtete sich auf und atmete schwer.

»Er hat versucht, Jenny zu vergewaltigen.«

»Was?« Seine Mutter sah ihn an. »Wovon redest du?«

»Ich bin nach Hause gekommen. Er lag auf Jenny drauf und hat versucht, sie zu vergewaltigen.«

Mama blickte Johannes an. Ihr Blick verfinsterte sich, und die folgenden Worte vernichteten den letzten Rest Mutterliebe, den er noch empfunden hatte. »Du verdammtes Balg, hör auf zu lügen.«

Er sah sie kurz an. Der Hass brannte in ihm, doch sie beschäftigte sich schon wieder mit Nicke. Johannes schlug die Wohnungstür zu und ging zu Jenny.

»Ich rufe den Fahrdienst oder ein Taxi. Wir müssen zur Polizei.«

Jenny hatte sich im Bett aufgerichtet und ihre Kleidung geordnet. »Nein, halt die Polizei da raus.«

»Warum?«

»Ich komme ohne dich nicht klar.«

Er sah sie fragend an.

»Stell dir vor, sie nehmen dich fest«, fuhr sie fort. »Dann bleibe ich allein zurück. Du weißt, dass Mama vor der Polizei alles auf dich schieben würde.«

Er sank neben seiner Schwester aufs Bett und sah ein, dass sie recht hatte. Erst jetzt betrachtete er sie eingehend. »Wie geht es dir?«

Sie fiel in seine Arme, und er hielt sie ganz fest, während sie an seiner Schulter weinte.

Parisa und Nooshi waren herausgerannt, als sie erst die Schreie und dann Johannes' Stimme hörten. Bald sahen sie, wie Johannes' Mutter die Treppe herunterkam. Nicke stützte sich auf sie, er hatte Blut im Gesicht und eine aufgeplatzte Lippe.

Was war passiert? Hatte Johannes ihn etwa geschlagen?

Nooshi zog sie wieder ins Haus und schloss dann die Tür. »Was für ein Glück, dass wir bald umziehen.«

Parisa sagte nichts. Sie sah es ja auch so und freute sich auf den Umzug, zumindest teilweise. Im Frühling hatte ihr Vater Arbeit an der Universität Linköping gefunden. Danach hatten sie begonnen, nach Häusern zu suchen. Kurz vor den Sommerferien hatten sie ein Haus in einem anderen Teil von Norrstena gekauft, in einem besseren Viertel. Ein unglaubliches Haus, groß und hell. Aber sie hatte Johannes noch nicht davon erzählt. Am letzten Tag vor den Ferien hatten sie anderes vorgehabt, und heute hatte sie nichts erzählen wollen, es war ein so wunderschöner Abend gewesen.

Nicht, dass der Umzug etwas für sie beide verändert hätte, aber sie wollte es ihm in Ruhe erzählen.

Sie verschwand in ihr Zimmer und rief Johannes an, doch er antwortete nicht. Sie probierte es noch einmal, noch immer keine Antwort. Was, wenn ihm etwas passiert war? Wenn er verletzt war?

Beunruhigt verließ sie ihr Zimmer, zog sich die Schuhe an und lief hinaus. Es kümmerte sie nicht, dass Nooshi hinter ihr herrief.

Draußen im Innenhof war es still. Sie eilte zur Treppe, die zum Laubengang hochführte, rannte hinauf und weiter zu Johannes' Wohnung. Klopfte an.

Nach einer Weile öffnete er. Er sah unverletzt aus.

»Ich habe Schreie gehört und deine Mutter mit Nicke gesehen. Ich wollte wissen, wie es dir geht.«

»Mit mir ist alles in Ordnung.«

»Was ist passiert?«

»Nicke … er …« Johannes drehte sich um und sah sie dann wieder an. »Lass uns später reden. Ich muss mich jetzt um Jenny kümmern.«

»Was meinst du damit? Wie geht es ihr?«

»Es ist okay. Wir sehen uns morgen.«

Sie wollte ihn umarmen, doch er zuckte zurück.

»Entschuldige, aber …« Er sah zu Boden. »Ich melde mich morgen.«

»Okay.«

Er schloss die Tür, und Parisa blieb verblüfft davor stehen.

Er meldete sich nicht. Den ganzen Tag blickte sie ständig auf ihr Handy.

Am Abend schickte sie ihm eine Nachricht. *Ist alles okay? Was ist gestern passiert? Wie geht es dir und Jenny?*

Es dauerte eine Stunde, bis er antwortete.

Alles ok.

Zu Beginn des Sommers hatten Parisa und Johannes einen Wendepunkt erlebt. Endlich hatte er sie an sich herangelassen, und sie hatten gezeigt, was sie füreinander empfanden. Sie hatte verstanden, dass es ihm schwerfiel, aber dennoch hatte er sich ihr geöffnet. Nach ihrem Abend in Linköping war sie der glücklichste Mensch der Welt. Und gestern war es wunderbar gewesen, ihn wiederzusehen, und noch wunderbarer, dass er sich genauso nach ihr gesehnt hatte wie sie sich nach ihm.

Warum verschloss er sich jetzt vor ihr?

Einen Tag später hörte sie noch immer nichts von ihm, und als ein weiterer Tag vergangen war, hielt sie es nicht länger aus. Sie schickte ihm eine weitere Nachricht.

Hast du Zeit für ein Treffen? Ich glaube, wir sollten reden.

Sie befürchtete, dass er nicht antworten würde, doch als ihr Handy nur wenige Minuten später piepte, schlug ihr Herz bestimmt hundert Purzelbäume.

Sehen wir uns in einer Viertelstunde am Steg?

Klar, gehen wir zusammen hin?

Ok, bis in zehn Minuten.

Sie traf ihn im Hof. Er wirkte verbissen.

Der Sommerabend war kühl, und sie fuhren schweigend mit dem Rad zum Steg. Der See war ganz glatt, und auf dem Wasser spiegelte sich der dunkelgrüne Nadelwald vom anderen Ufer.

»Was ist da neulich passiert?«, fragte sie, als sie sich nebeneinander hingesetzt hatten.

»Nur etwas Stress mit dem Freund meiner Mutter.« Er wandte den Blick ab, schien ihr nicht in die Augen sehen zu können.

»Das sah nach mehr aus als nur Stress. Was ist passiert? Hat er Jenny etwas angetan?«

Johannes hielt den Kopf auf seine Arme gestützt und blickte hinunter auf den dunklen See. Dann zuckte er die Schultern. »Er ist ein verdammter Mistkerl. Aber zumindest ist er jetzt ausgezogen, für wie lange, werden wir sehen.«

»Das ist doch gut, oder?«

»Schon. Aber meine Mutter ist schlimmer drauf als je zuvor.« Er schüttelte den Kopf. »Ich werde ausziehen, weg von ihr. Ich habe schon eine Wohnung im Visier. Björn hat eben angerufen und gefragt, ob ich zusätzlich im Lager der Firma jobben will, wo auch er arbeitet. Vielleicht kann er mir einen Vollzeitjob besorgen.«

»Vollzeit? Aber … was ist dann mit der Schule? Du musst doch das Gymnasium abschließen!«

»Ich weiß nicht …«

»Es sind noch drei Jahre. Vielleicht kannst du in ein Jugendwohnheim ziehen?« Sie sah ihn lange an.

»Ich kann es versuchen.« Die Antwort erleichterte sie. Er durfte nicht einfach alles hinwerfen. Dafür war er viel zu schlau.

»Björn hat sich also bei dir gemeldet?«

Johannes nickte, zeigte aber sonst keine Gemütsregung. Er hatte nicht viel vom ehemaligen Freund seiner Mutter erzählt, doch sie hatte gemerkt, dass er ihn mochte. »Er hat mir die Abendschicht im Lager angeboten. Ich könnte also einiges an Geld zusammenbekommen, wenn ich auch noch an den Wochenenden in der Buchhandlung arbeite.«

Sie streckte ihre Hand aus und legte sie auf seine Schulter. Warum war alles so ungerecht? Warum geriet er immer in Gegenwind? Sie zog ihn an sich. Wollte ihn küssen, versuchen, ihn aufzuheitern. Doch er schien eine unüberwindbare Mauer um sich herum errichtet zu haben.

Sie wusste, dass jetzt nicht der richtige Zeitpunkt war, um von ihrem Umzug zu berichten. Andererseits würde bald der Möbelwagen kommen. Er musste es also erfahren.

Sie räusperte sich. »Ich muss dir etwas sagen. Wir ziehen in zwei Wochen um. Aber nur in ein anderes Viertel hier in Norrstena. Meine Eltern haben ein Haus gekauft.«

»Toll!«, sagte er, und zum ersten Mal sah er sie an. Er wirkte aufrichtig erfreut. »Ihr werdet also in Norrstena bleiben?«

Sie nickte. »Das werden wir.«

»Wohin zieht ihr?«

»Appellund.«

»Eine schöne Gegend.«

»Ja.« Sie nickte.

Schweigend fuhren sie nach Hause. Bevor sie ihn fragen konnte, ob er noch mit zu ihr kommen wolle, umarmte er sie flüchtig und verschwand die Treppe hinauf.

31

Johannes packte Papiere und Laptop zusammen, während die Gedanken durch seinen Kopf rasten. Neben ihm saß Parisa noch immer still auf ihrem Platz.

»Wir müssen sprechen. Jetzt sofort.«

Sie nickte, ohne ihn anzusehen.

Als sie draußen auf der Straße waren, wandte sich Johannes ihr zu. »Hast du diese Mail verschickt?«

Sie schüttelte den Kopf. »Nein, ich glaube nicht.«

»Glaubst? Diese Mail wurde im Anschluss an die Telefonkonferenz abgeschickt, bei der du nach eigener Aussage nicht anwesend warst. Du musst dich doch erinnern, ob du danach den Investoren eine Mail geschrieben hast?«

Er sprach mit leiser Stimme, doch ein vorbeigehender Mann sah sie neugierig an.

»Hier können wir nicht sprechen.« Er seufzte tief. »Komm mit.« Er hielt ein Taxi an, stieg ein, und Parisa setzte sich neben ihn. Gerade wollte er dem Taxifahrer die Adresse der Kanzlei geben, als ihm einfiel, welcher Abend heute war. Jennys Ausstellung. Es war nicht optimal, aber er hatte keine andere Wahl, als Parisa mit dorthin zu nehmen. Sie mussten die Sache schnell klären.

»Du wolltest doch Jennys Bilder sehen, richtig?«

Parisa sah ihn verwirrt an. »Ja, wieso?«

»Gut. Sie stellt gerade im Artipelag aus. Da ist heute Abend ein Spätsommersalon für junge Künstler.« Er beugte sich zum Taxifahrer. »Zum Artipelag auf Värmdö, bitte!«

Die Fahrt verlief schweigend. Johannes studierte die Dokumente, die die Staatsanwältin verteilt hatte. Konnte die Mail gefälscht sein? Doch die Staatsanwältin hätte sie nicht angeführt, wenn sie nicht noch andere Beweise hatte. Vermutlich konnten die Investoren bestätigen, dass die Mail von Parisas Mailadresse gekommen war. Die Staatsanwältin musste es von ihnen erfahren haben.

Bald war das Taxi am Kulturzentrum Artipelag angekommen. Die Ausstellung fand seitlich neben dem Gebäude statt, unter freiem Himmel auf einer kleinen Anhöhe mit Blick aufs Meer. Der Sommerabend war warm, doch die Meereswinde brachten Kühle mit.

Sie suchten Jenny in der Menschenmenge. Sie saß neben einem ihrer Werke mit einem Glas Sekt in der Hand und strahlte. Johannes vergaß für einen Moment das Chaos dieses Tages und betrachtete voller Stolz seine Schwester. Dass sie es so weit gebracht hatte!

Jenny entdeckte sie, strahlte noch mehr und winkte. Sie gingen zu ihr, und er nahm seine Schwester schnell in den Arm.

»Hej, Jenny! Wie schön, dich zu sehen!« Parisa und Jenny umarmten sich lange.

»Das finde ich auch. Und du bist inzwischen … erwachsen!« Jenny lächelte Parisa an.

Parisa lachte auf. »Du auch. Ich freue mich so für dich, dass du solche Erfolge mit deiner Kunst hast. Johannes hat mir davon erzählt.«

»Danke. Ja, es fühlt sich ganz unwirklich an.« Jenny sah sich um. »Ich habe aber auch deine Erfolge mitverfolgt, das ist ja total beeindruckend.« Dann schien Jenny zu merken, was sie gerade sagte. »Es tut mir so leid, was in der letzten Zeit passiert ist, aber du hast den besten Verteidiger an deiner Seite!« Stolz sah Jenny ihren Bruder an. »Ich bin mir sicher, dass alles gut werden wird.«

Parisa drückte Jennys Schulter und lächelte. »Danke.«

Im nächsten Moment kam ein Mann mit grau meliertem Haar und freundlichem Gesicht auf sie zu und zeigte auf das Bild hinter Jenny. »Bitte entschuldigen Sie die Störung, aber die Kuratorin hat mir erzählt, dieses Gemälde sei draußen auf Björkö-Arholma entstanden?«

»Ja, das stimmt. Ich war vorigen Sommer dort und habe im Rahmen eines Künstlerkollektivs gearbeitet.«

Johannes legte eine Hand auf Parisas Arm, und sie zuckte bei der Berührung zusammen. »Wollen wir eine Runde gehen und über das sprechen, was heute passiert ist?«

Sie nickte. »Natürlich. Darf ich mir vorher noch Jennys Bilder ansehen?«

Johannes zögerte. »Okay«, sagte er dann.

Sie nahmen sich jeder ein Glas Sekt und holten sich Kanapees am Büfett. Dann betrachteten sie die Kunstwerke, auf denen Silhouetten der Stadt zu sehen waren. Mit dem Meer als Hintergrund war die Wirkung einmalig.

Nach dem vierten Bild spürte Johannes, wie sein Magen knurrte. Er entschuldigte sich und verschwand zum Büfett, um sich noch mehr Kanapees zu holen. Dann kehrte er zurück zu Parisa, die vor einem von Jennys Bildern stehen geblieben war.

»Möchtest du welche?« Er hielt ihr den Pappteller hin, doch sie stand wie versteinert vor dem Bild. Erst jetzt sah sich Johannes das Motiv genauer an. Eine anonyme, geschäftige Großstadt im Hintergrund, mit Ampeln und Straßenlaternen, hohen Gebäuden an einer breiten Straße. Ganz hinten waren die Konturen einer jungen Frau zu erkennen, die dem Betrachter den Rücken zugewandt hatte. Sie hatte welliges schwarzes Haar und trug ein Sommerkleid und erinnerte an Parisa, wie sie als junges Mädchen ausgesehen hatte. Weiter vorne im Bild, näher am Betrachter, aber ebenfalls mit abgewandtem Gesicht, stand ein junger Mann mit schwarzem Kapuzenpullover und hellblauen Jeans. Die Kapuze hatte er abgenommen, und sein blonder, zerzauster Haarschopf war zu sehen. Er sah genauso aus wie Johannes als Jugendlicher. Das Bild suggerierte, dass der junge Mann dastand und der jungen Frau hinterhersah.

Erst jetzt drehte Parisa sich zu ihm um, ihre Augen glänzten feucht. Er verstand sie, denn das Bild hatte eine suggestive Wirkung. Die beiden Personen wirkten unendlich einsam und zugleich voller Sehnsucht.

Johannes betrachtete Jennys Signatur. Die Jahreszahl lag noch nicht weit zurück, doch das Gemälde beschrieb die Stimmung in seinem ersten Jahr am Gymnasium. Die zerplatzten Träume und seine Sehnsucht nach etwas Größerem. Nach Parisa. Nach einem anderen Leben.

Johannes holte tief Luft und erinnerte sich daran, warum er Parisa überhaupt mit hierhin genommen hatte. »Wollen wir eine Runde gehen?«

Parisa nickte. »Klar.«

Sie verließen die Menschenansammlung und gingen in Richtung Wasser.

»Also, was glaubst du?«, fragte Johannes, als sie ein Stück am Ufer entlanggegangen waren.

»Ich glaube nicht, dass ich diese Mail geschickt habe. Wie gesagt, normalerweise erledigt Robin solche Dinge.«

Er nickte langsam. »Und hat er Zugang zu deinem Computer gehabt?«

»Wir haben ja zusammengewohnt.«

»Und kennt er dein Passwort?«

Die Meereswellen rollten sanft ans Ufer, eine Möwe segelte an ihnen vorbei.

»Nicht, dass ich wüsste.«

Johannes nickte langsam und versuchte, seine Frustration über ihre Unsicherheit zurückzuhalten. »Wir stecken in einer kniffligen Situation. Wir haben die ganze Verteidigung darauf aufgebaut, dass du keinen Kontakt mit den Investoren hattest. Also brauchen wir jetzt einen Beweis, dass er Zugriff auf deinen Mailaccount hatte.«

»Ich wünschte, ich könnte dir mit Sicherheit sagen, was passiert ist, doch im Moment weiß ich es nicht. Das Erste, was ich tun werde, wenn ich nach Hause komme, ist, im Computer nachzusehen, ob ich mich erinnere.«

Sie gingen weiter am Ufer entlang. Wut und Ärger brodelten in Johannes. Der Fall war ihm so sonnenklar vorgekommen. Er war sicher gewesen, dass sie freigesprochen werden würde. Und jetzt wusste er nicht, worüber er sich mehr ärgerte. Über Parisa oder über die ganze Situation.

»Ich möchte es genauso verstehen wie du«, sagte sie nach einer Weile.

Er nickte. »Gut.« Die Sonne sank Richtung Horizont, aber noch war es hell.

Auf einmal wurde ihm bewusst, dass er und Parisa sich genau zu dieser Jahreszeit kennengelernt hatten. Damals, als sie intensiven Kontakt gehabt hatten. Das Spätsommerlicht war dasselbe, dieses magische goldene Licht, das entstand, wenn es am Abend früher dunkel wurde, die Sonne aber noch immer Kraft hatte.

»Diese Jahreszeit war immer ganz besonders für mich«, sagte sie plötzlich und blickte aufs Wasser hinaus.

»Für mich auch.« Er sagte es so leise, dass er nicht wusste, ob sie es gehört hatte. Doch im nächsten Moment nahm sie seine Hand und zog ihn an sich. Niemand konnte sie sehen, sie waren ganz alleine. Nur sie beide, hinter ihnen der Wald, vor ihnen das Meer.

»Dieser Sommer …« Sie brach ab und sah zu ihm auf. »Ich habe so viel an dich gedacht.«

»Und ich an dich.« Er atmete tief ein. Wut und Frustration verschwanden, stattdessen wurde ihm bewusst, wie häufig er an sie dachte, wie viel sie ihm bedeutete. Sie waren einander jetzt ganz nah. Sie befeuchtete ihre Lippen leicht mit der Zunge, und ihn überlief ein Schauer. Er wollte sie. Er hatte an fast nichts anderes gedacht während des Sommers, aber er musste durchhalten.

»Ich …«, sagte er, und sie sah ihn durch halb geöffnete Augen an, nur wenige Zentimeter von ihm entfernt. »Ich kann nicht …« Er schnappte nach Luft. »Es …« Er seufzte. »Wenn ich dich verteidigen und mein Bestes geben soll, dann müssen wir alles vergessen, was zwischen uns ist.« Seine Stimme klang heiser, es fiel ihm schwer, die Worte auszusprechen.

Sie blinzelte und trat einen Schritt zurück. Nickte schnell. »Klar.« Dann drehte sie sich um und ging zurück zur Ausstellung. Er folgte ihr.

Sie drehten eine weitere Runde durch die Ausstellung, vermieden aber das Bild, das sie so stark berührt hatte. Jenny war in ein Gespräch mit anderen vertieft, aber bevor sie aufbrachen, hatten sie noch Gelegenheit, sich mit ihr zu unterhalten. Aber miteinander sprachen sie kaum, als wagten sie es nicht, einander anzusehen.

Sie teilten sich das Taxi nach Hause, schwiegen aber die Fahrt über. Parisa stieg als Erste aus, verabschiedete sich kurz, bevor sie die Autotür hinter sich schloss.

Als Johannes in seine Wohnung kam, klingelte sein Handy. Es war eine unbekannte Nummer.

»Johannes Lund.«

»Hej, Johannes Lund.«

Johannes würde diese Stimme immer und überall wiedererkennen. »Hej, Robin Roth. Was willst du?«

»Na ja, nun … Lief wohl nicht ganz so gut für euch heute vor Gericht, oder?«

Johannes schwieg. Er konnte sich dazu nicht äußern und wollte auch nichts sagen.

»Mir gefällt es nicht, dass Parisa den Fokus auf mich gerichtet hat«, fuhr Robin fort. »Wahrscheinlich ist sie sauer auf mich, weil wir Schluss gemacht haben. Könntest du mit ihr sprechen, dass sie aufhören soll, mich an den Pranger zu stellen?«

»Warum sollte ich das tun?« Johannes lockerte die Krawatte und knöpfte die obersten Knöpfe seines Hemdes auf. Dann betrat er seine Wohnung und blieb am Fenster zur Straße stehen. Er öffnete es und sog den Duft des Großstadtsommers ein. Der Himmel war aprikosenfarben, und die Geräusche der Straße drangen herein.

»Es könnten noch mehr unangenehme Dinge über sie herauskommen, Dinge, die sie nicht gut dastehen ließen.«

»Ist das eine Drohung?« Johannes klang nicht wütend. Er war eher geschockt über diese Dreistigkeit.

»Ich möchte euch nur helfen. Ich möchte nicht, dass einer von euch in Schwierigkeiten gerät. Bitte sprich mit Parisa, sie weigert sich ja, mit mir zu reden. Ansonsten kommt vielleicht etwas Schmutziges über sie ans Tageslicht. Oder über dich. Und das möchte ich ja nicht.«

»Tschüss, Robin!« Johannes drückte ihn weg. Dann blieb er eine Weile vor dem Fenster stehen und drehte seinen Kopf in Richtung Norra Tornen, deren große Fenster den funkelnden Abendhimmel reflektierten.

Er lächelte vor sich hin. Das war ein Anruf von einem verzweifelten Mann gewesen, der wusste, dass ihm die Felle davonschwammen.

Der Rückschlag dieses Tages würde ihnen nicht den Wind aus den Segeln nehmen. Jetzt würde Johannes ihn fertigmachen.

32

Dreizehn Jahre früher

Johannes arbeitete gegen Ende der Sommerferien so viel er konnte, um seiner Mutter aus dem Weg zu gehen und um Geld zu verdienen. Währenddessen vermied er den Kontakt mit Parisa. Er schämte sich dafür, wusste aber nicht, wie er sonst mit der Situation umgehen sollte, obwohl er damit alles zerstörte, was er hatte. Doch er brachte es nicht über sich, sie zu treffen, jetzt, da alles drunter und drüber ging. Sie verdiente etwas viel Besseres. Sie verdiente jemanden mit einem geordneten Leben, der ihr alles gab. Dazu war Johannes nicht in der Lage. Also sagte er, dass er arbeiten müsse, als sie ihn fragte, ob sie sich sehen könnten.

Nach ein paar Tagen schrieb sie:

Ich verstehe, dass du Zeit brauchst, nach dem, was passiert ist. Ich wünschte nur, du könntest mir davon erzählen. Du weißt, dass du mit mir reden kannst.

Und er antwortete:

Danke, dass du mich verstehst.

Er konnte nicht darüber reden. Es war alles viel zu verkorkst. Seine Mutter misstraute ihm und konnte sich noch immer nicht vorstellen, dass Nicke versucht haben sollte, Jenny zu vergewaltigen. Wenn er mit Parisa sprach und Zeit mit ihr verbrachte, verlor er das Wesentliche aus den Augen. Mit ihr wurde er jemand anders, jemand, der die Zeit vergaß und seine körperbehinderte Schwester mit einem Monster alleinließ. Er wurde zu jemandem, der von einem anderen Leben träumte, der glaubte, es stünde für ihn bereit. Schon jetzt. Er hoffte noch immer auf ein anderes Leben, aber dafür musste er hart arbeiten, Geld verdienen und die Schule schaffen, so gut es ging. Dann erst konnte er weg von hier.

Eine Woche vor Schulbeginn zog Parisas Familie um. In ihr Einfamilienhaus.

Johannes sah den Möbelwagen gar nicht. Als er am Morgen zu seinem Lagerjob ging, brannte eine Lampe in der Küche. Als er am Abend nach Hause kam, war es dunkel und leer hinter dem Küchenfenster. Er sah, dass die Gartenmöbel nicht mehr auf der Terrasse standen und das Wohnzimmerfenster ebenso dunkel und leer wirkte.

Jetzt wohnten sie in Appellund. Das war eine ganz andere Welt. Dort kannte er niemanden, und diejenigen Bewohner der Gegend, die er bisher getroffen hatte, waren ganz anders als er. Aber das war Parisa ja auch, anders als er. Sie kamen aus denkbar unterschiedlichen Welten. Hier in Bladslingan war sie nur übergangsweise gewesen.

Am Tag danach schickte sie eine Nachricht.

Jetzt ist der Möbelwagen weg. Du kannst vorbeikommen, wann immer du willst. Granstigen 19.

Der erste Tag am Gymnasium war zugleich der erste Tag, an dem Johannes nicht zusammen mit Parisa zur Schule ging, seit sie sich kennengelernt hatten. Am Morgen versammelten sich alle in der Aula. Parisa saß neben einem Mädchen aus ihrer alten Schule. Johannes saß neben Zacke. Einmal drehte Parisa sich um, sah zu ihm hin und winkte vorsichtig. Er winkte zurück.

Johannes' Klasse war in Ordnung. Er hatte mit den anderen nicht viel gemeinsam, wollte sich aber sowieso nur aufs Lernen konzentrieren und in seiner Freizeit so viel wie möglich arbeiten. Er hatte keine Zeit, neue Freunde zu suchen. Er hatte ja Zacke, der einen beruflichen Zweig besuchte, weil er Tischler werden wollte wie sein Vater, und sich mit den Jungen in seiner Klasse gleich gut verstand.

Parisa hörte auf, ihm Nachrichten zu schicken. Die letzte war die mit der neuen Adresse. Manchmal fragte er sich, ob er einen Fehler gemacht hatte, indem er sie aufgab, und erwog, mit ihr zu sprechen. Vielleicht war es noch nicht zu spät? Sein Leben verlief nun geordneter, jetzt, da Nicke nicht mehr bei ihnen wohnte.

Doch die Wochen vergingen, und jedes Mal, wenn Johannes sie sah, war sie umgeben von ihren neuen Freunden. Vermutlich wohnten viele von ihnen in ihrer neuen Wohngegend, dem Villenviertel. Sie trugen andere Kleider – schicke Jeans und teure Designermarken. Die Jungs hatten Poloshirts und Hemden an. Einige kannte er aus seiner Eishockeymannschaft, und einer war damals im Kino dabei gewesen, als er Fredde verprügelt hatte. Robin hieß er und war Sohn von Anders Roth, dem Besitzer der Turbine. Er hatte gesehen, wie Robin Parisa im Kino angeblickt hatte, und jetzt waren sie ständig zusammen. Was Johannes darin bestärkte, dass er das Richtige getan hatte, als er sie aufgegeben hatte. Robin war so anders als er, hatte so viel zu bieten. Was hatte Johannes schon vorzuweisen außer einem verdammt kaputten Leben?

Eines Nachmittags Ende Oktober, als Johannes nach Hause gehen wollte, sah er Zacke auf der anderen Seite des Schulhofes. Ein älterer Schüler aus der Abschlussklasse kam gerade auf ihn zu und sah sich nervös um, als er Johannes entdeckte.

Zacke schüttelte schnell den Kopf, legte beruhigend eine Hand auf die Schulter des Typen und sagte etwas. Dann steckte Zacke die Hand in seine Jackentasche und fischte etwas heraus, was er dem anderen in die Hand drückte. Der Typ steckte es in seine Tasche und kramte mit zittrigen Fingern einen zerknitterten Geldschein hervor, den er Zacke reichte, bevor er schnell das Weite suchte.

Johannes lief zu ihm hin. »Was war das denn?«

»Nichts, bleib cool. Ich verdiene nur ein bisschen dazu.« Zacke steckte den Geldschein in die Jackentasche. »Mein Bruder hat das auch schon gemacht … Ist nur was zum Rauchen. Okay? Keine große Sache. Aber man verdient ziemlich gut dabei.«

»Ist das so eine gute Idee? In der Schule?«

Zacke zuckte die Schultern. »Nur ein bisschen zusätzliche Kohle. Mach dir keine Sorgen, okay? Mein Bruder hat das mehrere Jahre lang gemacht, und nie ist etwas passiert. Wenn du willst, kannst du mir helfen. In deiner Klasse gibt es bestimmt auch welche, die etwas rauchen. Ich glaube, dieser Sam und sein Kumpel … wie hieß er noch … Victor? Ich glaube, die rauchen gerne mal was auf Partys.«

»Nein danke, das ist eher nicht mein Ding.«

»Okay.« Zacke zuckte die Schultern und sah dann Johannes an. »Aber du hältst dicht, oder? Der Typ eben war ganz schön nervös, als er sah, dass du es mitbekommen hast.«

»Klar sage ich nichts.«

In diesem Moment trat Parisa zusammen mit einem Mädchen aus ihrer Klasse aus dem Gebäude und lachte über irgendetwas, doch als sie Johannes und Zacke sah, hörte sie auf zu lachen, nickte kurz in ihre Richtung und ging dann weiter.

»Was ist bei euch eigentlich los?« Zacke sah Parisa nach. »Ihr seid nicht mehr zusammen, oder?«

Johannes seufzte. »Sie ist umgezogen, und ... Ach, es war nicht so toll, als wir uns das letzte Mal gesehen haben. Jede Menge Stress mit dem Freund meiner Mutter, und ich ... Ich weiß nicht.« Er sah Zacke an. »Zurzeit packe ich anscheinend nur die Freundschaft mit dir.«

Zacke nickte. »Danke.«

Johannes lächelte und klopfte ihm auf die Schulter. »Du, mach das nicht mehr in der Schule. Die Leute sehen hier mehr, als du glaubst.«

»Stimmt. Ich versuche, es außen vor zu halten.«

Auf dem Weg nach Hause ging Johannes am Kiosk vorbei, um sich eine Cola zu kaufen, damit er am Abend noch lernen konnte. Er nahm auch ein paar Schokoriegel und eine Tüte Chips, falls er noch lange dasitzen und Energie brauchen würde.

BETRAG NICHT VERFÜGBAR stand auf dem Kartenlesegerät, nachdem er seinen Code eingegeben hatte, und es piepte durchdringend.

Was war das? Als er den Job in der Buchhandlung bekommen hatte, hatte er sich ein Bankkonto mit Karte und Lesegerät besorgt. Er wollte nicht wieder den Fehler machen, Bargeld anzusammeln, das seine Mutter dann an sich nahm. Und er hatte Geld auf dem Konto, das wusste er.

Während er sich entschuldigte, legte er die Waren zurück und beeilte sich, nach Hause zu kommen. Vielleicht lag der Fehler bei der Bank?

Zu Hause angekommen, setzte er sich an den Computer und loggte sich bei seiner Bank ein. Sein Konto war leer. Eine große Überweisung auf ein anderes Konto war getätigt worden. Er kannte die Kontonummer nicht, begriff aber sofort, wem sie gehörte.

Johannes ging auf direktem Weg ins Schlafzimmer der Mutter. Die Tür war geschlossen, aber er trat ein, ohne zu klopfen.

Die Jalousien waren heruntergelassen, die Luft war stickig. Im Fernseher auf der Kommode lief ein Film.

Mama sah ihn irritiert an, als er hereinkam.

»Mein Bankkonto – hast du es angerührt?«

»Ja. Ich brauchte Geld, ich war im Rückstand mit der Miete.«

Ein paar glänzende Einkaufstüten aus den zwei Kleiderboutiquen der Stadt lagen auf dem Fußboden herum.

»Jetzt, wo Nicke nicht mehr hier wohnt, kann ich es mir nicht mehr leisten. Da müssen wir uns gegenseitig helfen.«

»Das ist Diebstahl.«

»Diebstahl?« Sie sah ihn träge an. »Solange du hier wohnst, beteiligst du dich.«

Er nahm ein paar Tüten, woraufhin seine Mutter aus dem Bett aufsprang und eine davon an sich riss. »Was zum Teufel tust du? Ich brauche Kleider. Wenn Nicke mich zurücknehmen soll, muss ich doch hübsch aussehen, begreifst du das nicht?«

Johannes riss die Tüten an sich, stürmte aus der Wohnung und fuhr mit dem Fahrrad in die Stadt. Dort gab er die Kleider zurück und zahlte das Geld wieder auf sein Konto ein. Es war bei Weitem nicht die Summe, die sie überwiesen hatte, aber jedenfalls ein Teil.

Als er wieder zurückradelte, waren seine Beine ganz schwach. Eine lähmende Müdigkeit ergriff ihn. Wie sollte er jemals von hier wegkommen? Von seiner Mutter wegkommen?

Am Anfang des Fahrradweges gab es eine Abzweigung nach Appellund. Er sah zu den Villen hinüber, die verstreut auf einer Anhöhe lagen, mit Aussicht über die Stadt. Lampen glitzerten im Herbstabend.

Er bog in den Weg ein und fuhr ins Wohngebiet hinein. Sie hatte ihm ja gesagt, er sei jederzeit willkommen. Er wusste, dass er alles zwischen ihnen kaputt gemacht hatte, doch er musste sie sehen, nur für einen kurzen Moment. Er wollte spüren, dass es in dieser verdammten, hässlichen Welt etwas Schönes gab.

Sie hatten eine weiße, zweistöckige Villa gekauft, die hoch oben auf der Anhöhe gelegen war. Aus den Fenstern drang ein gemütlicher Lichtschein. Es hing dieselbe Lampe im Fenster, die in Bladslingan im Küchenfenster zum Innenhof gehangen hatte. Johannes fühlte sich schon ruhiger.

Er stellte sein Fahrrad ab, öffnete das schwarze Eisengatter und ging hinein. Der Weg zum Haus war von schwarzen, niedrigen Laternen gesäumt, die den herbstlichen Garten beleuchteten.

Er klopfte an.

Sheila öffnete und strahlte, als sie ihn sah. »Johannes, was für eine schöne Überraschung!«

Stimmen waren aus dem Haus zu vernehmen. Erst das polternde Lachen von Parisas Vater, dann lachte Parisa, und ihm wurde ganz warm ums Herz. »Vielleicht komme ich ungelegen, aber ich war gerade in der Gegend und wollte mal sehen, wie ihr so wohnt!«

»Wie schön! Du bist ja noch gar nicht hier gewesen. Wir haben Parisa schon nach dir gefragt. Wir haben dich vermisst. Komm nur herein! Parisa hat ein paar Freunde zu Besuch.« In dem Moment entdeckte Johannes ein Paar braune Lederschuhe auf der Fußmatte im Flur. Solche Schuhe trug Parisas Vater nicht. Aber die Jungs aus Robins Clique hatten solche Schuhe, was sie wie Abziehbilder ihrer eigenen Väter aussehen ließ. Auch Robin besaß solche Schuhe.

Er zögerte mitten in der Bewegung. »Entschuldige, gerade fällt mir ein, dass ich noch etwas vorhabe. Ich komme ein anderes Mal wieder.« Er ging rückwärts durch den Flur zurück. »Trotzdem danke!«

»Aber du kannst doch kurz hereinkommen, das Essen ist bald fertig, und …«

»Danke, Sheila, aber ich habe es leider eilig.«

Dann war Robins Stimme zu hören, und wieder lachte Parisa. Johannes fiel beinahe die Treppe hinunter, weil er möglichst schnell von hier verschwinden wollte.

Tränen stiegen ihm in die Augen, als er zu seinem Fahrrad rannte. Er konnte kaum den Weg erkennen, als er zum Fahrradweg fuhr, der zu seinem Wohnviertel führte. Ohne anzuhalten, fuhr er immer weiter, den Weg um die Stadt herum nach Bladslingan.

Wie hatte er nur so dumm sein und glauben können, Parisa habe sich nicht verändert? Dass sie immer noch da sein und auf ihn warten würde? Sie hatte jetzt ein anderes Leben. Eine neue Adresse und neue Freunde. Johannes gehörte nicht länger dazu.

Als er zu Hause ankam, war es still im Schlafzimmer seiner Mutter. Jenny war mit ihrer Betreuerin nach Hause gekommen, einer Frau, die ein paar Jahre jünger war als seine Mutter. Alles war sehr viel leichter, wenn sie da war. Gerade war sie dabei, Jennys Malsachen hervorzuholen. Sie lächelte und grüßte, als Johannes hereinkam.

Er grüßte zurück, winkte Jenny zu und ging schnell in sein Zimmer. Dort warf er sich aufs Bett und rief Zacke an.

»Du, ich habe meine Meinung geändert. Ich kann dir auf jeden Fall helfen, wenn man etwas dazuverdienen kann. Aber ich werde nichts in der Schule verkaufen.«

»Du wirst richtig gut verdienen, glaub mir. Frag morgen mal die in deiner Klasse, dann besorge ich dir etwas gegen Ende der Woche.«

33

Am Donnerstag fanden sie sich wieder im Gerichtssaal ein. Parisa hatte Johannes nicht viel Neues liefern können. Sie hatte die Mail nicht in ihrem Computer gefunden, und ein Gespräch mit der IT-Abteilung hatte auch nichts ergeben. Sie hatte die Mail nicht verschickt, aber noch immer nagte irgendetwas in ihrem Unterbewusstsein, was sie allerdings nicht greifen konnte.

Doch sie hatte Johannes versichert, dass sie die Mail nicht verschickt hatte, und er hatte drei Tage damit zugebracht, potenzielle Erklärungen zu konstruieren. Die für beide wahrscheinlichste war die, dass Robin ihren Computer benutzt hatte. Aber sie konnte nicht erklären, wann, wo oder wie es passiert war. Sie hatten damals zusammengewohnt, und natürlich hätte er sich Zugang zu ihrem Computer verschaffen können. Johannes war mit der Erklärung nicht zufrieden gewesen, was sie gut nachvollziehen konnte – es gab ja keine konkreten Beweise. Aber sie waren sich einig, dass sie vor Gericht nicht im Detail darauf eingehen sollte, sondern nur erklären, dass es andere Personen gegeben habe, die Zugriff auf ihren Computer und ihre Mails gehabt hätten.

»Jetzt haben wir alle genug Zeit gehabt, das neue Material durchzulesen«, begann die Staatsanwältin, nachdem der Richter ihr das Wort erteilt hatte. Sie war seit dem letzten Mal beim

Friseur gewesen und trug jetzt eine Pagenfrisur. »Ich möchte die Angeklagte erneut fragen, ob sie die Mail mit der falschen Finanzprognose und den falschen Resultaten von der klinischen Studie verschickt hat.«

Im selben Moment, in dem Parisa antworten wollte, fiel ihr Blick auf Robin. Und plötzlich erinnerte sie sich. Sie schwieg, während sie ihre Gedanken sortierte.

Die Staatsanwältin sah sie nachdenklich an. »Soll ich die Frage wiederholen?«

»Nein, das ist nicht nötig«, antwortete Parisa und räusperte sich dann. »Nein, ich habe die Mail tatsächlich nicht verschickt. Aber mit großer Wahrscheinlichkeit wurde sie von meinem Computer aus versendet, von meiner Mailadresse. Aber von jemand anderem.«

»Aha, und wie soll das passiert sein?«

»Ich weiß noch, wie mein damaliger Lebensgefährte Robin Roth und ich kurz nach der Telefonkonferenz von zu Hause gearbeitet haben, weil wir beide die Grippe hatten. Robin hatte Probleme mit seinem Computer und wollte sich meinen ausleihen, um eine Mail zu verschicken.«

»Kurz nach der Telefonkonferenz?«, wiederholte die Staatsanwältin. »Sie wissen aber nicht das genaue Datum?«

»Nein, nicht auswendig. Aber ich weiß, dass er Zugang zu meinem Computer hatte.«

»Robin Roth soll also einen gefälschten Bericht über Ihre Mailadresse rausgeschickt haben?« Die Staatsanwältin lächelte nachsichtig, als tischte Parisa ihr die haarsträubendsten Fantasien auf.

»Ja.«

»Aber warum sollte er so etwas tun?«

Robin, der unter den Zuhörern saß, blickte sie fragend an. Er schien nicht zu verstehen, warum Parisa ihn beschuldigte.

»Wir beide sind sehr verschieden.« Vielleicht bauschte sie es jetzt zu sehr auf, aber sie wollte sich selbst reinwaschen. »Er ist ein Geschäftsmann. Ich bin Forscherin. Als Forscherin würde ich niemals Ergebnisse manipulieren. Das widerspricht meiner Arbeitsethik.« Sie sah erst ihre frühere Professorin und dann ihre Eltern an. Das war die Gelegenheit für eine Rechtfertigungsrede.

»Als Forscherin würden Sie niemals Ergebnisse manipulieren, sagen Sie?« Die Staatsanwältin sah sie aufmerksam an. »Aber als jemand anderer hätten Sie sehr wohl …«

»Nein, auch als Geschäftsführerin oder Teileigentümerin eines Unternehmens würde ich keine Daten manipulieren. In erster Linie bin ich Forscherin. Bewusst Daten zu fälschen würde bedeuten, alles mit Füßen zu treten. Meine gesamte Berufsgruppe, aber auch alles, wofür ich während meiner Forschertätigkeit gekämpft habe.«

Die Staatsanwältin bedankte sich bei Parisa. Jetzt war Johannes an der Reihe, sie zu befragen. Er räusperte sich und schrieb etwas auf seinen Block. Was konnte er tun, um ihre Argumentation zu unterstützen?

Er begann mit den Fragen, die er von Anfang an eingeplant hatte. Um Zeit zu gewinnen und die Gedanken zu sortieren. Durch seine Fragen würde er Parisa dazu bringen, mehr darüber zu erzählen, wie Robin den Kontakt zu den Investoren gestaltet hatte.

Danach ging er mehr ins Detail.

»Können Sie die Ereignisse beschreiben, die der großen klinischen Studie unmittelbar vorangingen?«

»Unglaublich viel stand auf dem Spiel. Ich wollte es eigentlich langsamer angehen, die Forschung in einem kleineren Rahmen halten und das Messverfahren nachjustieren, bevor wir es testeten. Von Robin erfuhr ich, dass wir fast zweihundert Millionen Kronen neues Kapital erhalten würden, wenn der Test positiv verliefe. Wenn wir nicht schon bald mit der klinischen Studie anfingen, riskierten wir, überhaupt kein Geld zu bekommen.«

»Fühlten Sie sich unter Druck gesetzt?«

»Ja, aber ich war natürlich auch aufgeregt. Ich hatte mich ja auf den Beginn der klinischen Studie gefreut.«

»Können Sie ein konkretes Beispiel nennen, wie genau der Druck sich äußerte?«

»Robin hat mehrfach behauptet, dass Endo vielleicht dichtmachen müsse, wenn die Studie nicht gut liefe. Dass wir unbedingt einwandfreie Testergebnisse liefern müssten.«

»Und wie fühlte sich das an?«

»Bei meiner Forschung kommt es nicht darauf an, makellose Studien zu liefern. Es kommt darauf an, Ergebnisse zu erzielen und dann damit zu arbeiten, um voranzukommen. Robin hatte den Investoren versprochen, dass das Testverfahren innerhalb von zwei Jahren reibungslos funktionieren würde, und ich wollte natürlich ein gutes Resultat abliefern.«

Er überlegte eine Weile.

»Wie lief es ab, als Sie die Ergebnisse der Studie zusammengestellt haben?«

»Ich merkte schon bald, dass sie nicht sonderlich gut waren. Darüber habe ich Robin in Kenntnis gesetzt, damit er die Info an die Investoren weitergeben konnte.«

»In welcher Form sollte das geschehen?«

»Wir planten eine große Telefonkonferenz, bei der nicht nur Robin und ich, sondern auch Anders Roth, Robins Vater und ehemaliger Vorstandsvorsitzender, dabei sein sollten. Robin wollte, dass wir sie beruhigten. Ich sollte sagen, dass die Resultate, die wir aus der klinischen Studie erhalten hatten, vielversprechend wirkten.«

»Und warum wollte er das?«

»Um weitere Mittel zu erhalten, sodass wir einige Schritte der Studie wiederholen und vielleicht eine Lösung finden konnten.«

»Waren Sie bei der Telefonkonferenz dabei?«

»Nein, ich sah davon ab, weil Robin die Investoren anlügen wollte.«

Johannes nickte, machte sich Notizen und ließ ihre Worte wirken.

»Was hat Robin nach dem Treffen gesagt?«

»Zu meiner großen Überraschung sagte er, er habe den Investoren die Wahrheit gesagt. Dass die klinische Studie schlecht gelaufen sei.«

»Und was haben Sie gedacht, als die Gelder weiter an Endo flossen?«

»Ich war natürlich froh und erleichtert. Ganz naiv habe ich gedacht, dass sie wirklich an Endo und mein Messverfahren glaubten. Dass wir eine zweite Chance bekommen hätten.«

»Haben Sie jemals gehört, dass die Investoren unzufrieden gewesen wären?«

Sie schüttelte den Kopf. »Nein, nie.«

»Kurz bevor die Anzeige gegen Sie einging, verkaufte Anders Roth seinen Anteil am Unternehmen. Wussten Sie davon?«

»Nein, ich habe es erst im Frühsommer erfahren.«

»Die Käufer waren unter anderem die beiden Kläger. Haben Sie an irgendwelchen Treffen teilgenommen oder irgendwelche Materialien dafür erstellt?«

»Nein.«

»Gut. Vielen Dank.«

Parisa und Johannes gingen zusammen aus dem Gerichtsgebäude. Er sah sie nicht an, während sie gingen, aus Sorge, die Fassung zu verlieren.

»Es tut mir leid, dass ich es verbockt habe«, sagte sie offen, als sie auf die Straße traten.

»Hier können wir nicht reden«, sagte Johannes verbissen.

In dem Moment kam die Staatsanwältin heraus und lächelte kühl. »Bis morgen!« Falls sie zufrieden war, zeigte sie es jedenfalls nicht. Dafür war sie zu professionell.

Sie gingen hinunter zum Norr Mälarstrand. Das schöne Wetter des vorangegangenen Abends war seit der letzten Nacht buchstäblich wie weggeblasen, das Wasser des Riddarfjärden war grau und voller Schaumkronen. Der Sturm riss an den Bäumen neben den Gehsteigen.

»Verstehst du nicht, wie ungünstig es war, dass ich nicht die ganze Geschichte kannte?«, sagte er schließlich, als sie ein Stück gegangen waren. Heute war es menschenleer am stürmischen Kai, nur ein paar Jogger und Hundebesitzer waren unterwegs.

»Ja, aber …« Sie atmete tief ein. »Ich hatte es vergessen. Es fiel mir alles erst wieder ein, als ich im Gerichtssaal saß und Robin sah. Und ich wollte ja der Staatsanwältin ein paar Details liefern.«

»Wärst du früher darauf gekommen, hätten wir deine Antworten noch ausbauen können.«

»Was soll ich sagen? Ich habe mich nicht mehr an alles erinnert, erst als ich dort saß.« Als er nichts darauf erwiderte, redete sie weiter. »Ich ärgere mich ja selbst, dass es mir nicht früher eingefallen ist. Es war so eine unbedeutende Sache, dass er sich meinen Computer ausgeliehen hatte. Ich habe nicht weiter darüber nachgedacht. Und dann ist die Erinnerung einfach zurückgekommen. Das war dumm, ich weiß. Aber bitte mach es nicht noch schlimmer, als es schon ist.« Sie sah ihn flehend an. »Ich hab's gründlich versaut und weiß nicht, wie ich mir das jemals verzeihen kann. Und es wird nicht besser dadurch, dass du dich aufführst, als hätte ich jemanden totgefahren.«

Ihre harten Worte über sich selbst ließen etwas in ihm schmelzen. »Er hat dich hereingelegt.« Dann seufzte er. »Entschuldige, dass ich so reagiere.« Er schloss die Augen. Er hatte sich falsch verhalten, das wusste er. So hätte er niemals bei einer anderen Mandantin reagiert. Nie wäre er so wütend geworden. »Es war falsch und unprofessionell. Ich habe mich nur so geärgert, weil ...« Er seufzte. »Weil du mir so viel bedeutest.«

»Schon in Ordnung. Ich kann es nur nicht brauchen, wenn jemand anderer mir auch noch Vorwürfe macht.« Sie ging zu einer Bank und sank darauf nieder. Er setzte sich neben sie.

Sie sah ihn an. »Wie sehr habe ich es vermasselt?«

Ruhig erwiderte er ihren Blick. »Es sind noch einige Prozesstage übrig.« Er legte seine Hand auf ihre. »Ich werde alles tun, was ich kann. In diesen letzten Tagen müssen wir ...« Er brach ab, sah sie an und lächelte. »In diesen letzten Tagen müssen wir aufs Ganze gehen.« Er lächelte noch mehr. »Wie du mir früher immer gesagt hast.«

Sie kicherte. »Dass du dich an diese albernen Worte erinnerst.«

Er wurde ernst und sah sie lange an. »Wie sollte ich sie jemals vergessen können? Ich habe nie vergessen, wie genau diese Worte mich mitten in einer Panikattacke zum Lachen gebracht haben, damals im See. Deswegen habe ich mich wieder getraut, zu baden und zu schwimmen. Das war eine wirklich große Sache für mich.« Er verstummte, sah sie aber weiter an. »Ich habe in den ganzen Jahren ziemlich viel an diesen Sommerabend gedacht«, fuhr er mit leiser Stimme fort. »Etwas zu oft.«

Ohne dass er es gemerkt hatte, waren sie näher zueinander gerückt. Sie saß nun ganz dicht neben ihm.

Sie beugte sich zu ihm. »Und ich habe etwas zu oft an *dich* gedacht.«

Er konnte sich nicht zurückhalten, als sich sein Körper wie von selbst bewegte. Mit einer Hand streichelte er ihre Wange und strich ihr Haar zurück, das im Wind flatterte. Mit der anderen umfasste er ihre Schulter und küsste sie. Zuerst vorsichtig, dann fordernder.

Sie legte die Arme um seinen Hals, und sie hielten sich fest umschlungen, während sie sich küssten. Klammerten sich aneinander fest.

Es kam ihm so vor, als wäre es nicht er selbst, der behutsam den Kuss unterbrach und sie lächelnd von der Bank auf die Straße hochzog, der ein Taxi heranwinkte, dem Fahrer seine Adresse nannte und sie dann auf dem Rücksitz langsam küsste. Alles war wie ein fiebriger Rausch, ein unwirklicher Traum.

Nur wenige Minuten später hielt der Wagen vor seinem Haus, und er bezahlte den Fahrer. Sie gingen die Treppe zu seiner Wohnung hoch, blieben in jedem Stockwerk stehen, um sich zu küssen. Schnell schloss er die Tür auf und öffnete sie. Er konnte nicht schnell genug in die Wohnung kommen, und als sie die Schwelle überschritten hatten, blieb er stehen und sah sie an.

»Darauf habe ich so lange gewartet.«

Parisa bekam weiche Knie, als sie das Verlangen in seinen Augen sah. Sie holte tief Luft und warf sich ihm dann um den Hals. Küsste ihn wild, während sie ihm das Jackett abstreifte und sein Hemd aufknöpfte.

Er hob sie hoch. Sie schlang die Beine um seine Taille und ließ sich durch die Wohnung ins Schlafzimmer tragen.

Johannes' Duft, der sich überall im Schlafzimmer befand, ließ ihren Puls auf das Doppelte ansteigen.

Wie viele Male hatte sie an ihn gedacht, davon fantasiert, von seinen Augen, die sie so begehrten. Seinem Bett, seinen Laken. Sie hatte so oft davon geträumt, ihn wieder küssen zu dürfen.

Irgendwo im Hinterkopf tauchte eine kleine Erinnerung auf, nicht zu schnell vorzugehen. Das Erlebnis von vor zwölf Jahren war in ihrem Hirn festgebrannt. Doch sobald sie in seiner Nähe war, war sie bereit, alles zu vergeben und zu vergessen. Sofern man jemandem vergeben konnte, der nie um Verzeihung gebeten hatte. Nicht einmal jetzt, da sie sich wiedergetroffen hatten, hatte er um Verzeihung gebeten für das, was passiert war. Hatte es noch nicht einmal erwähnt. Sie aber ebenso wenig. Vielleicht war es am besten, es einfach zu vergessen?

Als Johannes ihr vorsichtig am Ohrläppchen knabberte und sie dann unter dem Rock streichelte, war sie bereit, alles zu vergessen.

Als verliebter Teenager hatte sie immer gedacht, dass sie mit Johannes ihr erstes Mal erleben würde. Doch dann hatte sie mit Robin zum ersten Mal Sex. Sie würde nie den Schmerz vergessen. Danach hatte sie sich um das schöne Erlebnis betrogen gefühlt, das es hätte sein können. So hatte sie es sich nicht vorgestellt, und sie konnte sich nicht den Gedanken verkneifen, dass es mit Johannes anders gewesen wäre.

Die Art, wie er sie jetzt berührte, schien ihrer Vermutung recht zu geben. Er liebkoste ihren Körper sanft und behutsam. Gleichzeitig waren seine Bewegungen hungrig und ungeduldig. Er strich leicht an ihrem Schlüsselbein entlang und weiter hinunter über die Brüste, als könnte er nicht genug von ihr spüren. Dann hielt er inne und knetete sanft ihre Brüste, während er sie verlangend küsste.

Sie zog ihm das Hemd aus und küsste seinen Hals. Er hatte ihre Bluse aufgeknöpft, und sie streifte sie ab.

Er öffnete den Reißverschluss ihres Rocks und zog ihn ganz langsam herunter, während er sie betrachtete.

»Großer Gott«, murmelte er leise und strich dann federleicht über ihr Höschen, ohne den Blick von ihr abzuwenden.

Er küsste sie wieder, während er seine Hose öffnete und sie langsam herunterzog. Er streichelte ihre Brüste, zog ihr den BH aus, liebkoste weiter ihren Körper, streichelte über das Höschen und hob sanft den Stoff an, sodass sie vor Wohlbehagen seufzte. Doch im nächsten Moment stürzte alles auf sie ein. Ein instinktives Gefühl, dass ihr bald Schmerzen drohen könnten. Sie verkrampfte sich unter ihm.

Sofort hörte Johannes auf. »Wie ist es?«, flüsterte er kaum hörbar.

»Alles gut.« Sollte sie einfach die Zähne zusammenbeißen? Es würde sicher gut gehen. Sie wollte ja, es war nicht sicher, ob es gerade dieses Mal wehtun würde. Sie wollte so gerne Sex mit ihm haben. Mit ihm genießen. Und es war ja Johannes. Sie brauchte nur Stopp zu sagen, wenn es sich nicht gut anfühlte.

»Wenn du Angst hast, dass es wehtut, dann ist das okay für mich«, sagte er leise. »Ich habe einiges über Endometriose gelesen und begriffen, dass man beim Sex Schmerzen haben kann.«

Sie sagte nichts, sah ihn nur offen an. »Aber ich will.«

Er sah ihr tief in die Augen. »Und ich will, dass es schön für dich ist.« Wieder streichelte er sie langsam unter dem Saum ihres Höschens. »Vertrau mir.«

Sie nickte vorsichtig.

Sachte küsste er sie am ganzen Körper, immer tiefer, zog ganz langsam das Höschen herunter, während er gleichzeitig sanft mit seiner Zunge zwischen ihren Schamlippen spielte.

Sie stöhnte auf von der federleichten Berührung. Ohne damit aufzuhören, zog er ihr das Höschen ganz herunter.

Begrub dann seine Zunge in ihr, leckte weiter, saugte vorsichtig und strich mit dem Finger über ihre Klitoris. Er saugte und leckte weiter, und sie stöhnte noch mehr vor Genuss.

Sie lachte, weil es so herrlich war. Merkte dann, dass sie vollkommen entspannt war, denn es war so unglaublich schön. Er leckte und massierte sie sanft mit den Fingern, bis ihr Körper bebte in einer unendlichen Welle des Genusses. Der Orgasmus kam viel zu schnell, dauerte aber lange. Ganz langsam ebbte er ab, und sie sank zurück in die Kissen. Nie hätte sie gedacht, dass sie jemals einen so tollen und entspannten Sex erleben würde. Es war so unfassbar. So himmlisch schön.

Er sank neben ihr aufs Bett. Sah sie an und lächelte. »Du bist fantastisch.«

Sie blieben im Bett liegen, küssten sich und redeten.

Dann bestellte Johannes chinesisches Essen. Der Fahrradbote war nach einer halben Stunde da, und Johannes stand auf, um das Essen entgegenzunehmen. Sie musste nicht einen Finger rühren. Er kam bald wieder zurück mit den Kartons, und halb sitzend, halb liegend aßen sie im Bett, bei offenem Fenster Richtung Straße. Die grauen Wolken hatten sich verzogen, die Sonne ging gerade unter. Sie aßen mit Essstäbchen, und sie konnte nicht aufhören, ihn anzusehen. Diesen großartigen Menschen, der ihr so unglaublichen Genuss verschafft hatte.

»Unglaublich, wir liegen im Bett, essen chinesisches Essen, und draußen tost die Großstadt.« Sie lächelte Johannes an.

»Aus Kartons«, fuhr er fort.

»Mit dir«, sagte Parisa dann.

Er musste lachen. »Ich kann auch nicht fassen, dass das wahr ist.«

»Das hier?«

»Ja.« Er nickte. »Das hier.«

Und sie konnte es nicht fassen, dass er es ebenso wunderbar fand wie sie. Ebenso unglaublich und fantastisch.

34

Dreizehn Jahre früher

Das restliche Schulhalbjahr verlief genauso, wie es begonnen hatte. Johannes war in der Schule, arbeitete am Wochenende in der Buchhandlung und abends häufig im Lager. Manchmal traf er Björn auf der Arbeit. Björn war Verkäufer, kam aber manchmal hinunter ins Lager, um Johannes zu sehen. Er mochte diese Augenblicke, und sie sprachen nie darüber, wie abweisend Johannes gewesen war, als Björn ihn damals aufgesucht hatte.

Johannes verdiente sich etwas Geld dazu, indem er das verkaufte, was Zacke für ein paar Jungs aus der Klasse und andere Bekannte besorgte. Er versteckte sein Geld sorgfältig vor seiner Mutter, zahlte einen Teil davon aufs Konto ein, wenn er konnte, und achtete darauf, regelmäßig den Code fürs Onlinebanking zu ändern.

Der Herbst verging schnell. Er lernte und arbeitete und ging mit Zacke auf Partys. Er probierte zu kiffen und fand es gut. Dabei verschwand wenigstens für ein paar Stunden der Stress. Doch er tat es selten. An den meisten Wochenenden arbeitete er und musste sich schon deswegen zusammenreißen.

Als das zweite Halbjahr begann, kursierten Gerüchte, dass einige auf der Schule härtere Drogen konsumierten. Johannes hatte ein paarmal auf Partys mitbekommen, dass ein paar von den Rich Kids koksten. Es war eine teure Droge, die sich nicht jeder leisten konnte.

Eines Vormittags im April, als Johannes eilig durch die Flure zum Matheunterricht ging, hörte er jemanden hinter sich rufen.

»Johannes, kann ich mit dir sprechen?« Es war ein leises Rufen, doch er erkannte sofort die Stimme und drehte sich um.

»Ich komme zu spät zu Mathe und hab es total eilig.«

Doch als er Parisas bekümmerten Gesichtsausdruck und gerunzelte Stirn sah, ging er zu ihr. »Was ist los? Ist etwas passiert?«

Sie schüttelte den Kopf. »Ich mache mir nur Sorgen.«

»Weswegen?«

Sie strich sich das Haar hinters Ohr, fasste ihn am Oberarm und zog ihn zwischen die Schließfächer. Sie blickte sich um, ob sie jemand hörte, und trat dann nahe an ihn heran. »Ich mache mir Sorgen um dich.«

»Aha?«

»Auf der Schule geht das Gerücht um, dass Zacke … Drogen verkauft.«

»Ach?« Johannes verdrehte leicht die Augen.

»Du machst doch nicht mit, oder?«

»Nein, das tue ich nicht. Sonst noch etwas?« Er begann, rückwärts in die andere Richtung zu gehen. »Ich bin zu spät.«

»Ich gebe in ein paar Wochen eine Party. Kommst du?«

Johannes zuckte die Schultern. Er hatte von der Party gehört, wusste aber nicht, ob er dort willkommen war. »Ich denke schon. Wenn ich eingeladen werde?«

»Natürlich bist du eingeladen. Aber kannst du darauf achten, dass Zacke nichts von diesem Zeug mitbringt? Du weißt, was für Gerüchte umgehen. Die Polizei taucht derzeit auf fast jeder Party auf.«

»Klar tut er das nicht. Das würde er dir doch nie antun, verstehst du das nicht?« Er machte sich bereit zu gehen.

Sie nickte langsam. »Aber machst du … nimmst du so etwas?« Sie ging zu ihm hin.

»Nein, Parisa, ich kiffe nicht.«

»Ich möchte nur nicht, dass du dein Leben zerstörst. Okay?« Sie sah ihn durchdringend an, und irgendetwas an ihrem Blick triggerte ihn. Sie begriff wirklich gar nichts.

»Für dich ist das alles ganz einfach, oder?«

Sie runzelte die Stirn. »Wovon redest du?«

»Ja, diese Feine-Leute-Kinder, mit denen du abhängst, deren Eltern Fabriken besitzen, die Markenkleidung tragen und alles bekommen, worauf sie mit dem Finger zeigen. Bei mir und Zacke ist das anders. Es geht nicht allen so gut wie euch. Einige kämpfen verdammt hart, um irgendwie klarzukommen, um überhaupt davon träumen zu können, einmal von hier wegzugehen. Und wie ich das hinkriege, ist nicht dein Problem.«

»Was meinst du damit? Du verkaufst also Drogen?«

Er trat auf sie zu. »Nein, ich verkaufe keine Drogen.« Es war ihm egal, dass er sie anlog. Ihn machte es so wütend, dass sie so naiv war. Das war seine einzige Möglichkeit, zu überleben, und es war ungerecht, dass sie den moralischen Zeigefinger erhob. Sie hatte gut ausgebildete Eltern, die gut bezahlte Jobs hatten und sich um sie kümmerten. Seine Mutter hingegen klaute ihm Geld. Da konnte er noch so viel arbeiten oder pauken – er kam trotzdem nicht vorwärts, und das begann ihn zu ärgern. »Aber wenn ich es täte, würde ich es dir nie erzählen. Denn du verstehst es einfach nicht.«

»Das ist ganz schön ungerecht, Johannes. Du weißt, wie viel du mir bedeutest, wie viel ich …«

Doch er hörte nicht zu, ging weiter durch den Flur. Sie waren keine Freunde mehr. Menschen, die so fundamental unterschiedlich waren, konnten nicht befreundet sein.

35

Johannes erwachte mit einem warmen, behaglichen Gefühl im Körper. Dieses Gefühl, wenn man erwacht und spürt, dass alles einfach nur richtig ist. Hatte er etwas Schönes geträumt?

Dann spürte er die Wärme des weichen Körpers neben sich.

Parisa.

Im nächsten Moment wurde er von Panik ergriffen. Was hatte er getan? Vorsichtig befreite er sich von der Decke, die um sie beide gewickelt war. Das war vollkommen idiotisch. Er war ein Idiot.

Johannes schwang die Beine über die Bettkante und setzte sich auf. Er konnte so etwas nicht tun. Sex mit seiner Mandantin haben und sie bei sich übernachten lassen. Er war schließlich ihr Strafverteidiger! Das konnte weitreichende Konsequenzen haben und dazu führen, dass er aus der Rechtsanwaltskammer ausgeschlossen wurde. Alles, wofür er gearbeitet hatte, wäre vorbei, wenn es jemand mitbekäme. Parisa befand sich in einer verletzlichen Position, und er hatte die Nacht mit ihr verbracht. Sie war von ihm abhängig. Was hatte er sich nur dabei gedacht?

Er stützte den Kopf in die Hände, versuchte klar zu denken.

Niemand hatte sie gestern gesehen, und sie waren ja zwei erwachsene Menschen. Ihr Abhängigkeitsverhältnis war kein Problem, solange niemand etwas davon wusste. Vielleicht bestand doch keine Gefahr.

Er betrachtete Parisa. Ihre geschlossenen Augen, die dunklen, langen Wimpern. Er folgte den Kurven ihres Körpers, die unter der Decke zu erahnen waren. Das Panikgefühl ebbte ab.

Dass sie tatsächlich gestern Abend und die ganze Nacht bei ihm gewesen war. Davon hatte er so oft geträumt, und alles war so selbstverständlich gewesen.

So lange hatte er auf sie gewartet. Er streckte die Hand aus und fuhr mit seinen Fingern die Konturen ihrer Taille und Hüfte nach. Dann beugte er sich vor und weckte sie, indem er sie zärtlich erst über die Wangen, dann auf den Mund küsste.

Er wusste, dass es alles noch schlimmer machen würde, doch er konnte es nicht lassen.

Danach lag sie in seinem Arm, und es wurde ihm klar, dass er jeden Tag so beginnen wollte. Er wollte den Rest seines Lebens so verbringen. Vierzehn verdammte Jahre hatte er von ihr geträumt. Und mit einem Mal waren die Rastlosigkeit und diese Unsicherheit in ihm wie weggeblasen. So wie es immer in ihrer Gegenwart gewesen war.

Sie sah zu ihm auf. »So könnte ich jeden Morgen aufwachen«, sagte sie, reckte die Arme über den Kopf und fiel zurück in die Kissen.

Er lächelte. »Das lässt sich einrichten.«

Halt dich im Fall Endo lieber zurück. Ich habe Sachen gegen dich in der Hand.

Die Nachricht kam von einem anonymen Absender, als Johannes unterwegs zum Gericht war. Instinktiv machte sich ein Gefühl des Unbehagens in ihm breit, das sich bald in Verachtung verwandelte. Der Einzige, der sich um den Ausgang des Endo-Prozesses Sorgen machte, war Robin. Also musste die Nachricht von ihm stammen. Es hatte eine Zeit gegeben, in der Johannes Angst vor Robin gehabt hatte. Damals hatte Robin ihn dazu gebracht, seine Meinung zu ändern und ein ungeheures Risiko einzugehen, woraufhin Johannes beinahe sein eigenes Leben zerstört hatte.

Doch jetzt war Johannes ein anderer. Was Robin auch immer gegen ihn in der Hand hatte, es kümmerte ihn nicht. Er wusste, dass Robin verzweifelt war. Feige Drohungen schienen für ihn der einzige Weg zu sein, um noch davonkommen zu können. Nach dem heutigen Tag würden alle verstehen, dass Robin schuldig war. Er hatte sich sein eigenes Grab geschaufelt.

Robin befand sich wie immer im Gerichtssaal, und Johannes sah ihn an, wich seinem Blick nicht aus. Robin tat nichts anderes, als freundlich zu lächeln und die Hand zum Gruß zu heben. Ohne den Gruß zu erwidern, setzte sich Johannes auf seinen Platz ganz vorne im Gerichtssaal, neben Parisa.

Er beugte sich zu ihr, roch ihren Duft, und sein ganzer Körper reagierte darauf. Er musste sich beherrschen, sie nicht sofort zu küssen. Stattdessen räusperte er sich und fragte leise: »Hat Robin versucht, dich zu kontaktieren?«

Sie schüttelte den Kopf. »Nein, warum?«

»Er hat mich kürzlich angerufen und wollte, dass wir den Verdacht von ihm ablenken. Und heute habe ich eine Textnachricht mit einer Drohung erhalten.«

Parisa riss die Augen auf. »Er ist ja verrückt.«

»Sollte er versuchen, dich zu kontaktieren, musst du es mir erzählen, okay?«

»Okay.«

Sie verstummten, als der Richter sich räusperte und die heutige Verhandlung eröffnete. Sie begann damit, dass ein Kläger nach dem anderen vernommen wurde.

Die Staatsanwältin war zuerst an der Reihe. Ihre Befragung brachte nichts Neues zutage, keine unangenehmen Überraschungen. Die Investoren sagten aus, dass sie Parisa mehrere Male getroffen hätten und dass sie ihnen äußerst vertrauenswürdig erschienen sei. Sie erzählten, was auf der Telefonkonferenz gesagt worden sei, doch niemand erwähnte ihre Anwesenheit.

Anschließend war Johannes an der Reihe. Ziel seiner Befragung war es, Parisas und Robins jeweilige Rolle zu verdeutlichen, was den Kontakt mit den Investoren betraf, um den Verdachtsmomenten gegen Parisa die Grundlage zu entziehen. Zuerst wurde der Vertreter von HJ Capital befragt.

»Mit wem aus dem Unternehmen hatten Sie hauptsächlich Kontakt?«

»Vor allem mit Robin Roth, aber manchmal hatten wir auch mit Parisa Tagavi zu tun.« Der Repräsentant des Unternehmens, ein Mann um die dreißig mit dünnem Haar, nickte kurz nach seiner Antwort, als wollte er seine Aussage unterstreichen.

»Und bei dieser Telefonkonferenz, auf der Endo berichtet hat, dass die klinische Studie gut gelaufen sei – wer von Endo war anwesend?«

»Robin Roth hat am meisten gesprochen, aber zu Beginn, als wir uns alle vorstellten, gab er an, dass außer ihm noch Anders Roth und Parisa Tagavi anwesend seien. Das geht aus meinen Notizen hervor.« Wieder nickte er.

»Und hat Frau Tagavi während des Gespräches etwas gesagt?«

»Daran erinnere ich mich leider nicht.«

»Verstehe.« Johannes notierte sich etwas auf seinem Block. »Haben Sie sich gewundert, als sie kurz darauf von Frau Tagavi die Mail mit der Finanzprognose erhielten, von der die Staatsanwältin gestern gesprochen hat?«

»Ja, das war schon etwas ungewöhnlich, doch wir dachten, es sei ihnen eilig. Wir hatten ja gleich nach der Telefonkonferenz um das Material gebeten, also war es nicht so erstaunlich, dass Endo unter Zugzwang stand und uns das Material so schnell wie möglich zukommen lassen wollte.«

»Teil des Beweismaterials der Staatsanwaltschaft ist ein Zeitungsinterview mit Parisa Tagavi, aus dem hervorgeht, dass Endo in den nächsten fünf Jahren ein Medikament gegen Endometriose entwickeln wollte.«

»Genau.«

»Nach meinem Verständnis ist das der Hauptgrund, warum Sie weiterhin in Endo investiert haben, oder?«

»Das stimmt.« Wieder ein kurzes Nicken.

»Haben Sie das Unternehmen zu irgendeinem Zeitpunkt gebeten, diese Zusage zu bestätigen?«

»Ja, wir standen deswegen in Kontakt mit Robin Roth. Das war Ende letzten Jahres, kurz nachdem das Interview erschienen war. Er bestätigte, dass das, was im Artikel stand, stimmte. Ihr Forschungsteam sei davon überzeugt, dass ein Medikament kurz vor der Fertigstellung stehe. Auch das habe ich mir damals notiert.«

»Verstehe«, sagte Johannes. »Sie scheinen ein sehr genauer Mensch zu sein.« Er lächelte freundlich, und der Vertreter von HJ Capital erwiderte sein Lächeln. Es konnte ja nicht schaden, sich mit dem Kläger gutzustellen. Im Prinzip standen sie aus demselben Grund hier – sie wollten beide, dass die richtige Person zur Verantwortung gezogen wurde.

»Und wann ist Ihnen klargeworden, dass die Angaben von Endo nicht stimmten?«

»Da bei uns eine gewisse Sorge herrschte, baten wir einen Experten, auf das Material zu schauen. Und tatsächlich gab es eine Menge Fehler in den Teilergebnissen, die im Rahmen der Finanzprognose vorgestellt wurden.«

»Sie meinen Teilergebnisse der klinischen Studie?«

»Genau.«

»Die Zahlen passten also nicht?«

»Nein, sie waren ganz offenbar geändert worden.«

»Und Ihrem Experten ist es aufgefallen?«

»Genau.«

»Ein erfahrener Forscher würde das Ergebnis also nicht auf diese Weise manipulieren?«

»Darauf kann ich nicht abschließend antworten, dafür verstehe ich zu wenig vom Thema. Aber nein, vermutlich nicht.«

»Noch eine letzte Frage. Warum haben Sie ausgerechnet Parisa Tagavi angezeigt?«

»Wir haben nicht ausdrücklich Anzeige gegen sie erstattet, sondern gegen Endo und Parisa Tagavi in ihrer Eigenschaft als Geschäftsführerin. Während der Ermittlungen und nach den Befragungen habe ich den Eindruck gewonnen, dass es Umstände gibt, die gegen sie sprechen.«

»Aber Sie haben nicht explizit Frau Tagavi verdächtigt?«

»Wir hatten das Unternehmen in Verdacht, wussten aber nicht, ob eine individuelle Schuld vorlag. Wir haben eher vermutet, dass mehrere Personen involviert waren.«

»Vielen Dank, ich habe keine weiteren Fragen.« Johannes blickte schnell zu Robin hinüber. Jetzt kam er ins Schwitzen, und das war erst der Anfang.

Es folgten die Zeugenvernehmungen. Den Anfang machte die Zeugin der Verteidigung, die Journalistin von Breakit, Linda Larsson. Eine Frau mit glamourösen Locken und hochhackigen Schuhen. Sie erinnerte eher an eine Influencerin als an eine bissige Wirtschaftsjournalistin, als sie in den Gerichtssaal spazierte und auf der Zeugenbank Platz nahm.

Während sie in ihrem Notizbuch blätterte, antwortete sie kurz und präzise. Auf die Frage, wer ihr die Zusatzinformationen für ihr Interview zu einem eventuellen Medikament gegeben hatte, antwortete sie, dass es Robin Roth gewesen sei.

Danach war Serwah an der Reihe. Die kleine Frau schritt selbstsicher in den Gerichtssaal, ohne im Mindesten nervös zu wirken. Johannes atmete langsam auf. Bei der Journalistin hatte er sich keine Sorgen gemacht. Sie kannte weder Robin noch Parisa besonders gut und hatte sicher schon kniffligere Situationen erlebt. Aber viele Leute wurden im Zeugenstand nervös, vor allem, wenn sie den Angeklagten oder andere Beteiligte kannten. Soweit Johannes es wusste, hatten Parisa und die Reinigungskraft ein ziemlich enges Verhältnis.

Nach ein paar einleitenden Sätzen schlug Johannes seinen Notizblock auf der richtigen Seite auf, wo er die geplanten Fragen niedergeschrieben hatte.

»Was ist Ihre Funktion bei Endo?«

»Ich bin für die Sauberkeit in den Räumen der Firma zuständig.«

»Wie sieht Ihr Tagesablauf aus?«

»Ich putze montags bis donnerstags abends von halb sechs bis zehn Uhr und außerdem sonntags acht Stunden.«

»Am Montagabend, den 15. März, haben Sie auch gearbeitet?«

»Ja.«

»Erinnern Sie sich, ob Parisa Tagavi auch vor Ort war?«

»Nein, sie war nicht da. Das weiß ich ziemlich genau.«

»Wie kommt es, dass Sie sich so gut daran erinnern?«

»Parisa arbeitet fast jeden Abend, und mein Mann hatte am Tag davor Geburtstag gehabt, am 14. März. Also hatte ich Essen dabei, das ich zubereitet hatte. Parisa liebt mein Essen. Und ich erinnere mich, dass ich sie gesucht und dann das Essen in den Kühlschrank gelegt habe, mit einem Zettel.« Sie lächelte freundlich.

»Erinnern Sie sich, ob sonst noch jemand an jenem Abend im Gebäude war?«

»Ja, Robin Roth, Parisas Lebensgefährte, war da. Und ein anderer Mann, etwas älter. Er sah aus, als könnte er sein Vater sein.«

»Haben Sie gesehen, was sie taten?«

»Sie telefonierten in einem der Konferenzräume.«

»Wissen Sie, um welche Uhrzeit das war?«

»Um 20 Uhr. Das weiß ich deshalb so genau, weil ich in der Woche davor mit Parisa darüber gesprochen hatte, ob ich an dem Abend früher gehen könnte, weil wir den Geburtstag meines Mannes nachfeiern und ein paar Gäste einladen wollten. Der Plan war, die Konferenzräume und den Empfang stattdessen am nächsten Abend zu putzen. Sie hat mir ihr Okay gegeben. Also hatte ich mich am fraglichen Abend schon um zehn nach acht umgezogen und wollte gerade nach Hause gehen, als mich Robin zurückhielt. Er hat die Tür des Konferenzraumes geöffnet und gesagt, ich könne noch nicht gehen. Ich müsse später noch den Konferenzraum sauber machen, denn sie hätten dort gegessen. Ich kam nicht dazu, zu erklären, worauf Parisa und ich uns geeinigt hatten, bevor er wieder die Tür hinter sich zuschlug.«

»Also sind Sie geblieben, bis sie fertig telefoniert hatten?«

»Ja.«

»Und Parisa war während des Telefonates nicht dabei?«

»Nein, ich habe sie kein einziges Mal gesehen.«

36

Zwölf Jahre früher

Johannes ballte seine Hände zu Fäusten und drehte sie hin und her. Parisa legte ihre Hand darüber, bevor er seine Finger knacken ließ.

»Wie geht es dir?«, fragte sie und legte die andere Hand auf seine Schulter. Es fühlte sich ungewohnt an. Es war so lange her, dass sie sich so nahe gewesen waren. So lange her, dass sie ihn berührt hatte.

Es war viel passiert, seit sie auf dem Gymnasium angefangen hatten. Bald war ihr erstes Jahr vorüber, und die Zeit, als sie beinahe jeden Tag miteinander verbracht hatten, lag fast ein Jahr zurück. Genau wie der Tag, an dem sie sich das erste Mal geküsst hatten. Damals, auf dem Kent-Konzert. Es war so merkwürdig – an jenem Abend hatte es sich angefühlt, als würden sie für immer zusammenbleiben.

Als er angefangen hatte, sie zu meiden, hatte sie nicht um ihn gekämpft. Ihr war klar gewesen, dass er Zeit brauchte. Was auch immer zu Hause passiert war, so musste er es verarbeiten. Sie war enttäuscht gewesen, hatte aber die Hoffnung nicht aufgegeben, sondern gedacht, dass sie später wieder zueinanderfinden würden. Das zwischen ihnen war etwas Besonderes.

Als er nicht antwortete, drückte sie seine Schulter. »Was ist passiert?«

Er weinte nicht. Aber Johannes weinte nie. Seine Tränen schienen schon vor langer Zeit versiegt zu sein. Er starrte nur mit leerem Blick vor sich hin.

Alles war so schnell gegangen – eine neue Schule, ein neues Haus, neue Klassenkameraden. Kein Bladslingan mehr. Keine Laubengänge und kein Missbrauch in der Nachbarwohnung.

Kein Johannes.

Aber dafür Robin.

Robin und sie trafen sich nur, sie waren aber nicht zusammen, auch wenn das die meisten zu glauben schienen. Und er wollte wissen, was jetzt eigentlich zwischen ihnen sei. Sie fand, dass es so ernst klang.

Wie sollte sie mit ihm zusammen sein, wenn sie doch in jemand anderen verliebt war? Robin hatte genau das getan, was Johannes nie getan hatte: Er hatte ihr erzählt, was er für sie empfand, wie sehr er sie mochte. Er wollte mit ihr zusammen sein. So etwas hatte Johannes nie gesagt. Es war das Einzige gewesen, was sie von ihm hatte hören wollen. Sie hatte sich gedacht, dass dieser Abend, als sie aus dem Urlaub zurückgekehrt und er sie mit dem Picknick überrascht hatte, seine Art war, ihr zu sagen, dass er mit ihr zusammen sein wollte. Doch dann war er aus ihrem Leben verschwunden, und sie hatte ihn nicht unter Druck setzen wollen.

Jetzt traf sie sich mit Robin, so wie sie sich früher mit Johannes getroffen hatte. Sie waren die ganze Zeit zusammen. Sie küssten sich auch, aber es fühlte sich ganz anders an als mit Johannes. Nicht dasselbe Gefühl von Schmetterlingen im Bauch. Nicht so, wie sie sich jetzt fühlte, nur weil sie neben ihm saß.

Sie war an diesem Abend joggen gewesen und hatte wie so oft die Abzweigung hinter dem Waldweg zum Steg genommen. Tief im Inneren hoffte sie wohl, dass Johannes da sein würde. Manchmal ging sie sogar den Pfad hinunter zum Steg, saß dort eine Weile und gab sich den Erinnerungen hin.

Doch Johannes war nie da. Außer heute Abend.

Sein Fahrrad hatte oben am Waldweg gestanden, der zum Steg führte. Schnell war sie den steilen Pfad hinuntergegangen.

»Ich möchte dich nicht damit belasten, Parisa«, sagte er schließlich. »Es ist nicht dein Problem, ich …«

»Hör auf. Wir sind Freunde, natürlich bin ich für dich da. Das weißt du doch, oder?«

»Ich weiß, aber …« Er fuhr sich durchs Haar. »Ich bin es leid, ein so hoffnungsloser Fall zu sein, der dich immer braucht. Du brauchst mich ja nie.«

»Das stimmt nicht. Es gibt niemanden, der mir so zuhört wie du.«

»Aber ich möchte nicht, dass du dir über meine Sorgen den Kopf zerbrichst.«

»Hör jetzt auf. Sag einfach, was passiert ist.«

»Es geht um meine Mutter.«

»Das war mir klar.«

Er seufzte und knetete weiter seine Hände. »An dem Abend letztes Jahr, als du den Streit gehört hast … Als ich nach Hause kam, war Nicke da, und er …« Seine Stimme zitterte. »Er hat versucht, Jenny zu vergewaltigen.«

»Was?« Parisas Herz begann zu rasen. Wut und Zorn stiegen in ihr auf. Sie war geschockt.

»Danach ist er ausgezogen. Aber jetzt hat …« Er seufzte tief. »Jetzt hat meine Mutter ihn überredet, wieder bei uns einzuziehen. Und ich weiß nicht … ich …« Seine Augen wurden feucht, und er schluchzte auf. Es war das erste Mal, dass sie Johannes weinen sah. Sie legte die Hand auf seine bebende Schulter.

»Jenny hat Angst«, sagte er schniefend. »Die Betreuerin ist ja nicht immer da. Jenny ängstigt sich zu Tode. Ich habe Angst. Ich weiß nicht, was ich tun soll.« Zitternd holte er Luft. Tränen liefen über seine Wangen. »Wir müssen weg von dort. Ich muss Jenny von dort wegbringen.«

»Hast du mit jemandem gesprochen? Mit der Schule? Der Polizei?«

Er schüttelte den Kopf. »Jenny möchte es nicht. Meine Mutter hat sich jedes Mal völlig danebenbenommen, wenn sich die Behörden eingeschaltet haben. Sie wird alles tun, um uns die Schuld in die Schuhe zu schieben.« Er vergrub sein Gesicht in den Händen. »Ich bin sie so leid.« Seine Stimme klang belegt. Er sah Parisa an. »Jenny und ich müssen von ihr weg. Irgendwie. Ich will einfach nur weg, weg aus Norrstena.« Er wischte sich die Tränen ab und sah sie mit seinen hellblauen Augen an. Diesen klugen Augen. Das hatte sie schon gedacht, als sie ihn das erste Mal gesehen hatte. Sie waren geprägt von allem, was er durchgemacht hatte.

Sie hatte immer Demut empfunden, weil sie selbst in so behüteten Verhältnissen lebte, mit Eltern, die sie über alles liebten. Es gab immer eine Schulter, an der sie sich ausweinen konnte, und sie wurde ohne jede Gegenleistung getröstet. Es tat ihr weh zu wissen, dass Johannes nie so etwas erlebt hatte. Dabei hatte jedes Kind ein Recht darauf. Sie hatte seinen Gesichtsausdruck immer als verhärtet empfunden. Der Ausdruck eines Menschen, der viel hatte einstecken müssen. Immer wieder.

Doch jetzt hatte er seine Grenze erreicht.

»Du wirst von hier wegkommen, Johannes.«

»Glaubst du das?«

Sie nickte. »Ich bin mir sicher.« Sie blickte hinaus auf den stillen See. Es war ein heller Frühlingsabend. Weit weg schimmerten die Laternen der beleuchteten Laufstrecke, die soeben angegangen waren. Ein kühler Wind wehte ihnen entgegen. »Eines Tages wirst du in einer Großstadt sein. In New York. Du wirst Karriere machen, denn du bist klug.« Sie sah ihn an. »Das weißt du. Und außerdem hast du den festen Willen dazu.« Er lächelte nur und blickte ebenfalls aufs Wasser, als wollte er sich mit in ihre Fantasien hineinziehen lassen. »Danach wirst du in Stockholm landen. Du wirst eine eigene Wohnung haben. Jenny wird in der Nähe wohnen. Jeden Morgen holst du dir einen Kaffee in irgendeinem Café, bevor du die U-Bahn zum Büro nimmst, ganz oben in einem Wolkenkratzer mit toller Aussicht über die Stadt. Du wirst einen Job haben, den du liebst. Du wirst ...« Sie räusperte sich. »Du wirst mit jemandem zusammenwohnen, den du liebst und der dich liebt.«

»Und niemand weiß, wer ich bin.«

»Und niemand weiß, wer du bist.« Sie verstummte und fügte dann hinzu: »Außer mir.«

Er sah sie an. »Wirst du mit mir in der Großstadt sein?«

Sie lächelte. Nahm seine Hand, die ganz warm war. So hatte sie es sich selbst immer vorgestellt. Sie war Teil dieses Traums. »Wir werden dort zusammen sein.« Sie blickte durch die Lücken zwischen den Holzbohlen hinunter aufs dunkle Wasser, dann sah sie ihn an. »Du weißt, dass ich mit dir zusammen sein will.«

Er sah sie an. »Aber Robin und du ...«

»Das ist nichts. Wir sind nicht zusammen. Es bedeutet mir nichts, das begreifst du doch wohl?« Sie war selbst geschockt über die Eindeutigkeit ihrer Aussagen. »Du bist der Richtige, Johannes. Das warst du schon immer.«

»Aber so, wie ich dich behandelt habe ...« Er blickte sie an. »Ich wollte das nicht. In meinem Leben ging es drunter und drüber, und ich dachte, dass du ... dass du inzwischen ganz woanders stehst.« Seine Stimme klang brüchig.

Sie schüttelte den Kopf. »Das stimmt nicht.«

Er blinzelte einmal. Lächelte. Doch dann liefen ihm wieder die Tränen herunter. »Ich …« Er schüttelte den Kopf. »Es wird niemals funktionieren.«

Das Herz wurde ihr schwer. »Was meinst du?«, flüsterte sie.

»Ich bin so anders als du. Sieh dich doch an. Bei dir läuft alles in geordneten Bahnen. Du hast coole Freunde, wohnst in einem schicken Haus, es läuft super in der Schule, während ich ein verdammtes Wrack bin. Ich verdiene dich nicht.«

»Warum sagst du so etwas? Ich will dich doch!«

Johannes stand auf. Wischte sich die letzten Tränen mit dem Handrücken aus dem Gesicht. »Danke, dass du mir zugehört hast. Du bist eine großartige Freundin. Aber es geht dir viel besser ohne mich. Ich werde nicht gut genug für dich sein können, wenn all das um mich herum passiert, und …« Er brach ab. »Danke, dass du so bist, wie du bist. Danke, dass du es mit mir ausgehalten hast. Jetzt muss ich nach Hause.«

37

Nach dem Mittagessen war es Zeit für die letzte Vernehmung des Tages. Der Zeuge der Staatsanwaltschaft sollte angehört werden – Robin. Gerade als sie den Gerichtssaal betreten wollten, klingelte Johannes' Handy. Es war Azzie. Sie wusste, dass Verhandlungstag war, also musste es wichtig sein.

»Azzie, ist es etwas Wichtiges, oder ...«

»Es ist wichtig, sehr wichtig. Jetzt ist doch Robins Anhörung, richtig?«

»Ja, das stimmt.«

»Ich habe einen Fallordner aus Oscars Büro geholt. Er enthält die Unterlagen zu einem ganz anderen Fall, an dem wir zusammengearbeitet haben.«

»Und?«

»Darin befindet sich ein Stapel Endo-Dokumente. Ich habe sie schnell durchgeblättert und das Gedächtnisprotokoll der Telefonkonferenz gefunden.«

»Du meinst das, was Robin geschrieben hat?«

»Genau.«

Die anderen hatten schon im Saal Platz genommen. Robin saß im Zeugenstand. Johannes drehte sich mit dem Rücken zur offenen Tür und sagte leise: »Mach ein Foto davon und schick es mir aufs Handy. Und dann sende einen Boten mit der Telefonnotiz hierher.«

»Wird gemacht.«

»Die Unterlagen befanden sich also in einem anderen Ordner?«, wiederholte er.

»Ja.« Sie seufzte schwer. »Ich weiß nicht, ob es aus Nachlässigkeit passiert ist oder …«

»Oder ob er es mit Absicht getan hat?«

Der Richter blickte fragend zu Johannes.

»Genau. Ich vermute fast Letzteres.«

»Ich muss jetzt Schluss machen, aber schick mir das Foto aufs Handy und dann das Original per Boten hierher.« Er beendete das Gespräch, betrat den Gerichtssaal und setzte sich auf seinen Platz neben Parisa.

Während Robin seine eidesstattliche Erklärung abgab, vibrierte Johannes' Handy, und er blickte diskret auf das Display.

15. März

Weil du heute bei der Telefonkonferenz nicht dabei warst, habe ich mir Notizen gemacht, damit du weißt, worüber wir gesprochen haben. Wir haben ihnen reinen Wein eingeschenkt, nämlich dass die klinische Studie nicht das ergeben hat, was wir uns erhofft haben, aber dass sie nicht die Hoffnung verlieren sollten. Gleich fahre ich nach London. Küsschen!

Dann folgten die Notizen:

Aktuelles zur klinischen Studie – nicht das, womit wir gerechnet haben. Schlechtere Ergebnisse, als wir gedacht haben.

Hab ihnen mitgeteilt, dass die Prognose, Umsatz und errechneter Gewinn nach unten korrigiert werden müssen.

HJ Capital und Agos Invest möchten Teilergebnisse der klinischen Studie sehen!

HJ Capital und Agos Invest geben an, weiterhin auf Endo zu setzen.

Die Notizen waren der Jackpot – sie bewiesen, dass Parisa

bei der Telefonkonferenz nicht anwesend gewesen war. Robins Anhörung baute darauf auf, dass er die Ergebnisse der klinischen Studie nicht kannte, sondern auch von Parisa getäuscht worden war, die ihn wie alle anderen glauben lassen wollte, dass die Studie geglückt sei. Aber er hatte nicht nur von den schlechten Ergebnissen der Studie gewusst, sondern auch Parisa weismachen wollen, die Investoren wüssten davon. Johannes lächelte, kniff dann aber die Lippen zusammen. Sein Gesichtsausdruck sollte keine Fragen aufwerfen.

Die Staatsanwältin stellte Robin noch mehr Fragen, und die Lügen, die er auftischte, waren geradezu lächerlich – er habe erst unglaublich spät von den Ergebnissen der Studie erfahren, Parisa habe alles vor ihm unter Verschluss gehalten. Johannes schrieb mit, um die Lügen später eine nach der anderen entlarven zu können, während Robin alle Verdachtsmomente der Staatsanwaltschaft bestätigte – dass Parisa Robin die manipulierten Teilresultate vorgelegt und ihn in dem Glauben gelassen habe, dass die klinische Studie gut gelaufen sei.

Als die Staatsanwältin fertig war, ging das Wort an Johannes. »Könnten wir fünf Minuten Pause einschieben?«, fragte er. Diese Zeit benötigte er, um die Bilder auf einem USB-Stick zu speichern, um sie anschließend auf dem großen Bildschirm dem gesamten Gerichtssaal präsentieren zu können. Wenn er Glück hatte, war der Fahrradbote mit den Dokumenten bereits eingetroffen.

Der Richter nickte. »Natürlich, das ist in Ordnung. Einmal fünf Minuten die Beine strecken, dann sehen wir uns hier wieder.«

Johannes mailte die Bilder an sich selbst, packte sein Laptop aus und nutzte sein Handy, um ins Internet zu gehen.

Parisa betrachtete ihn unruhig. »Gibt es Probleme?«

»Nein, nein«, sagte Johannes, während er die Bilder auf einem Stick speicherte. »Im Gegenteil.« Er sah sie an und lächelte. »Du wirst schon sehen.«

»Ich weiß nicht, ob ich jetzt so große Lust auf Überraschungen habe.«

»Wir haben Robins Gedächtnisprotokoll der Telefonkonferenz gefunden«, sagte er leise.

Parisa riss die Augen auf. »Ist das wahr?«

»Yes.« Er zog den Stick heraus und klappte das Laptop zu. Im selben Moment kam eine der Rezeptionistinnen in den Saal. In der Hand hielt sie einen weißen Umschlag mit Johannes' Namen und der Saalnummer. Johannes öffnete den Umschlag und zeigte Parisa die Notizen.

Sie sperrte die Augen auf. »Wo waren sie?«

»Erzähle ich dir später.«

Sie lächelte und wirkte sehr erleichtert.

Gleich darauf kehrten alle in den Saal zurück. Sobald sic Platz genommen hatten, erteilte der Richter Johannes das Wort.

Johannes sah Robin durchdringend an. Jetzt wirst du fertiggemacht, du widerwärtiger Mistkerl, dachte er.

»Haben Sie diese Finanzprognose den Investoren vorgelegt? Ich beziehe mich auf Beweismittel 7B.« Auf dem Bildschirm war die Prognose zu sehen, die nach der Telefonkonferenz an die Investoren gegangen war.

»Ja, ich habe sie zusammengestellt, basierend auf Informationen von Parisa.«

»Finden Sie nicht, dass die Gewinnprognose ein wenig hochgegriffen ist?«

Robin zuckte die Schultern. »Nein. Ich bin davon ausgegangen, dass die klinische Studie geglückt sei. Was ich zu dem Zeitpunkt geglaubt habe, da Parisa dies bezeugt hatte.«

»Aber Sie rechnen mit einem unglaublichen Gewinn, beinahe dem doppelten. Das hier ist die Finanzprognose des Vorjahres, siehe Beweismittel 7C.« Er öffnete das Dokument auf dem Bildschirm. »Ebenfalls mit sehr großzügigen Zahlen. Sie geht davon aus, dass Endo Kapital von etlichen Kooperationspartnern erhält, die es noch gar nicht gibt. Haben Sie das an die Investoren geschickt?«

Robin antwortete nicht.

»Können Sie die Frage beantworten?«

»Ja, das habe ich. Aber im Auftrag von Parisa.«

»Sind nicht Sie es, der für die strategischen Analysen zuständig ist? Ich hatte es aus Ihrem Gespräch mit der Staatsanwältin so verstanden, dass das Ihre Rolle ist.«

»Ja, aber Parisa ist die Geschäftsführerin. Sie kennt das Unternehmen am besten.«

Johannes hatte sanft begonnen, um Robins Glaubwürdigkeit zu unterwandern, bevor er einen Gang hochschaltete. Leif hatte ihm den Ratschlag gegeben, wie bei einem Boxkampf vorzugehen – sanft anzufangen, um den Gegner auszutesten, ihn zu ermüden, um anschließend zum Knockout-Schlag ausholen.

»Kehren wir zurück zum Material, das nach der Telefonkonferenz verschickt wurde, Beweismittel 7B.« Er rief erneut die Finanzprognose am Bildschirm auf.

»Parisa gibt an, diesen Text nie gesehen zu haben. Sie hat ihn nicht abgezeichnet, denn sie hatte andere Unterlagen von Ihnen erhalten, die sie auch unterschrieben hat.«

»Da hat sie etwas durcheinandergebracht oder vergessen. Sie war es, die diese Texte und Teilresultate vorgelegt hat.«

»Aber sie hat die falschen Angaben nicht mit ihren Initialen unterzeichnet.«

Robin zuckte die Schultern.

»Finden Sie es nicht etwas merkwürdig, dass Parisa seit dem Start von Endo alle wichtigen Dokumente mit ihren Initialen unterzeichnet hat – mit Ausnahme dieser Finanzprognose, die manipulierte Informationen über die klinische Studie enthält?«

»Das war bestimmt so, weil sie Angst hatte, dass so etwas passieren könnte.«

»Wie meinen Sie das?«

»Dass es auffliegen würde.«

»Sie meinen also, dass sie davon abgesehen hat, die Seiten zu paraphieren, um sich im Falle einer Entlarvung selbst zu schützen?«

»Ja, ungefähr so.«

»Okay.« Johannes verdrehte leicht die Augen über Robins abenteuerliche Argumentation. »Gehen wir noch einmal zurück. Sie meinen also, dass alles, was Sie im Unternehmen getan haben, im Auftrag von Parisa geschah?«

»Ja, sie war die Geschäftsführerin und damit die kompetenteste Person im Unternehmen.«

»Aha?« Johannes rief am Bildschirm ein Interview mit Robin auf, das zwei Jahre nach der Gründung von Endo stattgefunden hatte. Im Anzug und mit zusammengekniffenen Augen sah er in die Kamera.

»Hier ist ein Interview mit *Dagens Industri*, vom Mai 2018. Darin sagen Sie, dass Sie sich um die brillanten Investorenrunden gekümmert hätten. Sie allein. Und dass es Ihre analytischen Fähigkeiten seien, die Endo so erfolgreich gemacht hätten. War das eine Lüge?«

»Na ja, nein … oder …«

»Und hier sagen Sie dasselbe.« Johannes rief ein Interview aus einer Branchenzeitung auf.

Robin schwieg.

»Sie haben in der Zeugenbefragung durch die Staatsanwaltschaft behauptet, dass Sie zum Zeitpunkt der Telefonkonferenz mit den Investoren und noch lange Zeit danach nicht gewusst hätten, dass die klinische Studie die Erwartungen nicht erfüllt hatte. Aber wenn Sie eine so herausragende Rolle im Unternehmen hatten, wie konnten Sie dann nicht wissen, was die meisten im Unternehmen wussten – dass die klinische Studie schlecht verlaufen war?«

»Ich hatte zu der Zeit sehr viel auf meinem Schreibtisch.«

»In mehreren Sitzungen mit dem Führungsteam, siehe Beweismittel 8A, 8B und 8C, an denen Sie teilgenommen haben, wurden die Teilergebnisse der Studie besprochen. Können Sie mir bitte erklären, wie Sie da glauben konnten, die Studie sei gut gelaufen?«

Robin sah Johannes wütend an. »Vielleicht habe ich nicht richtig zugehört«, murmelte er.

»Es gibt auch Mailkonversationen, in die Sie involviert waren, wo die Probleme mit der klinischen Studie diskutiert werden. Wie kann das Thema an Ihnen vorbeigegangen sein?«

Robin schnaubte. »Ich bekomme jeden Tag Hunderte Mails und komme nicht dazu, alle zu lesen. Parisa hat mich jedenfalls nie darüber informiert, dass die Studie schlecht gelaufen sei.«

»Haben Sie denn einen Nachweis darüber, dass sie behauptet hat, die Studie sei geglückt und hätte die Erwartungen sogar noch übertroffen?«

»Nein, das hat sie nur zu mir gesagt.«

»Verstehe.« Johannes nickte. »Ihr Vater Anders Roth hat am 14. März seine gesamten Anteile verkauft, sechs Tage nachdem die Teilresultate der klinischen Studie vorlagen. Die enttäuschenden Resultate. Wusste er etwas?«

»Nein.«

»Warum hat er dann verkauft?«

»Weil sich andere Investitionsmöglichkeiten aufgetan hatten.«

»Dann war es jedenfalls ein gutes Timing, dass der Mehrheitseigentümer von Endo genau dann alles verkaufte, als es für sein Unternehmen abwärts zu gehen begann.«

Es war geradezu lachhaft. Lauter Lügen, die auch noch schlecht untermauert waren. Johannes hatte deutlich mehr von Robin erwartet. Doch er schien nicht nachgedacht, sondern in reiner Panik gehandelt zu haben.

Johannes blätterte in seinen Papieren und sah dann Robin wieder an. »Können Sie beschreiben, wie die Telefonkonferenz am 15. März dieses Jahres ablief?«

»Natürlich.« Robin setzte sich auf seinem Stuhl zurecht. »Wie die Putzfrau eben schon sagte, war Parisa nicht anwesend. Das stimmt, daran erinnere ich mich jetzt. Aber sie war per Telefon zugeschaltet.«

»Aber aus dem Telefonprotokoll Ihrer Telefonkonferenz geht hervor, dass nur drei Telefonnummern an der Konferenz teilgenommen haben – Endo, HJ Capital und Agos Invest. Keine vierte Nummer, die Parisa Tagavis hätte sein können.«

Jetzt näherte sich Johannes dem großen Knockout. Er spürte den Kick, der immer dann kam, wenn er zur Vernehmung ansetzte. Während seiner Zeit im Zivilrecht hatte er ihn nur selten verspürt, etwa wenn er einen Zeugen oder die Gegenseite vernahm. Aber im Strafrecht war es ein unbeschreibliches Gefühl, einen Zeugen auf diese Weise bloßzustellen – wenn wichtige Dinge auf dem Spiel standen und es ums Ganze ging.

»Äh …«, begann Robin. »Sie war per Lautsprecher über mein Handy zugeschaltet, ich habe sie separat angerufen.«

Johannes nickte kurz. »Wie erklären Sie sich dann dieses Gedächtnisprotokoll?« Er sah den vorsitzenden Richter und die Schöffen an. »Ich bitte um Entschuldigung, aber das hier haben wir soeben erhalten.« Er zeigte das Foto von den Notizen auf dem großen Bildschirm. »Und ich versichere Ihnen, dass dies nichts technisch Avanciertes ist, sondern nur einfache Notizen aus der Telefonkonferenz.« Dann sah er wieder Robin an. »Ist das Ihre Handschrift?«

Robin schluckte. Schien zu überlegen, was er antworten sollte. »Ja«, sagte er dann mit schwacher Stimme.

»Können Sie vorlesen, was dort geschrieben steht?«

Robin starrte schweigend die Notizen an.

»Ich kann Ihnen helfen. Es ist datiert auf den 15. März: *Weil du heute bei der Telefonkonferenz nicht dabei warst, habe ich mir Notizen gemacht, damit du weißt, worüber wir gesprochen haben.*« Johannes machte eine Pause, um Robin anzusehen. »Hier schreiben Sie also klar und deutlich, dass Parisa nicht bei der Telefonkonferenz dabei war.« Johannes blickte wieder auf das Papier und las weiter vor:

»*Wir haben ihnen reinen Wein eingeschenkt, nämlich dass die klinische Studie nicht das ergeben hat, was wir uns erhofft haben, aber dass sie nicht die Hoffnung verlieren sollten. Gleich fahre ich nach London. Küsschen!*« Er räusperte sich. »Und dann folgen einige Punkte, die Sie angeblich besprochen haben.«

Robin sah ihn ausdruckslos an.

»Es sind drei Personen anwesend, die bezeugt haben, was auf der Telefonkonferenz gesagt wurde«, fuhr Johannes fort. »Bezeugt wurde, dass Endo von einem guten Ausgang der klinischen Studie berichtet hat und dass der Gewinn im kommenden Quartal Rekordniveau erreichen würde. Agos Invest bezeugt das, HJ Capital bezeugt das, und auch Sie selbst haben das bei der Anhörung bezeugt.«

»Genau.«

»Warum schreiben Sie dann in Ihren Notizen an Parisa, dass

Sie den Investoren mitgeteilt haben, dass das Ergebnis nicht Ihren Erwartungen entsprach?«

»Ich, ich weiß nicht, ich habe es nicht so gemeint. Ich weiß nicht, wie …« Er unterbrach sich.

»Okay, vielleicht ist diese Frage leichter für Sie zu beantworten: Warum haben Sie ihr ein Gedächtnisprotokoll geschrieben, wenn sie doch dabei war?«

»Sie hat mich darum geben mitzuschreiben, aber sie war dabei. Sie hat mich ja gebeten, den Investoren diese Dinge zu sagen.«

»Aha? In diesen Mails, siehe Beweismittel 8A und 8B, schreibt Parisa Ihnen ausdrücklich, dass sie findet, es sei eine schlechte Idee, den Investoren gegenüber irgendwelche Versprechungen zu machen. Das war unmittelbar vor der Telefonkonferenz. Und in dieser Mail aus dem letzten Jahr, siehe Beweismittel 8C, schreibt sie, dass sie davon abrät, die klinische Studie schon so früh durchzuführen. Sie fanden jedoch, es sei richtig, die Studie durchzuführen, oder?«

»Ich weiß nicht, ich wollte wohl Ergebnisse sehen«, antwortete Robin mürrisch.

»Ja. Und dann ist die große klinische Studie missglückt. Es kann nicht leicht gewesen sein, das den Investoren mitzuteilen.«

»Nein, das musste ich ja nicht. Weil mir nicht alles erklärt wurde. Parisa sagte, dass alles gut gelaufen sei. Und selbst wenn ich gewusst hätte, dass es schlecht ausgegangen war, spielt es doch keine Rolle, oder? Sie ist es doch gewesen, die die Investoren getäuscht hat. Sie hat alle getäuscht, mich eingeschlossen«, erklärte Robin schnell und wutentbrannt.

Johannes sah die Staatsanwältin an, die Robin erschrocken anblickte.

Der Richter und die Schöffen ließen sich nichts anmerken, doch Johannes spürte den Stimmungsumschwung im Saal.

Einige Zuschauer rutschten auf ihren Stühlen herum, und die beiden Vertreter der Investoren beobachteten Robin, wie er dasaß.

Johannes sah ruhig den Richter an. »Ich habe keine weiteren Fragen.«

Dann begegnete er Robins Blick. Begriff, dass er soeben Rache geübt hatte für das, was damals vor zwölf Jahren passiert war. Oder vielleicht war es eher eine Abrechnung, aber diesmal nach Johannes' Bedingungen. Eine Abrechnung mit allem, was Robin damals getan hatte. Jetzt hatte er Robins wahres Gesicht offenbart, sodass alle es sehen konnten.

38

Zwölf Jahre früher

Es war der 8. Mai und damit der Tag, an dem Parisas erste Party bei sich zu Hause stattfinden sollte. Ihre Eltern waren bei Freunden in Linköping, und Parisa hatte früh am Morgen schon aufgeräumt, wertvolle Gegenstände in Sicherheit gebracht und ummöbliert, sodass es eine Tanzfläche im Wohnzimmer gab. Am Tag zuvor hatte sie ein Paket bei der Post abgeholt mit einem Kleid, das sie bei Filippa K bestellt hatte. Außerdem hatte sie über einen Jungen, den Robin kannte, alkoholhaltigen Cidre für sich und ein anderes Mädchen aus der Klasse besorgt. Nach der Schule würde ein Klassenkamerad mit seinem Bruder vorbeikommen und eine vernünftige Stereoanlage mitbringen.

Sie würde sich die Haare aufdrehen und sich extraviel Zeit fürs Schminken nehmen. Alles, um so schön wie möglich auszusehen, denn heute Abend wollte sie Robin sagen, dass sie mit ihm zusammen sein wollte.

Sie mochte ihn ja. Nach dem gestrigen Gespräch mit Johannes hatte sie eingesehen, dass es an der Zeit war, ihn zu vergessen. Er war nicht interessiert, und sie hoffte inständig, dass er nicht auf ihrer Party auftauchen würde. Das wäre nämlich mehr als seltsam.

Robin war am aufgeregtesten von allen. Er liebte Partys – die Geselligkeit, im Mittelpunkt zu stehen und mit den »richtigen« Leuten zu reden. Seit sie ihn kannte, hatte er ihr vermittelt, dass es Menschen gab, die »richtiger« waren als andere. Er teilte sie in verschiedene Kategorien ein, und schon bald war klar, dass Johannes einer weniger guten Kategorie angehörte. Robin hatte Freunde vom Eishockey eingeladen und war ebenso wie Parisa darauf bedacht, die Party zu einem Erfolg zu machen. Er war am Morgen dabei gewesen und hatte ihr beim Umräumen geholfen. Bevor sie zur Schule gingen, hatte er ein weißes Laken über das schwarze Ledersofa geworfen, falls die Leute etwas verschütteten, hatte er gesagt. Parisa vermutete jedoch eher, dass er das Sofa hässlich fand. Zu Hause bei Robin war alles weiß und frisch.

Aber ihr Haus war schön. Sie wusste, dass es ihm gefiel. Beeindruckend, hatte er gesagt. »Von der Mietwohnung nach Appellund – was die Turbomaschinerie doch alles für Familien tun kann«, hatte er gesagt, als er sie das erste Mal besucht hatte. Der Kommentar störte sie, und sie war kurz davor gewesen, darauf hinzuweisen, dass ihre Eltern ja wohl kaum aus irgendwelchen Slums stammten. Gleichzeitig wusste sie aber, dass er sie mochte. Sie bedeutete ihm etwas, das sagte er ständig zu ihr. Was mehr war, als Johannes jemals herausgebracht hatte. Robin meinte es sicher nicht böse, wenn er so etwas sagte.

Den ganzen Tag mied sie Johannes, doch als sie auf dem Weg zu ihrem Schließfach war, um sich die Bücher für die letzte Stunde zu holen, sah sie ihn am anderen Ende des Flurs. Mit entschlossenen Schritten ging er in ihre Richtung, als wollte er ihr etwas sagen. Doch sie drehte sich schnell um, wollte nicht zu ihm hinsehen. Nicht nach allem, was er am Abend zuvor gesagt hatte. Stattdessen ging sie auf Robin zu, der von der anderen Seite des Flures kam, und spürte Johannes' Blick im Rücken.

»Hej, wo warst du? Ich habe dich den ganzen Tag noch nicht gesehen!« Sie schlang die Arme um Robins Hals.

Er grinste. »Mich vermisst?« Er gab ihr einen Kuss auf den Mund. Das hatte er noch nie vor anderen getan. »Ich war nur unterwegs und habe etwas für heute Abend organisiert. Getränke, wenn du verstehst.«

»Ich dachte, du bekommst etwas von deinen Eltern?«

»Na ja, mein Vater wollte mir Wein geben, aber ich dachte an ein paar stärkere Sachen.« Er tat so, als kippte er einen Schnaps auf ex hinunter. Sie lachte auf, nahm seine Hand und wollte weiter den Flur entlanggehen, doch Robin blieb stehen.

»Du, ich hole nur noch etwas aus meinem Fach. Sehen wir uns im Unterricht?«

»Klar!«

Sie ging weiter durch den Flur zum Klassenraum. Plötzlich wurden die Eingangstüren der Schule aufgestoßen. Zwei Polizisten mit einem Hund an der Leine traten ein und kamen ihr entgegen.

Polizei? Was taten sie hier? Ging es um Drogen? Sie hatte Gerüchte gehört, dass härtere Sachen im Umlauf waren, auf Partys und auch sonst. Aber nicht, dass so etwas in der Schule vorkam. Ihr erster Gedanke war Zacke. Dann Johannes. Nicht er, bitte nicht er.

Die Polizisten schienen ein bestimmtes Ziel zu haben. Sie gingen an ihr vorbei durch den Flur, hin zu den Schließfächern. Der Hund reagierte, winselte und schnüffelte am Boden entlang, bewegte sich in Richtung der Fächer, und die Polizisten gingen hinter ihm her. Gott sei Dank befand sich Johannes' Fach woanders. Und wer war schon so dumm, Drogen in der Schule zu verstecken?

Wie die anderen Schülerinnen und Schüler auch ging sie langsam hinterher, um zu sehen, was passierte. Sie stellte sich hinter die kleine Menschenansammlung, die sich ein Stück von den Fächern entfernt gebildet hatte.

Die Polizisten gingen auf Johannes zu, der dastand und in einem der Schließfächer kramte. Der eine Polizist ergriff seine Arme, während es dem anderen gelang, etwas aus Johannes' Hand zu ziehen. Dann hielt er den Fund in die Höhe – drei Plastiktütchen mit weißem Pulver.

»Komm mit«, sagte der andere und zog Johannes mit sich.

Nein, nein, nein! Was tat Johannes überhaupt dort? Das war doch gar nicht sein Schließfach …

Im nächsten Moment gefror alles in ihr. Alles stand still. Alles. Ihr Herz hörte auf zu schlagen, ihr Atem stoppte. Es war, als stürbe etwas in ihr. Die Tür zu ihrem Schließfach stand weit offen, dort hatte er also herumgekramt. Einer der Polizisten durchsuchte es gerade. Hatte Johannes versucht, die Drogen in ihrem Fach zu verstecken? Sie begriff gar nichts mehr. Vermutlich kannte er ihren Code, sie hatte schon seit Ewigkeiten denselben, aber hatte er wirklich …?

Sie starrte Johannes an, der ihrem Blick auswich. Sein Gesichtsausdruck zeigte nichts. Keine Reue, kein Entsetzen. Überhaupt nichts.

39

»Gute Arbeit! Du hast ihn fertiggemacht!« Parisa sah Johannes zu, wie er Laptop und Notizblock zusammenpackte. Er war so sexy wie nie zuvor. Oder vielleicht doch genauso sexy wie am gestrigen Abend und heute Morgen, als er ihr die besten Orgasmen ihres Lebens verschafft hatte. Sie fragte sich, ob er merkte, wie sehr sie sich anstrengen musste, nicht hier im Gerichtssaal über ihn herzufallen.

»Danke.« Er lächelte. »Das hat er verdient.« Zum ersten Mal seit Beginn des Prozesses fand sie, dass Johannes müde aussah.

»Ist alles okay?« Sie sah ihn bekümmert an.

»Ja, doch, ich bin immer so nach einer Zeit der Anspannung. Ich gebe immer alles in den letzten Stunden, und dann ist bei mir erst einmal die Luft raus.« Er sah auf die Uhr. »Schon fünf. Ich fahre nicht zurück ins Büro, sondern nehme mir jetzt frei, um Kräfte zu sammeln für das Schlussplädoyer morgen. Wirst du …« Er brach ab und sah durch die Türen in den Flur, wo Parisas Familie und Mirja warteten. »Wahrscheinlich wirst du jetzt deine Familie und Mirja treffen? Oder möchtest du etwas essen?«

Diese Frage bedeutete so viel mehr. Ihr war bewusst, dass das zwischen ihnen nicht korrekt war und seine Karriere zerstören konnte. Im Grunde war es auch für sie nicht in Ordnung. Einiges zwischen ihnen war noch ungeklärt, aber sie hatte es nicht lassen können. Und nun wollte sie nichts lieber, als dieses Wunderbare noch einmal zu erleben. Die Nähe und diesen Zauber zwischen ihnen.

Sie nickte. »Nooshi hat uns alle morgen eingeladen, wenn der Prozess vorbei ist. Du bist auch mit eingeladen. Also habe ich heute frei und esse liebend gerne mit dir!«

Er lächelte kurz. »Chinesisch oder Indisch?«

»Ist mir egal. Aber …« Sie zögerte. »Gerne bei dir zu Hause und nicht auswärts, wenn das okay ist. Ich möchte etwas Ruhe haben.« Außerdem wollte sie allein mit ihm sein. Vielleicht konnten sie schon heute Abend alles Vergangene klären.

»Natürlich.«

Sie gingen zu Parisas Familie und Mirja. Ihre Eltern umarmten Johannes. Sie hatten bisher noch nicht die Möglichkeit gehabt, ihn ordentlich zu begrüßen. Nooshi umarmte ihn kurz und schien sich dabei leicht unwohl zu fühlen. Früher hatte sie ihn nicht gemocht, doch jetzt lächelte sie ihn warmherzig an. Es war an der Zeit, dass die Schwester ihre Einstellung ihm gegenüber änderte.

Sie gingen zu Fuß. Als sie auf der Barnhusbron waren, zogen dunkle Wolken am Horizont auf. Es war ein ruhiger Abend, die Leute waren auf dem Heimweg von der Arbeit.

Schweigend gingen sie nebeneinanderher, schienen die Eindrücke des Tages erst einmal verarbeiten zu müssen. Sie mochte die Stille. Sich einfach wohlzufühlen und auszuruhen. In Johannes' Gegenwart hatte sie sich schon immer gut entspannen können. Sie brauchte nicht im Mindesten darüber nachzudenken, wie sie war oder wirkte.

Mit Robin hatte sie sich zwar nicht direkt verstellen müssen, aber sie hatte versucht, einem Bild von ihr zu entsprechen – dem Bild, das er von ihr hatte. Sie waren dieses Powerpaar. Er hatte schon auf dem Gymnasium gesagt, dass sie perfekt für ihn sei. Damals war es ihr nicht weiter seltsam vorgekommen, sondern sie hatte sich geschmeichelt gefühlt. Wenn sie jetzt daran zurückdachte, fühlte es sich an, als hätte er sie wie eine Zuchtstute angesehen. Eine Frau mit den richtigen Genen.

Als sie das indische Restaurant betraten, um Essen zu bestellen, fing es an zu tröpfeln. Sie kauften sich Tandoori-Hühnchen mit Naanbrot, und als sie das Lokal verließen, goss es wie aus Kübeln. Sie rannten das kurze Stück bis zu Johannes' Wohnung.

Oben in der Wohnung lieh ihr Johannes trockene Kleidung, und sie konnte nicht anders, als am T-Shirt zu schnüffeln, bevor sie es sich zusammen mit einer zu großen Jogginghose überzog. Das Shirt war frisch gewaschen, roch aber trotzdem nach Johannes. Er zog sich ebenfalls trockene Sachen an.

Sie zündete Kerzen auf dem Tisch an, während Johannes deckte. Sie fühlte sich hier mehr zu Hause, als sie es je in Robins Wohnung getan hatte. Es lag nicht nur an Johannes, die Wohnung an sich war auf andere Art gemütlich.

Johannes öffnete eine Flasche Rotwein, einen Burgunder. »Das haben wir uns verdient.« Er füllte zwei große Weingläser, und sie setzten sich an den Küchentisch. Dann zog er sein Handy hervor und hielt es an einen Lautsprecher, der an der Wand befestigt war. »400 slag« – der erste Song auf Kents Album *Du & jag döden* strömte aus dem Lautsprecher.

»Ich finde, dass man nach so einem Tag Kent braucht.«

Sie lächelten einander an.

Die Kerzen warfen ein behagliches Licht in die sonst dunkle Küche. Regen und dunkle Wolken ließen den Eindruck entstehen, es sei bereits Abend.

Parisa probierte das Essen und trank einen Schluck. Der samtige Wein passte hervorragend zu den aromatischen Tandoorigewürzen. Dann aßen beide, als hätten sie seit mehreren Tagen kein Essen mehr gesehen. Währenddessen sahen sie einander immer wieder an und lächelten, schwiegen aber die meiste Zeit und lauschten der Musik und dem Regen, der draußen fiel.

Fühlte es sich so an, wenn man glücklich war? Indisch zu essen und Wein zu trinken mit der Person, die man schon immer geliebt hatte? Sie begriff, dass es nichts anderes sein konnte als Liebe. Die Ruhe und diese berauschende Aufgeregtheit, die sie mit Johannes verspürte, war mit nichts anderem zu vergleichen.

»Wenn wir davon ausgehen, dass du bald freigesprochen wirst, was wirst du dann tun?« Johannes nahm ein Stück vom Naanbrot, tauchte es in die Sauce, biss ab und sah sie an.

Sie hatte einen beträchtlichen Teil des Sommers damit verbracht, darüber nachzudenken.

»Um ehrlich zu sein, bin ich mir nicht sicher, ob ich weiter in der Forschung arbeiten möchte. Aber …« Sie schüttelte den Kopf. »Ich habe eingesehen, dass es unmöglich wäre, damit aufzuhören. Die Forschung bin ja ich. Und ich habe beschlossen, weiter am Messverfahren zu arbeiten, irgendwie, ich weiß nur noch nicht, wie. Vielleicht kann ich zurück an die Universität. Wenn mich dort jemand möchte, könnte ich ja als Assistentin arbeiten, was auch immer. Aber irgendwann werde ich die Lösung finden. Etwas, was stichhaltig genug ist. Ich habe so ungeheuer viel Zeit darin investiert und war so nahe daran, eine Möglichkeit zu finden, Endometriose zu diagnostizieren … Ich werde es nicht einfach fallen lassen können.« Dann seufzte sie. »Aber das Unternehmen ist ja jetzt in die Insolvenz gegangen, und ich weiß nicht, was mit dem Patent passiert. Ich habe kein Geld übrig, um es kaufen zu können. Wenn es dem falschen Käufer in die Hände fällt, weiß ich nicht, was ich mit dem Messverfahren tun soll.«

Würde sie das Patent jemals zurückerhalten? Der Insolvenzverwalter hatte Anfang der Woche eine Angebotsanfrage verschickt. Das Patent für das Messverfahren war zwar nur einen Bruchteil dessen wert, worauf Endo einmal geschätzt worden war, aber es handelte sich dennoch um Geld, das sie nicht hatte. Alles, was sie einmal besessen hatte, war in Endo investiert worden, und dieses Geld war nun weg.

»Ich möchte wirklich, dass das Messverfahren funktioniert. Bisher bin ich gescheitert, aber ich glaube daran, dass es funktioniert. Wenn ich nur alles richtig und vor allem in der richtigen Reihenfolge mache. Ein funktionierendes Messverfahren würde so viele Möglichkeiten eröffnen. Ich denke an alle Frauen, die noch immer auf eine Diagnose warten und im Stillen leiden.« Sie schüttelte den Kopf. »Du weißt ja, wie viele Jahre es bei mir gedauert hat, bis ich wusste, was es war. Und ein Medikament – stell dir vor, meine Forschung würde zu einem Medikament führen.« Sie lächelte und sah Johannes an. Nahm einen Schluck Wein.

Während er zuhörte, drehte er das Glas zwischen seinen Fingern. Er hatte die Ärmel seines Pullovers hochgeschoben und entblößte seine muskulösen Unterarme. Die Muskeln spannten sich an, während er das Glas drehte.

Ohne den Blick von diesen Armen abzuwenden, räusperte sie sich. »Und du? Was ist, wenn der Fall Endo abgeschlossen ist?«

»Ich weiß nicht … Es scheinen eine ganze Menge Fälle bei Svärdh & Partner einzugehen, also werde ich genug zu tun haben, aber …« Er brach ab und sah zum Fenster hinaus in den Regen. »Dieser Fall war etwas Besonderes. Vor allem, weil es um dich geht, natürlich, aber auch, weil er wirklich Spaß gemacht hat. Strafrecht ist spannend, und Leif bearbeitet mich die ganze Zeit. Er möchte, dass ich wieder bei ihm anfange.«

»Warum tust du es dann nicht? Du scheinst doch für Strafrecht zu brennen.«

Er atmete tief ein. »Bisher habe ich mich dafür noch nicht bereit gefühlt, aber vielleicht bin ich es jetzt. Als ich jünger war, frisch von der Uni kam und bei Leif anfing, hatte ich wohl noch nicht alles verarbeitet. Aber jetzt sind ein paar Jahre vergangen. Ich habe die Erinnerungen weit hinter mir gelassen. Vielleicht kann ich nun besser Distanz halten.«

Parisa nickte. »Hast du Kontakt zu deiner Mutter?« Sie wusste nicht, ob sie jetzt eine Grenze überschritten hatte. Johannes hatte sie nicht ein einziges Mal in den letzten Monaten erwähnt. Es war, als existierte sie gar nicht.

Er schüttelte den Kopf. »Wir sprechen nicht mehr miteinander. Manchmal lässt sie mich über Jenny grüßen. Sie hat wohl gesagt, dass sie auf deiner Seite ist und hofft, dass du freigesprochen wirst.« Er lächelte schief.

»Aber du redest nicht mit ihr?«

»Nein, ich merke, dass ich ihr nichts geben kann, und auch sie gibt mir nichts. Ich möchte nichts mit ihr zu tun haben. Ich bin zufrieden so, wie es ist.« Während er sprach, starrte er in die Kerzenflamme. »Ich habe eine Familie – Jenny und Zacke. Sie geben mir mehr Sicherheit, als meine Mutter es jemals getan hat.« Er verstummte.

»Aber Jenny und sie haben ein gutes Verhältnis?«

Er zuckte die Schultern. »Meine Mutter will das wohl gerne glauben. Sie treffen sich, aber nur sehr selten, und Jenny hält Distanz zu ihr.« Er räusperte sich leicht. »Apropos den Kontakt abbrechen – wie ist es jetzt mit Robin? Nach allem, was er getan hat? Ihr wart immerhin lange ein Paar.«

Sie zuckte die Schultern. »Im Moment fühlt es sich eher so an, als hätte mich ein alter Bekannter enttäuscht. Eine Person, die man einmal gekannt hat.«

»Du vermisst nicht das, was ihr einmal hattet?«

»Nein.« Sie nippte am Wein. Ohne das würzige Essen traten die Fülle des Weines und ein schwacher Kräutergeschmack hervor. »Es war wohl einmal Liebe. Oder zumindest eine Art Liebe. Wir hatten Spaß miteinander, und am Anfang faszinierte mich das, was er war und was er hatte.« Sie schämte sich dafür, aber so war es. »Aber unsere Beziehung hat sich nicht so weiterentwickelt wie normalerweise bei zwei Menschen, die sich lieben. Ich vermute, dass ich immer eine gewisse Distanz zu ihm gehalten habe und er zu mir.« Sie schwieg. Dann sah sie ihm direkt in die Augen. »Und das ist deine Schuld ...«

»Meine?« Johannes sah sie verwundert an. »Wie meinst du das?«

»Wie sollte ich jemals einen anderen lieben können, wenn niemand an meine erste große Liebe heranreicht?« Sie sah ihn ernst an. Das war ein bedeutsames Geständnis. Auch wenn sie ihm damals ihre Gefühle gestanden hatte, zeigte es, dass sie ihn nie vergessen hatte.

Er sah sie lange an. »Du warst auch meine erste große Liebe.« Er lachte und trank noch etwas vom Wein. »Ich war so hoffnungslos in dich verliebt, vom ersten Moment an, als ich dich gesehen habe. Und dieser Abend auf dem Kent-Konzert ...« Er seufzte. »Ich bin wohl nie glücklicher gewesen. Aber mein Leben damals ... Mein Leben war, wie es war. Aber ich habe es immer bereut, dich aufgegeben zu haben.«

Langsam nickte sie.

Im Laufe der Jahre hatte sie eine Art Verständnis dafür entwickelt, dass er ihnen damals keine Chance als Paar gegeben hatte. Nach all dem, was Johannes hatte erleben müssen, war er vermutlich emotional überfordert gewesen. Sie hatte eingesehen, dass er damals an viel zu viel anderes hatte denken müssen.

Sie wusste, wie er durch seine harte Schale zu verbergen versucht hatte, was darunter an Verletzungen lag.

Was sie jedoch nicht hatte vergessen können, war sein Verrat ihr gegenüber. Es gab keine vernünftige Erklärung dafür. Sollte sie es jetzt ansprechen?

»Ich habe immer gedacht, dass du mich schnell vergessen hast«, fuhr er fort, bevor sie etwas sagen konnte.

Sie schüttelte den Kopf. »Ich habe dich nie vergessen. Es gibt niemand anderen, dem ich mich auf dieselbe Art verbunden gefühlt habe.«

Johannes nickte langsam.

»Also ist es deine Schuld, dass ich nie eine normal funktionierende Beziehung führen konnte«, sagte sie lächelnd.

Johannes verzog den Mund. »Das liegt nicht vielleicht daran, dass Robin ein Arschloch ist?«

Sie sah ihn an. »Dieser Meinung warst du schon immer, oder?«

Johannes nickte. »Zumindest den Großteil der Zeit, in der ich ihn gekannt habe.«

»Und warum?«

»Allein die Art und Weise, wie er sich aufgeführt hat. Er war herablassend und unfreundlich, wenn du nicht dabei warst. Und ich habe ihm nie über den Weg getraut.«

Parisa nahm einen großen Schluck Wein und sah zum Fenster hinaus, wo der Regen noch immer niederrauschte. Ihr Blick blieb an einem Papierstapel hängen, der auf der Fensterbank lag. Darlehensunterlagen.

»Was ist das?«, fragte sie und stellte fest, dass sie neugierig war.

»Das sind die Unterlagen für die Immobilienfinanzierung und der Kaufvertrag für die Wohnung. Es stehen nur noch die letzten Formalitäten aus. Ich muss morgen nach dem Schlussplädoyer zur Bank. Danach gehört die Wohnung mir.« Sie konnte den Stolz in seiner Stimme heraushören und lächelte.

»Warum hast du mir nichts davon erzählt? Das ist ja toll!«

Er zuckte die Schultern. »Wir hatten andere Themen, aber ja … Es wird toll sein, eine eigene Wohnung zu besitzen.«

»Das verstehe ich. Und du hast es ganz allein erreicht.«

Er lächelte zaghaft. »Ja.«

»Das müssen wir feiern!«

Er nickte. »Wenn du die Freisprechung in der Hand hältst, feiern wir das – und meine Wohnung.«

Und uns, wollte sie sagen, aber irgendetwas stand noch im Weg. Sie musste mit ihm reden, ihn fragen, was an jenem Tag passiert war.

Doch in diesem Moment lehnte er sich über den Tisch, legte seine Hand über ihre und küsste sie zärtlich. Zog sich dann wieder zurück und sah sie an. Mit diesem Blick, der sie auf eine Art Abstand halten wollte, während er sie gleichzeitig begehrte. Schon als sie ihn zum allerersten Mal gesehen hatte, war sie bei diesem Blick schwach geworden. Es hatte in ihrem Bauch gekribbelt und gezogen, und schon damals waren ganz fremde Gefühle erwacht. Solche, die sie noch nicht erforscht hatte.

Wieder lehnte er sich über den Tisch, und sie umfasste seinen Nacken und zog ihn zu sich. Sie zögerte nicht länger. Sie wollte ihn. Jetzt.

Sie fuhr mit dem Finger seine Wange entlang, den Hals hinunter. Dann stand sie auf und ging um den Tisch herum. Setzte sich auf seinen Schoß und küsste ihn wild. Auf diesen Moment hatte sie vierzehn Jahre gewartet. Vierzehn verdammte Jahre. In diesem Moment war es ihr völlig egal, ob er ihr Anwalt war oder ob er sie früher einmal verraten hatte. Jetzt wollte sie ihn einfach nur haben.

Sie küsste ihn den Hals hinab. Er fuhr mit seinen Fingern durch ihr Haar. Sie glitt vom Stuhl und knöpfte langsam seine Hose auf. Glitt mit der Hand unter den Saum der Unterhose. Er war hart.

Johannes stöhnte und schloss die Augen einen kurzen Moment, bevor er sie ansah. Sein Blick brannte vor Verlangen. Dann stand er auf, zog sie zu sich hoch und küsste sie fordernd, während er sie ins Schlafzimmer führte. Er legte sie aufs Bett und warf sich über sie wie ein Raubtier. Küsste sie immer wilder und ungestümer. Und sie erwiderte seine Küsse, hielt seinen Hals umschlungen und zog sich hoch zu ihm, um ihm näher zu kommen.

Er küsste sie. Zog ihr schnell T-Shirt und Hose aus, es folgten BH und Höschen, dann lag sie nackt auf dem Bett. Sein hungriger Blick jagte ihr einen Schauer über den Rücken.

Sie zog ihm Pullover, T-Shirt und Jeans aus.

Er küsste ihren Hals, ihre Brüste und ihren Bauch. Dann glitte er weiter nach unten, leckte sie. Sie spürte, dass sie kurz vor dem Höhepunkt war. Dieser Tag, an dem sie neben ihm im Gerichtssaal gesessen hatte, während er Hackfleisch aus Robin machte, war wie ein ewig langes Vorspiel gewesen. Als seine Zunge ihre Klitoris nur sanft streifte, spürte sie, dass sie bald kommen würde. Sie wollte ihn unterbrechen, wollte noch nicht kommen. Dieses Mal wollte sie den Orgasmus zusammen mit ihm genießen.

Doch als er seine Zunge langsam um den kleinen Knotenpunkt so vieler Nervenenden kreisen ließ, wurde sie ganz willenlos und sank zurück. Sie genoss seine Zunge, atmete dann aber tief durch, als sie ganz kurz davor war, und zwang sich, vorsichtig seinen Kopf zur Seite zu schieben. »Warte. Ich möchte dich in mir haben.«

Er sah sie an. »Bist du sicher, ich …«

»Ja. Ich will dich einfach nur in mir spüren. Bitte, komm zu mir!« Sie glaubte, dass es heute gut gehen würde.

»Wenn du mich so darum bittest …« Er lächelte. »Ich muss nur gerade etwas holen.« Er stand auf. »Ich weiß gar nicht, ob ich noch Kondome habe. Ich muss gestehen, dass es eine Weile her ist.«

»Aha?«

Er nickte. »Lass uns später darüber reden.«

Er verschwand im Bad, und sie hörte, wie er Schubladen und Schränke öffnete. Bald war er zurück und hielt mit zufriedenem Lächeln eine Kondomverpackung zwischen Daumen und Zeigefinger.

»Komm her«, sagte sie und zog ihn zu sich. Küsste ihn wieder. Griff an den Gummizug seiner Unterhose und zog sie herunter. Streichelte ihm dann über den Schwanz, auf und ab. Langsam, dann schneller. Er stöhnte laut.

»Warte, warte«, flüsterte er, öffnete schnell die Verpackung und zog das Kondom über. »Wie gesagt, es ist eine Weile her. Ich werde wirklich versuchen, es zurückzuhalten.« Langsam, langsam, als wollte er jede Millisekunde auskosten, drang er in sie ein, und sie schrie auf, aber nicht vor Schmerzen, sondern aus dem größten Genuss, den sie je empfunden hatte.

Großer Gott, würde er sich wirklich zurückhalten können? Er konnte nicht schon nach zwei Minuten kommen, das war ja peinlich. Doch mit jeder Bewegung in ihr rückte der Orgasmus näher. Er hielt den Atem an und versuchte, ihn zurückzuhalten.

»Ich komme, ich komme«, flüsterte Parisa unter ihm, und er stand kurz davor zu explodieren. Aber er würde sich beherrschen.

Stattdessen flüsterte er in ihr Ohr: »Jetzt musst du dich auch zurückhalten. So schnell kann doch niemand von uns kommen, oder?«, wisperte er und lächelte dann schelmisch.

Sie seufzte angestrengt und drückte sich gegen ihn, was dazu führte, dass er noch tiefer in sie eindrang. Im nächsten Moment konnte er sich nicht länger zurückhalten. Durch den Orgasmus erbebte sein ganzer Körper. Das Lustgefühl breitete sich in ihm aus, er spannte sich an und entspannte sich wieder. Dann schoss die nächste Woge durch seinen Körper, und Parisa schrie auf, aber er konnte hören, dass sie vor Genuss schrie. Sein Orgasmus intensivierte sich, als er spürte, wie sie sich an ihn klammerte. Sie wand sich unter ihm, drückte sich gegen ihn, und er öffnete langsam die Augen. Wollte sehen, wie sie es genoss.

Sie sah ihn lächelnd an. »Wie lange hatten wir Sex? Zwanzig Sekunden?«

»Weniger.« Er musste lachen. »Entschuldige.«

»Ich konnte mich doch genauso wenig zurückhalten.«

»Wir müssen noch üben.«

Sie strahlte und erinnerte ihn an eine zufriedene Katze. »Mit größtem Vergnügen.«

40

Johannes hatte schon immer eine besondere Wirkung auf Parisa ausgeübt. Eine Zeit lang hatte sie geglaubt, dass dieses berauschende, warme und prickelnde Gefühl, das sie als Teenie gehabt hatte, darin begründet war, dass sie jung und es ihre erste Liebe gewesen war. Ein Gefühl, das man nie wieder so erlebte. Doch jetzt begriff sie, dass es mit der Person zu tun hatte. Johannes brachte sie dazu, so zu fühlen. Er hatte diese Wirkung auf sic.

Trotzdem konnte sie nicht vollkommen entspannen. Sie konnte nicht vergessen, was damals geschehen war, und es war das Erste, woran sie dachte, als sie am nächsten Morgen die Augen aufschlug.

Sie hatten eng umschlungen geschlafen. In der Nacht war der Regen vorübergezogen, und die Strahlen der Morgensonne schienen durch die Jalousien hindurch.

Er hatte seine Arme um sie geschlungen, und ihr Kopf ruhte auf seiner Brust.

»Es fühlt sich wunderschön an«, murmelte er in ihr Haar.

Sie wusste, dass es eine große Sache für ihn war, so etwas zu sagen.

Vor langer Zeit schon hatte sie sich selbst streng verboten, alles auf die Goldwaage zu legen und sich immer und immer wieder mit seinen Aussagen zu beschäftigen. Wie es Mädchen so häufig taten. Doch sie wollte kein typisches Mädchen sein, sondern hatte geglaubt, dass Johannes es wirklich so meinte, wenn er etwas sagte. Damals hatte er gesagt, dass sie nicht zusammen sein könnten. Und was danach passiert war, hatte seine Äußerung ja nur bestätigt. Dass sie ihm nichts bedeutete.

Aber es war eine Ewigkeit her. Viele Jahre waren vergangen. Vielleicht sollte sie die Sache einfach vergessen. Er hatte sich seitdem verändert.

Doch in dem Maße, wie sie zueinander zurückfanden und ihre Gefühle sich intensivierten, kehrten auch ihre Gedanken an das zurück, was er getan hatte. Sie konnte es nicht wegschieben.

Vielleicht lag es auch an dem, was Robin ihr jetzt angetan hatte. Aber es war unstrittig, dass Johannes' damaliges Verhalten Spuren bei ihr hinterlassen hatte. Es hatte einen Teil ihrer Jugendjahre und Erinnerungen zerstört. Eine Zeit lang hatte sie das Gefühl gehabt, mehr als ein Jahr ihres Lebens vergeudet zu haben. Monate, in denen sie nur für Johannes gelebt hatte, und dann noch einige Monate, in denen sie das Geschehen hatte verarbeiten müssen. Es hatte alles zerstört, was sie zuvor mit Johannes geteilt hatte.

»Ich …« Sie verstummte.

»Was ist denn?« Er zog sie fester an sich.

Sie hasste es, die Stimmung zu verderben. »Da ist eine Sache, die mich einfach nicht loslässt.«

»Dass ich dein Anwalt bin und du wegen einer Straftat angeklagt bist?«

Sie lächelte. »Nein.« Ein tiefer Seufzer. »Das, was damals in der Schule passiert ist. Die Drogen. Mein Schließfach.«

Johannes schwieg. Dann schluckte er. »Du meinst damals, am Gymnasium?« Seine Stimme klang heiser.

»Ja.«

Sie lag noch immer an seiner Brust und starrte aus dem Fenster. Die Regentropfen auf dem Fensterbrett glitzerten in der Sonne. »Warum …« Ihre Stimme versagte. »Warum hast du das getan?«

Er seufzte tief und schwieg ein paar Sekunden. »Das war nicht ich«, sagte er schließlich.

Sie schüttelte den Kopf. »Was meinst du?«

»Nicht ich habe das Kokain mit in die Schule gebracht und versucht, es in deinem Fach zu verstecken. Ich habe die Tütchen aus dem Fach genommen, um …«

»Zacke zu schützen?« Mit einer plötzlichen Bewegung wand sie sich aus seinem Arm. »Großer Gott! Du wurdest erwischt, als du Zacke schützen wolltest? Und wie hat er es geschafft, Drogen in meinem Fach zu verstecken?«

»Wenn ich ausreden dürfte …?«

»Okay.« Sie sank zurück an die Wand, die sich kalt an ihrem Rücken anfühlte, und wickelte sich die Decke um die Beine.

»Ich habe es getan, um dich zu schützen.«

»Um mich zu schützen? Warum? Also hatte jemand anders das Zeug in mein Fach gelegt? Und was hast du an meinem Fach getan?«

»Ich habe gesehen, wie er die Tütchen in dein Fach gelegt hat. Also bin ich hingegangen, um sie herauszuholen.«

»Wer?«

Er sah sie ernst und bedauernd an. Da begriff sie. Es gab nur eine Person, die er meinen konnte, wenn er sie so anblickte. Sie sah ihn mit kalten Augen an. »Warum hast du nie etwas gesagt?«

»Ich hatte damals zu viel Angst.«

»Ich habe also mein ganzes Leben auf einer Lüge aufgebaut, weil du Angst hattest? Wenn du ehrlich gewesen wärst, hätte ich mir diese Situation vielleicht ersparen können und wäre nicht ein weiteres Mal hintergangen worden.« Sie stand aus dem Bett auf und stellte sich vor ihn hin. »Warum hast du mir nichts davon erzählt?«

»Ich ...« Er schüttelte den Kopf. »Am Anfang konnte ich nichts sagen. Robin hat mich erpresst, und ich ... Ich dachte, dass du mir sowieso nicht glauben würdest. Dass niemand mir glauben würde. Er hat mich gezwungen stillzuhalten. Dann dachte ich, du hättest das alles hinter dir gelassen. Ich habe es auch versucht, wollte einfach alles vergessen. Ich hoffte, du würdest einsehen, was für ein Scheißkerl Robin war, und ihn bald verlassen.«

»Und warum hast du mir jetzt erst auf meine Nachfrage hin davon erzählt?«

»Als wir uns wiedersahen, lebtest du mit Robin zusammen. Ich dachte, dass er sich vielleicht verändert hätte. Vielleicht hattet ihr ja sogar darüber gesprochen, was weiß ich. Ich wollte mich nicht einmischen. Und seitdem ihr Schluss gemacht habt, gab es noch keine gute Gelegenheit.« Er schüttelte den Kopf. »Du wirktest damals glücklich mit Robin, und jetzt, als ich dich wiedersah, auch. Ich wollte nichts zerstören oder mich in etwas einmischen, was ihr vielleicht schon geklärt hattet. Ich wollte das Ereignis einfach nur hinter mir lassen.«

»Hast du nie erwogen, mir davon zu erzählen?«

»Doch ... Oder, ich weiß nicht. Ich ...«

Sie schüttelte ungläubig den Kopf. Es war einfach zu viel. Sie konnte nicht begreifen, dass sie ihr gesamtes Erwachsenenleben mit jemandem verbracht hatte, der ihr so hatte schaden wollen. Und dass Johannes das hätte verhindern können.

Sie zog ihre Kleider vom Vortag an. Bluse und Hose waren zerknittert. Sie suchte ihre Handtasche und ging hinaus in den Flur.

»Bitte, Parisa, ich …« Johannes kam ihr hinterher.

Sie drehte sich um. »Ich brauche jetzt erst mal Zeit für mich. Bitte, lass mich eine Weile in Ruhe.«

41

Zwölf Jahre früher

Es war der Morgen nach seinem Gespräch mit Parisa auf dem Steg. Er hatte eine Menge Dinge gesagt, die er jetzt bereute, aber nicht zurücknehmen konnte.

Seine Schwester saß ihm am Frühstückstisch gegenüber und sah ihn ernst an.

»Aber Parisa ist das Beste, was du hast.« Jenny, die sonst nie den Mut sinken ließ, sah ihn jetzt resigniert an. »Sie ist das einzig Schöne in all dem Hässlichen. Sie ist verdammt noch mal die Beste, Johannes.«

Die ganze Nacht hatte er darüber nachgegrübelt, was er am Abend zuvor zu Parisa gesagt hatte. Wie er sie abgewiesen hatte. Er hatte sich im Bett herumgewälzt, während er sich jeden einzelnen Satz noch einmal ins Gedächtnis gerufen hatte. Jetzt beim Frühstück hatte Jenny ihn angesehen und gefragt, was los war.

Und er hatte vom gestrigen Abend erzählt. Dass er mit Parisa über alle Probleme gesprochen und es damit geendet hatte, dass sie ihm offenbarte, sie wolle mit ihm zusammen sein. Was er einfach abgelehnt hatte.

»Warum hast du das getan?«

Er schüttelte den Kopf. »Du weißt, warum. Ich begreife

nicht, wie ich …« Seine Gedanken wirbelten durcheinander, er hatte keine gute Antwort. »Hier zu Hause ist alles so kompliziert für uns. Wie soll ich Parisa ein guter Freund sein? Und … du weißt nicht, wie sie jetzt ist. Sie ist anders, hat sich verändert.«

Parisa war zu gut für ihn. Als er sie in der Schule mit Robin gesehen hatte, wirkten sie wie füreinander geschaffen. Dass er selbst einmal mit Parisa zusammen gewesen war, fühlte sich an wie ein halb vergessener Traum. Als sie in das große Haus in Appellund zog, war das nur ein weiterer Faktor, der sie beide so fundamental unterschied. Johannes war ein Schmuddelkind aus Bladslingan, Parisa eine Prinzessin. Wäre ihre Familie nicht vorübergehend dorthin gezogen, hätten sie sich niemals kennengelernt. Sie waren zu verschieden.

»Das sind bloß Ausreden. Ihr seid doch immer gut befreundet gewesen. So etwas verschwindet nicht einfach. Und ich habe gesehen, wie sie dich anschaut. Sie ist in dich verliebt. Herrgott noch mal, sie hat es sogar zugegeben.« Jenny schüttelte den Kopf. »Warum machst du dir das Leben so schwer?« Sie sah ihn ernst an. »Du musst das mit ihr klären.«

Johannes nickte und sah ein, dass sie recht hatte. Er würde heute mit ihr reden, in der Schule. Erzählen, wie sehr er sich geirrt hatte.

Doch der Tag verging, und er bekam sie nicht zu Gesicht. Früher oder später musste sie zu ihrem Schließfach gehen, überlegte er. Kurz vor der letzten Stunde passte er sie dort ab. Sie war gerade im Gehen, doch als sie sich umdrehte und ihn entdeckte, ging sie einfach weiter. Er eilte hinter ihr her, doch sie lief direkt auf Robin zu, der den Flur entlangkam, und fiel ihm um den Hals. Es versetzte Johannes einen Stich, doch er wusste, dass er es sich selbst zuzuschreiben hatte. Als Robin ihr einen Kuss auf den Mund gab und sie anstrahlte, schien etwas in Johannes zu zerbrechen. War es schon zu spät? Doch nein, er musste sich ihr erklären, musste es ihr sagen.

Parisa und Robin wechselten ein paar Worte miteinander, bevor sie weiterging, während Robin auf Johannes zukam. Irgendetwas an ihm war anders als sonst, und Johannes hielt inne.

Robin warf Johannes einen mürrischen Blick zu, als er an ihm vorbeikam. »Ist was?«, fragte er.

Johannes antwortete nicht.

Im selben Moment waren Geräusche weiter hinten im Flur zu hören, vom Eingangsbereich. Zwei Polizisten betraten zusammen mit einem Polizeihund das Gebäude. Robin drehte sich um. »So ein verdammter Mist!«, murmelte er. Schnell wandte er sich zu den Schließfächern und schloss eines davon auf. Parisas Fach. Daran gab es keinen Zweifel, Johannes stand nur wenige Meter entfernt. Er erkannte ihre Schulbücher und ihre Tasche. Robin zog drei Tütchen mit weißem Inhalt aus seiner Hosentasche, warf sie in ihr Fach und schloss es wieder.

Da wachte Johannes auf. »Was tust du da?«

Außer ihnen beiden waren keine anderen Schüler da. Die Polizisten kamen näher. Robin trat auf Johannes zu. »Wonach sieht es denn aus?« Robin prustete verächtlich. »Und Parisa behauptet, du seist klug.«

»Willst du das Zeug hier verstecken? Dir ist doch wohl klar, dass …« Johannes blickte den Flur hinunter. »Der Hund wird es erschnüffeln.«

Robin sah ihn nur an, als hätte er noch nicht einmal ein schlechtes Gewissen.

Blitzschnell lief Johannes zu Parisas Schließfach. Er sah sich um. Robin war weg, die Polizei noch nicht da. Er kannte Parisas Code. Sie hatte seit Ewigkeiten den gleichen, und er betete im Stillen, dass sie ihn noch nicht geändert hatte. Tatsächlich.

Es klappte beim ersten Versuch. Er öffnete das Fach und nahm die Tütchen an sich. Dabei hörte er die Schritte der Polizisten und den winselnden Hund.

Johannes wusste, dass das Spiel aus war. Er wollte gerade das Fach schließen, als der Hund schon an seinen Hosenbeinen schnüffelte und leise bellte. Einer der Polizisten kam auf ihn zu und bog seine Arme auf den Rücken. Der andere Polizist nahm ihm die Tüten aus der Hand.

Ein Stück entfernt hatte sich inzwischen eine kleine Schülergruppe versammelt, darunter auch Parisa. Sie schaute erst ihn und dann ihr Schließfach an. Johannes wagte nicht, ihr in die Augen zu sehen. Ihm war völlig klar, was sie dachte. Er wollte schreien, dass es Robin war, aber alles ging ganz schnell. Kurz darauf wurde er von den Polizisten abgeführt.

42

Das Herz klopfte wild, als Parisa die Treppen hinuntereilte.

»Hier bist du also?« Die Stimme ließ sie zusammenzucken. Das Treppenhaus lag im Dunkeln, und sie konnte im Dämmerlicht nur seine Silhouette erkennen. Robin hatte einen Papphalter mit zwei Kaffeebechern in der Hand. Er war der letzte Mensch, den sie jetzt treffen wollte. Nach dem, was sie erfahren hatte, müsste sie ihn eigentlich noch mehr hassen, aber sie empfand schon genug Hass ihm gegenüber. Am meisten verabscheute sie sich selbst. Hätte sie es nicht begreifen müssen?

»Der Kaffee ist schon kalt.« Robin grinste. »Ich stehe schon eine Weile hier und warte.« Er reichte ihr einen Becher. »Komm, wir gehen spazieren.«

»Nein danke, ich kann während des laufenden Prozesses nicht mit dir reden.«

»Doch, du wirst mit mir reden.« Er hielt den Kaffee in der einen Hand, während er sie mit der anderen Hand mit sich zog und die Tür mit der Schulter öffnete. »Und erzähl es nicht deinem neuen Freund, hör mir erst zu. Ich glaube, du willst hören, was ich zu sagen habe. Ansonsten kann ich innerhalb von einer Millisekunde Johannes' Leben zerstören.«

Er schob sie hinaus auf die Straße. Sie sah, dass er unrasiert war. Robin war sonst nie unrasiert. Zart wie ein Babypopo, wie er selbst immer von sich sagte. Eine extrem unsexy Beschreibung.

»Ich war jedenfalls taktvoll genug, nicht während eures Liebesspiels an die Tür zu hämmern«, sagte er, während sie die Straße hinunter Richtung Norra länken gingen. Der Lärm des morgendlichen Autoverkehrs schlug ihnen entgegen.

»Wovon sprichst du?« Sie wollte nicht neben ihm gehen, begriff aber, dass sie keine andere Wahl hatte. »Wir haben gearbeitet. Du weißt, es gibt einiges zu tun bei meiner Verteidigung.«

»Mmm … Mir ist schon klar, dass du die ganze Nacht bei Johannes warst. Und ich habe euch auch schon vorher zusammen gesehen. Ich habe es in dem Moment begriffen, als er deinen Fall angenommen hat. Er war schon immer total scharf auf dich. Und ich vermute, du warst auch scharf auf ihn?« Er trat ganz nah an sie heran. Seine Augen blitzten, und er zischte: »Sag schon, du hast doch schon immer auf White Trash gestanden«, fuhr er fort. »Das ist er noch immer, verstehst du das nicht? Ein Juraexamen und ein schicker Anzug ändern daran nichts.« Die Worte und der unangenehme Blick ließen sie erschaudern, und das Schlimmste war, dass sie nicht sagen konnte, ob er gerade sein wahres Gesicht zeigte. War Robin schon immer so gewesen? Hatte er dieselben Werte und Gedanken gehabt, als sie ein Paar gewesen waren? War er einem Zusammenbruch so nahe gewesen?

»Wirklich süß, dass ihr zueinandergefunden habt, nach all den Jahren. Aber vielleicht ist es nicht ganz so süß, dass ein Anwalt eine sexuelle Beziehung mit seiner Mandantin hat?«

Sie schnaubte und dachte nicht daran, ihm zuzustimmen. Sie würde alles abstreiten.

Er lachte auf. »Wenn du meinst, ich wüsste es nicht mit

Sicherheit – ich habe Fotos. Und was würde es wohl für Johannes bedeuten? Ein Strafverteidiger, der mit seiner Mandantin schläft.« Er schüttelte den Kopf und schnalzte mit der Zunge.

Sie stand wie versteinert da. »Was willst du?«

»Nicht mehr, als dass ihr aufhört, den Verdacht auf mich zu lenken, und du die Verantwortung für alles übernimmst, was passiert ist. Aber das setzt natürlich voraus, dass sich Johannes von dir und diesem Fall fernhält. Sonst wird er noch zu deinem Ritter und opfert sich für dich. Allmählich wird es verdammt kitschig.« Robin prustete los, und Parisa dachte, dass nun sein hässliches Gesicht zum Vorschein kam. Alles, was bisher in ihm geschlummert hatte, wurde offensichtlich, nachdem seine Fassade angefangen hatte zu bröckeln.

»Ich weiß, dass du den Stoff in mein Fach gelegt hast.«

»Was?«

»In der Schule, als Johannes festgenommen wurde.«

»Oh, hat er es dir inzwischen erzählt? Hat er sich endlich getraut?«

»Wie konntest du nur?«

Robin verdrehte die Augen. »Mein Gott, wir waren siebzehn. Das ist jetzt zwölf Jahre her. Wen zum Teufel interessiert das noch?«

Dass er ein Ereignis herunterspielte, das sie so geprägt hatte, tat weh. Schließlich hatte sie Johannes damals aufgegeben. Ihren besten Freund und ihre große Jugendliebe. Alles wegen dieses Ereignisses.

Sie sah ihn nur sprachlos an.

»Ich wusste ja nicht, dass die Polizei kommen würde. Das war vielleicht ein Mist. Dabei wollte ich doch nur noch mehr Spaß auf deiner Party haben. Und habe versucht, das Zeug zu verstecken, als die Polizei auftauchte.«

»In meinem Fach?«

»Was denn? Alle haben doch Drogen genommen, aber ich wollte dir nichts davon sagen. Du warst doch immer so verdammt perfekt, mit deinen Eltern aus dem Iran, die sich niemals besaufen.« Er schnaubte verächtlich. Es schien alles aus ihm herauszubrechen, was er schon immer gedacht hatte. Wie hatte sie es nicht bemerken können?

»Hätte Johannes die Verantwortung nicht auf sich genommen, wäre ich dran gewesen.«

Robin schien es nicht weiter zu beeindrucken. Dann nickte er. »Jaja, dein Held Johannes hat die Verantwortung dafür übernommen.« Er trat einen Schritt näher und sah ihr fest in die Augen. »Und jetzt ist die Frage, ob du ihn wieder opferst. Oder wirst du dieses Mal die Verantwortung übernehmen?« Er hielt erst eine Handfläche neben sich in die Höhe, dann die andere, und hob und senkte beide, um eine Waage zu demonstrieren. »Oder muss er sich weiterhin den Kopf für dich blutig schlagen, um zu zeigen, dass er dich verdient hat?« Er lachte unangenehm.

Ihr wurde klar, wie viel dies über ihn aussagte. Wie dieses Gespräch sein Leben zusammenfasste.

Er hatte sich nie für irgendetwas anstrengen müssen. Kein bisschen. Er hatte es immer leicht gehabt, hatte alles auf dem Silbertablett serviert bekommen. Trotzdem hatte er sich selbst bemitleidet dafür, dass er einen erfolgreichen Vater hatte, dem er nie das Wasser hatte reichen können.

»Was willst du, dass ich tue?«, flüsterte sie.

»Kontaktiere die Staatsanwältin und gestehe alles. Und wechsle deinen Anwalt. Claes hilft dir gerne. Er setzt ein Schreiben mit deinem Geständnis auf, das musst du nur noch unterschreiben.«

»Und welche Beweise hast du gegen uns?«

»Massenweise. Diese kleine Wohnung bietet einige Einsichten. Außerdem habe ich euch auch draußen gesehen. Es ist so einfach, wenn man eine Handykamera dabeihat.«

Sie sagte nichts, presste nur die Lippen aufeinander.

»Bedaure dich nicht selbst. Du bist nie in mich verliebt gewesen. Ich glaube nicht, dass du mich jemals geliebt hast.« Er sah sie an. »Du hast mich auch ausgenutzt.«

»Wie denn das?«

»Hätte ich nicht das Unternehmen und das Geld gehabt, wärst du nicht mit mir zusammen gewesen.«

»Das ist nicht wahr.«

Robin zuckte die Schultern.

»Deshalb lieferst du mich jetzt also aus? Weil du glaubst, ich hätte dich niemals geliebt?«, fragte Parisa.

»Nein, nicht deshalb. Aber diese Tatsache hat es mir erleichtert, dir die volle Schuld zuzuschieben.« Er wandte sich zum Gehen.

»Wie soll ich denn den Anwalt wechseln? Das Schlussplädoyer ist heute.«

Er blieb stehen, drehte sich um und zuckte die Schultern. »Dein Problem.«

Sie antwortete nicht, sondern stand nur schweigend da. Eben noch hatte sie sich gefragt, warum er ihr das antat, alles unternahm, um sie ans Messer zu liefern. Die schlichte Wahrheit war, dass es nur eine Person gab, die Robin etwas bedeutete, und das war er selbst. Er wollte sich um jeden Preis retten, und sie hatte jedes Mal im Weg gestanden.

Robin grinste und prostete ihr mit dem Kaffeebecher zu, drehte sich um und verschwand.

43

Zwölf Jahre früher

Die Polizisten nahmen Johannes mit auf die Wache, wo er in einem Vernehmungsraum warten musste. Es war notwendig, seine Mutter dazu zu holen, weil er noch nicht volljährig war. Außerdem mussten sie warten, bis der Staatsanwalt aus Linköping kam. Er bekam Wasser zu trinken. Bald kam eine Sozialarbeiterin, danach der Staatsanwalt und eine Polizistin. Johannes kannte sie, weil sie die Mutter einer ehemaligen Klassenkameradin war.

Als Letzte kam seine Mutter. Sie trug eine schicke Hose und dazu eine Bluse. So gut gekleidet hatte er sie noch nie gesehen, außer wenn sie Vorstellungsgespräche hatte. Doch sie war hochrot im Gesicht, trat mit leisen Schritten ein und setzte sich auf den Stuhl neben ihm, ohne ihn anzusehen. Die Polizistin, der Staatsanwalt und die Sozialarbeiterin saßen ihm gegenüber.

Gerade als die Polizistin den Mund öffnete, um die Vernehmung zu beginnen, wandte sich seine Mutter an Johannes.

»Weißt du, was das für mich bedeutet, Johannes?« Sie sah die anderen an, um Sympathie heischend.

»Aber es war nicht mein Stoff«, sagte er leise.

»Du lügst. Dieser Mistkerl lügt, er lügt immer. Wissen Sie

das? Er hat schon die abscheulichsten Dinge behauptet.« Seine Mutter sah die Polizistin an, dann den Staatsanwalt und die Sozialarbeiterin und zuletzt Johannes. Ihr Blick war voller Verachtung.

»Vielleicht ist es besser, wenn wir mit Johannes alleine sprechen«, sagte die Polizistin.

»Von mir aus«, sagte sie, ohne den Blick von Johannes abzuwenden. »Warum musst du mir immer alles versauen?« Die Augen seiner Mutter waren feucht, als sie aufstand und den Raum verließ.

»Ich gestehe alles, wenn meine Schwester und ich nicht mehr bei ihr wohnen müssen«, sagte Johannes, sobald sie gegangen war.

»Wie meinst du das?«, fragte der Staatsanwalt.

»Ich meine, dass ich alles gestehe, was Sie wollen, wenn Sie mir dabei helfen, bei meiner Mutter auszuziehen. Meiner Schwester auch. Sie ist behindert, braucht Hilfe und …«

»So funktioniert das leider nicht«, sagte die Polizistin.

»Aber jetzt ist ja auch das Jugendamt involviert, und wir werden deine Situation auf jeden Fall untersuchen«, sagte die Sozialarbeiterin.

Johannes seufzte.

»Beantworte jetzt am besten die Fragen nach dem genauen Ablauf. Du musst nichts gestehen, was du nicht möchtest«, fuhr die Polizistin fort.

Johannes antwortete nur knapp auf die Fragen, gestand nichts, erzählte aber auch nicht die ganze Wahrheit.

Als die Vernehmung beendet war, erklärte der Staatsanwalt, dass sie nicht vorhätten, ihn festzunehmen. Er durfte nach Hause.

»Gibt es einen anderen Erwachsenen, den du anrufen möchtest? Zu dem du vielleicht heute Abend könntest?«, fragte die

Polizistin, als die anderen den Raum verlassen hatten. Ihr Blick war besorgt.

Johannes nickte. Sie reichte ihm ihr Handy, und er rief Björn an. Zum Glück hatte seine Mutter die Polizeiwache verlassen, und Johannes ging alleine nach Hause. Am selben Abend fuhr er mit Jenny zu Björn. Die Mutter war nicht nach Hause gekommen. Er hinterließ ihr keine Nachricht, und sie versuchte auch nicht, ihre Kinder zu erreichen. Die beiden übernachteten bei Björn.

Am Tag darauf bekam er einen Anwalt.

Sie trafen sich in dessen Büro in Linköping. Björn brachte ihn hin.

Das Büro war groß und hell, mit Aussicht auf den Marktplatz.

Ein Mann im schwarzen Anzug wartete am Empfang auf sie. Groß, um die vierzig, mit dichtem, grau meliertem Haar. »Hej, ich bin Leif Aronsson.« Er lächelte freundlich und reichte erst Johannes, dann Björn die Hand. Anschließend führte er sie in einen Besprechungsraum, wo es Schokolade, Kekse und Mineralwasser gab.

»Möchtest du Kaffee oder Tee?«, fragte Leif. »Oder lieber einen Kakao?«

»Nein danke, Wasser ist in Ordnung.« Johannes öffnete eine Dose Mineralwasser mit Zitronengeschmack und goss es in ein Glas.

Leif setzte sich und sah ihn an. Beugte sich dann nach vorne und legte seine Hand auf Johannes' Hand. »Ich möchte, dass dir klar ist, dass ich deinetwegen hier bin. Du kannst mich alles fragen, was du willst.« Dann bat er ihn zu erzählen, was passiert war.

Johannes überlegte einen Moment. Doch er spürte, dass er diesem Mann vertrauen konnte. Deshalb erzählte er alles. Fast alles. Er sagte nicht, wer tatsächlich den Stoff versteckt hatte, sondern nur, dass es ein anderer Schüler gewesen sei.

»Das Beste für dich wäre, wenn du sagen würdest, wer derjenige ist«, sagte Leif Aronsson, als Johannes fertig erzählt hatte. »Ist es ein Freund von dir? Jemand, den du schützen möchtest?«

Johannes schüttelte den Kopf. »Nein … aber ich habe Angst, was er tun könnte, wenn ich sage, dass er es war.« Er wechselte einen kurzen Blick mit Björn, der ihn aufmunternd ansah.

»Am besten wäre es aber, wenn du die Wahrheit sagst.«

Johannes nickte langsam. »Klar. Ich denke darüber nach.«

Seine Mutter war noch am selben Tag mit Nicke auf eine Kreuzfahrt gegangen, und Johannes und Jenny waren sich einig gewesen, dass sie ein paar Tage allein sein konnten. Björn sagte, dass sie jederzeit zu ihm kommen könnten, aber sie wollten seine Gastfreundschaft nicht überstrapazieren.

Nach dem Besuch beim Anwalt fuhr Björn Johannes nach Hause, und als er die Treppe zum Laubengang hinaufstieg, trat ihm plötzlich jemand in den Weg. Robin.

Wie immer trug er Jeans und Polohemd und dazu Schuhe, die teuer aussahen. Aber er grinste nicht so überheblich wie sonst. »Du hast aber noch nichts von mir erzählt, oder?«

»Nein.«

»Gut. Bleib dabei.«

Johannes sah ihn müde an. »Sonst …?«

Robin trat einen Schritt auf ihn zu, bohrte seinen Blick in ihn. »Sonst ziehe ich Parisa in die Sache mit hinein. Ich werde sagen, dass sie mich gebeten hat, ihr Koks zu verstecken.« Er kam noch näher. »Wem wird das Gericht und die Polizei wohl glauben, hm? Einem Ausländermädchen und einem Jungen, von dem die ganze Schule weiß, dass er Drogen verkauft? Oder werden sie mir glauben? Dem Sohn von Anders Roth, dem größten Arbeitgeber und Retter der Stadt?«

»Du würdest also Parisa die Schuld zuschieben?«

»Ich will es nicht, aber ich würde es tun, falls es nötig ist. Wenn du mich dazu zwingst.«

Johannes schluckte. Das Schlimmste war, dass er nicht eine Sekunde daran zweifelte, dass Robin seine Drohung wahrmachen würde. Er hatte das Kokain ja in ihrem Fach versteckt und würde alles tun, um sich selbst zu schützen.

»Und eigentlich weißt du gar nicht, was Sache ist. Vielleicht habe ich tatsächlich Koks für sie versteckt.« Robin grinste über das ganze Gesicht.

»Ich weiß ganz genau, dass das nicht stimmt.«

Robin zuckte die Schultern. »Wie auch immer, Parisa ist dran, wenn du mich erwähnst.«

Johannes erzählte nichts von Robin, sondern blieb dabei, jemand anders hätte es getan, er könne aber nicht sagen, wer. In der Zeit bis zur Gerichtsverhandlung wohnten Jenny und Johannes bei Björn. Johannes hielt Kontakt zur Sozialarbeiterin vom Jugendamt, die auch schon bei der Vernehmung dabei gewesen war. Auf Leif Aronssons Ratschlag hin erzählte er ihr ganz genau, wie es bei ihm zu Hause ablief. Leif Aronsson war der Meinung, dass Johannes inzwischen alt genug sei, um Betreutes Wohnen zu beantragen, was bedeutete, dass er alleine in einer Wohnung leben konnte, allerdings mit finanzieller Unterstützung des Jugendamtes. Leif Aronsson half Jenny, einen Antrag für eine behindertengerechte Wohngruppe zu stellen. Die ganzen Jahre über hatte ihre Mutter ihnen damit Angst gemacht, dass sie getrennt werden würden, wenn sie nicht mehr bei ihr wohnten. Aber nun waren sie alt genug, um allein klarzukommen.

Dank früherer Meldungen beim Jugendamt, der Unterstützung durch Leif Aronsson und der Einschätzung der Sozialarbeiterin, die das Verhalten der Mutter bei Johannes' Befragung miterlebt hatte, wurde Johannes eine Wohnung zugewiesen. Sie lag in einer Nachbargemeinde, ein Stück von Norrstena entfernt, so wie er es sich gewünscht hatte. Er wollte das Alte hinter sich lassen und neu anfangen. Während des Sommers holte er nach, was er in der Schule verpasst hatte, erhielt jeden Monat etwas Geld und arbeitete weiter im Lager.

Das Protokoll der polizeilichen Vernehmung war so schlampig geschrieben, dass sich daraus kein Tatverdacht gegen Johannes ableiten ließ, erklärte Leif Aronsson vor der Verhandlung. Johannes hätte der Polizistin, der Mutter seiner früheren Klassenkameradin, dafür danken können, doch ihm war klar, dass das unpassend gewesen wäre. Bei seinem Anwalt Leif Aronsson hingegen, der ausgezeichnete Arbeit leistete, konnte er sich sehr wohl bedanken. Soweit Johannes es beurteilen konnte, war sein Verteidiger der Star der Verhandlung. Wie durch ein Wunder wurde Johannes freigesprochen, ohne dass er einen Namen hatte nennen müssen.

Jenny wohnte nicht weit entfernt in einer behindertengerechten Wohnung. Sie machte an ihrer alten Schule Abitur, während Johannes die beiden letzten Jahre auf dem Gymnasium der Nachbargemeinde verbrachte.

Den Kontakt mit seiner Mutter brach er ab. In einer eigenen Wohnung zu wohnen war für Johannes wie ein Traum.

Das Einzige, was ihn schmerzte, war, dass Parisa niemals die Wahrheit erfuhr. Johannes hatte zu große Angst vor dem, was Robin ihm antun konnte. Robin verfügte nämlich über etwas, das Johannes nicht besaß – soziale Macht und Geld. Noch mehr Angst hatte er davor, dass Parisa ihm nicht glauben würde, auch wenn er die Wahrheit sagte.

Er hielt Kontakt mit Zacke, sie trafen sich häufig. Nach allem, was Johannes passiert war, beendete Zacke seine kleine

Nebentätigkeit. Von seinem Freund erfuhr Johannes, dass das Gerücht im Umlauf war, Johannes sei derjenige gewesen, der die ganze Zeit harte Drogen an der Schule verkauft hatte. Dieses Bild hatten alle von ihm, was Johannes noch mehr darin bestärkte, Parisa nicht die Wahrheit zu erzählen. Niemand würde ihm glauben, und sie ganz bestimmt nicht. Das Beste war, alles zu vergessen und weiterzumachen. Er hoffte nur, dass Parisa einsehen würde, was für ein Mistkerl Robin war, und ihn verlassen würde, bevor er sie noch einmal hinterging.

44

Johannes wartete vor dem Eingang des Gerichtsgebäudes. Es war eine Minute vor Verhandlungsbeginn, doch Parisa war nirgends zu sehen. Sie kam nie zu spät. War sie wütend auf ihn?

Er versuchte ein drittes Mal, sie zu erreichen, doch vergebens.

Einen Augenblick später hielt ein Taxi vor dem Gebäude, doch genau wie bei den Malen zuvor stieg jemand anders aus dem Wagen. Er seufzte und wollte gerade hineingehen, als er sie weiter hinten auf der Straße entdeckte. Sie lief den Gehweg entlang.

Außer Atem kam sie die Treppe hoch. »Mir ist etwas dazwischengekommen«, erklärte sie.

»Wir müssen uns beeilen.«

Sie nickte, ohne ihn anzusehen. Aber er brauchte ihre Zusammenarbeit jetzt nicht mehr. Sie konnte ruhig böse auf ihn sein, es würde ihren letzten Verhandlungstag nicht zerstören. Es lag an ihm, den Fall zu Ende zu bringen. Sie eilten in den Verhandlungssaal.

Die Staatsanwältin leitete die Verhandlung mit ihrer Zusammenfassung und ihrem Schlussplädoyer ein. Johannes notierte sich die Punkte, auf die er später eingehen wollte.

Bald war Johannes an der Reihe. Auch er begann mit einer Zusammenfassung der letzten Tage. Anschließend erklärte er, dass es der Staatsanwaltschaft nie gelungen sei, Parisa einen Betrug nachzuweisen.

»Ein einziger Zeuge behauptet, Parisa Tagavi habe all diese Taten vollbracht, nämlich Robin Roth. Niemand hat seine Version der Geschichte beweisen können. Wir haben stattdessen zwei Personen angehört, die Parisa Tagavi und Robin Roth neutral gegenüberstehen und die Aussagen von Parisa Tagavi bestätigen. Die Staatsanwaltschaft stützt sich in der Anklageschrift größtenteils auf das, was die Vertreter des Unternehmens Endo während einer Telefonkonferenz gesagt haben. Die Kläger haben in der Telefonkonferenz jedoch nicht einmal Parisa Tagavis Stimme gehört. Darüber hinaus hat der Repräsentant von HJ Capital ausgesagt, dass die Teilergebnisse der Prognose unprofessionell und laienhaft manipuliert wurden.«

Er räusperte sich. Blickte in seine Notizen. »Parisa Tagavi ist eine respektierte und renommierte Forscherin. Einen Forschungsbericht zu fälschen würde ihr niemals einfallen, das haben Sie sie selbst sagen hören. Robin Roth hingegen hatte einen guten Grund, den Bericht zu manipulieren. Er hatte den Investoren zu viel versprochen und Parisa Tagavi unter Druck gesetzt. Er stand unter Zugzwang, ein gutes Testergebnis zu präsentieren. Parisa Tagavi hingegen hat keine solche Beziehung zu den Investoren, dass sie ihnen mehr hätte versprechen müssen, als sie halten konnte.« Wieder sah er in seine Notizen. Er wusste das meiste auswendig, wollte aber keinesfalls etwas übersehen. »Die Staatsanwaltschaft hat keinen Bericht vorgelegt, der den Aussagen von Parisa Tagavi widerspricht. Sie sollte nicht verurteilt werden, da weder bewiesen werden kann, dass sie den Investoren etwas versprochen, noch, dass sie Berichte manipuliert hat«, beendete er sein Plädoyer.

Adrenalin rauschte durch seinen Körper. Er sah zu den Zuhörern und begegnete Leifs Blick. Leif lächelte ihn an und nickte. Er hatte alles gut vermittelt.

Der Richter beendete die Sitzung mit der Ankündigung, ihnen das Urteil so bald wie möglich mitzuteilen. Parisa, die neben Johannes gesessen hatte, erhob sich hastig und verließ den Gerichtssaal, bevor er auch nur ein Wort zu ihr sagen konnte.

Er atmete tief durch und unterdrückte den Impuls, ihr hinterherzugehen. Er musste ihr Zeit geben. Stattdessen packte er das Laptop zusammen mit dem Notizblock in die Laptoptasche und verließ den Gerichtssaal.

Leif wartete auf ihn und klopfte ihm auf die Schulter. »Das hast du gut gemacht. Sollte sie nicht freigesprochen werden, wäre es ein Justizskandal.«

Johannes lächelte ihn an. »Danke für die Hilfe. Wirklich, vielen Dank!«

»Gern. Ich bin mir recht sicher, dass ich dich überzeugt habe, wieder mit mir zu arbeiten. Ich habe gesehen, wie du es dort drinnen genossen hast.«

Johannes musste lachen. »Es hat verdammt Spaß gemacht, in der Tat.« Er sah über Leifs Schulter in den Flur, konnte Parisa aber nicht entdecken.

»Wie wäre es mit Mittagessen?«, schlug Leif lächelnd vor.

»Hast du Parisa gesehen?«

Leif drehte sich um. »Sie hatte es eilig, wir haben uns nur kurz gegrüßt. Sie schien dringend irgendwohin zu müssen.«

»Ein Mittagessen wäre toll, aber ich habe einen Termin auf der Bank. Ich kaufe heute meine Wohnung.«

»Wie schön, Gratulation!«

»Danke. Und vielen Dank, dass du damals den Vertrag für mich in die Wege geleitet hast. Ohne den hätte ich jetzt nichts.«

Sie gingen den Flur entlang.

»Soll ich dir etwas sagen?«, fragte Johannes, bevor sie das Gebäude verließen.

»Klar.« Leif sah ihn aufmerksam an.

»Es war Robin Roth, der damals vor vielen Jahren in der Schule das Kokain im Schließfach versteckt hat.«

»Teufel auch.« Leif verschränkte die Arme vor der Brust und bekam einen nachdenklichen Gesichtsausdruck.

»Er hat mich anschließend ordentlich verschreckt, und ich habe mich nie getraut, etwas zu erzählen.«

Leif nickte gedankenverloren.

»Was, wenn ich es früher erzählt hätte? Vielleicht wäre es nie so weit gekommen.«

Leif legte Johannes die Hand auf die Schulter und sah ihm fest in die Augen. »Es ist nicht deine Schuld, dass Parisa durch diesen langen, anstrengenden Prozess musste. Aber es ist dir zu verdanken, dass sie freigesprochen wird. Man könnte sagen, du hast deine Schuld gesühnt.«

Johannes nickte langsam. »Ja, vielleicht.«

Sie verabschiedeten sich. Das Erleichterungsgefühl, das Johannes nach einer guten Verhandlung normalerweise empfand, blieb diesmal aus. Er hätte gerne mit Parisa gefeiert, doch das sollte wohl nicht so sein.

Er verstand, dass sie aufgewühlt war wegen seines Berichts, und auch darüber, dass er ihr nicht eher davon erzählt hatte. Doch damals war es für ihn nicht möglich gewesen, auch wenn er jetzt begriff, dass er etwas hätte sagen sollen. Jener Tag war einer der absolut schlimmsten Tage seines Lebens gewesen, und am liebsten sprach er gar nicht darüber.

Außerdem war ihm bewusst geworden, dass er die ganze Zeit über gezweifelt hatte. Niemand hätte ihm damals seine Version abgenommen, und ein kleiner Teil von ihm fürchtete, dass Parisa ihm auch jetzt nicht glauben würde. Die Angst, verdächtigt und nicht ernst genommen zu werden, saß so tief, als wäre sie Teil seiner DNA. Das hatte sicher damit zu tun, dass seine Mutter in seiner Kindheit und Jugend stets sich selbst und ihre jeweiligen Männer über ihn gestellt hatte. Was er gesagt und getan hatte, bedeutete ihr nichts, auch wenn sie der Mensch war, der ihn eigentlich am meisten hätte lieben sollen.

Johannes war unten an der Kungsbron angelangt. Es nieselte, und er spannte seinen Schirm auf.

Auf der Brücke war es windig, und er beschleunigte seine Schritte.

Plötzlich entdeckte er weit hinten am anderen Ende der Brücke Parisa. Sie stand mit dem Rücken zu ihm. Ihr gegenüber stand Robin.

Johannes gefiel Robins Körpersprache nicht. Er wirkte gehetzt, und Johannes ging noch schneller. Parisas geduckter Haltung und Robins unruhigem Blick war zu entnehmen, das etwas nicht stimmte.

»Hallo zusammen!«, rief Johannes. Robin sah ihn an. Weder erschrocken noch verärgert. Gleichgültig.

»Sprich nicht mit meiner Mandantin«, sagte Johannes, als er nur noch etwa einen Meter entfernt war.

Robin sagte nichts, blickte nur Parisa an, bevor er kehrtmachte und in Richtung City davonging.

Parisa wandte sich Johannes zu.

»Worum ging es?«, fragte Johannes.

»Nichts Besonderes. Er wollte nur mit mir über … die Insolvenz sprechen.«

Johannes nickte langsam. »Ihr habt also nur darüber gesprochen? Über nichts anderes?«

»Nur darüber.«

Er dachte an die Nachricht, die er erhalten hatte, und den

Telefonanruf. Ging es darum? Erpresste Robin Parisa? Aber der Prozess war ja vorbei, was wollte er jetzt noch ausrichten?

»Wollen wir darüber sprechen, was gestern passiert ist?«, fragte er stattdessen.

Parisa schüttelte den Kopf. »Nein, es … es ist vielleicht besser, wenn wir uns eine Weile nicht sehen.«

Johannes verstummte. Was meinte sie damit? Fiel es ihr so schwer, ihm zu vertrauen, jetzt, wo sie die Wahrheit kannte?

»Warum das?«

»Ich weiß nicht, es ging mir nicht gut in der letzten Zeit. Es ist mir alles zu viel geworden, und jetzt auch noch das, was du erzählt hast …« Sie sah ihn nicht an, während sie sprach. »Ich brauche Zeit, und wir können uns jetzt nicht sehen.«

Ohne eine Miene zu verziehen, drehte sie sich um und ging fort, während Johannes sich nicht vom Fleck bewegte.

Claes Strandbergs Kanzlei lag weiter unten auf der Kungsgatan. Parisa blieb davor stehen. Robin hatte bereits einen Termin gemacht. Er war ihr vom Gericht aus gefolgt und hatte sie auf der Brücke aufgehalten. Dort hatte er ihr erklärt, dass er es ernst meinte. Wenn sie nicht den Anwalt wechselte und sich schuldig bekannte, würde er Johannes bei der Rechtsanwaltskammer anzeigen. Seine Karriere wäre beendet.

Johannes' Anwaltskarriere war alles für ihn. Davon hatte er geträumt, und darauf beruhte seine Sicherheit. Er hatte schon einmal alles für sie geopfert. Sie konnte nicht zulassen, dass es noch einmal geschah.

Sie hatte versucht, die Staatsanwältin zu erreichen, doch die hatte nicht geantwortet. Der einzige Weg, zu tun, was Robin wollte, die Schuld auf sich zu nehmen und Johannes zu retten, bestand darin, Hilfe von Claes Strandberg anzunehmen, dem Anwalt, den Robin für sie ausgesucht hatte.

Das Gespräch mit Johannes auf der Brücke war furchtbar gewesen. Es hatte wehgetan, ihm diese Worte zu sagen, aber sie hatte keine andere Wahl. Sie musste ihn aus ihrem Leben verbannen, denn sie würde es nicht vor ihm verbergen können. Sie wusste, dass er sie retten würde, denn so war Johannes – er opferte sich für sie auf. Vielleicht konnte sie es später wieder geradebiegen? Wenn sie die Sache geklärt hatte und Robin mitsamt der Bedrohung, die er darstellte, losgeworden war? Wenn alles erledigt war und sie ihre Gefängnisstrafe abgesessen hatte? War es das, was sie erwartete, wenn sie die Schuld für alles auf sich nahm, was mit Endo passiert war?

Parisa drückte den Klingelknopf, und im nächsten Moment öffnete sich die Haustür. Sie betrat das dunkle Treppenhaus und stieg die fünf Treppenstufen zum Aufzug hinauf. Jeder Schritt fühlte sich schwer an. Die Kanzlei lag im dritten Stock. Sie betätigte die Aufzugtaste, und mit leisem Quietschen bewegte sich der Fahrstuhl nach unten.

Als er mit einem metallischen Aufprall zum Stehen kam, zögerte sie. Sollte sie es wirklich tun? Ja. Sie wusste nur zu gut, wozu Robin in der Lage war. Er tat alles, um sich selbst zu retten, und würde keinen Moment zögern, Johannes ans Messer zu liefern.

Sie öffnete die Gittertür und betrat den Aufzug. Das letzte Stück hatte es geschüttet, und das Wasser tropfte aus ihren Kleidern auf den Marmorboden des Fahrstuhls.

Langsam fuhr der Aufzug hoch. Bis zum dritten Stock dauerte es eine Ewigkeit. Dann hielt er mit einem Ruck, sie zog die quietschende Tür auf und trat hinaus.

Der Empfang war nicht besetzt, doch schon bald kam Strandberg ihr mit lautlosen Schritten auf dem dunkelroten Teppichboden entgegen. Er trug einen dunkelblauen Anzug, das graue Haar war zurückgekämmt. Er lächelte, als er sie sah.

»Wie gut, Parisa, dass du gekommen bist. Folge mir in mein Büro.« Ohne ein Wort zu sagen, ging sie hinter ihm her.

Sein Büro war voller schwerer Möbelstücke, darunter ein gigantischer Mahagonischreibtisch vor dem Fenster mit beeindruckender Aussicht auf die Kungsgatan. Sie setzte sich auf den Stuhl, den er ihr zuwies, während er hinter seinem Schreibtisch Platz nahm.

»Nun, es ist gut, dass du dich dazu entschieden hast, das Richtige zu tun. Ich habe Robin so verstanden, dass du nun bereit bist, über deine Rolle im Gesamtzusammenhang zu sprechen. Es wird sich schon alles klären. Ich denke, du solltest hier unterschreiben.« Er hielt ihr ein Dokument hin. »Hier steht eine Aussage von dir, die beschreibt, was wirklich passiert ist. Du unterschreibst, und dann schicken wir es an die Behörde für Wirtschaftskriminalität.«

Sie nickte schweigend und nahm das Dokument entgegen. Er reichte ihr einen Füller. Blaue Tinte, stellte sie fest. Sie konnte sich nur auf den kleinen blauen Punkt ganz außen auf der Spitze des Füllers konzentrieren.

»Und hier ist ein Dokument an das Gericht, in dem du erklärst, dass du deinen jetzigen Anwalt entlässt und mich als deinen Strafverteidiger engagierst.« Er reichte ihr ein weiteres Papier.

Sie sah beide Dokumente an, die sie vor sich in den Händen hielt.

»Ich muss nur …« Sie brach ab. »Ich muss es erst in Ruhe durchlesen.«

Claes lehnte sich auf seinem ledergepolsterten Schreibtischstuhl zurück und verschränkte die Hände auf seinem Bauch. »Wenn ich Robin richtig verstanden habe, gibt es nicht viele Alternativen zu dem, was dort steht.«

»Ich brauche Zeit«, sagte sie. Dann stand sie auf, presste die

Dokumente an sich, eilte hinaus in den Empfangsbereich, bevor sie es bereute, öffnete die Tür und ging hinaus. Sie atmete tief ein und danach wieder aus. Rannte die Treppen hinunter zum Hausausgang, öffnete die Tür und lief hinaus auf die Straße, wo sie erneut tief einatmete. Ihr Blazer klebte am Körper.

Sie schaffte es nicht. Es war unmöglich. Sie konnte nicht die Schuld auf sich nehmen.

Sie musste nachdenken, einen Ausweg finden. Einen Ausweg, bei dem Johannes keine Schwierigkeiten bekam.

Ihr Handy summte. Eine Nachricht war eingegangen. Von Robin.

Unterschreibe Strandbergs Dokumente. Du weißt, was ich gegen dich und Johannes in der Hand habe.

45

»Gut, wir brauchen nur noch jeweils eine Unterschrift auf den markierten Seiten, dann ist alles fertig.« Johannes' Bankberaterin sah ihn über ihre schwarz umrandete Brille hinweg an.

Johannes sah den Vertrag durch, den Stift bereits in der Hand. »Einen Moment noch.« Er nahm sein Handy, gab *Endo* und *Insolvenzverwalter* ein und gelangte auf die Website des Verwalters.

Dann suchte er das Angebot heraus und überflog es. Das Patent machte den größten Wert des Unternehmens aus, auch wenn es viel an Wert verloren hatte. Der Preis lag etwas über dem Startkapital für seine Wohnung. Aber mit seinen Ersparnissen der letzten Jahre würde er es sich leisten können.

Er sah die Bankberaterin an und zögerte einen Moment. »Es tut mir leid, aber ich muss noch warten.«

Sie sah ihn verblüfft an. »Aber der Betrag muss heute gezahlt werden.«

»Es geht um eine andere Investition, die ich tätigen muss.«

»Okay.« Sie nahm die Brille ab und sah ihn an. »Möchten Sie, dass wir Ihnen dabei behilflich sind?«

»Nicht jetzt, aber danke für Ihr Angebot!« Er stand auf, ließ die Darlehensunterlagen liegen und trat aus dem Bankgebäude hinaus auf die Straße.

Er wusste nicht genau, ob es ein Fehler war, seine Wohnung

in den Wind zu schießen. Aber er würde nicht auf der Straße stehen. Er würde die Wohnung weiterhin von der Wohnungsbaugesellschaft mieten können, das war kein Problem. Er musste es tun. Für Parisa. Auch wenn das, was er vorhatte, seine Zukunft als Anwalt zerstören konnte. Geschäfte mit einem Mandanten oder einem Unternehmen, mit dem man beruflich zu tun hatte – das war Grund genug für einen Ausschluss. Andererseits hatte er ohnehin viel getan, was seinen Anwaltstitel aufs Spiel setzte. Doch er würde das alles schon hinkriegen.

Ein Plan nahm in seinem Kopf Gestalt an. Er konnte eine Firma gründen und die Transaktion durchführen, ohne dass er sich zu erkennen geben musste. Das Risiko war es wert. Es konnte die Rettung von Parisas Lebenswerk bedeuten. Dafür war kein Risiko hoch genug. Oder war es eine Dummheit, jetzt, da Parisa sich zurückgezogen hatte? War er bloß ein Verrückter, der bis über beide Ohren verliebt war?

Der frühere Johannes aus der Schulzeit hatte Parisa aufgegeben. Aber nach allem, was sie inzwischen durchgemacht hatten, konnte er sie nicht schon wieder aufgeben. Er glaubte an sie beide.

Johannes überquerte Norrmalmstorg. Es hatte aufgehört zu regnen, doch der nasse Asphalt glänzte schwarz. Er nahm sein Handy und rief den Insolvenzverwalter an, um noch für diesen Nachmittag einen Termin zu vereinbaren. Anschließend meldete er sich bei Zacke.

»Hast du in einer Stunde Zeit?«, fragte er, als Zacke sich meldete.

»Ich nehme gerade ein Video auf, ist es was Wichtiges?«

»Ich möchte, dass du für mich zu einem Termin gehst.«

»Zu einem Termin? Geht es um deine Arbeit? Da weiß ich nicht, ob ich …«

»Ich möchte dich zum alleinigen Aktieninhaber einer Firma machen. Und diese Firma soll eine sehr wichtige Transaktion durchführen, aber das möchte ich über jemanden tun, dem ich vertraue.«

»Gib mir die Adresse, und ich bin in einer Stunde dort. Im Anzug.«

Parisa nahm sich ein Taxi vom Anwaltsbüro zu Mirjas Wohnung und zog sich trockene Kleidung an. Dann ging sie zur Bäckerei Petrus unten am Mariatorget und hoffte, dass die besten Kanelbullar der Stadt ihr dazu helfen würden, klarer zu denken. Sie holte sich eine Tasse Kaffee und eine Zimtschnecke und setzte sich ins Café. Vor ihr lagen die Dokumente, die sie anstarrte, während sie ihren Kaffee trank und das Hefegebäck aß. Doch sie sah kein bisschen klarer. Was sollte sie tun? Sie blickte hinaus auf die Straße, wo Menschen vorübergingen. Vielleicht wäre es gar nicht so schlimm, wenn sie unterschrieb? Es ging ja nicht um eine zehnjährige Gefängnisstrafe, vielleicht zwei oder drei Jahre … Ihre Forscherlaufbahn wäre jedoch am Ende.

Als sie fertig gegessen hatte, ging sie hinaus und spazierte planlos umher. Es begann wieder zu nieseln, und sie ging nach Hause zu Mirja.

»Hallo, Parisa, ich warte schon auf dich«, rief Mirja aus der Küche. Richtig, sie hatte vollkommen vergessen, dass Mirja und sie zu Nooshi wollten.

Parisa zog ihre Schuhe aus und trat ein. Mirja saß mit einer Champagnerflasche am Küchentisch.

»Sollte man wirklich schon feiern, wenn man den Freispruch noch nicht in der Hand hält?« Parisa lächelte matt.

»Hast du die News gecheckt?« Mirja strahlte. »Alle sprechen dich frei. Johannes hat wirklich großartige Arbeit geleistet. Es wird schon spekuliert, ob die Staatsanwältin noch eine andere Wahl hat, als sofort ein Verfahren gegen Robin einzuleiten.« Mirja öffnete den Champagner, und das Knallen des Korkens hallte in der Küche wider. Sie füllte zwei Gläser und reichte Parisa eins davon. »Ich dachte, wir könnten uns noch zuprosten, bevor wir fahren.« Dann sah sie Parisa nachdenklich an. »Aber freust du dich gar nicht?«

Parisa nahm den Champagner und sank auf einen Küchenstuhl.

Mirja beugte sich über den Tisch, um sie anzusehen. »Hallo, was ist los?«

Parisa stellte das Glas auf den Tisch und begrub ihr Gesicht in den Händen. »Robin weiß, dass zwischen mir und Johannes etwas ist.«

»Und?«

»Er erpresst mich. Er sagt, er habe Fotos von uns, von mir und Johannes, die zeigen, dass wir ein Verhältnis haben. Er meint, Johannes damit vernichten zu können, und will, dass ich den Anwalt wechsle, die Staatsanwältin kontaktiere und die Schuld für alles auf mich nehme, was mit Endo passiert ist.«

»Machst du Witze?« Mirja stellte das Glas so energisch auf den Tisch, dass der Champagner überschwappte.

Parisa schüttelte den Kopf.

»Aber das kann er nicht tun«, meinte Mirja. »Du überlegst doch nicht etwa, darauf einzugehen?«

»Doch.« Parisa stand auf, holte die Dokumente und reichte sie Mirja. »Das hier habe ich vom Anwalt erhalten.«

Mirja las sie sich schnell durch und sah dann Parisa an. »Du musst mit Johannes sprechen.«

»Nein, das geht nicht. Er würde mich nur dazu überreden wollen, es zu ignorieren. Und alles auf sich nehmen.«

»Aber das wäre doch seine Entscheidung?«

Parisa schwieg und schüttelte langsam den Kopf.

»Ich habe erfahren, dass es Robin war, der damals die Drogen in meinem Fach versteckt hat. Es war gar nicht Johannes.«

»Du meinst, im Gymnasium?«

»Ja. Johannes hat es mir heute Morgen erzählt. Als er gesehen hat, wie Robin das Kokain in mein Fach gelegt hat, da hat er es wieder herausgenommen, um mich zu schützen. Dabei wurde er erwischt und festgenommen. Weil er mich schützen wollte.« Sie sah Mirja an. »Ich kann ihn nicht wieder so etwas tun lassen. Er hat sich so abgerackert für alles. Er liebt die Tätigkeit als Anwalt. Wenn herauskommt, dass er eine Affäre mit einer Mandantin gehabt hat, die in einem Abhängigkeitsverhältnis zu ihm steht …« Sie schüttelte den Kopf. »Johannes wollte es schon im Frühling lieber ruhig angehen. Es war ihm bewusst, dass nichts passieren darf, aber mir war das egal. Ich habe nur an mich gedacht und an meine Gefühle. Dass ich ihn brauchte und dass *ich* ihn verdiente. Auch wenn es für ihn verheerende Folgen haben konnte.«

»Aber er ist doch erwachsen und selbst für seine Handlungen verantwortlich?«

Wieder antwortete Parisa nicht.

»Und was kann ihm schon passieren? Kann er dafür ins Gefängnis kommen?« Mirja sah sie mit gerunzelter Stirn an.

»Nein, das glaube ich nicht. Aber er würde wohl aus der Rechtsanwaltskammer ausgeschlossen werden. Und seine Arbeit als Anwalt ist alles für ihn.«

»Und genau das ist die Lösung«, sagte Mirja mit abwesendem Blick.

»Wie meinst du das?«

Mirja sah sie an. »Du musst mit Johannes sprechen. Er ist Anwalt. Er kann das Problem lösen. Robin möchte, dass du ein Verbrechen gestehst, das du nicht begangen hast. Das ist schlimmer als eine Beziehung zwischen Anwalt und Mandantin.« Mirja setzte sich neben Parisa und legte ihr die Hand auf die Schulter. »Lass es nicht zu, dass Robin euch wieder in die Quere kommt. Wenn Johannes sich entscheiden sollte, alles zu opfern, um dich zu retten, dass lass es ihn tun. Er verliert bestimmt lieber seine Anwaltszulassung, als dass er dich für etwas ins Gefängnis gehen lässt, was du nicht getan hast.« Mirja legte den Arm um sie. »Lass ihm zumindest die Wahl.«

Parisa lehnte ihren Kopf an die Schulter der Freundin. Mirja hatte recht. Sie sollte Robin nicht die Macht geben, sie in Angst und Schrecken zu versetzen. Er hatte sie schon früher hintergangen und sie jahrelang in falschem Glauben leben lassen. Sie konnte es nicht zulassen, dass er wieder alles zerstörte.

»Könntest du Nooshi und meinen Eltern Bescheid geben, dass wir nicht kommen? Sag, dass ich mich nicht gut fühle.«

Im selben Moment klingelte ihr Telefon, und sie zog es aus ihrer Hosentasche. Es war Johannes.

Sie blickte Mirja an. »Ich muss darüber nachdenken«, sagte sie und drückte das Telefonat weg.

46

Johannes versuchte Parisa den ganzen Nachmittag und Abend zu erreichen, sie nahm jedoch nicht ab.

Am nächsten Tag probierte er es weiter, doch er landete immer nur auf ihrem Anrufbeantworter. Es war Samstag, höchstwahrscheinlich war sie zu Hause. Er musste mit ihr sprechen und erfahren, was los war.

Er war schon einmal mit ihr bei Mirja gewesen, wusste also, wo sie wohnte. Allerdings hatte er keinen Türcode. Vielleicht hatte er Glück und konnte ins Haus schlüpfen, wenn jemand anders hineinging?

Er nahm die U-Bahn zum Mariatorget. Es war wenig los, obwohl es bereits elf Uhr vormittags war. Gerade als er um die Ecke zu Mirjas Viertel bog, sah er, wie Parisa aus der Tür trat. Sie ging in die entgegengesetzte Richtung und sah ihn nicht. Er rannte hinter ihr her und rief ihren Namen. Als er bei ihr angelangt war und sie noch nicht reagiert hatte, fasste er sie an der Schulter. Sie zuckte zusammen und drehte sich um.

»Entschuldige, ich wollte dich nicht erschrecken. Ich hatte dich gerufen.«

Sie schüttelte den Kopf. »Ich habe dich nicht gehört.« Ihr Haar war zu einem lockeren Zopf geflochten, der ihr über die Schulter hing. Sie trug eine Lederjacke und schwarze Jeans, war ungeschminkt und atemberaubend schön.

»Hej«, sagte er schließlich.

»Hej.«

»Kannst du mir sagen, was eigentlich los ist?«

»Ich habe es doch schon gesagt, es ist alles so schnell gegangen, und …«

»Dein Gespräch mit Robin auf der Brücke«, unterbrach er sie. »Er hat mir Drohnachrichten geschickt. Ist irgendwas mit ihm? Hast du Angst?«

Sie starrte ihn stumm an, bevor sie nickte, die Augen schloss, zurückwich und sich an die nächste Hauswand lehnte. Dann schlug sie die Augen auf. »Robin weiß, dass wir etwas miteinander haben, und behauptet, Fotos von uns zu besitzen.«

»Was will er?« Er hörte, wie hart seine Stimme klang, und spürte rasende Wut in sich aufsteigen.

»Dass ich die Schuld für die ganze Sache mit Endo auf mich nehme.«

»Dieser Schweinehund.«

»Ich wollte dir nichts sagen, weil ich Angst hatte, du würdest mich überreden wollen, ihn einfach zu ignorieren. Aber du hast das Problem, wenn wir ihn ignorieren.«

»Ich habe nicht vor, ihn zu ignorieren. Wo wohnt er?«

»Was?«

»Gibst du mir den Türcode?«

Er winkte einem vorbeifahrenden Taxi, das sofort bremste.

Als sie nichts sagte, sah er sie an. »Du weißt, dass ich die Adresse herausbekommen werde, oder?« Er öffnete die Taxitür.

»Bitte, Johannes, überleg dir, was du tust.«

»Ich vermute, du gibst mir den Türcode nicht?« Er stieg ins Taxi. »Vergiss es! Ich werde das auch so hinkriegen.« Er schloss die Tür, und das Taxi fuhr davon.

Obwohl er nicht einmal wusste, ob Robin zu Hause war, würde er es einfach probieren. Notfalls würde er warten.

Johannes hatte Glück. Gerade als er ankam, ging ein junger Mann ins Haus hinein, und er konnte sich ihm anschließen. Er las die Schilder im Treppenhaus und entdeckte sofort den Namen Roth. Dritter Stock. Er nahm die Treppe, ging zur Tür und klingelte.

Robin öffnete. Erst blickte er verwundert, doch dann breitete sich ein zufriedenes Grinsen in seinem Gesicht aus.

»Aha, du bist gekommen, um mich zurechtzuweisen? Wie gut, dass der Held zur Stelle ist.«

Johannes stieß ihn mit beiden Händen vor die Brust, trat ein und zog die Tür hinter sich zu. Er packte Robin am Kragen seines Pullovers und drückte ihn gegen die Flurwand, wo sich die Garderobe befand, sodass einige Jacken zu Boden fielen.

»Gib mir dein Handy.«

»Das glaube ich kaum.« Robin sah ihn wütend an. »Drohungen können mir nichts anhaben.«

Johannes handelte reflexmäßig. Die Wut, die seinen Körper durchströmte, war intensiv. Im nächsten Moment traf seine Faust auf Robins Nase. Er warf ihn zu Boden, setzte einen Fuß auf Robins Brustkorb und drückte ihn hinunter.

»Du greifst zur Gewalt, war ja nicht anders zu erwarten.« Robin grinste schief, während er sich die Nase hielt. »Das sitzt ganz tief in solchen wie dir.«

»Aber die eigene Freundin zu verraten und sie dann zu zwingen, Verbrechen zu gestehen, die du begangen hast, ist also etwas ungeheuer Ehrenwertes?« Er drückte seinen Fuß noch fester auf Robins Brust. »Gib mir das Handy.« Robin hustete und hielt seine Nase fest. Das Blut lief auf den hellen Parkettboden.

Ein weiterer Faustschlag landete in Robins Gesicht, diesmal auf der Wange. »Gib mir das Handy«, wiederholte Johannes und drückte noch fester mit dem Fuß. Robin rang nach Luft und hielt die Hände hoch, woraufhin Johannes etwas weniger

Druck auf seinen Fuß gab. Robin kramte in seinen Taschen und fischte schließlich sein Handy hervor.

»Wie lautet der Code?« Er ließ den Fuß auf Robins Brustkorb.

Robin hustete wieder. »489 798«, stieß er hervor.

Johannes gab schnell die Ziffern ein, öffnete die Foto-App und blätterte die Bilder durch. Parisa und er waren darauf eindeutig zu erkennen. Er wusste nicht, welche Wirkung Robins Information haben konnte, doch er war es so leid, dass Robin versuchte, sein und Parisas Leben zu beherrschen. Also würde er kein Risiko eingehen.

Er steckte das Handy in seine Hosentasche und sah auf Robin hinab. »Das nehme ich mit. Du bekommst es in ein paar Tagen zurück.«

Panik flackerte in Robins Augen auf, doch dann schien er sich zu besinnen. »Dir ist schon klar, dass ich ein Backup von den Bildern habe?«

»Durchaus. Das werde ich auch noch löschen.« Johannes drückte den Fuß noch einmal fest auf Robins Brustkorb, bevor er zur Tür ging. Robin stöhnte und setzte sich langsam auf. »Ich werde dich anzeigen, das ist dir klar, oder?«

»Tu das. Doch ich werde leugnen, hier gewesen zu sein und dich berührt zu haben. Es wurde bereits ein Ermittlungsverfahren gegen dich eingeleitet. Wem werden das Gericht und die Polizei glauben, wenn du mich beschuldigst, dein Handy für zwei Tage geklaut zu haben? Einem Betrüger, der Investoren um Millionen betrogen und versucht hat, die eigene Lebensgefährtin auszuliefern? Oder mir – dem ehrenwerten Rechtsanwalt?«

Er öffnete die Tür und ging hinaus, knallte die Tür hinter sich zu. Im nächsten Moment wurde sie wieder aufgerissen, doch Johannes war schon im Treppenhaus.

»Ich mache dich fertig, ich mache dich verdammt noch mal fertig!«, brüllte Robin hinter ihm her.

Doch es war das Gebrüll eines Mannes, dem klargeworden war, dass er verloren hatte.

47

Adrenalin rauschte durch seinen Körper, als Johannes wieder hinaus auf die Straße trat. Seit Ewigkeiten hatte er sich nicht mehr geprügelt. Das letzte Mal war wohl damals im Kino gewesen und dann natürlich bei der Sache mit Nicke. Parisa hatte ihn verändert. Er konnte besser mit seiner Aggressivität umgehen, und auch, nachdem sie keinen Kontakt mehr gehabt hatten, war es ihm leichtergefallen, sich zu beherrschen, wenn Wut in ihm aufstieg.

Doch dieses Mal war es unmöglich gewesen. Früher hatte er es fast immer bereut und sich geschämt, wenn er sich geprügelt hatte. Doch diesmal schämte er sich nicht im Geringsten. Sein Verhalten erschien ihm absolut angemessen. Eher hätte er sich dafür geschämt, Robin verschont zu haben.

Er nahm ein Taxi zurück zu Mirjas Wohnung.

Mirja öffnete und ließ ihn herein. Parisa saß im Wohnzimmer. Er ging auf sie zu und wedelte mit Robins Handy zwischen Daumen und Zeigefinger.

»Wie hast du das geschafft?«, fragte sie verwundert.

»Ich habe ihn gezwungen. Aber das Risiko besteht, dass die Bilder auch in der Cloud sind. Das müssen wir lösen.«

Mirja räusperte sich. »Ich habe einen Nachbarn, der in einem Business Center arbeitet. Der könnte das sicher, und er stellt auch keine Fragen. Ich bräuchte nur das Handy.«

Johannes nickte. »Sehr gut. Und sollte er noch mehr Kopien von den Fotos haben, dann haben wir wie gesagt einiges gegen ihn in der Hand.«

Parisa sah noch nicht ganz überzeugt aus. Er ging zu ihr und sank neben ihr aufs Sofa. »Es kann nicht sein, dass wir vor ihm Angst haben. Du kannst kein Verbrechen gestehen, das du nicht begangen hast, weil er uns erpresst.« Er nahm ihre Hände.

Mirja reichte Johannes zwei Dokumente. »Die Unterlagen sollten wir wohl besser aufheben.«

Widerwillig ließ er Parisas Hände los und nahm die Papiere entgegen. Er überflog sie und stellte schnell fest, dass das eine Papier Claes Strandberg als Parisas neuen Anwalt auswies, während das andere ihr Geständnis enthielt. Beide waren nicht unterschrieben.

Er nickte. »Ich nehme sie an mich. Sollte Robin uns weiterhin erpressen, haben wir sowohl die SMS als auch das hier.« Er hielt die Dokumente in die Höhe und wedelte mit ihnen in der Luft herum. »Wir haben Beweise.«

Parisa nickte und sah zu ihm auf. »Danke.«

»Fühlt es sich okay an?«

Sie nickte.

»Ich kaufe uns mal was zum Mittagessen, dann könnt ihr in Ruhe reden«, sagte Mirja und ging nach draußen.

Johannes nahm wieder Parisas Hände und sah ihr fest in die Augen. »Ich möchte mich wirklich dafür entschuldigen, dass ich nie die Wahrheit über Robin gesagt habe, damals, als es passiert ist.«

Sie nickte und lächelte vorsichtig. »Es sei dir verziehen. Die ganzen Jahre über habe ich ja gedacht, du seist es gewesen. Dass du mich tatsächlich aber schützen wolltest und nie die Wahrheit gesagt hast, ist viel besser. Ich war nur gestern völlig geschockt.«

Jetzt lächelte er auch.

»Glaubst du wirklich, er wird nichts sagen?«, fragte sie schließlich.

Johannes nickte und strich ihr sanft über die Wange. »Und falls doch, dann stehen wir das durch, okay? Jetzt ist erst mal das Wichtigste, dass du freigesprochen wirst. Alles andere ist bedeutungslos.«

Sie nickte. »Wenn ich die Freisprechung in meinen Händen halte, feiern wir alles. Das Urteil. Deine Wohnung. Und uns.« Sie lächelte vorsichtig und prüfend. Ihm wurde ganz warm.

»Ich weiß nicht, ob jetzt der passende Zeitpunkt ist, um …«

»Nein, Johannes, nein!« Parisa stand auf und blickte ihn wütend an. »Sag nicht, dass jetzt nicht der richtige Zeitpunkt für uns ist. Das akzeptiere ich nicht. Du sagst seit mehreren Monaten, dass es nicht passt. Damals hat es nicht gepasst, und seitdem hast du mich und unsere Beziehung viel zu oft abgewiesen. Jetzt reicht es.« Ihr Gesicht war rot. »Vor zwölf Jahren war nicht der richtige Zeitpunkt, ebenso wenig vor vier Monaten. Es ist nie das richtige Timing. Wann ist es das denn? Wenn es nicht jetzt ist, wird es niemals etwas werden. Und es ist an der Zeit, dass du aufhörst, es darauf zu schieben, dass du angeblich nicht gut genug für mich bist. Zeig mir, dass du mit mir zusammen sein willst!«

Sie holte tief Luft, und Johannes konnte sich ein Lächeln nicht verkneifen, was sie nur noch mehr auf die Palme brachte. »Was ist so lustig daran?«

»Bist du fertig?«

Sie nickte heftig.

»Gut. Wenn du mich hättest ausreden lassen, hätte ich gesagt, dass jetzt nicht der richtige Zeitpunkt ist, um meinen Wohnungskauf zu feiern.«

»Ähm … nein?« Sie war noch immer rot im Gesicht.

»Aus verschiedenen Gründen wurde daraus nichts, zumindest nicht jetzt sofort.« Er stand ebenfalls auf und stellte sich dicht neben sie. »Ich möchte nichts lieber, als uns zu feiern. Ich möchte nichts lieber, als mit dir zusammen zu sein. Das hätte ich schon vor zwölf Jahren sagen sollen. Jetzt weiß ich, dass ich dir die Liebe geben kann, die du verdienst, und bin mehr als bereit dazu, von dir geliebt zu werden.«

Sie lächelte zweifelnd, als könnte sie nicht glauben, was sie gerade hörte. Dann lachte sie, trat noch näher an ihn heran und küsste ihn. »Mein Gott, Johannes, all die Gefühle, die du in mir weckst …«

Er zog sie an sich und küsste sie ebenfalls.

»Und ich bin bereit dazu, dich zu lieben«, sagte sie dann. »Und von dir geliebt zu werden. Dazu war ich wohl immer bereit.«

48

Johannes zupfte an seiner Weste und betrachtete sich im Spiegel. Frack … Er sah aus wie ein Pinguin. Aber was tat er nicht alles für Parisa.

Er richtete seine weiße Fliege und trat aus dem Badezimmer, holte seine Aktentasche aus dem Büro, zog den Wintermantel über und ging hinunter zum Empfang. Dort war eine Menge los. Eine Gruppe von Rechtsanwaltsgehilfinnen und Assistentinnen stand zusammen, die ihrer Bewunderung lautstark Ausdruck verliehen. Erst als Johannes näher kam, bemerkte er inmitten der Menge Carl-Adam mit einem Kinderwagen. Dicht neben ihm stand ein großer, dunkelhäutiger Mann, und beide strahlten, während sie hinunter auf ein kleines Kind blickten – ein etwa zweijähriges Mädchen mit zwei Zöpfchen.

»Bist du heute Babysitter?«, erkundigte sich Johannes bei Carl-Adam.

»Ja, das ist die kleine Tochter von Victoria. Sie ist in einer Besprechung, also passen Jack und ich eine Weile auf Hope auf.«

Carl-Adams Ehemann reichte Johannes die Hand. »Jack. Schön, dich kennenzulernen.«

»Hej, ich bin Johannes.« Er schüttelte Jacks Hand. »Dein Mann und ich haben im letzten Jahr viel zusammengearbeitet.«

Carl-Adam hob das kleine Mädchen aus dem Wagen, und sie griff sofort nach seiner Brille. Er lachte und sah Johannes an. »Unser Adoptionsantrag wurde von der Gemeinde bewilligt, jetzt stehen wir auf der Warteliste. Wie du siehst, trainieren wir schon hart.«

»Wie schön, Gratulation!« Zum ersten Mal spürte Johannes keinen Schmerz, wenn die Rede auf Kinder kam. Sein ganzes Leben lang hatte er gedacht, dass Kinder nichts für ihn seien. In Anbetracht seiner eigenen schwierigen Vergangenheit hatte er Angst davor, eine Familie zu gründen. Würde er seine Kinder etwa auch so behandeln, wie seine Mutter ihn und Jenny behandelt hatte? Doch die letzten drei Monate mit Parisa hatten etwas mit ihm gemacht. Sich der Liebe zu ihr hinzugeben hatte ihn verändert.

Carl-Adam betrachtete Johannes. »Meine Güte, wie schick du dich gemacht hast.« Er grinste. Die kleine Ansammlung um sie herum hatte sich aufgelöst, alle anderen waren unterwegs zu Besprechungen oder einem After Work.

»Ich bin nachher auf einem Bankett im Anschluss an eine wissenschaftliche Fachkonferenz. Meine – äh – Freundin wird die Eröffnungsrede halten.«

»Ach, Parisa?« Carl-Adam grinste, als Johannes ihn verwundert ansah. »Ich habe es schon von Azzie gehört, sie ist immer gut informiert. Viele Anwälte verlieben sich in ihre Mandanten, dafür muss man sich nicht schämen.«

Im selben Moment trat Victoria aus einem der Besprechungsräume und ging sofort zu ihrer kleinen Tochter. »Hej, mein Liebling!«

Das Mädchen jubelte, als es Victoria sah, und streckte die kleinen Arme aus.

»Victoria ist das übrigens auch passiert«, sagte Carl-Adam und reichte Hope ihrer Mama. Victoria gab ihr ein Küsschen auf den Mund und sah dann Carl-Adam an. »Was ist mir passiert?«

»Du hast dich in deinen Mandanten verliebt.«

Sie lächelte. »Ja, das stimmt.«

»Aber vielleicht ist es nicht ganz so professionell, wenn man der Strafverteidiger der Mandantin ist«, murmelte Johannes leise.

»Ach, das war damals. Ihr wart ja nicht zusammen, während du sie vertreten hast.« Carl-Adam lächelte, und Johannes lächelte gequält zurück.

In diesem Augenblick wurde die Tür zu einem der Besprechungsräume aufgestoßen, und Oscar trat heraus, hochrot im Gesicht. Er drehte sich um und wandte sich an Charlotta, die ihm gefolgt war. »Du kannst zur Hölle fahren! Diese Kanzlei wird untergehen, begreifst du das nicht?«

Charlotta verzog keine Miene. Oscar hielt ein Laptop unter dem Arm und ging mit großen Schritten durch den Empfangsbereich. Als er Johannes entdeckte, blieb er stehen und schrie in Charlottas Richtung:

»Du solltest ihn hier feuern, verdammt noch mal! Er hat unsere Mandanten als kriminell bezeichnet.«

Victorias kleine Tochter verstummte abrupt und sah erschrocken Oscar an. Victoria drückte sie an sich und flüsterte ihr etwas Beruhigendes ins Ohr.

Es dauerte eine Weile, bis Johannes verstand, was Oscar gemeint hatte. Als ihm klarwurde, dass er auf ihr Gespräch im Hallwylska zu Beginn des Sommers anspielte, musste er lachen.

Oscar war schon unterwegs zur Treppe, die zu den Büroetagen führte.

Charlotta hatte den Besprechungsraum verlassen und sich zu ihnen gesellt.

»Was war los?«, fragte Victoria.

»Es gibt jetzt einen Kollegen weniger in der Zivilrechtsabteilung.«

Charlotta folgte Oscar mit ihrem Blick, als er die Treppen hinaufging. »Ich wünschte, ich könnte sagen, dass es das Schwerste war, was ich bisher als Chefin tun musste, aber ich muss gestehen, dass es wohl das Beste war, was ich jemals getan habe.«

Carl-Adam lachte auf. »Da gebe ich dir recht.«

Johannes hatte schon so etwas geahnt. In den letzten Jahren hatte Oscar die Arbeit mehrerer Kollegen sabotiert. Als kürzlich bekannt geworden war, dass er in einem Prozess Beweise für einen Mandanten der Kanzlei versteckt hatte, war für die Partner die Grenze überschritten gewesen. Oscar schob es auf Unachtsamkeit und behauptete, es nicht absichtlich getan zu haben. Doch angesichts seiner Vorgeschichte wussten alle, dass es mit Absicht geschehen war. Es ging ihm darum, die Arbeit der Kollegen zu sabotieren, und nun war seine Zeit in der Kanzlei vorbei.

Parisa ließ den Blick über das Publikum schweifen. Es war lange her, dass sie vor so vielen Menschen gesprochen hatte. Ganz hinten entdeckte sie Johannes. Er trug einen Frack. Früher am Abend hatte er noch ausgesehen, als fühlte er sich unwohl. Doch nach dem Willkommensdrink und dem geselligen Beisammensein schien er sich mehr und mehr an sein Outfit gewöhnt zu haben.

Parisa war die Ehre zuteilgeworden, die Eröffnungsrede zu halten. An der jährlich stattfindenden Fachkonferenz nahmen die führenden Biomediziner Europas teil.

Nach dem Prozess hatte ihre frühere Professorin Margrethe Parisa eine Stelle als Assistentin am Institut der Stockholmer Universität verschafft. Parisa verdiente nicht viel dabei, die Mittel für das laufende Jahr waren bereits ausgeschöpft. Doch Margrethe konnte ihr Material, Räumlichkeiten und

Ansprechpartner bieten. Die Professorin glaubte an Parisas Lösung. Im Grunde hätte sie einfach weiterforschen können, doch sie war wieder zu den Wurzeln ihres Messverfahrens zurückgekehrt. Auf das Niveau, auf dem sie von Anfang an hatte aufbauen wollen.

Ohne Druck und Stress durch Kapital und Investoren löste sich der Knoten. Einen Monat zuvor war es ihr eines Nachts gelungen, die Bandbreite der Variablen innerhalb des Messverfahrens einzugrenzen. Doch eine andere Entdeckung war noch wichtiger: Wenn die Menge der von ihr identifizierten Makrophagen abnahm, gab es Anzeichen dafür, dass auch das Wachstum der Endometriose zurückgehen würde. Das konnte ein initialer Faktor für ein mögliches Medikament sein, auch wenn der Weg dorthin noch sehr lang war. Natürlich würde eine weitere, umfangreiche klinische Studie nötig sein, um zu verifizieren, ob ihre Annahmen stimmten.

Das Einzige, was sie ärgerte, war, dass das Messverfahren nicht mehr ihr Eigentum war. Sie hoffte, dass sie irgendwie den Kontakt zu demjenigen herstellen konnte, der das Patent gekauft hatte, sodass sie es gemeinsam weiterentwickeln konnten.

Die Entdeckung, die sie gemacht hatte, wurde in einer wissenschaftlichen Zeitschrift aufgegriffen, und danach wurde sie zu der Konferenz eingeladen. Das Programm stand bereits fest, aber sie hatte die Möglichkeit erhalten, die Rede vor dem Festbankett zu halten.

Zwei Monate zuvor war das Urteil mitgeteilt und sie in allen Punkten freigesprochen worden. Robin wurde eine Woche nach Ende des Prozesses festgenommen, kurz danach in U-Haft gesteckt, und bald begann sein Prozess. Sein Vater Anders war ebenfalls verhaftet worden.

Parisa betrachtete das festlich gekleidete Publikum und kam nicht umhin, darüber nachzudenken, wie viele von ihnen sie bereits abgeschrieben hatten. Sie hatte sich dem Abend zu Ehren ein Kleid von Nooshi geliehen. Sie fühlte sich wohl in dem bodenlangen smaragdgrünen Kleid, es passte zu diesem Abend. Bei ihrem geringen Assistentengehalt blieb nicht viel Geld übrig. Johannes hatte ihr angeboten, ein Kleid für sie zu kaufen, doch sie fand, dass er bereits genug für sie tat, indem er unter anderem die Miete für sie bezahlte. Sie war ein paar Monate zuvor bei ihm eingezogen. Sie konnte nicht länger bei Mirja wohnen, und sie fanden, dass es ganz einfach an der Zeit war. Sie kannten sich so gut, niemand von ihnen zweifelte oder brauchte Zeit, um darüber nachzudenken. Sie wollten immer beieinander sein.

Nun sollte es losgehen. Sie holte tief Luft. Während sie von der Studie berichtete, hörte das Publikum aufmerksam zu, und sie genoss jede Sekunde. Sie liebte die Situation und empfand großen Stolz auf das, was sie erreicht hatte. Bevor es für die Gäste des Banketts an der Zeit war, sich zum Essen zu begeben, gab es noch Raum für Fragen.

Eine Frau, die an einem der vorderen Tische saß, hob die Hand. Parisa nickte ihr zu.

»Wissen Sie, wer inzwischen das Patent für das Messverfahren besitzt?«

»Nein, leider habe ich keine Ahnung.« Der Insolvenzverwalter hatte ihr mitgeteilt, dass das Patent aufgekauft worden sei, doch sie hatte noch nicht erfahren, von welcher Firma. »Ich weiß, dass es aufgekauft wurde, und hoffe, dass die Käufer mich kontaktieren, damit wir gemeinsam etwas Gutes daraus machen können.«

Ein paar Tische weiter hob ein Mann die Hand. »Es ist wohl kürzlich offiziell geworden, dass die Firma, die das Patent gekauft hat …« Er las auf seinem Handy. »… Geh aufs Ganze AB heißt. Kennen Sie die Firma?«

Geh aufs Ganze.

Dann sah sie Johannes an, der sie anstrahlte und das Champagnerglas in ihre Richtung hob. Großer Gott, sie konnte es nicht glauben.

Sie lächelte den Fragesteller an. »Ich kenne die Firma, ja, wusste aber noch nicht, dass sie das Patent gekauft haben.«

Sobald ihr Vortrag fertig war, eilte sie zu Johannes. Sie zog ihn vom Stuhl hoch und an der Hand mit sich hinaus ins Foyer, zum Balkon mit der Aussicht über die Einfahrt nach Stockholm. Entlang des dunklen Wassers glitzerten die Lichter der Stadt. Sie blieb stehen und wandte sich zu ihm. »Aber wie … Wie war das möglich?«

»Ich habe eine Firma gegründet, die dein Patent gekauft hat. Genauer gesagt ist Zacke alleiniger Gesellschafter und bereit, alles an dich zu überschreiben.«

Sie fiel ihm um den Hals.

»Aber von welchem Geld hast du das Patent gekauft?«

»Warum, glaubst du, wohne ich noch immer zur Miete?«

»Johannes, ich …« Sie unterbrach sich und ließ ihn los. Die Freude war getrübt. »Die Wohnung war doch dein Traum. Hast du ihn für mein Patent aufgegeben?«

Er schüttelte den Kopf. »Die Wohnung war nicht mein Traum. *Du* bist mein Traum. Und die Forschung ist dein Traum, also ist sie das Allerwichtigste für mich.«

Sie strahlte. »Du bist fantastisch.« Dann schloss sie die Augen und dachte nach. Sie hatte schon eine ganze Weile darüber nachgedacht. Vielleicht war gerade jetzt der perfekte Moment? Sie tastete in ihrer Tasche nach der kleinen Schachtel, die sie schon ein paar Wochen mit sich herumtrug. Vor allem deswegen, weil sie sich nicht davon trennen wollte. Eigentlich hatte sie es in etwas intimerer Atmosphäre tun wollen, zu zweit in der Wohnung. Doch jetzt konnte sie sich keine bessere Gelegenheit vorstellen. Sie zog die Schachtel hervor und sank vor ihm auf die Knie. Sah zu Johannes auf.

»Johannes Lund.« Sie merkte, wie ihre Stimme zitterte. Dann öffnete sie die Schachtel. »Johannes Lund«, wiederholte sie. »Ich liebe dich seit dem ersten Tag, an dem ich dich gesehen habe. Ich habe seitdem jeden Tag an dich gedacht, habe dich nie vergessen können und werde das auch nie tun. Ich möchte den Rest meines Lebens mit dir verbringen und mit dir zusammen alt werden.« Sie nahm seine Hand. »Möchtest du mich heiraten?«

Johannes sah zu ihr herunter, die Augen voller Tränen. Wo er doch sonst nie weinte.

»Natürlich!« Er zog sie auf die Füße. »Nichts möchte ich lieber!« Er ließ zu, dass sie ihm den Ring überstreifte. Dann küsste er sie. »Auch wenn ich etwas böse auf dich bin, dass du mir diese Gelegenheit gestohlen hast.« Er lachte, küsste sie wieder und hielt sie ganz fest.

»Aber wir sind arm wie die Kirchenmäuse«, flüsterte sie in sein Ohr. »Es wird also eine kleine Hochzeit.«

Er lachte wieder. »Wir sind ganz und gar nicht arm. Wir besitzen ein sehr wertvolles Patent.« Er strich ihr über die Wange. »Ich bin viele Jahre lang arm gewesen, und man überlebt es. Mit dir zusammen bin ich gerne arm.«

»Und ich bin gerne zusammen mit dir arm.« Sie küsste ihn.

»Außerdem klingt eine kleine Hochzeit ganz wunderbar«, sagte er. »Du, ich, Jenny, deine Familie, Mirja und Zacke. Was meinst du?«

»Du hast also schon die Gästeliste festgelegt. Ich wusste gar nicht, dass du so ein Bridezilla bist!« Sie lächelte und küsste ihn erneut.

»Mit dir schon.«

Triggerwarnung

Dieses Buch enthält Elemente, die triggern können.

Diese sind:
Rassismus, Mikroaggressionen, Ableismus, Endometriose, Vergewaltigungsversuch, sexualisierte Gewalt, Gewalt, Sucht.